Best Time

白 马 时 光

越过山丘

打破人生与事业的迷障

吴士宏 著

江苏凤凰文艺出版社
JIANGSU PHOENIX LITERATURE AND ART PUBLISHING

图书在版编目（CIP）数据

越过山丘：打破人生与事业的迷障 / 吴士宏著. -- 南京：江苏凤凰文艺出版社，2022.8
ISBN 978-7-5594-6937-3

Ⅰ. ①越… Ⅱ. ①吴… Ⅲ. ①传记文学—中国—当代 Ⅳ. ①I25

中国版本图书馆CIP数据核字（2022）第108209号

越过山丘：打破人生与事业的迷障

吴士宏 著

责任编辑 刘洲原
特约编辑 梁 霞 马春曦
装帧设计 广 岛
责任印制 刘 巍
出版发行 江苏凤凰文艺出版社
南京市中央路 165 号，邮编：210009
网 址 http://www.jswenyi.com
印 刷 三河市金元印装有限公司
开 本 710 毫米 ×1000 毫米 1/16
印 张 26.75
字 数 350 千字
版 次 2022 年 8 月第 1 版
印 次 2022 年 8 月第 1 次印刷
书 号 ISBN 978-7-5594-6937-3
定 价 79.80 元

· **刘润 | 润米咨询创始人**

我学过教练技术，但我一直不是一个好教练。可能是因为做顾问的原因，听到企业家的问题时，我总会忍不住说：“听我说，这件事是这样的……”教练关注的是“人”的成长，顾问关注的是“事”的解决。而一切事的根源，都是人。看到吴士宏前辈的这本书，我是非常惊叹的。一位“逆风飞飏”的杰出女性，都能把注意力从自己和事上，全然转移到对方身上，为什么我不能？这本书不是一本工具书，却给了我比工具书更大的启发，真实、温暖、有趣。建议所有的CEO，认真阅读。一个做不好教练的顾问，不是一个好CEO。祝大家，都能成为自己的教练。

· **罗振宇 | “得到”APP 创始人**

吴士宏老师曾经深刻地影响过我们这代人。现在我又看到她捧出的这本关于“教练”的书，才知道，原来她沉潜多年，已经转入一个全新的领域。或许，这本书的别名可以是《你迟早要拥有一个教练》。为什么不呢？很多人都有了自己的牙医、自己的心理咨询师。而拥有一个“教练”，不仅能帮你摆脱困窘，还能帮你生活得更好些，若能兼济雪中送炭、锦上添花，岂不妙哉？这本书，就讲这件妙事。你在真的拥有一个教练之前，应该先拥有这本书。

· **甘琦** | 《逆风飞飏》策划人

如果说《逆风飞飏》是灼灼其华的青春，那么《越过山丘》就是蓁蓁其叶的盛年。从花到叶，并不是生命的必然旅程，却是吴士宏从巅峰坠入深谷、九死一生完成的人生转型。在我漫长的编辑生涯中，没见过比她更坦诚无畏的作者。她敢爱，敢恨，敢一飞冲天，敢粉身碎骨，如今她又敢卸掉铅华、素面朝天。她敢把自己说出来，也敢把自己献出去。这本书就是来自这样一个女人的精神陪伴，从经验到智慧，从创业到生活，而这种陪伴有个名字，就是“教练”。

· **陶勇** | 北京大学医学博士，首都医科大学眼科教授

为大学时期高山仰止的“打工女皇”吴士宏老师写书评，是一种始料未及的荣幸。读罢《越过山丘》，我的感觉是错综复杂的。既像在聆听慈祥安宁的长者喃喃自语，又像目睹勇士从战场归来的平静；更在惊心动魄却轻描淡写的言语之间，隐隐领悟着大开大阖的人生至理。曾经商界的传奇，意料之外地跌倒却又情理之中地再次站起；只是，起身之后，转识成智的她没有离开，而是选择用教练的方式陪伴后来者同行。越过山丘，像风一样从容，更像一朵云那样，用缱绻的方式表达对天空的留恋。

· **阿忆 | 北京大学新闻与传播学院广电系副主任**

这是一本介绍企业家教练究竟何为的书，其中充满吴士宏对这个职业的独立思考和感悟，以及对自己教练实践的反省和总结。我却觉得，这一切都是围绕情商展开的，与其说是专业技巧，不如说是生活的智慧。也就是说，即使你不想做企业家教练，也不想做企业家或企业高管，读一读这本书也会大有助益，它是生活的情商，会提高你的生活质量。

推荐序

士宏的故事，是我们这一代人最熟悉的记忆之一。她的成长历程，代表着一代人的不屈；她的跌宕起伏，也象征着一代人的沉浮。

也许时光容易让世界忘记一个人，但个人的冷暖自知只有风雨兼程才能获得意义。当一个人顿悟到成败如烟云聚散，名利如苍狗白云，同时又能够从一地散沙中凝聚力量，以微薄之力造福他人，这便到了立地成佛的境界。

士宏从个人的繁华中艰难走出，终于云淡风轻。

这些年，我从来不知道她在做着教练的工作，以一人之力，帮助众多陷入迷茫和困惑的企业管理者，坚定步伐迈向未来。

士宏通过努力，摆脱纠缠自己的困惑，一心帮助他人，获得的内心光明，令人感慨。

现在呈现在你眼前的《越过山丘》这本书，不仅陈述了士宏自己和她帮助的管理者如何越过山丘，也许还能够带着你一起越过山丘。

山丘外，并不一定有人等候，但你一定不会再把自己搞丢。

（俞敏洪）

2022年6月

编者序

我与吴士宏老师结缘于一份厚厚的书稿。在此之前，我也曾为这位传奇励志的商业女性所折服——未曾被命运眷顾的女孩，逆风飞飏、野蛮生长，一路从企业的勤杂员成长为掌舵人，该是怎样一番腥风血雨、荡气回肠。因此，看到稿子，我迫不及待地连夜捧读，十分好奇吴老师这些年又有怎样一番际遇，会经历何种蜕变。

吴老师自述，书中内容围绕“教练行”展开，我这才得知，她已经进阶成一名商业教练，十年来在这个领域深耕，并取得了国际教练联合会认证的专业教练资质。乍看，我以为是一本商业教练写给企业管理者的专业书，可翻开第一页读了几行，不自觉沉浸其中，竟然有种读小说般酣畅淋漓的感受！

吴老师的文字深入浅出，真诚走心，字里行间是满满的诚意，高光之外的暗淡和挫折、自己跌过的坑都坦诚地与读者分享，读来倍感亲切。在她笔下，她辅导陪伴的高管除去企业管理者的标签，是父母，是子女，是爱人，更是有血有肉、悲喜交加、完完整整的人，他们就像我们生活中那些不刻意亲近却总坦诚以待的老友，敢于剖白，勇于自嘲。面对人生中那些不期然被挡住去路的山丘，虽一时茫然，却不惧攀登。人物前后的成长变化及心路历程，衍生出一条条各具主题的故事线，事业与生活互为明暗线——比如，书中新手CEO橘子的上市历险记，同样可视为一个单亲妈妈的自我疗愈、自我探索之路。

学车时有教练，健身时有教练，但是在关系到生存的职场，很多人却忽视了一个好教练的作用。很多人的状态是：一入职场深似海，前途渺茫无尽头。要么胜任不了工作岗位，要么处理不好人际关系，要么陷入事业瓶颈……或许也有“教练式领导”，但毕竟是少数的，更多的领导是“指挥官型”“英雄型”领导，能遇到“老师型领导”就算不错了，何况是发掘员工自身潜力的“教练式领导”呢？

身为一名管理者，我深知教练更不可或缺。吴老师在书里也提到过，很多人处于“忙碌即意义”中。难能可贵的是——商业教练不是单一地把辅导对象当企业领导者这一个角色，而是当成一个完整的人，无可避免地要面对工作和生活，自我和家庭之间的平衡。他们不仅是企业家、管理者，更是一个个鲜活的个体，只有解决了这个人内在深层次的问题，才能解决那一个个浮在表面的问题。“家庭分工、自我矛盾、内心冲突、情绪管理、伤痛治愈……”这些因素都深深影响着现代职场人的每一次选择。只有深层次了解自己的内心需求，找到自我，才能从本质上解决职场和家庭中遇到的难题。

我跟随书中的文字，学习、思考着，直到故事部分结束，我才惊喜地发现，这本书不仅是一本“管理者的红宝书”，更是“每个人的人生修行书”呀！人生是一个看不见硝烟的战场，谁不会经历几次迷茫困顿的时刻，谁不需要一个思维伙伴在旁指点迷津呢？我仿佛不是在读书，而是随书在凝望、攀登自己心中的那座山丘。

随着故事篇进入尾声，幕起灯亮后书中的人物一一谢幕，吴老师才从幕侧走上台前，无私地分享了十年来她的教练行业实践心得，历年来她与众多企业高管受益匪浅的方法论，常见的职场辅导话题等，供专业性读者有针对性地阅读。一如她书中所言：这本书我给自己定了要求：

“有高度，听得懂，学得会，带得走。让每一位读者都不虚此行！”

教练不提建议，不做选择，不给答案，启发每个人发掘内在潜力，自己做出选择，这个理念不仅适用于专业教练与管理者之间，也适用于生活中任何角色之间，尤其是父母教育孩子时，学点教练式的好问题，温柔的发问比吼叫命令更行之有效。滑雪运动员谷爱凌的妈妈不就是典型的“教练式母亲”吗?

读这本书，不仅让我了解了“商业教练”这个职业，也能教我们成为自己的“人生教练”，可以更从容地面对并处理职场、家庭、人生中遇到的各个问题。恰如吴老师在书里说的那样：“每个人都值得拥有一个教练，每个人也都可以成为‘教练式’的父亲、妻 子、子女。”

读完这本书，我迫不及待想要和别人分享（事实上，我已经分享给我的先生和白马时光的高管们阅读），我觉得这本书不仅适用于领导者和管理者，也适用于每个心有迷障、渴望成长的人。因为这本书能让人重新审视自我，看清自己。

“打工皇后”是吴老师的前半生故事，“商业教练”是吴老师后半生致力于的事业，前者是世俗意义上的成功，后者则是自我实现上的成功。我很荣幸能第一时间读到吴老师认真修改过好几遍的书稿，读的过程中醍醐灌顶，获益匪浅。非常感谢吴老师如此真诚地和读者分享自己教练生涯的故事，这本书不仅可以度己，亦可度人，利益众生。

（何亚娟）

白马时光联合创始人、总编

2022年7月

序言

20世纪末，在互联网大潮方兴未艾之际，遍地创业英雄尚在孕育之时，成名的标志基本是在报纸杂志版面上出现的频率，按这个标准，我成名算早，以至于也早已归于寂寂。当时的标签包括自学成才、打工女皇啥的。说来可笑，既是打工，又何可称“皇”？

那二十来年的道路真也艰辛，但基本是上行的方向。我倒从不相信成功可以复制，但不知从何时起，竟开始自信：我做什么都可以成功，即使一时一事没能成功，凭着努力与撞了南墙也不回头的执拗，也终能成功。于是，我在事业的单行道上踩足油门勇往直前，除了事业，罔顾其他。所谓事业成功，是我生命中唯一的多巴胺；瘾，已深入血液骨髓。那些年，我被自大自信障目而浑然不自知，陶醉在逆风飞扬之中。

十年前，应知天命之际，我终于跌入自己挖的深坑：莽撞创业，欠下巨债。就像小时候饥饿时要翻抖粮食口袋似的，我逐一翻检所有的银行账户，当再三确认，所有账户都已告竭，四顾眼前只有谷底深不可攀的岩壁，我第一次认真地思考生存的问题，然而，完全看不到任何希望，鬓已白、人已老，互联网时代遍地少年英雄崛起，竟已无可容我再度打工还债之地。于是，我抑郁了，在病态中，更认定只有“死”，才是一了百了的解决方案。那时，我囿于自己设定的障垒：不出屋门、不见人、不说话、不看医生、不吃药，只沉浸在对各种死法的想象之中。

也许就是命不该绝吧，一次偶然，误入了教练的课堂。

教练，是一个专业程度很高的职业，发祥于欧美，成熟于20世纪70年代，与注册会计师、心理咨询师等专业一样，有其专业标准以及从业资格的培训与认证体系。简言之：教练与客户是一对一的伙伴关系，旨在激发客户本自具足的潜能。因其从业的天条守则中有一条是“为客户保密”，所以，尽管这个专业成长很快，却一直寂寂无闻。

其实，自20世纪始，世界财富五百强的CEO，大多数早都有过N个教练。CEO是最忙的人，之所以会请教练，是因为真的有帮助。通用电气公司前CEO杰克·韦尔奇就曾多次说过：“我只想做一名企业教练……最好的领导人其实就是教练。”

那么，教练只是为CEO服务的吗？当然不是！教练是为“人”服务的。而“CEO”或其他什么标签，都只是每个完整的、活生生的人的一个维度而已。教练的哲学是：“每个人都是全面完整、资源丰富、富有创造力的天才。”你信吗？反正，经过十年的研习，我是信了。十年之间，我辅导过2700多人次，那两百多位客户/教练伙伴都是活生生的“全人”（Whole Person），是CEO、创始人、高管、上司、下属、父亲、母亲、儿子、女儿……每个人都有自己的小宇宙，各具鲜明的特性，各有其面临的独特挑战。在教练眼里、心中，客户首先是“全人”，教练的使命，是陪伴他们打破人生与事业途中一个又一个的障碍，越过一个又一个山丘。而破障，需要自内而外，靠教练伙伴自己的觉察、觉醒。拿一枚鸡蛋举例：由内而外破壳而出的是新生命，从外敲击得到的只是食物。教练，则负责陪伴与激发，激发每位教练伙伴本自具足的潜能。

万幸，我误入的是教练课堂，而不是另一个世界。之后，发生了各种不可思议的事：我逐渐治愈了自己的重度抑郁，成为专业认证的教练，我不仅成为两百多位客户/教练伙伴的思维伴侣，我自己也拥有了一位可伴余生的心灵伙伴——我作为专业教练，也时时教练自己。持续地觉察，破障。这真是：时时勤拂拭，勿使惹尘埃。我不敢贪念顿悟成佛，能在此境界逗留，已是无上福分啊！

我喜近水，山则只能远观而不敢近攀。生命中的山丘，于我，更有不可承受之重。然而，谁的一生不需要翻过一个又一个山丘呢？当艰难地越过山丘，扶腰、喘息，眺望着另一番开阔景象——有的是不期而遇的惊喜，有的是变幻无穷的四季风景。“越过山丘，才发现无人等候”，又有何妨？

我未曾达到四十不惑、五十而知天命的境界，但心中已笃定：能过好余生。

走入生命的夕阳，终于找到生命之北，愉悦地期待着剩余的每一天，期待着每一天的惊喜。这感觉，真好。我想与更多人分享这份美好。于是，历经近九百天、四稿，有了这本书。

如果您翻阅到了这一页，谢谢！请接着读下去吧，我相信您多半能发现些美好且有用的东西。这些美好和有用，多与“教练”有关，能帮助您破障，能帮助您的生活与事业都更好一些。

教练，人人皆应拥有，人人皆可拥有。

“越过山丘，虽然已白了头……”在苍凉的歌声中，我心清明，喜悦，无障。

（吴士宏）

2022年6月6日

目录

故事篇：找到人生要事

进阶篇：瞄准事业靶心

个人篇：大海自有方向

故事篇

一

找到
人生要事

Find
The One in
Life

—

不只是飞行员会遭遇“空间定向障碍”，

会在以为“冲向云端”时撞到山上或扎向地面，

每个人的一生中，

都会遭遇很多次“定向障碍”。

—

第一章

一问
解开生死结

人人都需要一个教练，

教练也如是。

· · ·

我的第一位“客户”，是我自己。打上引号，是因为当时我还没迈进教练的门槛，最多是探进去个脚尖而已。未知深浅究竟，就敢拿自己快刀狠手地做实验，幸而斩下的是心魔，留下了好命一条。每每想起初次上手就拿自己开刀，我总会暗叫“侥幸”，更由衷感叹教练之妙。

我在商场的那些年，也曾“风云”过，入选过两次《财富》（*Fortune*）杂志评选的全球五十位最具影响力商界女性；二十年前写了本《逆风飞飏》，畅销挺久，书名也流传成了梗，至今还时常被引用。做事拼命，熬夜喝酒是我二十多年的常态，却总能保持强能量，神采飞扬，衣妆得体，随时可登台接受聚光灯、闪光灯检验的范儿。人在江湖漂，哪能不挨刀？但跌倒了总能爬起，以至于连我自己都有点儿相信了：我会不会真是天赋异禀、金刚不坏之体？

到了2013年，我遇到一个大坎儿，创业失败，身负重债。我头一次觉得，这次可能真过不去了。镜子里的人面色灰暗，白发丛生，嘴角下耷，两颊深陷，眉间的川字与纵贯鼻口的法令纹刻得好深，深得像是凸起的伤疤。以往，职场失利，情场伤心，我也曾经历过，那所谓的崩溃，就是雷阵雨，泪雨瓢泼过后，自会缝合好伤口，收拾好妆容铠甲，绾起长发重新上阵，又是一条好汉。此时，却既无雷也无雨，而是已经枯萎。镜中的那人，面无表情，一派漠然。大约就是传说中的“死相”。

唯一的房子已过户抵押了，朋友够大度，房子可以住着，啥时候偿还了债务再过户赎回。欠债总是要还的，但即使甘愿自插草标，在职业市场上也卖不出啥价钱了，如今已是年轻一代互联网新贵的时代，而镜中人，已衰朽。欠债还钱，却还款无望，死结。但，若是真死了，房子抵还了债务，便可一了百了。死，确实是一个解法；面对无解之局，死，也似乎是唯一的解法。有了“死解”之法垫底，我倒不很焦虑了，进入了一种奇特的状态：闭门不出，不接电话，一天说不了几个字，日夜只琢磨一件事——各种死法。天没黑我就上楼拉上窗帘，在黑暗中独自玩味各种关于死亡的想象。浑浑噩噩几个月，我与死亡想象同床共枕、同起同行，倒也不觉有何异样、孤苦。我后知后觉：原来这就是传说中的重度抑郁，是病。现在想想：若当初卖了房子，租个小房子，也能清偿债务后苟且度日吧！只是当时我病得重，没有精力去想这些道理。

也许命不该绝吧。一次不情不愿的出差，我被企业的人力资源总监温言软磨给派了个活儿：给一位高管做教练。我强打精神，口干舌燥地“教练”完毕，人家感谢，并奉送一个“教练课程”作为谢仪。“原来教练还有专门的课程啊？”既然已有“死解”之法，不急在一时半会儿，我就决定去看看。如此，我偶然邂逅了教练。

在第一堂教练课上，我只觉得几十人的课堂很聒噪，也没听出啥门道。倒是老师给出的两个“教练式好问题”的例句，不知为何就入耳入心了。

第一个问题是：“你取得今日的成就 / 成绩，内心最重要的那个因素是什么？”

第二个问题是："你觉得，可能阻碍你最大程度地实现自身潜力的自身因素会是什么？"

专业教练的课程，不论哪个"流派"，不论顺序与形式，讲授的内容都须逐项覆盖教练的专业能力，其中最重要的一项是积极聆听。没有深度聆听，发人深省的"好问题"就无从谈起。

话说，当时我还没学到"聆听"啥的，就遇上了这两个"好问题"，貌似平浅，我居然想了足足两个星期，也够得上是"发人深省"了。

这是我第一次漫长聆听自己的内心，在纸上写了好多好多词，包括努力、自律、聪明、好学、韧劲……一大堆，都是别人曾用来描述我的，我也曾信了，但仔细"听"，却都不像，不像那个"内在的重要因素"。

最后我找到的，竟是："我怕失败"！

我盯着那四个字，不由得爆发出大笑，声音干涩，但确实是……笑！直至笑出眼泪。眼角瞥到荣丽在厨房门的缝隙闪过，四目相对，慌张得很。荣丽在我家帮工十多年了，少言寡语，紧张时眼珠就会向中间聚拢。我好几个月没说没笑过了，此刻又是半夜，也难怪惊吓到她了。

我收住笑，继续慢慢想：

……怕失败，不怎么高级，倒也没什么；那成功又是什么？我的"成功标准"究竟是啥？等想明白这个，就更可笑了，于是又不可遏制地夜鸮般大笑起来。可怜的荣丽，这一晚，耳朵一直竖着，眼球则不断向鼻梁眉间聚拢，辛苦她了。

……想想看，都过去好多年了，我还在执着于"曾经"的"成功"，而且，只是我自己想象中的那个我在人们心中的"形象"，必须还得那样成功，还不许变老！可"人们"又都是谁呀？这些年，时代啦，理念啦，价值啦，都在变，"人们"各有生计要忙，每天都有各种新的榜样、偶像涌现，谁又能记得十几年前的那个我？而我，愣是咬定幻象不放松，我就是萨特笔下的那个加尔森啊，极端地实践了一把“他人即地狱”，把自己禁锢在自己与他人的想象之中，还把自己给弄抑郁了！我接着笑，直笑到胸肌、腹肌、肋间肌都痛，痛快！笑散了满腔戾气，腾出地方，让生机回来。

真感谢这两个神奇的好问题，觉着疏通了、痛快多了，眼下反正我不想死了，教练这事貌似有些门道哦，我想去学学这个。

后来，在不同的教练课上都有同学问过：可否应用教练技术帮助抑郁症患者？不同的老师均郑重答道：“不可！抑郁症患者必须去看医生。因为抑郁症是病，体内很多激素和化学物质都紊乱了，逻辑也是混乱的，不可以正常人的常理待之，弄不好，会激发出更大问题！”

而我，自闭几个月，整天琢磨并想象、感受死亡，应属于中度甚至重度抑郁了。两个“好问题”就能把混乱的逻辑捋顺吗？是我自身的强大，还是骨子里其实不想死？咯！但凡有一丝希望，谁又会真想死呢？无论如何，不想死了绝对是好事。

于是，我的教练生涯，就此开始。居然用一两个问题，就解开了生死结。从此，我对于何为“发人深省的有力发问”，有了一个几乎不可逾越的标杆。但也从此，更多了敬畏，因为自己的经历，我格外小心，不敢乱施针砭，不敢心存侥幸，不敢冒失擅用教练技术。教练的归教练，医生的归医生。

不过，在课堂上，同学们对这个老师给出的“好问题”范例都基本无感，有几位还直接评论：并没觉得这个问题有力量，也“不够严谨”。我琢磨着，同样的“好”问题，只有与人和时刻都对上，才能激发出不同力度和感受吧？在此后的实践中，我反复确认了这个关于“好问题”的早期直觉猜想。哪里有放之四海而皆准的“好问题”啊，只有深度聆听，与教练伙伴深度共情时，才能随机生出“发人深省的好问题”。我，真够幸运。

我早期的“传奇”中，最令人称道的是极度自律、近乎自虐的自学经历。自从决定要学教练了，再度奋起，便简直是人神难挡，不是在上课学习就是在做教练辅导的路上，学习、考试、辅导、专业认证乃至授课，一气呵成，再无休歇。

九年多，顺便努力打工，竟还清了巨债，赎回了房子，终于又从深坑里爬回到海拔零度的地面。其实，我最得意的，是走上了教练这条道啊。教练这个行业，修不到尽头，只要认真修习，就总能有悟有精进，能深度陪伴许多精彩人生，不会寂寞，更不会无聊。余生，夫复何求?

教练说

对于抑郁症患者，求医问药是正理。教练式追问，也许偶有奇效，但务须慎重！记得电视剧《武林外传》中秀才那几个终极哲学追问逼得绝世高手挥掌自毙的情节吧？病人，非常人常理可度，搞不好会“走火入魔”的。然而，早些学习教练或只是学一些教练式的提问与思维方式，确能帮助化解很多生活中的难题，甚至能将很多问题消弭于“未病”。人人都需要一位教练，教练也如是。

第二章

菜鸟教练遇见菜鸟CEO

企业家或高管，从来都不是孤立的一个角色，每个人都拥有整个世界的光谱。

· · ·

初识橘子，印象是娇小俏丽，水灵灵的，总是咧着嘴笑，喜兴。我刚开始做教练不久，应某个商会组织的邀请，接收了两位创业者作为义务辅导对象。橘子与其中一位认识，就主动上门求师，我那时还没有几个客户，急于开始实践，见这位心诚、合眼缘，就顺水推舟收下了，没想到，我竟会如此长久而深刻地参与她的事业与生命历程。

橘子递过来的名片上写着：××教育公司CEO。哇，这么年轻就成为CEO啦。我调整好教练状态，偷瞄一下“红绿卡”，面带微笑，准备开始与CEO的初次教练约谈。

这“红绿卡”，是我初做教练时给自己做的小抄，巴掌大，两栏，左侧是红笔写的，都是教练约谈中的“禁忌”，诸如，不能给建议，不能设预判，不能打断，姿势（如不要跷二郎腿、不要环抱手臂），表情（如保持目光接触、微笑），等等，十来条；右侧是绿色，提醒着应该做到的流程事项等，以及几个好问题的“万用例句”，以备菜鸟教练词穷语塞时救急。有点儿像新手司机上路和停车前都要默念几句驾校师傅教的磕儿，啥“汽油机油水，刹车离合灯”之类的。卡上字迹颜色也符合“红灯停，绿灯行”。我总把红绿卡夹在硬皮本的中间，硬皮本子方便竖起，以免辅导对象看到那醒目颜色而好奇，若被看到教练还使用小抄，可不大好意思的。每次教练辅导后，还要认真自查：又犯了几次错？初期的记录，很令人沮丧，以致我很早就得出结论：想做一个好教练，必须做到反人性。比如，“不能设预判”“无我”这两条，任谁试试，恐怕都很难做到啊！

CEO张口第一个问题：“老师，我想请教怎样做绩效计划？”

嘁，这个太容易了吧……哎，等等！红光一闪，“不能给建议”直刺过来，我忙咽下“建议”，从容微笑着，组织“好问题”：“嗯，你想要用绩效计划达到什么目的呢？” 暗嘘一口气，这起码是个开放性的问题，对方应该能够说一阵了。

“我没想过，就是看一些朋友创业的公司都做了绩效，就想我们也该做吧。”小嘴干脆利落，答完了。

“那，你看到朋友公司做了绩效之后，有什么效果吗？是你想要的吗？”哎呀，后半句显然已经是封闭式的问句，不符合教练好问题的基本要求。但是，语速和句式是很有传染性的，我被她带得节奏快起来，没顾上周全。

没想到，橘子倒深思起来：“……这是个好问题。”（啊？我不禁有些混乱：“好问题的标准是啥来着？”）

“我确实需要好好想想，下次再和您说。我还有一个问题。”

“当然，请说。”我保持着“从容”的微笑说道。

“我该如何管理财务呢？”

“你觉得哪些是重要的财务指标呢？”按常理，重要的财务指标自然就是CEO该看、该问的啦。这个问题没什么技术含量，但可作为提问的起点。

“我不懂呀！”橘子大眼睛扑闪扑闪的，一派天真无辜。

我内心万分无奈，那是咋当了这好几年CEO的呀？

我继续努力做教练式发问："你想了解如何管理财务，是因为什么呢？"

"因为我先生说你来管财务吧。"得！根本与资金效率啦、成本、效益之类的全不相关。

"你觉得现在的财务管理有什么问题吗？"

"我觉得他们弄得还挺清楚的，因为不懂，也提不出什么问题。"哦！人家刚刚说了，不懂。但是作为教练，我必须得提出"发人深省的问题"啊！

毕竟是八九年前的事了，我已经记不清后面的具体对话，但还记得几个情节。

橘子说："我想做个合格的CEO，既然CEO需要管理财务，我就想着我也得学会吧？起码要学会一些基础，起码要能看懂。"这个，勉强能算是挖掘到了一点儿"意义"？

作业是，橘子先自学一两本CEO的财务课之类的教材，并向几位信得过的CEO朋友请教关于CEO最需要关心的财务数据；还有，自家的财务经理，就是现成的塾师啊，随时可以请过来上小课的。这些"作业"，都是犯了"不给建议"戒律的铁证。

这次辅导，我腿上留下的斑斑青紫，是在辅导过程中自己掐的——为避免"闯红灯"屡屡急刹车而造成的伤害，做教练，大不易！

这位，根本不能拿CEO的标准来衡量，CEO，大都多少带些自信优雅的天鹅气质，而此时的橘子，也就是只乳羽都没长全的小黄鸭。

给橘子的初次辅导之后，我没有急于对照红绿卡做自检，反正肯定是犯了很多禁忌了，有腿上的斑斑青紫为证。令我陷入深思的是：教练这个职业，最重要的价值究竟是什么呢？（那时还未听到"第一性原理"这个词，其实就是这意思。）课上、书上都讲得明白，"激发客户的潜力和能力”，但是，如果当客户缺乏一些基本的能力，或者根本都不自知缺乏和需要哪些能力时，作为教练，你是该先给客户起码的入门点拨，还是恪守“不给建议”的律条呢？后者当然符合教练的教规，但是，如果放到类似那时橘子这样的客户身上，恐怕就有点儿像是：“孩子，我们已经聊过学会游泳的意义，我相信你有学会游泳的潜力，大胆地下水去吧。”这样，孩子会首先充分表现出呛水的潜力，随即八成会哇哇哭喊，不要这个教练了。于是，教练也就失去了继续激发与见证潜力发挥的机会啦。

我初步得出自己的结论：教练的第一性原理，或“终极目标”，是最大程度地帮助客户成长！能激发当然要尽量激发，而客户明显地缺乏认知或能力时，就必须得尽量缺啥补啥。当时虽坚定地认为自己是对的，但仍不免忐忑不安：我可不是想背离教练的原则。

我是坚信甚至信仰教练哲学的，尤其喜欢教练与教练对象之间的关系——平等的伙伴关系。试想一下，一个人在一生中遇到的各种关系几乎都是不平等的：父母、老师、师父、上级，甚至是夫妻之间，大多是有一方居高临下的；等做到高管甚至CEO了，上面仍有董事会和上级；即使是大老板，不也得顾及股东和各种规则吗？乙方的顾问咨询或是下属的团队，又是另一种不对等。而教练虽也是乙方，但恪守以客户为中心的平等关系，最看重的是激发客户的深入思考，从而引出客户自身的潜力与能力。这对于独悬高位的孤独的企业家与高管们，是一种稀少而弥足珍贵的存在。以我数十年的职场经验，放眼望去，再找不到其他可以类比的角色或专业了。常有人说这有点儿像心理咨询师，也许就注重提问和聆听这两点，两者是有些形似，但还是有着本质区别的。心理咨询师与客户的前提假设都是客户是病人；而教练的哲学是相信每个人都是资源自足、富有独特创造力的天才。

待实践多了再回头看时，我比较坦然了，确信自己找到的“第一性原理”是对的。只是教练须得通过深度聆听和发问，才能真正理解客户需要的是什么，切忌对自己的“洞察力”过度自信；更忌在未能真正帮助到客户时，把“客户不适合教练”当作方便借口。（行笔至此，我再次汗颜，深为庆幸研习八年后能有幸遇到那个重要的“破障”。见序。）

当今时代，很多创业者都很年轻，随着灵感或风口机会就创业了，创业企业的夭折率极高，但中国市场大，又有“大众创业”的巨大基数以及资本的推波助澜，还是有不少能够幸运地熬过生存期，有所成就，然后，CEO往往就会发现，自己有的是青春和激情，但缺了太多的经验和方法。教练应该尽量帮助他们，缺啥补啥，或至少能指点方向。总之，我就这么做了。（当然，考试认证时，乃至讲课示范时，还是要默记红绿卡的！好在所有小抄都已经铭刻在心了，那么多课程可不是白上的。）

于是，我与橘子之间的教练辅导，就跟着橘子的程度，时而上，时而下，沿着螺旋阶梯逐渐上升。橘子的学习能力令我赞叹，几个月过后，她的问题句式，也有了很大变化，比如：

“上次您给我留的思考题是：认识自己的长处。我发现，自己的直觉挺好的，遇到具体问题或机会，基本都能立即找到感觉，而且能很准很快地找到相关资源。后来基本证明这些判断和方法都还不错，而且，我的行动力也挺强的。发现自己有些长处和优点，感觉真挺好的，谢谢老师！”之前，橘子常说“我觉得自己挺差的，没啥优点”，从而引发了这个问题。我微笑颔首，却有点儿心疼，怎么会才发现自己也是有长处和优点的啊！

“但最近我开始想，企业要健康长期地发展，可能不仅是要见招拆招，解决眼前的问题，还需要想清楚更长远一些的方向吧？我今天想请教的问题是：如何才能想清楚长远的事？” 瞧，CEO应有的战略思考，已经萌芽了。

橘子是跟随丈夫一起创业的，从初期的代办出国留学，抓住并引进了国际课程教育资源，逐渐在国内开展了相关业务，也逐渐形成了一些可以复制的套路，这几年公司增长挺快，与我相识时，已有几十名员工，刚刚开始盈利了。丈夫比她年长不少，有红色情怀与商人精明相结合的成型思想体系，在家里和公司都长期稳居权威的中心位，橘子一直是跟随辅佐的角色。丈夫的名片是董事长，橘子的就是CEO啦，在公司帮丈夫查漏补缺，管所有那些董事长不管的事，在家里负责家务，以及履行女儿、儿媳、长嫂、妻子、母亲等诸多职责。

应橘子的要求，在一对一的辅导之外，我也给她和她的团队加餐开小灶，讲解管理啦，战略方法啦，等等，多半都是扫盲性质的基础课。在小组学习中，我认真讲，橘子与几位副总、总监认真做笔记，而董事长则时不时地就要插入一段井冈山、遵义会议、农村包围城市之类的红色战略与策略之宏论，逢他开始大段大段地引经据典指点江山时，橘子与几位团队成员就低头缄默，看得出他们都早已习惯了。

我与橘子之间的信任与默契在逐渐加深，两只菜鸟都在迅速换羽蜕喙地成长。橘子很快显露出企业家、创业者的一些特征：很强的学习力与行动力。学到了，就立即应用。她也时不时展现出独立思考与自信，令人欣喜。教练须具备的重要能力本就包括共情与欣赏。

我那时又新学了门手艺：主持私董会。橘子再三请求为她的企业主持一次私董会，我应下了。

后文会专门讲解“私董会”，此处简单解释一下：私董会，原名是“同侪咨询会”（Peer Advisory Board），也是从美国进口的舶来品。当工业化、商业化充分发展之后，企业家和CEO在享受权利的同时，也越来越体会到责任的沉重与高位的孤独，但他们在董事会和下属之间，往往很难找到平等的朋友。与信得过又能互相懂得的人，定期或不定期地一起深入而坦诚地聊聊，开解各自苦恼的问题，成为CEO真实而迫切的需要。于是，从高尔夫球场、赛马场、私家海滩、私人游艇之类的富人俱乐部的场域，就自然自发地生出来这么个产物，也自然地形成了一些重要的规则：

1.互相投契、说得来，否则不会愿意一起混。

2.企业规模差不多，都是CEO，也就是所谓“同侪”，是能同层次沟通的基本保证。比如，同为CEO，刚创业几年营收几千万元的，与几十亿元规模已经上市的，是难以一起深入讨论的，企业在不同发展阶段的共性问题是有很大差异的。

3.各自的企业没有直接竞争关系，才能畅所欲言。

4.当然，还要歃血般地郑重保证：保守秘密。

这自然生发出来的私董会，成员都是CEO，初始阶段最自然而然的安排，是由CEO们轮值主持，但常会出现轮值主席就成了裁判甚至一言堂的情况。私董会是自愿组合的，可以在面红耳赤后再友好弥合，虽无碍友谊，但难以深度解决真实问题。CEO都是人精，尤其善于各种总结提炼，他们很快发现：CEO未必都能主持得好私董会，德高望重的退休CEO也不一定能做好；主持私董会的，最好是有企业经验的专业教练，或是受过一些教练专业训练的前资深商界人士，方能较好地把握流程的效率、聚焦，平等地交流讨论，冷静地观察提炼。于是，私董会与教练专业就此形成了交集。其实，两者都是在工业革命向信息时代演进的过程中，因需要而自然生发的产物。

橘子夫妇二人对这个专场私董会倒是十分同心协力，飞书下帖请来了十几位大咖级的朋友作为“私董”。

那时节，私董会在中国还是新事物，于是我先给大咖们简要讲讲私董会的由来与规则，并着重解释：私董会，是要帮助案主解决真正的“问题”，而不是研讨“课题”。（会场横幅上的“战略研讨会”，就很像是典型的“课题”。我这也是有的放矢。）

见大家的脸上都画上大大的问号，我就在白板上写了个造句题，请案主（橘子）来填空：

> 我有一个________的问题，
>
> 它给我带来的困扰是________，
>
> 我为此做了_______，
>
> 我需要的帮助是________。

“什么问题都可以吗？”橘子问。

“是的！只要是你最需要帮助的，真实的问题。”我应道。

橘子于是迅速而坚定地写下：“夫妻分工的问题。”

现场众咖哗然：

“这算啥问题？清官难断家务事啊！”

“不是请我们来研讨战略吗？”

“……”

大咖们说话都有分寸，但言语之间也不免流露出不解，甚至有些不屑。

我很镇定，也很坚定：“各位想必都是这对创业夫妻信得过的好朋友，私董会的目的就是帮案主找到他最迫切的问题的解决之道，而不是其他人感兴趣的话题。现在，案主最大的困扰是因为夫妻分工不清，不但给团队造成困扰，有了战略也无法落地；不但影响到企业经营和团队的配合，甚至也影响到夫妻关系与家庭和睦……这是真实的问题，也是案主明确提出最需要各位私董帮助的。”

据我了解，战略战术早就有了，不但有，而且很清晰。其实用不着更多“战略研讨”。问题就在于如何落地，而落地的最大干扰，就是这个“夫妻店、双老板”的模式。我会后私下问橘子，为啥给这次私董会提前定了个“战略研讨会”的题目呢？与她眼光相接，我即了然：这是董事长的“宏大”偏好给定的调。

其实，这“家务事”影响的还不只是“战略”落地，也给日常管理造成了混乱。前几天橘子刚给我讲过一个事：橘子终于学会并准备实施绩效考评计划了，取得了董事长的同意后，就进行了全员沟通，开始实施。

没过几天，谁知董事长心血来潮，决定掀起锻炼身体的群众运动，于是宣布：按投篮命中率发奖金，而且很“智慧”地加上了“必须至少是半场跑步上篮”的规则，以保证运动量。

董事长的号召力很强，激励也很到位，大家都去练投篮了，投篮准，就能轻松愉快地挣得大几千奖金。

“为这绩效计划做了多少遍的验算，都白搭了，没几个人在乎了，还是练投篮挣奖金更容易！”橘子气得小脸儿通红，我脑补董事长双手叉腰（拇指向前，虎口掐在腰带上缘）、指点江山（球场）、一言九鼎的领袖风度，不由得也脸涨得通红——憋笑憋的。

毕竟都是案主夫妇的朋友，也都是有心胸的咖级人物，经我解释，就都留下来了，一整天的私董会便围绕这个“家务事”展开了。

在追问的环节中，我作为主持，要经常打断并纠正各位大咖私董：

“对不起打断一下：我们现在是集中提问、了解信息的阶段，请暂不评论或发表建议。”

“对不起打断一下：请尽量提开放式的问题。”

“对不起，请暂勿给建议，后面会有请各位专门给建议的时间。”

“我不得不指出，您刚说‘你有没有想过……’，这个句式，是在以提问之名，行诱导之实。”众大咖私董哗笑。

…… ……

我还不时不动声色地“打样”示范，半玩笑半认真地请大家“包涵”主持人的“粗暴”。作为教练主持者，我也想尽可能地给大家呈现一个完整有效的私董会流程和做法，也是为案主对各位咖董们的宝贵时间略尽谢忱。

这个专场私董会进行了整整七个小时，结果远远超出我和私董们的想象：夫妻俩在会议结束前，在短暂合议后，当着所有私董们的面，共同确认了分工：先生淡出，只做董事长，不干预公司的任何具体运营事务；橘子上位，全面负责公司一切运营与管理。橘子这位多年只管钥匙不管图章的CEO，经此会确认，终于名副其实、权责相符啦。

要知道，这可是这两口子纠结了近十年都从未掰扯清楚的。众位大咖私董不由得赞叹，原来私董会竟连这种神仙难断的公案也能结啊。我连忙拱手称谢，与橘子夫妻俩一起感谢各位私董的真诚投入与贡献，以及对主持人的容忍包涵。

橘子拉着我的手：“老师老师，你可得教我！”

我含笑点头，这一年多，橘子的进步很快，是可塑之材。

董事长在旁边一直慈和地笑着，毫无芥蒂，毕竟是夫妻同气连枝，也才可能实现如此和平的“政变”。

那是2015年1月2日，待元旦假期刚过，开工第一天，橘子就召开全公司大会，宣布实施新计划。创业者的执行力，实在是超强。

两个月后，农历元宵前夜，突传噩耗：橘子的丈夫竟突发疾病猝然离世！看似极健康、充满热情与活力的中年人，丈夫、父亲、儿子、创业者以及很多人的好友，短暂的几个呼吸之间，就已离开人世、魂归星海，所有人都无法相信，无法接受。橘子坠入悲痛的深渊。

因私董会后，即已明确由橘子承担全面管理职责，之后两个月内，管理流程与干部分工也随之基本调整到位，连银行印鉴、公章法人等也都逐一调整完毕，即使在橘子无法理事的阶段，也并未对公司正常运营带来太大影响。

因着教练关系的缘起，竟会对客户的企业乃至个人生活有如此之深的介入和影响！每念至此，我都不免悚然战栗。从此，更是不敢有丝毫轻忽，对于每一段教练关系，都是“朝乾夕惕”，兢兢业业。

我经常能听到客户说：“教练，多亏您某次点醒了我，不仅对我的事业有巨大的帮助，也是我生活的重要转折……”这些都是对我郑重甚至沉重的鞭策。

至此，教练的重心转为帮橘子重新建立生活的勇气和秩序。

从事业到生活的随时切换，对专业教练来说是应有之义，在教练的眼中心中，教练对象 / 伙伴都是完整的全人，企业家或高管，从来都不是孤立的一个角色，每个人都拥有整个世界的光谱。

而这次的意外太不幸，或者说，这次的不幸太意外，加之发乎于内的深切关心、共情和同情，使我几乎无法保持教练的冷静与中立，每次辅导前，我都需要提前做正念练习，反复提醒自己：你是教练！记住你该做的事！而不能只陪她一起哭泣。

但是，我还是有一次没能忍住。橘子哭得颤抖，像凄风苦雨中枝头的一片单薄树叶，她不号啕，甚至不出声啜泣，只是两只大眼睛里不断线地流泪，怎么能有那么多的泪啊！我轻轻拥着她的肩头，被震颤到同频而不能自持，心痛到无法说话，只能默默陪着流泪。

她柔弱的双肩不但要承担起公司和事业，还要独自支撑起整个家庭：一双年幼的孩子以及双方年迈的父母。她是一家人的天，她不能在家人面前哭，就让她在这里哭一哭吧。

作为独特视角的陪伴者，我被橘子身上蕴藏的巨大能量和勇气震撼，那种勇气和能量，绝不同于我以前时不时就强烈爆发甚至会伤己及人的那种，而是源源不断地释放出来，温柔而坚定。她很快收拾起自己，安排好家庭，回到公司的岗位，不悲苦、不煽情，努力学习做好董事长兼CEO。她的能量和勇气，润物无声地传递到周围，传递到团队，也传递给了教练。

之后，辅导的内容又逐渐回到如何做好董事长兼CEO，如何做好战略、做好运营、带好团队，等等。

两年多后，企业在新三板敲钟，我前去观礼。橘子优雅沉稳，在一队队以男性为主的团队衬托下，她，像一只天鹅，静美雍容。

我鼻子酸了，借口天气冷抓着刚披上的红围巾掩饰着抹一把涕泪。橘子这一路的艰辛，我虽有相当了解，也只是片段陪伴而已。而她，白天做满企业家的工作，晚上是带娃的单亲家长，待娃睡了，夜静，再修养心性……以那个纤弱之躯，需要多么强大的内心和信念，才能一直走，走到这个里程碑啊！企业于她，已经成了修行的道场，这也许就是她源源不绝的意志与能量的来源?

她并没有像我和很多关切的人担心的那样，如小草枯叶般凋零，而是活成了美丽的莲花，静美之中充溢着生机与力量。

我在心中向她深施一礼，期待着陪伴她书写之后的人生。

教练说

■ 教练的第一性原理：帮助教练伙伴成长，缺啥补啥。

■ 私董会：专注解决真问题而非研讨课题；要做好私董会的主持，最好能先有教练的基本训练。

■ 教练伙伴都是完整的人，拥有完整的世界与光谱，企业家/高管只是他的角色之一。教练要将此放在心里的首要位置，关切“全人”，而不只是付费的那一个角色。

第三章

找到自我，走出迷茫

“你想要啥？”温柔一问，甚至貌似离题万里，却常能迸发惊心动魄的棒喝力量。

· · ·

2019年年末，降温了，太阳高挂，气温仍坠在零摄氏度以下。

渊峙人如其名，胖大魁梧，一头浓发根根站立，他家娃养了只刺猬，估计奓起刺来也就仿佛如此吧。他带进来一大团冷风白雾，未落座，就点了一挂响鞭似的笑："我可是荣享了老师今年的收官辅导！哇！哈哈哈……"这次辅导压在了岁末，他就顺手给自己找了仪式感。天性使然，他随时能捡到高兴，笑点很低，感染力极强，引发我一阵咳，重感冒时不宜大笑，赶紧喝水镇压咳嗽、收拾涕泪，一通忙乱毕，落座。

与渊峙之间的教练关系已两年多了，信任已深，无须铺垫，下一秒，他直接进入主题："老师，我又迷茫了。"他有点儿踌躇，担心讲不清楚。

我未言语，微笑着递过眼神，发出无条件邀请，渊峙便放心讲开来，直讲了将近三十分钟，他擦擦额上的汗："我这讲得也忒乱了。"

我理解渊峙的懊恼，他可是做了十几年的市场营销品牌策划，挺优秀的，有才华，居然说不清楚自己这点儿事。

我微笑道："我先来确认一下是否听到了所有要点。我听到两条脉络：一条是放不下自己创业十几年的营销顾问公司；另一条是自己内心对深度营造一个内涵品牌的热望。继续做自己的公司，就基本只能按甲方给定的项目做些策划与执行，难以把握营造品牌所需的深度；而如果要去追求深度营造品牌，看来必须转换为甲方身份，为品牌企业提供服务，那就意味着要放手自己的公司。一个放不下，另一个越来越清晰地渴望，就拧巴了，对吗？我有没有错过其他要点？"

渊峙满脸叹服，先猛烈地点头，又猛烈地摇头，嘟囔着："没错，就是这点儿事啊，我咋就说不清楚？"

"你说清楚了啊，不然我怎能听到啊？"两人都笑。

"那么，关于这个话题，通过今天的辅导，你想实现什么目标呢？"这也是一个百搭的教练问题，只要问对了地方，能自然而然地指向更深层的意义探询。

"我想请老师帮我选择，该走哪条路。"他很直接，"我自己想了很久，越想越迷茫了……"

"不忙。咱们先来理一理。"教练要帮助伙伴深度思考，当然不会越俎代庖，替人做选择，但也不必在对话过程中随时决然清晰地宣示原则；何况，渊峙的"请帮我选择"，其实大约就是"请帮我想清楚"的意思。

渊峙正值壮年，大学刚毕业就尝试了数种职业，挺快就确认了自己所擅长并喜爱的就是市场营销，于是自己创业，也有十几年了；而出于对品牌塑造的热爱，他前两年加入一家企业，做全职的品牌总监，其间，全心全力"007"式地投入，我就是在他作为职业经理人期间认识他的；待他又回归自己的企业时，才发现，他自己的公司已基本被抛荒了。此时，他已回归自家企业奋力重整几个月了。

于是，对话继续。

我问："放不下自己公司的最主要原因是什么？"

渊峙愣了一会儿，手指微动地点算着，十个手指头都用上了，又频频摇头否定："……您容我再好好想想。"

我说："好的。那么，你当初创业的初心是什么呢？"

渊峙想了一阵："想起来了！十几年前，我就觉着我肯定能做成一个挺牛的公司。"他突然愧然一笑，"现在离'牛'还差挺远的。"

我说："站在创业十几年后的今天，你希望自己的公司五年后、十年后，成为什么样子？"

渊峙沉默良久，慢慢垂下头："这……我也没仔细想过。"

看得出，他有些被自己惊着了，我倒并不觉意外。几年来，对教练之道的训练与研习，已基本形成不预判、不猜测，保持直觉好奇而全然开放接纳的习惯，也已见过很多很优秀的人，却因忙着实现很多现实的追求和履行各种责任而忽略了，或者说根本没时间为自己做一些很基本的重要思考。我自己，过去二十几年，在朝向成功的路上全力奔跑，又何尝仔细想过"何为成功"呢？

教练不会帮任何人做选择，因为教练不能越俎代庖决定别人的人生，就连神佛也没这个权力。但教练会帮助教练伙伴获得不同的思考维度，或者说是不同维度的思维方法。

对话继续。

他问："我为什么连这些都没有好好想过呢？"

他这是在问自己，我便静静听。

"……这些年，我一直忙，忙着做项目，尽心尽力把所有项目做到最好，要对得起客户，才能对得起自己。好像忙着就是意义本身，从来没仔细想过……"

他说的，我能听出，都是真的。渊峙的粗豪外表之下，藏着一颗极善良、极敏感的心，他特别在乎别人的感觉，为了朋友、同事、客户们满意，他绝不惜力，哪怕是要耗费很多时间的很小的事，他也会立即乐呵呵跑去办好，而不会算计是否“值得”。他谦让不争，但非常在乎别人对他的看法，尤其是关于人品与操守。

他陷入沉思，或是继续无声地与自己对话。我静静陪伴。

“老师，我确实需要先把这几个问题想清楚！我回去好好想！”他脸上罕见地一派严肃。

“再追加一个问题好吗？”我笑着问。

“当然当然，您请说您请说。”蒲扇大的脸庞又漾满笑纹。

“你想要啥？”笑纹凝固了。

“你自己，内心最想要的是什么？”我解释。

通过近三年来的深度接触，我对渊峙的了解也挺深了，渊峙绝大多数时候都会想着满足其他人的需要，这是他天性使然，又因后天虔诚的宗教信仰而愈加深固，至于他自己最想要什么、活出什么样的状态才会对自己满意，恐怕是被忽略已久的问题。直觉告诉我（或说是深度聆听到），他陷入迷茫的另一股深层的纠结，可能就在于此。

良久，他缓缓地说：“这个，真刺中我了。”他表情痛楚，“我要先好好想这个问题。”

“渊峙，关照自己的内心，是极为正当的事情，也是人之为人的本分呢。” 也许，他的信仰，会令他潜意识里回避“为自己想”，我跟着直觉加上了这一句。

教练的角色像是伴舞，要引导流程，把握节奏；而教练伙伴才是引导内容的，他走到哪儿或卡到哪儿了，教练就要在那里陪伴他，跟随着他的节奏，直至走出来，舞起来。

我陪伴渊峙经历了对他而言比较严峻的职业转折。先是从十几年小老板的身份转入职场，那是相当大的考验：不习惯复杂流程，难耐无穷议论而不决，说好的资源随时被砍以及公司政治……这些，都是他转型期间的首要问题，自然也就是初期辅导时的主要内容，都比较表层而紧急，在那个阶段，我基本就是被当作职场大全来翻查的。只有当进入对品牌的深度理解与内涵提炼的讨论时，他的眼中才会时时放光。品牌塑造，是他的真爱，尤其当遇到具有人文关怀内涵的品牌时，他更加全情投入，不计其他，也真能做出直抵人心的好作品。

因为对他个人特质的印象与欣赏，与他所在企业的教练合同结束后，我仍与他保持着联系；当听说他遭逢职场意外事故时，就主动伸手了：“如果你需要，我可以继续给你辅导，义务的。”

我几乎从不主动提出给别人做辅导。其一，因为我相信，当客户内心有改变现状的足够动力并主动提出时，才是开始教练关系的更合适的时机。老北京有个说法，“上赶着不是买卖”，说的也是这个理儿，话糙理不糙。其二，我也不需要去发展很多客户。至于遇到有朋友说“听说你做教练了，给我试一次呗”，若非真有需要，也就一笑转了话头罢了。这次破例，是因为我知道渊峙很需要帮助，而他是打死也不会主动提出的，他怕给我添麻烦，他怕给任何人添麻烦。

我这随手一“捡”，对于渊峙还是挺重要的。人，总会经历一些当时感觉过不去的坎儿。尽管大多数坎儿都能自己走出来，但如果在最难过的关头能得到一些善意而有力的帮助，就更好了。

几个月没见，渊峙又胖了一大圈，也许就是“过劳肥”吧？但人显得憔悴了许多。我静静地听他倾诉，满满的委屈、愤怒、沮丧……聆听多时，我并没有安慰或开解，而是有点儿简单粗暴地问他：“你是想继续反刍那些不愉快，还是打算对那些已经过去了的事情再做些什么？”

他把头摇得像拨浪鼓，直把两腮都抖动起来。对嘛！他沉湎于过去的各种负面情绪里已经够久了，已经浪费了不少时间和生命能量了。

“那好，咱们谈谈未来吧。”才刚三十几岁，就已经拥有了这么多宝贵的经验教训，本来是难得的人生财富，但如果反复去舔舐，伤口是难以痊愈的。后来，渊峙多次提到这次老师给的“棒喝”，实在太重要了。教练的“万用问题”之一，就是当客户对某些状况表达不满时，问他：“那么，你理想的状态是什么？”就多半可以将当下关切的焦点从过去转移至未来了。过去已逝，当下才是最重要的。调整好当下，才可能期冀更好的未来。

渊峙当时的情绪纠结还是挺严重的，为此，我祭起情绪能力的“法器”，给渊峙解析“情绪的真相”，还有消解无用情绪能量的方法。他仔细读了几遍《精通情绪》，书里的方法没太学会，但有了觉察：“老师老师，我现在真能觉察到自己的情绪了，只要觉察到，就盯着‘它’（此处的‘它’指情绪），它似乎就能融化、消失了，真神奇！而且，我发现，我这胖，真可能是太多年的情绪堆积出来的，我从来没留意过情绪，但知道自己最经常和自己说的就是‘忍！忍住！’，再加上一有不痛快就想吃东西，好几十年了，情绪都憋成脂肪了。”

这个觉察，挺妙的。我充满好奇地听他比画着描述，心想，这觉察要是能减肥，那可就更妙了。结果，人家在几个月内居然减了三十多斤！而且，基本上是正常饮食不自虐，只是晚餐吃得极少，或者不吃，他还引经据典：

“东岳先生[1]讲过的，咱们狩猎的祖先根本就不可能一日三餐的；进入农耕后，人们才养成一日三餐、多餐的习惯，所以才有了后来这么多肥胖、糖尿病之类的慢性病……”

问他，饿不？他说：“刚开始还没到晚饭就开始饿，只要一想晚饭不能吃，就已经饿了。饿得慌时，我就和自己说，你不需要吃，真的不需要！然后，就盯着‘它’（这儿的‘它’指的是‘饿’），也就过去

---

1 即王东岳，独立哲学学者，自成一套递弱代偿的万物演化理论体系，是“正宗”专家们眼中的“民哲”（民间哲学家），非主流。后文有述。

了。”

他已尽扫憔悴不振之气，看起来已经是一个健康灵活的胖子了，“不用弯腰就能看到脚啦！”我看着也觉喜兴。渊峙仍兴致勃勃地继续着减肥大业，他的小目标是“明年再减十八公斤”。不过，这情绪能力加轻断食加“盯着饿”的减肥方法，是否有推广价值，可就超出我的认知了。

因为他从情绪中走了出来，所以才能直面自己的内心，直面未来，也才会触发教练更多向内而“深刻”的问题。

渊峙兴奋而沉重地带着几个问题走了。我好奇地期待着下次辅导时聆听他的思考，也期待着陪伴他走出迷茫，清晰地做出自己的选择。至于他会如何选择，教练才不费力去猜，相信他有足够的能力和潜力。教练要做的，是帮他思考清楚一些更底层的问题，而做选择是他自己的事，无论他的选择是什么，只要是在想清楚的基础上做出的，就好。对渊峙而言，他首先要找到的，是“自我”，一旦找到“我”内心真正想要的，很多困惑也许就消弭了。其实，选择也未必只有表面上貌似对立的非此即彼，陷在局中往往看不清楚，得从更高的高度、从上面俯视，或拉开时间、拉远距离，才可能看得清全貌。教练的好问题，有很多都是帮着客户将视角从眼前深陷的方寸之地拉出来，拉远、拉高。

2019年底愉快地收工封箱，贴窗花，办年货，准备过年喽！

这次感冒拖了大约一个月，不发烧不头痛，也没有鼻塞流涕，就是咳个没完，尤其是就寝躺平后，能咳得整个身子在床上弹跳，像刚上岸的鱼似的，很辛苦。到除夕前总算好了，等到了初二才知道：万幸是好了，不然，那惊天动地的狂咳，可能就被举报了，那时新冠乌云已经笼罩大地，一声可疑的咳嗽，方圆几十米的人都会受到惊吓！

哦，随手“捡”来的渊峙，还成了“实在亲戚”了。

渊峙帮我千挑万选找到一条小柴犬，满月就抱回家了，取名笑笑。

看过电影《忠犬八公》的，大概都会对黄色的柴犬印象深刻。的确，黄毛的柴犬比较多，但笑笑是黑白花的，小时候圆乎乎的像个小熊崽，越长大越标致，长成了纯种黑柴的标准照，身上的花纹对称到令人惊叹，就连嘴边颊上的硬须都根根对称，我认真数过好多次的。疫情期间，除了到小区门口自取快递，大人都不出门，狗娃基本在自家小院里活动，没见过几个生人，因此形成了格外谨慎矜持的性格，只认四五个人，其中就有渊峙。只要在它面前提“舅舅要来啦”，它就会原地一纵跳上窗台，盯着大门，等！它算是牢牢认准这个带它回家的庞然大物了，一见渊峙出现，就扑上去玩耍，亲热至极，还记住了这个总会发出哗然大叫（大笑）的家伙的名字——jiu jiu。

笑笑居然与我同月同日的生日，这缘分！

教练说

帮助教练伙伴倾听内心，找到“我想要啥”，很重要。太多人都生活在忙碌就是意义的状态下，而忽略了自己的内心。还有，坏经历、坏情绪，特别容易使人沉溺其中，这种沉溺有百害而无一利。这时可用到一个教练“好问题”：“你想要啥？”或者“你想要啥？”，温柔一问，甚至貌似离题万里，却常能迸发惊心动魄的棒喝力量。

第四章

情绪的真相

人，终其一生，大约只有两样东西

可以自主：情绪、态度。

· · ·

有件事，我心里一直放不下，那就是，这抑郁症究竟能否根治。

表面看来我已经完全恢复了生机，忙着学教练，还学着很多其他有用没用的，兴致勃勃。偶尔我能把自己抑郁时的种种怪异行为当笑话讲出来，有时还暗暗自诩：本人此生最值得骄傲的，就是没寻医问药，自己从抑郁中爬出来了！但心里清楚，从小就是凡大事不商量，讳疾忌医更是老毛病了，这次算是万幸，就别拿着不是当理说啦。

真的痊愈了吗？其实并未放心。几年前，我曾有机会向一位很有造诣的军医教授请教，教授的履历经验都很有专业说服力，听他讲，有抑郁史的人，复发率是相当高的。当时我便想起，早年我就抑郁过，那还是在我事业开始“辉煌”的高光时刻，被大老板在上千人的大会上“封”为“南天王”，开始有记者追着做专访，上了些杂志封面，按说是最风光的时候，而恰在那时，我就突发过一段明显的抑郁。

年深日久，诱因已不详。仔细回忆，好像也没什么特别的诱因，白天都很正常，工作、应酬，啥都不耽误，那阵子精神极亢奋，半夜我回到公寓，一点儿都不困不累，上着楼梯就开始向往接下来的独处时刻。一进门，我摘盔卸甲踢掉高跟鞋，就靠着墙坐到地上，我租的那个公寓地板是红木的，凉爽润滑挺舒服，然后我就一边喝酒一边想象着各种死，挺畅快的……（幸好并未畅快到极致！）直到有一次周末打扫房间，我突然发现墙根立满了空酒瓶子，吓了一跳，才觉得有问题了，当时只是想到，白天总要应酬好几顿大酒，晚上自己还喝，不好吧！我就把夜里的独酒停了。再后来，就忘了“死”这回事了，当时也没觉得是病，至于啥时候好的，就记不清了。

有再一，有再二，难道不会有再三吗？我现在算是缓解，还是真的根治了呢？不免隐忧。我知道自己还只是重症初愈，也担心抑郁这病不是那么容易根除的。

我能清晰感知到，焦虑、迷茫和其他说不清楚的干扰情绪，经常出没，来去不定。打个比方，有点儿像在湖边打坐，观赏红莲绿水，领略天地精微，而蚊虫嗡嗡，不时叮咬一口，扰得禅思难守，还会不留神犯了杀生脏口的戒。我从没学过参禅，这破腰也打不了坐，但这比方似乎还挺贴切的。

开始修习教练之后，我觉着，可能真找到了一片静水碧湖，愿意沉浸其中的那种，可情绪就像是蚊虫，水浜更多，还有不少是有毒的。当我从死之黑暗又走到了阳光下，走到活泼泼的人群当中，找回了生机，甚至又找到了似乎可以托付余生的“事业”，很喜悦，也就更加患得患失，经常担心，说不好抑郁的蛊毒何时会再发作，狂犬病还有二十年的潜伏期呢。这些忧虑如影随形，我会突然走神、出汗、心慌，常会夜间惊悸醒来……我努力要做回正常人、健康人，甚至想修炼成好教练，可起码自己必须是正常而心理健康的呀。我继续努力学习，真是很努力，几乎不间断地上课，不敢闲下来。其实，也可以说是不太敢独处，是“我忙故我在”的另一个版本。

我没找到灵丹仙草，却遇到了一位能授我以根治之法的人，一位智慧与慈悲的老师——汤姆·斯通（Tom Stone）。

认识汤姆一年多以后，我应汤姆之邀，为他的中文译著《精通情绪》作了推荐序，序的题目是“觉察情绪真相，拥有自由人生”，择摘如下：

> 我曾被作者或出版社索序，但鲜有应允，多以自己不够专业而谦辞婉谢。这次汤姆·斯通先生亲自提出请我为他的第一本中文译著《精通情绪》作推荐序，我感到荣幸与惊喜，立即满口应承！…… 因为我深信，读过此书的大多数人的生活都会变得更好。我的深信来自亲身感受。
>
> 我曾有过被称为“辉煌”的经历……但其实这些年来我一直生活在矛盾和纠结中，尤其是近几年，生活和事业给我选择的余地越来越少，快乐也越来越少，日复一日，生活变得很乏味……幸运的是，在已深陷抑郁之际能拔出一只脚，找到一件还可以做的事情——商业教练。要做这件事需要学习很多东西，重燃的学习兴趣将我引入汤姆在中国讲授的首堂课程里。进入汤姆的课堂之前，我已经上过若干个具有代表性的流派的商业教练课程，对商业教练的体系和技巧已有较全面的理解。但是，令我感到好奇的是，这位现代商业教练之父托马斯·伦纳德[1]生前任用的唯一私人教练，将讲授何等高妙的技巧呢？
>
> 汤姆的课程主题是“精通情绪”，看似与商业教练专业无多大

1 国际教练联合会（ICF）的创始人，教练运动之父。他深受汤姆·斯通的感召，2002年又创立了国际教练协会（IAC，International Association of Coaching），更专注于教练在情绪觉察方面的专业能力，可惜，托马斯·伦纳德于2003年英年早逝。

关系啊？开课初始，汤姆先简要铺垫了人类软件工程学是应用新技术解决人类缺乏情绪能力的一切问题的方法，这话听起来未免太大了吧？之后，很快进入“纯粹觉察”的练习，这开始令我感到不安，因为对参禅、冥想之类的灵性修习，我向来是敬而远之的，也从未真正感受过所谓“纯粹觉察”的境界。而汤姆的引导传达着安全、自然的感觉，那就既来之，姑妄听之吧……渐入佳境，诚如汤姆所说，“纯粹觉察”是每个人生来就具有的，并不需要什么灵性修习和训练，我找到了我的“纯粹觉察”，“广阔觉察地”（GAP，Grand Awareness Place）的方法是如此自然而朴素，简单而迅速。进入安静、无限及无障的纯粹觉察只是第一步，目的是找到并消除无用情绪的能量。我的第一个自身试验需要很大的勇气，我决定要面对一个多年不敢碰触，偶然触及就会立即情绪崩溃的记忆，那是失去最爱亲人的伤痛。当亦步亦趋跟随汤姆引导走完“残余能量”(CORE，Center of Remaining Energy)的技术流程，从那黑暗、可怕的能量涡流最深处浮出来后，再去回想那个记忆，撕裂的伤痛没有了！浮现出来的都是温暖的、爱的记忆和感觉。体验是如此神奇而具体、可触可感，而方法是如此简单易学，这就是“人类软件工程学”和“纯粹觉察技术”的共同特征。

在跟随汤姆的学习旅程中，沿途总有新的发现，有时是灵光乍现的觉察，有时是如泉水潺潺的涌现，我终于对自己的生命有所洞察，那么多年我一直生活在无用情绪能量的笼罩之中，而多数情绪是我自己编出来的故事，比如，多年来我感觉生活和事业的选择越来越少，那是因为我心中有一个故事：我必须更加成功，更加“光辉灿烂”，而所有其他都不在我的选择之列，得不到，我就不快乐、沮丧，甚至抑郁。在纯粹觉察中应用情绪能量处理技术，我知道了，那些故事与当下全然无关，完全不值得投入生命能量，我完全可以自由选择。我在层层剥掉无用情绪对心智的枷锁，我拥有了自由选择的能力、快乐的能力，我在走向自由。

“……人生而自由，却无所不在枷锁之中。”人类的生活自由即被各种情绪所包围、笼罩乃至左右，我们成长、成年后的判断、决定和行为，往往只是基于个体有限的学识经验以及情绪的影响，而天性中的直觉能力则被长久地囚禁和忽视。汤姆找到了打开枷锁的钥匙，发现了人类软件工程学和纯粹觉察技术，如托马斯·伦纳德生前所说：“汤姆·斯通就是个天才。”这个世界上堪称天才的人还不算少，有诺贝尔奖之类的很多奖项佐证，然而，汤姆以其天才发现为始，更以全心热忱地推广传授惠及人群为使命，在我看来，他就是传说中的大智慧与大慈悲者。（删节数百字，有兴趣者请阅读原书）

“这本书值得认真读，它能帮你治疗过去，专注当下，过好未来。真的！”听上去挺夸张哦，但每次我把《精通情绪》送给我认为可能会有需要的人时，都如此郑重。

《精通情绪》是汤姆在中国出版的第一本中文译著。与他的其他著作相比，这本未必是最“好看”的，但一定是最系统、平实且最“教科书”式的。这本书，既非“心灵鸡汤”，也无涉灵性修为，旨在教会你如何精通情绪，从而能够活在当下，活出自在。为什么不认真读读呢？我总是热切地追问，仿佛人家说了不想读似的。其实，有很多人都有过类似的经历，心里都有深浅纵横的疤，谁又没有需要疗愈的过去呢？

汤姆是美国人，中等身材，鹤发童颜，有七十来岁。自带强大而安定的气场。汤姆多才多艺，听他闲谈提起，他有好几项个人专利，好像还有关于吉他构造与弹法的。1993年，他在美国中部艾奥瓦州的一个小镇上居住，镇上人口才一万左右，安详宁静，十分宜居。但汤姆却遭遇了小镇史上罕见的入室抢劫枪击，被点44口径手枪（猎熊用的）近距离击中，枪手身材高大，子弹从上方自右胸贯入，穿过胸腔，最后留在右腰椎处，奇迹般地没有伤到任何脏器，他幸免于一死，但留下了严重的创伤后应激障碍（PTSD），噩梦、情境重现、惊恐、焦虑，无法正常工作生活……在尝试过各种疗愈手段均告无效后，他决心自己找到解决方法。

探索的过程艰难而漫长，他没放弃，终于找到一个“反常识”的方法。

简单说来，人类自古应对强烈情绪只有两招：压抑或崩溃。越是强烈的情绪，人们越是本能地逃避，而逃避通常是无效的，逃避、压抑都只能是暂时的，情绪往往会更强烈地反弹回来。

汤姆决定，反其道而行之：逼着自己去接近情绪痛苦的感受！他能清晰地感受到子弹还在胸膛里的感觉，强烈真实的痛感与恐惧交杂在一起，就在那里。他用觉察（意念）“盯住”它、一点儿一点儿去接近它，每接近一点儿，痛苦感就会真实得更强烈。太强烈时就停一停，稍能忍受就继续接近，每次接近一点儿，而后进入它、穿透它，直至它减弱、消失——他治好了自己的PTSD。

之后的二十年里，他继续研究他的发现，将其理论化、工具化，并结合最新的心理学、脑神经科学等科学发现，不断丰富完善他的“人类软件工程学”理论体系，以及识别情绪真相，消除无用情绪的工具和方法。其间，他治疗了不少人的PTSD，其中包括很多极端案例，比如，亲历过战场血肉与残肢横飞的恐怖场面的老兵、经历过车祸眼睁睁看着孩子惨死在面前的母亲……他成为托马斯·伦纳德生前唯一用过的个人教练。

2014年，汤姆再来中国开课，我再次参加。

关于他的理论和方法体系，我按照自己的理解简单归纳整理如下：

- 情绪的真相：情绪，分为内容与能量两个部分。内容就是我们的记忆，能量也是真实的存在。
- 汤姆把情绪分为两类：有用情绪、无用情绪。

有用情绪给人带来积极的能量，比如爱、感恩、快乐，甚至恐惧（恐惧也是有用的情绪，它来自古老的遗传基因，至今仍能有效地帮助人类避开很多伤害）。

无用情绪（如焦虑、情感创伤）的能量则给人带来干扰，就像是人类的内部软件出现了故障，需要纠错。内容作为记忆可以被留存很久，而无用情绪的能量则需要被消除，否则会一直淤积，从而导致各种痛苦与疾病，包括抑郁症。

纠错的方法：

1. 认识情绪的真相：内容与能量。

2. 调用直觉/纯粹觉察找到并识别无用情绪的能量：无用情绪分为两类，一类是由真实发生过的创伤经验引起的；另一类则并未发生，是自己想象出来的，这两种能量在身体内的呈现感受是不一样的。

3. 运用“直觉”的力量消除无用情绪的能量：对两类无用情绪能量的处理方法是相反的，也是“反常识习惯”的。然而，方法很清晰，能学会，可掌握。真实发生过的创伤，比如失去亲人、失恋、车祸，其能量是存在于身体内的，有点儿像肿块，有质感、痛感等很“真实”的感觉。其解决方法“IN”：调用直觉“盯”住其中心，逐步接近，直至其“消融”。

而焦虑、担心这类由自己想象生出的、并未实际发生过的情绪，其能量存在像是笼罩着身体的雾霾。其解决方法是“OUT”：将直觉带到无限远，回看，直到看清楚真相——那些都是自己臆想出来的故事，没有意义，于是“雾开霾散”。

4. 人，天生具有直觉。而家长的教导（家长们也是一辈辈被如此教导长大的）、社会的习俗都告诉我们：对待情绪，应当克制、压抑。直至实在压抑不住时，就会崩溃，大哭、失态，甚至抑郁。除此，别无他法。

识别情绪真相，学会调用直觉 / 纯粹觉察，就可消除无用情绪的能量，而不再被其干扰、欺骗，甚至奴役。

以上总结不免缺乏温度。我举自己亲身体验的例子吧。

记得三四岁时，我姥姥刚去世那两年，我妈常会问我：“你梦到姥姥没？”我小时候一直是被全托的，周末被接回家住一天，顶多跑去给姥姥问个安，姥姥那时眼睛和腿脚都不好了，听见我问安就夸一声“乖”，从她的点心盒子里摸块点心赏给我，我接了点心就跑出去玩了。和姥姥相处并不多，但不知为啥会梦到她，尤其是姥姥刚走不久那阵儿，要么是姥姥在梦里说她冷，要么就是她笑嘻嘻地端着碗给我吃的，我也不知道是啥吃食。不知道那算不算“直觉”之类，我问过汤姆，汤姆说“应该是的”。所谓“直觉”，就是不受情绪以及被后天教育、社会习俗等影响的天然感受能力。民间有“小孩眼睛净，能看见大人看不到的东西”，大约也是这个意思。

但人类社会给自己立了很多规则，打孔夫子那时起就“不语怪力乱神”，其实，人本来是从大自然里生长演化出来的，与天地万物和自己的动物性本性有联系、有感应，才是最自然的状态吧？刘慈欣在《三体》中写得好：失去人性，失去很多；失去兽性，失去一切。

我从来就不虔信任何宗教，也从来不相信啥特异功能之类的，每逢听到“修道”或“得道”者之流的“布道”，立即自动归档至神神道道一类，塞听避之，避犹不及。

但我自己亲身体验到，汤姆的引导十分简洁、朴实，毫无玄虚，无涉宗教。特自然、特迅速地就跟着他进入“纯粹觉察”的状态——其实就是找回并进入自己天生就具有的“直觉”状态，然后，你就能觉察到那些无用情绪的能量，就能瞄准、清除那些一直潜伏着、一直伤害着你的能量，然后，就像……新生一样，不对不对，新生时咱还没记忆呢，而且新生儿都是哭着来的……更像痛快地淋浴后的清爽，从里到外的清洁、爽利，能轻松利索地过好每一天！

这个比喻最贴切了。自从学会了汤姆教授的方法，我已经形成了习惯，晚上睡前、清晨醒后，都要做一做功课，也就十来分钟吧。发现任何无用情绪的能量，就清除之；没有找到，也不纠结，然后清爽地入睡、清爽地起床。这种感觉很奇妙：久违几十年了，原来“直觉”一直都在，而且，招之即来，只是那么多年，一直被主人忽视了。

我通常不会轻信或理会任何自己认为说不通的东西，但我相信自己的亲身体验。

在汤姆的课堂上，他引导大家了解如何应用CORE/IN技术消除真实情感创伤后的残余能量。他说道：“如果你们乐意，可以想一想某个真实发生过的情感创痛，来亲自试验感受。”

“真的吗？”我心里疑问，相信班上六七十人，多数都有同样的问题。

“请放宽心，不会有伤害的。当然，你也可以选择留着那些伤痛，不去触碰它，任由它时时给你带来痛苦。”汤姆的声音平和、安定。

也是哈，不动真格的，如何能辨真伪呢？那个最痛的痛，自然浮上心头：爸爸的突然离世。那是1997年夏天，我刚调回北京工作不久，京城太大，通勤时间很长，最烦人的是高峰时的堵车，于是我总是很早出门，很晚回家，完美躲过交通高峰，反正工作也总是要加班的。7月15日清晨，刚到办公室，腰间的BP机响了（那时手机还叫作大哥大，分量和体积都近似一块砖头，一个一万多元，贵！外企白领也才能配得起汉显BP机），我心想：谁这么早就……小屏幕上：“父去世，速来。”我当时跌坐在地板上，呆呆盯着小屏幕上的几个字，感觉上空白了无限久，从地上一骨碌爬起来，一边往外跑一边对旁边同事喊了几句做了交代……等赶到，爸爸安静地睡着，扑身抱住，肌肤尚温啊，我哭喊道：“明明活着呢，是谁瞎说的！”……那一刻的温度、味道、肌肤的触感，至今、至此刻，仍无比清晰！十几年来，凡话题触及爸爸，不出三句话，当即陷落回那一刻，霎时泪崩，无法自制。每逢中秋、春节之类的团圆佳节，难免聊起些老人旧事，也屡屡因我的崩溃而沦为凄凄惨惨戚戚。这是我心底的最痛，不敢碰触、永不愈合的痛，敢拿这来体验吗？

我做了。

跟随汤姆的引导，调动直觉 / 纯粹觉察，我立即感受到胸骨后稍稍偏右处，有一处像是有一块滚烫铁板，是实体的、沉重的、烧灼的。痛！跟随着汤姆引导的指示，我专注地凝视它，不死不休地专注，没有一瞬离开，一次又一次地慢慢接近它，太强烈了就停顿，但绝不退缩，始终集中在那痛上，一毫一厘地渐渐接近它，乃至最后穿透它，找不到它了……真的吗？后来知道，整个过程持续了二十几分钟之久。

跟随汤姆的引导，再来检测一下：再次调动那一刻的记忆，味道、温度都在，肌肤的触感也在——但烧灼和疼痛不见了，随之而来的记忆是：爸爸“猴儿摞着”（北京方言：小孩骑在大人脖子上）小小的我，送我去幼儿园，我骑在爸肩头，弯着小身子以便贴着爸的头，小腿儿和手脸蹭着爸的颈项和脸颊，感受爸的胡楂，走一步悠一步，温暖、弹性，像坐轿子似的，希望轿子永远颠不到头……温暖，美好……没有痛！不信！我自己反复调出那个“时刻”，什么都记得，但真的不再崩溃，而是引出来很多尘封多年的美好记忆。

待我睁开眼，发现周围站了三四个人，满脸关切，原来，刚才我浑身抖得厉害，“像风中的叶子”，大家担心我跌倒。

我亲身验证了汤姆所说的：留下记忆，去除（干扰情绪的）能量。

我信了。

我坚持练习。暗自惊奇，这些年，积累了多少无用情绪的能量啊！

我主动申请帮汤姆做课堂翻译的替补，一站就是一个多小时，真累！但学到很多，值！

有一天，我有些忐忑地请教汤姆：

“连续几天了，我都没找到无用情绪的能量了，这是怎么回事呢？”

“你每天都做觉察 / 清理的功课吗？”

“是的，早晚两次，每天。”

“连续做多久了？”

“三个多月了。”

他用独特的方法“检测”，食指、拇指轻轻触拢又轻轻弹开。这个据说是有理论依据的，我没大弄懂，不知怎的，就联想起小时候看妈妈有时去办重要的事情，出门前，会起个“马前课”，预测一下是否顺利，左手握拳、右手点数着左手隆起的掌骨及其间的凹陷，还念念有词。其实汤姆的动作幅度更小，也快得多，然后他说："恭喜你，如新生婴儿般清爽干净啦！"

其实新生婴儿并不太干净的，血糊糊的，但获得新生的感觉，很好！而且，这次可是笑着出生的。

当然，即使真"干净"如婴儿了，婴儿也会每天生出各种烦恼。但从此，有了方法，在无用情绪方生之时即能觉察、清理。不求成佛得道，但求余生不困于情绪，不乱于心。

我猜想，汤姆的思想体系的形成，必是与他多年禅修有关，他的"纯粹觉察"瞬间连接直觉的方法，估计与各类正念禅修都有相通之处。他每年都要去印度禅修、"充电"。他的天才之处，是把很难理解，甚至容易被误解为宗教、玄学及至迷信的东西，做成毫无修行基础的小白们也能轻易掌握的方法和技术。他立志于提升人类的情绪能力，惠及人群。

接触多了，有机会听汤姆讲起他在"人类软件工程学"与"情绪运动"之外的经历。除了遭遇入室枪击那种可怕离谱的经历，他个人与家族也有着各种不幸甚至离奇的遭际，听他讲述时都觉惊心动魄，也依稀勾勒出他多年专心研修情绪的来龙去脉。而他讲来时，却很平静。汤姆活得真实、积极，令人更觉亲近。

后来，汤姆搬到上海去了，离得远了，联系渐少。每当我做起纯粹觉察的功课，或为教练伙伴引导汤姆的心法时，内心都会升起深深的谢意。

遇到汤姆·斯通，又是因教练而起的一段神奇经历。从遇到他已经八年多过去了，我真的相信：觉察情绪真相，便能拥有自由人生——不被情绪、妄念控制，心灵自由的人生。我活得越来越轻松、自在，远离了抑郁。

我心中将这三位奉为情绪与态度方面的榜样：苏东坡、汤姆·斯通，还有我最亲爱的老父亲。

教练说

人，终其一生，大约只有两样东西可以自主：情绪和态度。而态度，又往往被情绪所影响。教练，须自己有足够的情绪能力，才能更好地听出教练伙伴的深层情绪，才能更深地帮助教练伙伴。

第五章

教练“被”师父了

每个人，都是全面完整、资源丰富、富有创造力的天才！

· · ·

客户逐渐多起来，我又被一位有过多年交集的企业家再三诚邀，却情不过，答应去帮忙。

我还挺谨慎、挺有“心计”的，与董事长把话说在前面：只帮三年，只管人力资源战略。我留出20%的时间，就是为了做教练的；为保障这20%的“自由”，我主动提出，降薪20%，与董事长“讨价还价”的结果是，降低薪酬10%。

这种自求降薪还自以为聪明的事，发生在我身上，不足为怪，因为算账的角度不同。这把年纪了，还有企业诚聘重任的机会，很不错哦！但帮忙是暂时的，教练事业是自己的，必须要保证时间，不能中辍，这次不是以往的一条道走到黑，而是要一条道走向光明。这么一算账，挺高兴！

我曾在职场奔忙过多年，但此次“帮忙”之“忙”的程度，还是超出了预期。这才明白为啥董事长坚持要我做集团的执行董事，董事长随时需要执行的，都得接着，还都要接住了、执行了，直至有了结果交代，哪里是只管人力资源战略哟！工作时间是150%起步，说好的自留20%的时间？我只能自嘲居然还能如此幼稚。帮忙也得有职业的样子，那就好好干活儿去吧。

此次众多工作中，包括提升管理层的领导力。原来此番帮忙，正用得上教练呢！

先简单说说“领导力”。关于领导力的理论和书籍太多了。按照经典之一的理论，领导力基本可划分为四类：

- 指挥官型：合格的领导者都必须具备做出艰难抉择的魄力和能力。但10%左右就够了，用太多了，团队就会产生依赖，并产生所谓“习得性无助”（learnt helplessness）。而且，对指挥官的要求是：必须能随时随地做出正确的指令。按西点军校的要求，只“正确”还不够，必须是不容误会的。
- 英雄型：事事都自己亲自上，做出榜样。但问题是，那样会累死的，而且不用三度影响力理论也能想明白，没有多少人能真正看得见榜样。此外，遇到如此多的新问题，老英雄们也不知道如何做榜样了。
- 教师型：好为人师是人之本性，如果教得好，自会受到员工喜欢。但企业不是学校，而且，在飞速变化的世界里，能事事都懂已不可能，能教好、教会，更难。必要时，能花上10%的时间来教好、教会，已经足够奢侈了。
- 教练型：充分激发员工的潜能。企业不是家，不是学校，而更像是对抗性集体项目的运动队，上场赢比赛，靠的是队员，而不是领导。教练型领导力，越多越好！

这家企业的主业是传统制造业，管理层多是中年以上，不少是跟着老板从创业期打拼过来的，领导风格整体明显偏向前两种：指挥官型与英雄型，这两种风格相加，会在企业内部带来很强的恐惧循环。恐惧循环有其明显好处：行动力强。人类祖先最早在丛林中活下来，首先要跑得够快，否则，要么吃不到东西饿死，要么成为其他野兽的腹中餐。西点军校对军人的训练，就是从学会服从开始，士兵们要首先学会只用这四个短句：

1）Yes Sir / Mam！（是！长官！）

2）No Sir / Mam！［不！长官！（当长官问“怕不怕？”，就要回答“不！长官！”）］

3）No Excuse Sir / Mam！（没有借口！长官！）

4）I do not understand Sir / Mam！［我不明白！长官！（这最后一句，也是为了听明白才能服从到位。）］

但即使拥有了绝对服从、行动力超强的员工团队，对于指挥官型、英雄型的领导者们，就意味着更严苛的要求：必须能够给出正确且不会被误解的指令！试问，在当今这个VUCA（Volatility，易变；Uncertainty，不确定；Complexity，复杂；Ambiguity，模糊）时代，有几个领导敢说“我就能”？

VUCA，是易变、不清晰、复杂、模糊这几个词的英文缩写，也是从军事用语借用来的，指最不适合战役的综合地理气候条件。当员工整天在恐惧循环中疲于奔命时，就没有时间和精力去主动思考了。我常喜欢引用盖洛普对“主动敬业”的定义：“是员工对企业主动投入的热情和智慧的程度。” 而在很多企业中，“敬业”被基本等同于员工额外投入的体力和时间，也就是“加班”了，可是，体力加时间，真不一定就等于热情和智慧哦。

注入教练式领导力，帮助更多的管理者成长为领导者，适逢其时。我此次入局帮忙有了职务之便，能在企业内部推行教练式领导力，也是难得的机缘。对此，我主动投入极大的热情、时间和体力，不仅亲力亲为做辅导，还亲手设计、编写适合管理者上手使用的“教练式领导力”“教练式绩效辅导”的课程，三年中，亲自讲课几十次，每次讲完都要对教材更新迭代，以便改进授课效果以及适应各级管理者的应用需要。后文再专门讲。

时间明摆着不够用，不是还有周末嘛，一整天时间，能做六七位辅导，也就够每月辅导三十多人次了。辅导对象主要有两类：高管与高潜。高管们多是上亿，甚至几十上百亿营收规模的业务部门一把手，承担巨大的压力，却很少有人可以商量或请教，尤其是空降不久的高管或新提拔的高管，特别需要辅导。而高潜，指那些绩效优秀、价值观优秀且各种测试显示其具备更高领导岗位潜力的中高层管理者。

这天，我接到集团中一个大企业的CHO（首席人力资源官）的电话：“总教头，江湖救急！”

我笑应：“讲来。”

“我们遇到个目标人选，很优秀，但面试几轮都搞不定，请您出马掠阵。”这位CHO，很有趣，书生气十足，性格透亮干净，家境挺好，从来不必为了钱工作，她说退休后的愿望是“浮生愿向丛书老”，深得我喜爱欣赏。但有时纳闷，她咋能在如此复杂的企业政治中一直保持着单纯，却还能挺潇洒地存活下来?

人力资源本是我诸多本职工作之一，自然要出马。

这个“优秀的目标”，名丹鹏，刚三十三岁，英国留学归来，已在两个中国的国际级企业工作过六七年，从基层做起，既做过印度、东南亚等地区的海外市场零基础的开拓，也做过大总裁的特别助理，还独立主持过从产品开发到投放市场的全过程。不仅履历漂亮，更兼口才相貌皆佳，基本属于面试过N关都人见人爱型。面试者早就想要了，但谈了好几轮，都还摸不清他的意向。

“这么年轻，又一路昂扬向上，不免有些骄傲吧? ”CHO嘀咕着。

我并未用力“拉”丹鹏，只慢悠悠地提了几个问题，比如：

“你前几次职业转折的主要原因是什么呢？”

“这次职业选择，你最希望得到的成长是什么？”

“你觉得自己最想提高的有哪些？”

从丹鹏的回答，并未见他轻狂骄傲，倒是颇有几分少年老成。之后，我又问丹鹏有什么问题，丹鹏问：“我想问的是，如果来了这个企业，刚才我谈到的希望得到的成长等，是否能够实现呢？”

这问题，倒是显现出几分少年心性了，世上哪有这种包票呢？我答道：“这个企业能提供平台，其他企业也能提供平台，你有很多选择，但是，最终成就自己，还是要看个人的本事和努力。今天我们两人在这里，也只是这个企业中的两个人而已，远不能代表这个企业的全部，我们不能为任何人保证什么，但能做到的是……”

当我提到，自己也会为新任高管做教练辅导时，丹鹏的眼睛一亮，追问道：“真的吗？您也会辅导我吗？”

“是的，如果你加入。”我笑答。确实，丹鹏如果加入，会被委以重任，那他就是高管加新任高管加高潜的三料叠加，正是教练辅导的重点对象。

“那，我会认真考虑，尽快回复。”

客串掠阵毕，我即去忙其他了。

三天后，CHO说，丹鹏要求与我单独沟通，“感觉他快要下决心来了，需要您帮着加最后一把火”。

我笑道：“薪酬、职位都是你们企业说了算，我顶多能加把虚火，夹生了可别赖我。”CHO一边说“不敢不敢”，又连声地“马到成功”，把我的微信推给丹鹏了。

当晚，我收到丹鹏的微信，很长的一篇作文，主题就一个，直说就是：“如果您肯认我做徒弟，当我师父，我就下决心加入啦。”

有点儿好笑，也有点儿感动，我回复了个“中篇”，以示郑重，主要表达：对新任高管的教练辅导是企业人力资源的应有之义，一定会尽力的，师徒之说就不必啦。

对于教练、师徒之间的关系，我有自己的一套辨析解读，我最喜欢的关系是“教练”：平等，双向选择。既保持一定的距离（一般一个月一次），又能很深入地进入客户伙伴的世界，从而有可能很深刻地帮助到客户。而师父的角色，我觉得太重了。首先，这关系不平等，师父于徒弟，几乎等同于亲缘长辈，不仅要教徒弟手艺，还要教徒弟做人，凡看到的就要管，凡需要时就得伸手，想想都累。其次，既然在企业中帮忙，就忌讳有薄厚亲疏之分，这是我在职场二十几年的职业守则，可以说到了执念的程度。

丹鹏并没有立即回复。第二天清早，看到信息，这次很短：“诚恳再拜，恳请师父收徒。这对我，非常重要。”

我拿给CHO看：“好像咂摸出一点儿胁迫的味道！”

CHO拍手道：“恳请恳请，您答应，就妥啦！”敢情不是她当这个师父哈。

毕竟，见到人才是不能轻易放过的。就这么着，我“被”师父了。丹鹏来企业报到了。

如今，师徒相伴已第八个年头，我与丹鹏都已离开了这家企业，而师徒的关系却一直延续着。前不久偶然听丹鹏和别人聊起，说他当时其实已经基本决心要自己创业了，顺便面试几个，也是想多了解了解市场的行情，遇到“师父”，就毅然决定，为能跟上师父，那就进企业再打几年工，值得。我调侃他：你那不叫毅然，叫少年心性吧。且无论值得与否，丹鹏的事业轨迹就此转变，师父也更觉责任沉重。

头一次被动收徒，我只好学着做师父，没机会与其他师父交流，估计肯定属于严厉的那种。近距离观察、相处，我看到的丹鹏比面试时更真实立体，厚道、善良、热情、努力，是块好料子，但毕竟年轻，一路很顺，人又聪明，就容易浮，有时会不求甚解。玉不琢，不成器；望之切，下手出口也会狠，不过无论怎样急，倒都还是文明的，从来不打不骂。但太急了，徒弟不一定来得及消化吸收，有时反复耳提面命谆谆教导，还要追问："懂了没？" 徒弟连声答："懂啦！"其实，有不少是过了一两年才又说："师父，这会儿我才真懂当时您的意思了。"唉！没有对比就没有伤害，我确认，还是教练的关系更舒服，收徒要谨慎！丹鹏倒是十分受用，还说："徒儿愚钝，净惹师父着急上火，感谢师父，太宽容耐心啦。早年间学徒要签生死文书的，打死勿论。"

陪伴时间久了，自然会看到高光之外的黯淡与挫折，其实，正是在经历黯淡与挫折时，人们才更需要教练，或是师父。

丹鹏在企业内部的经历是先抑，后扬，再遭遇挫折戛然而止。无关能力，无碍人品，主要原因是没有处理好重要关系。一路太顺，挫折未必是坏事，能学到就好。在企业内部给高管辅导时，我最常遇到的两类问题是：生活与工作的平衡，以及重要关系的管理。丹鹏就"栽"在重要关系的坎儿上。

前面说过，丹鹏是海归的年轻才俊，在两家国际级企业工作过，从基层做起，三十几岁就掌管了上千人的企业。难得的是他年纪轻轻，就懂得做人厚道，有野心、没私心，激情做事、绝不惜力，肯自己担当，不计较吃亏。在短短两三个月内他将原已暮气沉沉一盘散沙的团队带到充满激情、渴望成功的状态。

师徒例行约谈中，我常会听他提起团队时，充满欣赏和信心，谈及各相关协同部门的老大时，也总是善意积极，唯独当他提到新上级时，口气中有一点儿微妙：

"C总好像还是不太理解，不过没关系啦……"

"C总又叫给他再汇报呢，都讲过好几遍了，他好像还是不太明白，那我就再给他讲一遍好啦……”

捕捉到丹鹏语气中的些微无奈和不耐，我便叫他说说与C总的关系。

丹鹏本就是坦诚透明的人儿，对师父更无保留，他觉得C总对自己不够信任：“C总明显更信任共事久的老同事，而我的想法、方案汇报了很多次，还总是‘再仔细想想’之类的模棱两可的答复。既然他要求，那我就多汇报几遍呗。”

听起来丹鹏并没太往心里去，也没给他造成太多烦扰。就是这“轻飘飘”的不上心，倒让我有些担心了，接下来的追问近乎严厉：

“要你‘再仔细想想’的都有哪些？”

“换到他的位置，你认为他为什么提这些要求？”

“你思考得如何？想清楚了吗？”

“‘清楚的’与‘不清楚的’具体都有哪些？”

…… ……

追问的结果是，丹鹏有了先入为主的“不被信任”的判断，抵触情绪妨碍了他沉下心来思考这些本该认真思考的问题。而C总一直得不到丹鹏关于那些重要问题的反馈，即使本来并没有“不信任”他，也不敢再轻易就对他放心了吧。

我道：“先放下具体问题和感觉，咱们先来练习一下同理心吧。如果你是你的上级，你最关心的会是什么？”

丹鹏边想边慢慢说：“那……我肯定首先要想丹鹏这个部门与其他部门的协同……哦，不对！C总最关心的应该是全局，首先想的肯定是全局必须得稳，无论转型期间要换哪个轮胎，都万万不能影响整体业绩。”

嗯，我微微颔首，鼓励他继续。

“他肯定希望，直接报告给他的核心团队都是信得过的。”

我提醒一句：“是‘你’，不是‘他’。”（这会儿是在练习换位思考呢！）

“哦！”丹鹏吐了下舌头，“我肯定希望自己的团队都是信得过的，能指挥得动，能令行禁止。”

我问：“你为什么会这样希望呢？”

“因为，新的模式谁也没试过，风险肯定有，必须先尽量把风险点都想到，想明白如何应对，还得协调一致，才有可能在跑动中及时调整，不至于掉链子出大问题……”丹鹏顿住，若有所思，喃喃道，“是的呀……要我是C总，可能也不会放心，也是的哈……”

接下来，师徒又一起细细梳理：有哪些是重要的利益相关者（上下左右），与各个重要相关者需要建立、保持以及必须避免的关系。他提到的有些名字我并不认识，但没关系，尽可以追问：“××为什么重要？有何利益相关？”

然后，再具体地一一同理各个重要相关者，他最关切的是什么，风格、性格，以及应该建立的“重要利益相关人关系行动历”——需要建立和保持什么样的关系？为什么？如何做？频率？根本不需要与每一位都吃吃喝喝才算关系好了，有些重要关系恰恰是需要保持一定距离的。

丹鹏：“原来一直觉得，咱凭本事工作，不是凭关系，现在看起来是偏颇了。”

师父斥道：“岂止是偏颇，是幼稚！你以为你从一开始就‘本事’很强吗？你以为你现在担上这个重任才几个月就本事很强了吗？你自己也说过，有今天的成绩，是因为遇到了很多愿意包容你、提携你的前辈和贵人。人无往不在关系之中，经营好重要的关系是人生必修课，正大光明，与厚黑无涉，修不好，是幼稚，是无能，绝无借口。”

丹鹏脸红了，冒汗了，连声点头：“师父息怒，徒弟懂了！收到！”

见此形状，我有些欣慰，也暗自惭愧：这通说教可很不符合“教练”的范儿，不留神没忍住，也是因为真把丹鹏当作徒弟看待了，得，急就急了吧，反正做师父的是可以急的，没打骂就算很好了。

结局并非圆满：在随后的组织调整中，丹鹏落选出局，C总选用了另一位共事多年的老同事。我闻听消息，长叹道：“C总并没做错。”

尽管一时的结果不圆满，但我相信，丹鹏在相当程度上是真的“懂了！收到了”。年轻人，有的是时间和机会，有些重要的经验，早经历可能更好，只要吃一堑后能长一智，就好。

还有更重大的挑战等着丹鹏：本命年，刚刚三十六岁，大好年华，丹鹏遭遇一连串打击：事业受挫，家人事故，父亲重病……饶是天性乐观，丹鹏娃娃脸的两鬓也陡现斑白。这时候，做师父的，径直过去，抱抱肩，拉着手，说一句：“师父在。”

既成师徒，大约便会一生陪伴了。

陪伴着徒弟的艰难成长，师父既揪心，也欣慰，相信，他应该不会因挫折而铩羽，相信，会等到那一天，他一声清啸振翅而起，再现骄子本色。他还年轻，“年轻就是道理”。（借用一下《择天记》的这句。）

教练说

教练与伙伴之间的平等关系，实在是难能可贵。学过教练的师父，也就是“教练式的师父”，能陪伴徒弟更长久。无论是教练，还是教练式的师父，不仅需要伴随教练伙伴/徒弟的内在成长，还要特别留意帮助他们看清楚周围的重要关系。人，无往不在关系之中。而处理好重要关系的要诀，就是两个字——同理，或者再加两个字——共情。

第六章

代孵天鹅蛋

冲突矛盾未必是坏事，重要的是，要追求达成核心团队的深度信任与默契。

· · ·

五年，橘子才逐渐从猝失丈夫的创伤中走出来，其间，她好几次响亮地宣布："我觉得我走出来了！"我都用微笑表示鼓励，并用心观察：她去学跳舞了，兴高采烈一阵子，便不提了；又谈了几场恋爱，都是热烈而短暂；后来去泰国游学，回来说"身心都清爽了"……再过不久，生病了，又缠绵反复了一年多。走出来，谈何容易。

我用心观察、小心陪伴，提问时也留意温和，有一次恋爱刚开始没多久，橘子说"男朋友求婚了，我也想结婚了"。

我认真问道："你有过十几年的婚姻经验，你期待的下一次婚姻是什么样的？你想从婚姻里得到什么？"

她很快地答道："这个我想过好多遍，我就想有个人能靠一靠，能帮我分担家里和公司的事；需要时都能在，能担当，但也要有彼此的空间，不需要时不要烦我；要会聊天，要有趣，而且，必须要得到我女儿和儿子的认可，这很重要；还有很重要的，必须是好情人……"我听着，无厘头地想：这应该是第N代陪伴机器人的设计标准吧？

橘子忽然暂停了滔滔叙述，想了一会儿，又好像是自语："其实，依靠倒也不必，这几年其实我做得挺好的，当初您帮忙主持私董会终于把分工闹明白，就是因为不想再依靠，也不需要依靠了；至于好情人，好陪伴，倒也不必就非得结婚吧？”我没再说话，她自己想明白就好。一个月后再见面时，她已经和那位求婚者分手了，因为“相处多了，就没啥意思了，没话说”。

我觉得，橘子其实是在试图弥补前半生的各种遗憾。她是听从父母之言，断了初恋走进婚姻的，她是乖女儿，宁可自伤，也不伤父母的心；婚后，她一直扮演的角色是小女人、好妻子，后来又兼任丈夫创业的百搭助手。婚姻生活让她不得已学会了隐忍的涵养心术，来抵消生活中的各种痛苦。当然，她在修行的路上已经远远超越了最初的起点，至于进境几重了，便不是我这槛外人所能知晓的了。

她已经做得很棒了，但全然放下，却还未必。看着这个既妩媚又大气、既爽利又善良温柔的女人，怕来不及似的做着各种舒展天性的尝试，我忧欣交集，但欣慰更多一些。她寻回作为一个美好女人的权利，再正当不过。

她需要时间，但不需要，也不能再次走进同一条河流，她已蜕变，已长出天鹅的羽翼。

我感觉她似乎真的走出来了，是在橘子的病情恢复较好后的一次辅导，她说：“几年前你给我第一次辅导时，就问过我一个问题：‘这个企业对你意味着什么？’我说：‘企业是我修行的道场。’当时觉得回答得挺漂亮的，也确实是那么想的。这些日子，我又在思考这个问题，我其实并没有认真地在企业‘修行’过，尤其是这几年，家里的事情再加上自己生病，上班都是三天打鱼两天晒网的，连基本的责任也没承担。”如此说，虽基本是实情，也未免苛责了，一个弱女子，要抚养一双少年儿女，还要兼顾两家的长辈，其中的不易，无法言说，橘子已经做得很好。

“多亏我的团队，一直很忠诚地守着这个企业。这几年一直就像是陷在沼泽里拔不出来，现在终于出来了，心里清净了、亮堂了。现在我清楚地知道，我好了。我不想再给自己找借口，也不想再依靠别人或是运气，我必须做好这个企业，才对得起团队、投资人，给团队一个好的交代。最重要的是，对得起自己和我的先生。” 她夫妇当年的发心是：让中国学子在中国得到最好的国际课程教育，给更多人的生活带来美好。

“老师，我需要你的帮助，不仅要帮助我学做一个合格的企业家，还要请你帮着带带接班人。” 这位，心志方定，羽翼初成，就想着接班人了，这是在委托我帮她再孵化一只天鹅。

尽管与橘子的信任基础已深，但我还是再次强调了教练的守则，包括为教练对象 / 伙伴保密（辅导内容是不会向橘子透露的）以及以教练对象 / 伙伴为中心［而不会因其上级（哪怕是老板 / 董事长）的期望和要求而受到影响］。对此，她“完全理解，同意”，橘子式的干脆。我欣然同意，由此，多了一位客户。

几年前给橘子团队讲课时，我就见过林萌。小伙子精神利落，穿戴得体，气质很舒展，有书卷气，有点儿像是海归的精英。问了，说是在国内上的大学，一直在民企工作。再见面时，下巴上仍有那一抹黑须，也仍未脱了少年扮老成的模样，几年岁月，并未给他留下什么痕迹，身材也没走样，是自律的证据，挺不错。后来熟悉了，我笑问他为啥留那点儿小胡子，他说，做教育这行，与学校打交道，留一点儿胡子能显得成熟些。

林萌应属“80后”的一类模范，事业稳定，一直在进步，工作、生活也平衡得挺好。与太太的关系，既是初恋，也是情人，更难得的还是朋友，基本不拌嘴，遇事有商量。女儿才十来岁，已是棒球小明星，是校际甚至区际比赛时被争夺的热门赛手。北京的小学这几年开始兴起棒球运动，猜测原因大概是：既是集体运动项目，又对抗有度，相对安全。据说，棒球是智商最高的运动之一。棒球不仅成了小学的“宠项”，也成为受企业团队建设青睐的选项了。弟弟还小，貌似更偏文艺范儿。林萌自己的爱好是飙摩托车，太太则是温柔的定海神针。一家子呈现着德智体美全面发展的蓬勃局面。逢长假，要么接父母来家，要么一大家子、老中小三代一起出游，儿女双全，夫妻恩爱，高堂尚未年迈。在外人看来，差不多符合流行的那句嗑儿了：三流财富，二流智慧，一流自在。这个标准相当难达到。三十几岁，就能活出这样的状态，不会只对“80后”一代才是可羡可敬的吧？

这是林萌服务过的第二家公司，从销售做起，经销售管理、运营管理，做到代理总裁，十年走来，每一步都挺扎实。他做事努力，也很稳，尤其是近几年，橘子无暇照顾公司，实际是林萌从协助到主持，再到全面负责业务运营。他的思虑缜密、注重细节与橘子的跳脱跨界、直觉敏感，应该是很互补的，是CEO加COO（首席运营官）比较理想的搭配。然而，从习惯并擅长运营管理的职业经理人，跨越到具有全局宏观、制定战略、开疆拓土的企业家思维的CEO，这个转变可能就很有挑战性了，能否“孵”出橘子心目中能接班的天鹅，答案尚未可知。橘子殷切，我也充满好奇。

殷切归殷切，好奇归好奇，我仍要坚守教练的准则：教练引导流程，客户引导内容——跟着他走，伴着他起舞。急不得，听说过这样一个故事，人工孵小鸡时，有人实验过各种加温提速，结果，真不到21天就收获了——收获的是变蛋，小鸡没有了。想来，天鹅蛋的孵化，也更需接近自然条件才好。

时间飞逝，给林萌辅导已经将近两年。庚子年初，新冠肺炎疫情暴发，也只停了一个月，并非因为疫情，而是因为本来就计划春节休假的。前面大约2/3的过程，都很愉悦，基本上每次林萌都带着问题来，开心收获而去。林萌很真实，也很直接，一定要弄懂、消化，才会开心地舒展眉头。他的不少问题都还比较基础，例如：“除了KPI（关键绩效指标），还有哪些能有效激励绩效的方法？”但尽管基础，也都是企业运营必要的基本功，他能主动意识到、提出来，就很好，当然有问必应。而且，每次能自然而然地带出更多深层的学习和思考，比如，由KPI再到OKR（目标关键任务）再到企业文化、氛围、激励、授权……再如，如何做年度的业绩目标，就从“具体方法”，讨论到不同的方法、适用以及优劣等：是参照过去的业绩做比例性的提高作为目标，还是从外而内、从市场趋势去主动抓住新的增长机会？这就自然过渡到战略思维与方法去了……因为都是由林萌自己的现实问题而引发的延伸，所以他更容易收得到、学进去。这种学习方式林萌很受用。我体察到林萌的学习习惯是在实践中琢磨，再提炼出问题，橘子的习惯则是遇到问题随时百度或抓个活字典查询，这二位都不习惯于课堂式的系统理论的学习方式，在这点上，倒是相似。

近几个月，林萌多了些烦恼，多半都是因为橘子决心要全情投入真正担当起CEO的角色之后，就开始具体过问公司业务，并提出各种要求了。对此，林萌的直接感受是：她并不知道运营的具体细节，很多时候只是想当然，落不了地。而橘子的苦恼是：团队在传统业务出现停滞甚至下降苗头时，并没有危机感，对政策风向带来的机会也不够敏感、不够进取 ……她对林萌寄予厚望，委以重任，自然也会在达不到期望时对他产生抱怨。

对逐渐显现出的鲜明矛盾，我倒挺高兴的，两边都开始热气蒸腾，正适合添柴加火呀。

这二位，每月一次辅导，都是与我单独约，有时会约在同一天的上午、下午，但都是背对背，彼此不见面，更不知道各自的辅导内容。从我的教练位置来看，就相当有趣了，把几个月的几个实际情境摆开来看看，更容易品出味道。

九月 / 橘子

橘子：……今年还有四个月呢，年中说的全年业绩目标，已经第二次缩水了。经常是这样，没人拿目标当回事，做不到也没人负责，说的都是做不到的理由！

我：经常？？（真的惊讶）

橘子：呃……倒也不是的（对自己的夸张有点儿不好意思），就是从去年，传统业务第一次出现增长放缓。今年又闹疫情，年初就没定具体的目标，我也同意了，反正大家努力想办法去做就是了。也不能说大家没努力，但都是在传统套路上努力，就肯定做不出什么突破啊！

我：你看到有哪些突破的可能性吗？

橘子：（沉默一会儿）我也不能说自己就看清楚了，但我认为，如果加大对新产品的资源投入，是可以有突破的，而且还可能来得及实现今年收入的突破。

我：那么资源投入由谁来决定呢？要求应该由谁来提出呢？（并非诱导，是真的好奇：虽然CEO理应是公司做决策的一把手，但不同企业的实际决策机制也会有很多差异）

橘子：应该是我，我是CEO呀（自己笑起来了，简直停不下来）。对呀，我为什么不要求、不决定呢？（边想边说）主要原因是，我自己也只是感觉，这几年也没具体过问业务情况，他们一细数各种做不到的原因，我就没话说了。嗯，其实更主要的原因是，我不喜欢冲突。

我：CEO提出要求，就会造成冲突吗？（仍是纯然好奇）

橘子：（思考）其实，倒也没有啥冲突，可能是我自己性格的问题。我不喜欢冲突的感觉，正常讨论争论时，我总是先停止的那个。我们很多会议的模式是我提要求，他们解释各种为什么做不到的原因，然后，我只能说“大家都再好好想想，看有什么办法”。然后会议就结束了，就没下文了。

我：没下文？真没下文了吗？（真吃惊了）

橘子：我会生一会儿闷气，也只好如此吧。哎呀，我这个CEO也太不合格了。（又笑）

我：（看着她笑了好一阵儿）……就咱们刚才的对话，你有什么想法？

橘子：第一，我要先抓紧弄清楚业务情况；第二，我要先想清楚业务突破的方法和逻辑，如果他们说做不到，就必须说服我；第三，我要能清晰而坚定地提出要求。

我：好呀，下个月期望听到这三点的实践感受。另外，分享一下我的感受，供你参考：你总说“他们”，其实，每个人都是不一样的个体，不能达到你期望的原因也可能各不相同，你得分清楚是意愿原因还是能力原因，才能有效地应用不同的方法和领导力；另外，“他们”，都是你的团队，我发现，你习惯用“我”“他们”，也许，用“我”“我们”的感觉更好些。

橘子：嗯嗯！是哦！你这一提醒，我才意识到，“他们”都是我的团队啊，他们都很努力的，我缺位几年，公司还在正常运转，多亏了这个团队。我的责任是把我的团队带得更棒，而不能像现在这样，既怕冲突，又在心里不满，还总是回避冲突，并没做到与团队一起啊！我必须和他们融合成“我们”。

对话以一通人称绕口令结束。

十月／林萌

我：咱先说说你上个月的行动计划吧？（每次辅导结束前，都会落实到行动计划，上个月，他自己提出的行动是：主动与董事长

保持沟通通畅，争取达到默契）

林萌：我主动找她聊了，三个多小时呢，效果不错。约好每两周沟通一次。

我：请具体说说如何“不错”吧。

林萌：前几个月，她突然开始具体过问业务，经常提出一些要求，在我看来都是不合理的，耐心给她解释情况，心里总有点儿不舒服。上次和您谈过后，我想明白了，她作为董事长兼CEO，又开始关心企业，是很正当的，是好事，情绪自然就没有啦。我确实应该主动帮助她了解公司的情况，我还认真做了些准备，尽量系统地介绍各方面的情况，她听得也很认真，效果不错。

我：听起来，是你给她讲时的效果不错。那么，她与你沟通得如何？（沟通是双向的，自然有此问）

林萌：主要是我说，给她介绍情况，她倒没说什么，我觉得应该是理解了吧？

我：你觉得完全理解她对你的要求和期望了吗？（听上去，不像是双向沟通，甚至有点儿不对等的味道）

林萌：她没提什么啊，哦，还是又说了几句：希望你能帮我拓展公司的业务，能实现今年的经营目标，能持续增长，等等。以前也常说的。不过，听过我的详细介绍，她应该也更能理解实际情况，不会再动不动就提出不着边际的要求和想法了吧。

我：（暗忖：嗯，至少是开始主动“沟通”了，距“默契”也就还差个十万八千里吧）刚才听你说到，“董事长兼CEO重新参与公司事务，是好事”，好在哪里呢？

林萌：（停顿了，不常见）呃……当然，首先，老板能亲自关心企业，肯定是好事啊！毕竟，资金、资源，等等，还是她掌握得更多嘛；再有……她对机会更敏感，也更开阔一些，这些，嗯……其实都比我更强的……

我：你最希望与她的合作关系是怎样的？

林萌：……（此处略去细节，答案主旨是：希望充分信任，不要过多干预）

我：咱们来试着共情一下，如果你是她，她会希望你们之间的合作关系是什么样的？

林萌：……（边想边说。此处略去细节：其实，这大概是初次尝试“共情”，还没找着“如果是她”的感觉）

我：她对你的期望和要求是否合理？请讲讲你觉得合理与不合理之处。

林萌：当然是合理的，如果我是她，也一定会这样要求和期望的，甚至更严格。但是……

我：（耐心等着“但是”之后，没等到）但是，就是有些不舒服？

林萌：……（猛烈地点头）

我：我感觉似乎听到了有些情绪，有吗？

林萌：嗯，是有一些。

我：我们以前聊到过关于情绪以及无用情绪的干扰。建议你审视一下，到底是啥情绪？因何而来？（林萌通常都是很有逻辑、很理性的，当他意识到有情绪时，应该是可以自己审视清楚的）

林萌深深点头。

分手时，我又笑着追加一句：“我还记着你说要争取与董事长做到‘默契’呢，期待。”

十一月/橘子、林萌，分别提出：

橘子：我觉得已经看清楚未来三年的机会和赛道了，我希望我的团队能和我一起，能认同公司的三年目标，并能一起制订出明年的运营目标，而不是拍个脑袋说个数，做不到反正都有理由，反正没关系。请老师帮我！

林萌：董事长提出的目标，听起来也有道理，但三年太远，我更关心明年的目标如何制定、如何落地，请老师帮我。

以上是二位分别在一对一的辅导时提出的，也算是一种默契?

于是，就有了计划中的“三年战略规划目标与2021年运营目标工作坊”，订于庚子年12月下旬，由我来主持。行笔至此，方才是11月上旬，只能待下回分解。

至此，孵化过程皆是纯天然，12月，也许能见到些新的端倪?

教练说

强势的CEO比较常见，回避矛盾冲突的CEO也可以有其独特的魅力和领导力。辅导CEO时，要特别留意其与核心团队成员之间的实际关系，一团和气未必是好事，冲突矛盾未必是坏事。重要的是，要追求达到核心团队的深度信任与默契，而深度信任与默契，始自对使命、价值观、战略、目标的认同。

第七章

无往不在关系之中

人，无往不在关系之中。而处理好重要关系的要诀，就是两个字——同理。

· · ·

我平均每个月要做三十人次左右的单独辅导，其中一半左右是个人客户，都是企业主或CEO；另一半是给企业的高管、高潜们辅导，大约六到十二个月为一期，辅导的人选由企业决定，教练并不参与甄选。

为企业的批量辅导，一般是每月集中安排两三天，一天能安排六位甚至七位，由企业的同事帮忙安排好，一个接一个，非常紧凑。常常是早晨八点我出门，晚上还要安排免费的“私活”辅导，总要到十点之后才结束，工作强度很大。以前我在企业工作时，一天到晚开会也是常有的事，但是教练的工作还有另一重辛苦：教练最重要的是聆听，听的不只是内容，还有其中的情绪，以及未说出来的、深层的意图。教练“黑话”称为“3F聆听”（Fact，Feeling，Focus），即事实、情绪和意图。这就需要全程注意力极度集中，辅导都是一对一，面对面，思维一秒都不能开小差，一位结束，马上换下一位，大脑立即“换台”，全神贯注在对面这位辅导伙伴身上，其强度远非一般工作可比，是需要三力合一的活儿——脑力、心力和体力。

其实按照与甲方企业的合同，根本不至于这么忙，是我自己乐意：

来都来了，能带着加塞儿多辅导几个是几个，还好像占了便宜似的，应了那句老话儿“有钱难买我乐意”。

做专业教练，最大的“乐意”，莫过于用“发人深省的好问题”点醒教练伙伴的时刻，有点儿像是挪开竹笋上面压着的石头，笋就噌噌地笔直蹿起来了。常有被教练者用“醍醐灌顶”来形容，而教练行对这类“点醒”另有个说法——顿悟时刻（A-Ha moment）。顿悟时刻是教练最乐享的时刻，说起来就滔滔难止。后面再说。

给高管和高潜们教练，会时有顿悟时刻，但更多遇到的，是一些高度共性的难题：一类是工作与生活的平衡——加班太多，时间不够，几乎无解；再有一类，就是各种关系的问题，复杂难解。又想起卢梭的那句名言：“人生而自由，却无往不在枷锁之中。”其实我觉得前半句是不太通的，人类都是早产儿，出生后十几年都还在继续发育大脑呢，连独立生存能力都不完整，还扯啥生而自由呢？后半句倒是可以改为：“人，无往不在关系之中。”

其实，“工作与生活平衡”的问题，也脱不了“关系”，包括与自己的关系、与家人的关系、与工作的关系、与领导的关系、与团队的关系……还真是“无往不在”。而教练的功用，就是要帮他们厘清与关系人之间的关系，还要深入他们与自身之间更深层的关系。

关系几乎就是复杂的同义词，分几层来说。先说说“与自己的关系”，我想起二十几年前在IBM公司时的一段亲身经历。

那时我还是高潜人才呢。回头看，那时真年轻，但不知凭啥却自以为已经啥都看得透透的。HR通知我，要给我配一个教练，我挺烦，问HR：“我怎么啦？我有什么不对吗？干吗要单给我配教练？还有其他什么人有这个待遇？”

HR轻轻一句“这是HR Confidential（人力资源机密）”，就把我噎得没话说了。当年，IBM的“人力资源机密”可是很严格的，而且规定得很细、很具体，比如，私下里谈论彼此的薪酬、期权之类的，都算触犯了“人力资源机密”规则。违反者会受处分，严重者甚至被开除。

学了教练，我才更深地体会到，当年IBM为了培养高潜人才，真是下了功夫和本钱的。算起来，我应该是国内最早享受到教练服务的极有限的一小撮人中的一个了，那是二十几年前，国际教练联合会也才刚刚成立几年，好家伙，这渊源还真不浅啊！

没辙，只好陪聊吧。我心不甘情不愿地开始了我被教练的过程。

教练是位上年纪的美国女士，好像叫Mary 还是Maryann，名字记不清了，以前也是在大企业工作过的，人很优雅。头两次聊得挺没劲，我问她有什么建议，啥也没有。

第三次辅导时，我索性放开了吐槽，说各种不高兴的事，公司的官僚啦，对中国人其实还是不信任啦，滔滔不绝说了挺长时间，我已经感觉触到了职业天花板。

那教练忽然说：“对不起，我能打断一下吗？”我这才觉出一直没给人家说话的机会，教练挺大年纪了，每个月专程从美国飞来，不知别的被辅导者如何，反正和我聊时都没什么机会说话。我有点儿不好意思，忙说“您请您请”。只听她慢慢地说道：“Juliet，我听到你的很多不满，这些都是你不想要的；我想问的是，你想要的状态是什么样的呢？”她的重音放在“想”上，特别清晰地砸进我耳朵里。

1997年，当我初次听到“What do you want（你想要的是什么）”，真被震动到了。

对呀！我这么多不喜欢，天天很多不高兴，我任由自己沉陷在众多的“不想要”之中，却从来都没有想过我“想要”啥！我寻思。

那是自从我发狠自学要改变命运后的十几年来，第一次再度面对这个简单而重要的问题。当初的目标非常清晰简单：就是为了要换一个挣钱多一点儿、与健康人为伍的工作。亲身经历过大病之后，特别想在健康人的环境中工作；而挣钱多一点儿的标准之一，就是能买得起新鞋子，而不必委屈自己穿小鞋（当时我就只有一双猪皮鞋还算体面，但病休几年一直穿拖鞋，脚竟然给放大了），穿小鞋，很痛的。如今，已经添了百十来双名牌高跟鞋（其实穿高跟鞋有另一种不自在，但这是自己选的，便能甘之如饴），已经在职场疾走了十几年，走了挺远，却没有再度审视过自己想要的目标。教练温柔一问，对我却是当头棒喝，记得那一刻，突然间四面八方飞来很多思绪，包括自己其实进步够快了，还不都是IBM给的机会，还那么多抱怨……都是些婆婆妈妈的事儿，真没劲。其实也不能说是婆婆妈妈，都加起来，就是不喜欢、不想要……那么，我到底想要什么?

其实，那时我尽管被震动了，也没想多深，就只想到此处如此多的不高兴，要么放弃抱怨，要么，就离开喽。那……就先去念书吧，充电吧，去拿个含金量十足的硬文凭来。当时我也就只想着事业这点儿事，没想其他，其实也没把自己当作一个全人来对待，潜意识里认为，自己经过大病，死去又活来几次了，已是金刚不坏，青春不老，可以纵情事业，至于生活中的其他，当时都不在考虑之中。想至此，我甚是开朗，当即感谢了教练，就去提辞呈了。

后来的事，很多都写在《逆风飞飏》里了：我辞职了，准备打点行囊自费去美国念EMBA（高级管理人员工商管理硕士）；后来因年迈父母双双病倒，只能延期，臊眉搭眼地又回IBM接了建立全国渠道的工作，再后来，就去微软当了中国区总经理；又辞职，写书，去民营企业……一路不按常理出牌，按我自己的说法是“先跳起来再找落脚点”，但都是在事业的单行道上，油门踩到底，义无反顾，得到不少，也失去了很多。其实如果不论职业上的得失，那我根本就没给自己留什么事业以外的生活。

我从不后悔，倒不是因为没有值得后悔的事，而是后悔没用，白让自己觉得挺失败。但是，因为自己已经失去了很多特别宝贵的东西，所以做了教练后，我就会特别留意，总想提醒这些在职场商场中拼搏的高管，要好好与自己相处，与重要的亲人相处，呵护好那些生命中的重要关系。

与自己的关系，挺难的。我很晚才学会关照自己的内心，更晚，才找到人生的目标，也才终于能与自己好好相处了。

从自己的经历，我觉得有两个字值得拆解一下，那就是“须”与“需”。

需：想要，英文是want，更接近中文的“欲望”。

须：需要，英文是need，更接近中文的“必须”。

比如：“我‘想’抽烟。” 但我其实不需要，抽烟是有害健康的。很多“想要”，其实并不是真需要、真喜欢，却还想要，还要要，即所谓人心不足。及至成瘾而不能自拔，就属病态了。

“我‘必须’呼吸，没有氧气会死的。” 但我常常根本意识不到这个需要。

家庭、亲人，往往就是那个常常被忽视的“必须”。

与亲人之间的关系，是企业家和高管的另一个最具共性的问题，忙，没时间！

刚开始做教练时，我总尽力想在“时间管理”方面帮助客户。

后来发现，做领导的时间不够用（接受教练辅导的客户基本都是中高层以上的管理者），关键问题在组织、流程，以及最重要的授权上——转了一大圈，还是回到是否能掌握教练式领导力去充分激发团队的问题。

然而，这世界变化越来越快，领导们 “必须不停奔跑才能留在原地”，无论用时间管理、授权、效率挤出多少，时间肯定还是不够用，那么，置那些重要的亲人于何地呢？真是两难全。

面对这个无解难题，我从未放弃，不懈尝试。比如，时间管理的各种方法，旨在将挤出来的时间用于陪伴家人。再如，逼问教练客户 / 伙伴：亲人们对于你的意义？如果重要，你如何安排陪伴的时间？如何不留遗憾？

首先，想清楚亲人、家人对你的意义！子欲养而亲不待，儿女成长而家长缺位，这都是触及人性深处的大遗憾，想清楚，说出来，让意义充分昭彰，自然会更认真地对待；否则，就很可能习惯而至麻木，视而不见了。

其次，时间不够，就更需要“高质量的陪伴”。无论多忙，总还是要一个月回家吃几次晚饭吧？总还是有几天周末和假期吧？

以下这些“招数”的例子，都来自客户被充分激发了对意义的深度认识之后，自己在高质量陪伴方面的“发明创造”：

“回家后，不要再看手机，陪太太在厨房，或者无论她在干什么，都陪着聊聊天，不用太多甜言蜜语，只需要准备几个开放式的问题，然后，就专注（至少要做专注状）聆听，等她停下来就再接着问问题，比如，你今天过得怎样？那你现在心情好些了吗？下个周末你想做些什么？我能帮你做什么？太太的倾诉可能是很长的，被认真聆听的倾诉，是非常治愈的；根本不必帮着择菜洗碗之类的，手留着有用，在聆听时，有些温馨亲昵的动作才更好。”

“陪孩子时，不要只审查作业（像我三天打鱼两天晒网的样子，孩子的作业和成绩恐怕早就乱七八糟了），要问孩子一些开放式的问题，帮他一起寻找那些天马行空的问题的答案，陪他玩，跳绳、踢毽子、遛狗、调查研究一下路边的花花草草，啥都行，也正好补上些很久没时间做的锻炼。孩子生日时，哪怕是同一天内打个飞的送个礼物，那份惊喜的情感回报，足矣！”

“长假前的一两个月，可以授权给孩子做总策划，请太太做总顾问，来策划长假的计划，短短几天的全家出游，可以将喜悦延长扩大很多。”

“对父母，需要认真共情一下，当你是他们的岁数时，你自己最想要的会是什么。然后，每一两个月陪老母亲唠嗑一两个小时，陪老爷子小酌几盅老酒，就不会觉得是负担，也不会总想着早点儿结束了。”

“长期外派工作，每天晚饭后固定时间与家人视频二三十分钟，六岁与九岁的俩娃轮流主持，最后夫妻俩聊几句，竟然感觉比在家时的交流质量还要高很多。”

还有一位特别有创意，他想出的办法是：两个家庭每隔一段时间就找个周末去海边野餐（两家都住得离海边不远），太太们准备餐食，孩子们玩得不亦乐乎，两个男人本来就是同事，在海滩漫步之际，将本来在工作中经常爆发的矛盾与误会消于无形。一举多得。

各种奇妙而高质量的创意，不胜枚举。

每当我听到这些大男人被激发出来的天才创意，都非常钦佩。（被辅导的高管中，绝大多数都是男性，这就是职场的现实。）

谈到职场中的重要关系，那就更是无往而不在了，一旦处理得不好，后果可能很严重。前面说过几年前的丹鹏，就是一例。

记得在IBM刚刚从学员转正时，我开始被分派一些实质性的工作，其实也就是给外籍的业务代表打下手、准备整理文件之类的，干得很带劲，经常加班到很晚，也经常遇到总是在办公室游荡的首席代表迈克·斯坦恩。迈克在IBM显得另类，高大黝黑，半长鬈曲的深棕头发，两撇上弯的唇髭，一个弯曲如天鹅颈的烟斗，总在手里握着或嘴角噙着，在办公室倒是从未见烟斗冒过烟。据说他在很多混乱甚至战乱的地区都派驻过，大概当时刚开放不久的中国也被认为是神秘大陆，须由具冒险经验、擅长应变的干部来主事吧，于是他又被派驻北京了。我们私下里都觉得他挺传奇的，有点儿像阿拉伯的劳伦斯，反正不像典型的IBM高管。这晚，迈克拿着烟斗，站在我的工位隔板外，聊了会儿，不知聊到什么，我老气横秋地叹了一句：“职场环境太复杂，我不喜欢人事斗争。”其实那时我这小萝卜头又哪懂啥斗争呢。

迈克笑了，说道：“人际关系就像空气，有人的地方就有，与你喜欢与否无关。”

前几年北京雾霾严重时，我竟也会无端想起这句话。

连膜翅目的蜂、蚁社会都有极复杂的分工和层级，人是最复杂的动物，不但有哺乳动物的各种情绪情感，还因人类特有的那层进化出来的薄薄的大脑皮层而能无中生有地想象、讲故事、八卦、思考——或者说是拥有“创造力”，以上种种注定了人际间的关系必然复杂，当关系再加上各种目的鲜明的标签（影响力、管理、治理、文化、组织、分工、层级……）时，就烩成所谓的“公司政治”了。有时候可以选择简单处理，比如，选择一些远离复杂关系的职业，例如艺术家。但更多时候、大多数人，都是躲不开的。而当身为企业高管时，不但不能躲，还要主动学会驾驭好各种关系——或说是“情商”“领导力”，要知道，领导力可不仅指上级对下级，还包括对平级乃至对上级的影响力。

职场的常识：在企业中做职业经理人，你可以对企业平台有一定的选择（只是很有限的选择而已，因为企业还不一定选择你），但对于平台上的重要利益相关者，则基本没有选择了。

铁打的营盘流水的干部，相处很久、信任很深的上级，随时可能“转岗”了；或是提携你、引你进门的资深老大，也许在你刚入职时就离开了。相信不少人遇到过类似的事，我就遇到过，而且更戏剧化，我在微软的第一个上级，为说服我加入微软，和我恳谈了十一个月，请吃了好多顿意大利餐，喝了好多瓶红酒，为了增加说服力，还承诺要“罩着”我，“因为微软的文化环境，最好有人罩着”。结果我到任第一天，上级就去休假了，又过了一个多月，我还两眼懵呢，上级被换了，被明升暗降地调走了！最离谱的是，上级是和我们一起在大会上听到调令的！虽然见识过各种企业政治，但这种情节，也算是比较极致了。

技术、趋势、行业的变化逐年加快，新的业态层出不穷，企业人员流动的速度也更快：企业发展了，需要更多干部，于是加速提拔、流转；企业困难了，就先精减很多干部，精减干部比精减基层员工更能带来成本削减的实效，同时也能腾出些管理岗位提拔新晋，在企业困难时挣得些新鲜的士气。这已成为常态。处理好重要关系，也已成为职场必备的能力。

如果选择做职业经理人，那么至少要具备以下三种基础能力：

一、自身有过硬的专业技能、业绩和人品信誉——这是晋升的铁门槛，也是在职场江湖立足行走的基础与本钱。

二、处理好重要关系——越往上走，责任权力越大，层级越多，牵涉的局面和关系越复杂。这无涉“厚黑”，而是人类社会的自然属性，正如很多动物社会中也有类似的关系，是生存之必需。不同企业的复杂度会有所不同，但有人的地方就有政治。

常会听见 “我这人就是简单、直接，没什么心眼儿，情商比较低”之类的说法，像是自谦，也常夹带着“我很直率、真诚”之类的自诩味道。但在我看来，这算不上美德宣言，也没多少人会真信的，还常会引起差异解读。若真是“很傻很天真”，那就不太适宜再在职场混了。

三、争取资源——在企业做事，就是要将企业的有限资源尽可能地放大效益。争取不到合适的资源，就很难办成事；争取不到必要的资源，多半原因是上面两条没做好。资源可不仅指财务或人头的预算，还有重要相关者的信任和支持！

“重要关系”不仅是上级，还包括“上下左右”；但既然是“重要”，自然也就不是全部，需要有意识地加以识别，单凭感觉或习惯，是不够的。

首先得建立起这个意识：关系是要经营的。而经营的起点以及贯彻始终的要点是“同理心”。把自己换在他人的位置上，能看清楚一些；

若只以自己为中心，那么一开始就失之不只毫厘，最终偏差谬误能有多远，就更不好说了。同理心，不仅是职业经理人的职场必备，老板们若想与核心团队建立深度信任与默契，也需要，很需要！

如今，在同一个企业“从一而终”的职业人已经越来越少了，越来越多的人倾向于在不断跳槽的过程中寻找更好的机会，这也无可厚非（老板们可能会说“无可奈何”），不过至少应该比较负责任地主动为自己规划一下职业路线，而不是动不动就因不喜欢上级或同事而辞职，一路裸辞，最后攒不下多少经验、能力和人脉。法国人伏尔泰留下挺多名言，其中有一句：“使人疲惫的不是远方的高山，而是鞋子里的一粒沙子。”

因为一粒沙子而把鞋子扔了，又一次次地回到起点从头开始，并不值得。学习并掌握处理职场关系的能力，就像鞋里没沙子硌脚，能走得比较远。

职场关系这事，实在重要。我会在后面的“进阶篇”部分再说说“重要利益相关者行动历”及其使用说明，供有心人查用。

教练说

人生，无往不在关系之中。与他人关系最重要的是“同理”；与亲人最重要的是“质量”；与自己的关系，往往是最难的，但一定要找到内心深处的那个自我，理解他、接受他，与自己好好相处，才能过好日子。

第八章

找到人生要事

你知道人生中最重要的是什么吗?

· · ·

庚子鼠年，大年初三，北京的住宅小区大都因疫情而进行封闭式管理了。在此期间，日常的快递只能放在小区大门外，住户们都要自己去小区的大门口，我不想麻烦司机，司机也有家有口的，都各自安宅、减少风险吧。于是，我和阿姨荣丽轮换着去取各种快递。为方便登记、量体温等各种检查控制，偌大的小区只开东北方向的大门。我家的小区有将近三十年了，一期又一期地开发，扩张得挺大，而我家在最靠里的西南方。当初是为着临湖而选了这里，自打搬到这里，十几年来都是车进车出，从未用脚丈量过自家的小区，这回可数明白了，去北门取趟快递来回要走四千多步！

这个冬天雪比较多，少人行走，狗儿也都圈在家里，墙根的残雪直到融化之前还一直是白白的本色，雪上清晰可见很多鸟儿的细小脚印，我走累了会蹲下盯着研究一阵，就像小时候看蚂蚁搬家或打仗，挺着迷。为了方便取快递，我很“智慧”地订购了一辆电动自行车，兴冲冲地步行去北门取回来，看着说明书安装好，再兴冲冲地骑车去取件，刚巧看见隔壁邻居在门口，便豪迈地应一声“我出车啦”，御风而走，结果不到一百米就摔了下来，幸好只是膝盖摔破了皮，没闹个骨折真是万幸了。检视了伤情，我毅然决定继续去取快递，不敢再嘚瑟了，那就推着车走，三十多年没骑过自行车了，自行车都换了实心车胎，推着走可真是重！这趟行走让我充分感受了四千多步行程的各个上下坡度。终于快到家了，只见荣丽站在路口，手搭凉棚，翘首等待，头上肩上已积上雪花。“出车”未捷，始、止于此。

小区的寂静，令我想起2003年“非典”时期，我每天去城里的卫生部做义工，上下班的路上，车辆极少，绝无行人；偶见后面有车，都忙叫司机放慢等一等，把车窗摇下向另一辆车上的人热烈挥手，司机之间则以短促鸣笛彼此致意，透着亲切。偌大一个北京城，空旷、寂静。遇到路口红灯，车便孤零零地停下来，人行道空空，而指示牌上绿色小人依然忙忙地倒着腿，我看着路中间隔离带肆意绽放的爬藤月季，深觉超现实，很恍惚。

封闭期间，所有的辅导都改为远程进行，每次开始和结束都要谆谆互致平安。

前回说到，年底渊峙领了几个沉重的问题回去思考了，待再能见面，已经是次年5月了。渊峙刚进院，笑笑已如一道黑色的闪电飞扑上去亲热成一团，难分难解。5月阳光明媚，疫后重逢，别样欢喜。

“又瘦啦？”我惊讶道，“挺精神哦！”

“老师夸奖！哈哈哈哈！”渊峙“嘚瑟”，“减了十八公斤啦，这衣服不合身了。我打算等再瘦十公斤，就去置办一批新衣服。”我又惊讶了，十八公斤！看上去也就像是瘦了七八斤吧，嗯，潜力确实还很大。

初识渊峙时，我发现他永远穿同一件卡其色的猎装，后来稍熟悉些了，渊峙主动说：“我真是每天都换衣服的，只不过都是同一个款式。太胖，可选的衣服很少，遇到勉强合适的，还只有这一个颜色，索性买一打。人家乔爷、小扎他们长年都是同款黑T，那叫风格，我这是无奈，哈哈哈哈。”

尽管没断了电话辅导，但无论如何也难比当面聊得畅快。渊峙主动要求做个“半年总结报告”，我给他添上冷淬黑咖啡，舒服地坐好，好整以暇：“请。”

“自年初起，在家憋了几个月，从头整理了您这几年给我辅导的全部记录，我发现，前面一年多，我都在用一些具体而微小的事情向您请教，当然，这对我适应公司环境有很大帮助，但那些问题都挺肤浅的。我其实挺亏的：没从一开始就充分利用您辅导的宝贵资源。嘿嘿嘿，不过那时候，我最关心的就是如何在企业里立足，也就只能提出那些具体问题啦。回想那一段时间，我唯一能与之深入讨论品牌内涵的，真的只有您这一位外人，深深受教了。”这就是教练的伴舞啊，当客户被卡在浅层时，教练是不能硬拉他深潜的。

“因职场事故离开企业那阵儿，我特别低落，也特别感激您主动出手相助，不然，我也许现在还被各种情绪埋在大坑里呢，或者已经能装作若无其事，都积压在心里，变成更多脂肪了。我这几十年一直就是这样的。”渊峙双手端起咖啡杯，做敬酒状，干了。看得出，他需要压压激动。再给他添上咖啡，也容他调整一下心情。

“当时，在我最难过的时候，您给我讲了情绪能力，太关键了。不仅仅是从当时很沉重的情绪中挣脱了出来，我觉得我现在有能力觉察情绪了，以后遇见什么事，都不会再被情绪拿住了，真的！”我连连点头表示相信。

“还有一件事，对我而言，很重要，分量很重。那就是，世界观。”

我深深感知到那份重量。

缘起是我向渊峙推荐了王东岳先生的课，他认真地学完了全部144

节视频课，“在灵魂深处引爆了超级飓风”。渊峙从小就是虔诚的基督徒。东岳先生的课堂，不讲是与非，只讲所以然，只讲万物演化的本质，并未臧否任何宗教，但在渊峙听来，就是振聋发聩，动到了信仰的根基：“东岳先生讲的整个万物演化的过程、原理，是那么有说服力，都入耳入心了，拔不出来了……我从小的虔诚信仰被震动了，那是种撕裂的感觉！”

我一向对宗教敬而远之，不过虽远，但也抱持敬意。朋友中也有持各种信仰的，有时聊天时朋友也会讲起各自虔信的教义，我总带着好奇静听，绝不妄自挑战批评。在教练过程中，我头一次碰到这样的情形，有些暗自心惊，一时不知如何帮助被“撕裂”的渊峙，只能故作镇静、轻描淡写：“我对基督教没有深入的了解，但我陪朋友去教堂望过弥撒，也能感受到那种很……高尚、净化的氛围。我相信你能找到宗教信仰与理性现实之间的平衡。也许，你能想一想，你的信仰的核心美好是什么？”问得有点儿怯生生，本教练还很少如此没有底气地发问。

十几年前，我雇过一个安徽保姆阿云，是基督徒，她说：“老家很穷，附近的女人都信教。”阿云很苦，从小失学，少年丧父，中年丧夫，一个人拉扯大三个娃，啥重活都做过，“做过最轻省的活儿是在建筑工地上炒菜”，她炒菜还行，切菜能切成很细的丝。就是有点儿懒，脾气还有点儿大，常与司机拌嘴。我心里念着她的苦，尽量接济她和她边打工边自学财务的女儿，至于其他大小毛病，说了都不怎么管用，也便懒得说了。后来直到要回家带孙子，阿云才离开。

我问她想学识字吗，她说：“想！能识字做梦都要笑醒呀。”我用了心思，去香港时，特地跑了好几家店，找到中英文对照的台历。台历上是繁体字，每天一小段，我决定每天都把那一小段写成简体中文，教阿云识字。阿云听说这是送给她的，抱着台历流泪了。为了要有仪式感，特地选了1月1日，识字班正式开始。我清清喉咙说：“我先给你念一遍，咱们再逐个认，好吗？”

“好！”

我刚念了五六个字，阿云已经接上背出整段，远远超出了这一天日历上的份额。什么情况？又随便翻到一页，开个头，阿云即接着背下去，倒是把我弄得手忙脚乱。先把翻到的日历上的那段，找到相关段落，再对照着译文原文听阿云背诵，如是者多次，虽是安徽口音，竟一字无误。无语，叹服！

“你喜欢牛奶、面包吗？”我知道，阿云只喜欢吃米饭，还因为司机买的米不好而闹过意见。她吃饭的习惯是，压瓷实一大碗米饭，上面再盖上些菜，然后一手托举海碗过肩，走到院里坐在台阶上晒着太阳慢慢吃，吃干净，再提着空海碗回来，慢慢收拾厨房。那海碗和吃法，左邻右舍和各家的阿姨看了都啧啧称叹。

“不喜欢。”

“那你还喜欢去天堂吗？”

“喜欢的。天堂不用干活儿，大家都天天一起玩。”

那时，我还没有学教练，但追问几次，也就知道，阿云是累怕了，来世不再干活儿受累，是她信仰的核心动因。

渊峙的信仰，又是为了什么呢？

“您的问题，引起我很深的思考，那一个多月，一思考，就头痛，很痛，真的！但这事对我太重要了，我必须想明白。”我仍感到惊心，没插话，只用目光邀请渊峙讲下去。

“有绝对的宗教信仰，其实也是挺幸福的一种状态。而当我忍着头痛深思后发现，找到自我，找到自己在这个世界上的真实位置，其实也并非就得与信仰决裂。我仍然信奉善。有没有来世，今生也都是要善的。尽管与之前的……呃……迷信程度有所差别，但是，找到自己，真的是特别好、特别重要的！”

我长舒一口气，也合手举起茶杯，如敬酒，干了，压压惊。我曾忧虑，如果无意间把人家内心世界的信仰支撑给弄塌了，可如何是好！宗教对于我来说是遥远的，教练课上也没教过这个题目啊。还好，幸好，万幸！嗯，我也加深了对于教练哲学的信仰：每个人，都是全面完整、资源丰富、富有创造力的天才！

这天，渊峙头一次留在我家吃饭，因为今天是我和笑笑的生日。实在亲戚，不必特别铺排，有酒有肉有蛋糕。肉和蛋糕甚得笑笑欢心，舔了口葡萄酒，皱了鼻子表示不屑。我发现，所谓人是万物之灵，其实也是以人为中心的偏颇，万物皆有灵，只是人类不知而已。就说狗儿，也有爱叫的不爱叫的、温柔的不温柔的以及好酒的不好酒的，每只性格都不一样。之前养了十几年的毛毛，是条纯种可卡，黑白花，金眼影，漂亮男孩，就很喜欢酒，无论啤酒葡萄酒威士忌白兰地，闻到酒味就飞奔而来。除了烈性白酒，都爱，喝多一点儿（大约两小勺），走路就从四蹄前后交替，变成了左右轮边着地，像个小机器狗。而另一只可卡，黝黑发亮，只下颌一个细细的、雪白的小十字，名格格，女孩。黑格格不算是俊俏伶俐的，平时只爱吃，吃不够，唯独一听钢琴声，就偎到我脚边，静静地听，每曲结束，都要长长地叹口气，仿佛是抒发听后感。刚一岁大的小黑柴笑笑平日表情不多，但也对音乐有感，听到喜欢的曲子，就扯着脖子捏着嗓音，跟着唱！

喝着酒，渊峙继续“报告”：“老师，您上次问我：‘你想要啥？’我发现，活了快四十年了，居然没仔细想过！潜意识里可能觉得‘我’想要啥，这件事本身就……”我见他挠着头找词，就插话：“不正确？不正当？”

“对对对！就是这种感觉！哈哈哈哈。”又举杯，这回杯里是酒了。

“人活一世，如草木一生，人类，也只是地球上万千种群之一，个体的生命没什么意义，这是我从东岳先生的课上学到的，说真的，这个开悟真是挺丧的，都不只是沮丧啊！哈哈哈哈哈！（笑声嗡嗡的，震耳朵！）但后来接着悟，觉着人这一生还是有意义的，对我而言，追求意义的本身，就是此生的意义。”举杯，碰，二人默契地都先将水晶杯移至耳边，听袅袅余音。想来，清末民初那会儿，听银圆辨真伪，应该也是这个派头。

“我想，我的生命意义就在于，首先，做好自己应该承担的角色，包括作为儿子、丈夫、父亲。其次，做好自己选择的角色，无论是自己开公司，还是将来可能有机缘再加入什么企业。选择之前想清楚，选择之后就好好干。无论如何，最重要的是每天都要开开心心的。”得嘞！再开一瓶。

我与渊峙谈到过，当初，我曾被一位老教练莫师父教诲过，那位莫师父先是橄榄球运动员，后来伤病退役，就做了教练员，再后来，就改当企业教练了。在他看来，企业与运动队一样，都是集体作战，目标都是“赢”。莫师父讲课时，课件中有一小段美国老电影的片段，我印象深刻。场景是一个老牛仔和一个城里的小伙子，骑着马，赶着牛群，聊天，老牛仔说：“你知道人生中最重要的是什么吗？”

“是什么？”小伙子问。小伙子是城里的白领打工人，每天机械重复地工作，想换个能走进大自然的环境休个假，有点儿像咱们国内的各种有组织、高消费的戈壁、沙漠行走。遇上老牛仔，他就受了很多虐，当然，也长了智慧。

“是这个。”老牛仔竖起一根食指。

“手指头（Finger）？”小伙子也举起自己的食指，困惑地端详着。

“一件要事（The One）。”老牛仔说。

“那是什么呢？”

“那你得自己去找啊（You have to figure it out yourself）！” 老牛仔狡黠大笑，策马奔去，小伙子还在盯着自己的手指头，喃喃着：“The One? ”老牛仔自己的The One是荒野间的无拘自由。他在赶牛群的途中，心脏病发作，死了，嘴角还挂着熄灭了的烟头和笑纹。

我没有再追问渊峙他的 The One是什么，也不担心了，因为他已经找到了最重要的——自我。至少是开始寻找了。

回到现实：渊峙的公司是做专业市场营销策划的，受疫情的影响，客户们的生意都吃紧。这种影响直接传导到渊峙的生意。

“老师，我现在心里挺清亮的，能清楚地看到，我想做、喜欢做、擅长做的，就是品牌营销。把产品或系列的产品服务，提炼出品牌的美好内涵，让人们能真正感知到，就是我想要做的。但疫情一来，客户都停了，我浑身劲儿不知该往哪里使了。”

于是，接下来的对话变得很直接。

“你的客户是谁? ”我问。

渊峙稍顿：“是有产品、服务的想要建立品牌的企业，中小规模为主。”

“那些能挺过疫情的‘休克’期的目标客户，还需要做品牌、市场营销吗? ”

“我绝对相信，大多数客户都仍然有这个需要。”

“那么，从你的专业角度来看，疫情后的品牌市场营销，会有哪些不同? ”

“客户们传统的一年几次招标，集中制作广告和活动方案的习惯方式，可能会变化。”

“原因? ”

“经营困难，钱少了。再有，更重要的就是，客户们的用户兴趣和关注点也在明显转移了。各大直播平台上每天都聚集好几亿活跃用户，再要往传统的电视、平面广告上砸钱，搁谁都得再想想……直播带货确实很火，但都是‘口红类’的产品……”

渊峙停住，想了一阵，我不打扰，等着。

趁此机会解释一下，所谓“口红类”，指的是快消、高频、小额，感性冲动购买的那类产品，典型的包括口红、美妆、酒、运动鞋、时装，等等。另外，还有“房车类”，指大额、低频，理性投资型的产品；“跑车类”，指奢侈品、个性，自我满足型的产品；“洗衣粉类”，指功能型，没什么感性成分的产品。渊峙的客户，大概集中在“房车类”，此处不是具体指房、车，而是泛指需要深度传播品牌内涵的产品和服务，比如教育。

“也不尽然吧？只是还没人试着做非口红类的产品吧？”渊峙边想边喃喃自语。

“如果做，该怎么做呢？”这个问题挺专业，我只能提问。

“老师，我知道了！我得深潜，摸个门道出来！哈哈哈哈哈！”急急照个杯，自己先干啦！一副撸袖子准备立马上阵的架势。

“你深潜去哪里呀？”我笑着问。

“去直播平台呀，先蹚蹚路，看清楚操作的路数，适合哪类产品、服务。我得主动给自己装备好能力，才能帮上客户！”

渊峙一猛子就深潜下去了，全公司的小伙伴都一起上，他自己个人就开了几个短视频社交软件上的直播号。其中一个就叫作“The One”，在直播中，他不仅摸清了直播平台运作的很多门道，还倒逼着自己努力学习。情绪能力啦，职场情商啦，讲得还挺不错的，听得出来，是有积累、有思考的。在多如牛毛的美女俊男主播之中，他的辨识度极高，本色出演，不开美颜，笑点仍很低，动辄“哈哈哈哈”，总觉得接着就该是京剧大净角叫板起唱了。我有时会开着他的直播当背景音，听他与粉丝们互动，喜感十足，挺愉悦的。有一次他直播时，我拿了手机给笑笑听，把笑笑急得，用俩前爪把手机翻来覆去，要找jiu jiu出来。

接下来的几个月，随着渊峙的深潜节奏，辅导的内容也随之发生了变化。

“如何激励团队主动工作？”

“没有明确的定量指标，该如何做绩效激励？”

“粉丝量在缓慢而稳定地增加，如何转化为商业价值？”

…… ……

这一天，渊峙兴冲冲地报告：“老师，我们终于有了第一个客户，还不能说是模式成立了，但至少有了第一个闭环。”

我也高兴：“说来听听。”

渊峙便滔滔讲起来。

我需要确认所听到的：“听起来，你的这个‘闭环’，是因为观众看了你的直播，想要报考学历学习，你就帮他找到学习资源、介绍他报名开始学习了，对吗？”

“对对。”

“那么，你实际上做的是直播带课，也是直接面对消费者的，是学历、学习方案提供商的渠道的角色，与品牌营销没什么关系，对吗？”

“这……对哦！”渊峙脸色开始凝重。

“您说……我是不是跑偏了？怎么一下子跑到2C（直接面对消费者）去了？可能是深潜太深了，忘了目标了。”渊峙笑得有点儿尴尬。

“倒不是说2C就不能做，只是提醒你，如果真的看到机会，在转换商业模式之前，也要认真想清楚，是否具备所需要的能力、资源；是否是你所喜欢的、擅长的……”

“我喜欢的、擅长的，肯定是深度的品牌营销，那才是我在商业方面的The One呀！”渊峙罕见地打断了我，马上意识到了，又忙着道歉，接着说，“如果说十几年积累了一些‘核心能力’，那也都是在品牌营销方面。其实再稍微想一下，帮这几位学生联系到合适的平台开始学习，根本不能算是真正的商业闭环，我充其量只是做了个中介而已，其实属于歪打正着……哦不对，是正打歪着。直播了几个月终于有了回响，我这就自嗨了，偏离了偏离了。哈哈哈哈。”

我知道的，渊峙一直对于能助人改变命运的教育类品牌情有独钟，他试水直播的内容也自然而然地与职场、教育等相关，深潜几个月，突然遇到有人愿意拿出真金白银和时间来认真学习，他的兴奋可想而知。我并不担心渊峙的商业敏感和能力，人家在商场打拼了十几年了，出生入死几番轮回，生存能力很强的。教练的本职是陪伴，该追问的追问，该提醒的提醒，但总要相信教练伙伴自身足具的能力和潜力。

转眼，又是立冬节气了，回想起去年此时渊峙的状态，他的内心也经历了四季更迭，甚至是脱胎换骨了，至少，脱掉了十八公斤赘肉，他在一段短视频社交软件的小视频里抱起满满一大桶饮用水（刚好差不多十八公斤），说道：“明年的目标，再减掉这么一桶！”

伴随着每个教练伙伴的成长起伏，教练深度参与了每个有趣的心灵世界。教练这个行当，实在有意思。

教练说

作为教练，帮助伙伴的要事无非几件：找到自我，找到意义，找到目标，找到路径。说着容易，做到挺难，而且，还需要经常校验。给渊峙的辅导过程就挺典型的，这才刚刚找到一些"自我"，要找准目标、摸索出路径，路还很长呢。教练与教练伙伴之间的关系是平等的，伙伴行走，教练陪伴；然而，需要长期的陪伴以及不时由深度拷问带来的顿悟时刻，方能逐渐找到事业乃至生命级别的深刻意义。

第九章

君臣佐使，识维断问

试图用解决旧问题的思维来解决新问题，是行不通的。

· · ·

教练与被教练者之间的伙伴关系，很像舞伴，教练是伴舞。

用音乐来描述也有几分贴切，主角或黄钟大吕，或沉吟婉转，或昂扬狂喜，或愤懑不平……教练则像是指挥加乐手，随着歌手的生命涌现而即兴创作，将音符和乐句延展成为乐章，时而似斯美塔那的《伏尔塔瓦河》，又或是柴可夫斯基的《四季》组曲，还有时竟像贝多芬的《英雄交响曲》，间或，又似响起了《你鼓舞了我》。随主角心智之所至，起伏跌宕，无法预设，不知所往，但总是走向光亮。这是教练伙伴关系的奇妙之所在。

而为企业定制的批次辅导高管与高潜，就有些像快闪，完全不知道下一位会起个啥调。一天安排六七位，非常紧凑，每个人的问题都散漫无序，随便翻出某一天的辅导笔记，是这样的：

09：00—10：00，负责制造的总经理："在越南开建工厂，规划中哪些问题应该优先考虑？"

10：00—11：00，负责财务的总经理："SP（Strategic Plan，

战略规划）已经定了，财务部分的BP（Bushiness Plan，业务规划）如何落实？”

11：00—12：00，负责渠道整合的新任总监：“各方面军的老大根本不听我的，手持金牌令箭也没用，我该咋办？”

13：00—14：00，海外分公司运营总监：“管理当地的外国员工，总是难以融合，有什么方法？”

14：00—15：00，产品设计总监：“设计时选用并充分测试过的材料与主要备件，被采购部门随意推翻了，很气愤！”

15：00—16：00，研发中心总架构师：“我负责整体技术架构与预研（前期技术研究），太多领导关心。很清楚的逻辑，要我反复讲，也讲不明白，很苦恼。”

还有晚餐这位，恳求加个小灶，那问题就是全面开花了，新接任了一个事业部，他是十年来上任的第八任总经理：“我该如何下手？从何下手？”

五行八作，五花八门，五味杂陈，够刺激了吧？

教练，以客户为中心，客户引导内容，客户可以提任何他最关心的问题，这是我在每一段教练关系开始时就必言明的。

我是从基层干起，在职场“练过十八般武艺”的，但经历的都是销售、管理的路线，毕竟还有很多没亲自练过的，以上这同一天内辅导的七个人的七类问题，大概只有渠道和总经理是我亲自操练过的；至于其他，像制造、采购、财务、产品设计、架构师，统统未曾亲自做过。再说了，即使亲自练过的那些，也都是十几年前在不同企业的经验，今天来看，已属“史前”，不能搬来套用的。

幸好，教练不必是万金油。教练的心法、技能，已赋能给教练有效激发客户自身能力的能力。如果教练本人曾有在商场职场深度沉浸过的体感，那就更好了，能更容易地听懂教练伙伴的问题。凡真下过功夫的，都不会白练，不定啥时候就能派上用场。我有几位朋友就总是坚称："你之前那些年的所有经历，都是为做教练而准备的。"不过，辅导时若是遇到曾熟谙精通的领域，教练倒是更需记住自己的角色是伴舞，切勿抢了主咖的位置。

前面说过，为企业的集中辅导一般每月一次，每期一般六个月（因本人强烈要求并经领导批准，有的也会延长至十二个月），都会换一批新的辅导对象。每期的第一次辅导，我都要延长些时间，争取比较从容、立体地了解每个辅导对象，充分感受他们的性格、思维习惯以及价值观，并基本建立起教练关系中最最重要的基础——信任。之后，每人每次辅导只有一小时左右，不能都用来帮教练"扫盲"、了解细节，而是为了帮助客户找到他要的答案或方向，无论问题多么具体甚至浅显，对他们而言都是实实在在的挑战，其中很多甚至是不会与同事乃至家人沟通的。而教练，他们可以信任。

此刻，下笔落字时，我才清晰地意识到，面对五花八门的问题，原来已经自然形成清晰的"套路"了。

开始的几分钟，请客户尽量扼要而详细地展开一下他的问题。从中能听到他已经做了什么，用了什么方法，困难在哪里，重要的相关者，等等。留意听其中是否有情绪，以及思维方法和具体的能力与经验。

中间的部分展开问答。

首先的问题基本都是："对这个问题，你理想的目标是什么？请尽量具体描述一下达到目标、你会满意的那个状态。"

"具体"二字很重要，也是梳理各种相关人、相关部门等的过程。有趣的是，人们对不喜欢、不满意的情形能很清晰地描述，而具体说到"想"要的东西时，却常会愣一下，边想边慢慢说出来，而当他们清晰描述出来时，就会很兴奋，甚至就"知道我的问题在哪里啦"。教练伙伴自己得出的顿悟时刻真是随处可见，每个顿悟时刻都是对教练的惊喜奖励。（不过，若遇到二十几年前我被教练问到“你想要什么”后的“顿悟”反应——辞职去也，也可能会有点儿惊吓哦。幸好我还没遇到过像我当初那样的个案。不过，即使遇到了，倒也不会慌的。）

之后的问答，会围绕具体问题展开，多半会涉及一些贴合问题解决的方法和思路。

最后，一定要询问客户：问题是否得到了答案？会如何做？评估一下，是否能够达到或接近你的理想目标？

请客户反向确认很重要，而不能简单地询问“是否清楚了？”，这时，一般都能发现仍不清晰甚至误解之处，在澄清的过程中，也能判断客户是否收获了需要的方法和思路。毕竟，辅导的时间很有限，沟通未见得充分，而客户往往带来的还不止一个问题。这个“套路”，还挺有效率的。

就以上内容，挑几个案例来扼要拆解一下，更具象一些：

○ 例一

关于在越南建厂的规划，需要考虑的要点

客户：想实现的目标是：汇报规划时，把老板们重要的关切点都想完整、说明白。

教练：那么，老板们最关切的是什么？

客户：近期：投产时间、成本、效率、质量。长期：供应链、经济环境、工人来源（国内好多制造企业都蜂拥去越南建厂了，而越南就几千万适龄工人，还分布在不同的地方），可能还有工厂的柔性能力……

我知道该怎么做啦！我一直在埋头建厂，很多细节都很重要，都要考虑周到。比如，工厂内部的每一条人行与物料的动线，既要考虑安全又要考虑效率；空调通风不能静态验收，必须考虑到开工后各种负荷下以及雨季旱季的温湿度。甚至还有从厂区大门到食堂的距离，人行道的遮挡、宽窄，都要考虑到。这些都是我可以负责、解决的。而说到规划，就是更长远的愿景，必须站在老板的角度，才能拎出真正重要的要点来。比如，老板关心是否现在就需要做二期扩展规划，这就需要我去考察一些工厂外面的事，越南究竟有多少劳动力、劳动力的分布、周边工厂的扩建趋势，甚至相关的产业行情趋势……我还从来没想过工厂以外的事情呢，太感谢教练了，打开了我的思路！

我从未实际接触过工厂，但没关系，这位从事制造、建厂已有十几年了。教练只需要听明白客户问题的核心，提出好问题，就能自然地点醒客户了：站在战略视角，试着共情更高决策者，眼界便顿时开阔、清晰。

○ 例二

负责渠道整合，而“各方面军”的老大不搭理、不买账

教练：拿了“金牌令箭”之后，你都做了些什么？

客户：首先，召集开会。第一次会议大家基本都到了，然后宣讲整合路线图、时间表、任务要求，讲得都很清楚。

第二次会议，参会人员就稀稀拉拉了，时间表的任务基本都没按时完成，每个人的理由都一卡车，哼，都是老江湖了！（带有明显的情绪）

教练：他们为什么不想来呢？

客户：还不就是不愿自己的地盘和权力受影响！

教练：是他们自己说的，还是你觉得的？

客户：……（无语，从脖子慢慢往上红起来）

教练：（此处请他试着共情具体几位“不配合”的老大，略去问答细节几千字）最后，请说说你打算如何做。

客户：我要去逐一采访各业务部门的老大，深入了解他们的产品和渠道特征以及他们对渠道整合的意见和要求。然后汇总，找到共同的诉求点，再重新审视我们设计的流程和时间表。这些其实都是我们在总部闭门设计的，基本只参照了其中一个业务部门的诉求（惭愧一笑），必须找到整合的共赢点、多赢点和效率提升的关键点，整合才能成立啊。

这位新任总监，少壮牛犊，浑身是劲，最近连连受挫，脸上都憋出痘痘了；找到方法，情绪一扫，精神大振，就迫不及待地行动去了。

○ 例三

产品设计总监，设计时选用的材料与主要备件，被采购部门“随意”推翻

教练：我能充分感受到你的愤怒，采购部门的决定与你的选择

不符，是因为什么呢？

客户：还不是因为个人利益这些放不上台面的东西！（两个鼻孔呼哧呼哧地喷射怒气）

教练：哦，有证据吗？

客户：呃……倒是没有，我也不关心那些破事！

教练：哦。我好奇，你坚持要用你选的材料和备件，会不会也有其他人没有证据就猜测这其中有利益的猫腻呢？（微笑）

客户：（只见他双眉剑竖，二目圆睁，堪堪就要发作，却凝住了。好一会儿，才开口说话）嗯，倒从来没从这个角度想过……

很纯粹的产品设计专家，热爱设计，热爱设计出的产品如自己的孩子，产品之外的世界，可能有很多都没想到吧！

后来的对话，围绕厘清产品设计在整个业务链条上的位置，以及与各相关协同部门的关系，其中就加上了迷你私塾课："简述公司的业务链条及主要部门的功能与相互间的协同衔接。"

企业就是一架机器、一个系统，大企业的内部链条可能会更长。身在某个重要岗位的干部，需要对整个系统的运作有必要的了解，才可能有效争取资源、施加影响力。比如，负责主要备件采购的部门，他们的上游供应商，可能全球就那么少数几家（像芯片、玻璃之类），大企业要充分发挥规模优势，才能拿到最好的价格和长期的供货保障。而产品设计部门在原型设计的阶段，有相当充分的空间可以自由选择和尝试，他们可能感觉自己选择的组件才是比较便宜，甚至性能较好的，殊不知，在采购与供应链的领域，另有一番局面与游戏规则。

辅导结束时，对方已然心平气和，"要找COO去请教公司的业务流程，以及从产品设计的角度出发，去了解清楚需要提前协同的部门有哪些。”最后撂下一句“教练一堂课，胜读MBA”，笑着走了。我也笑了：教练又被当塾师用了一回。

◯ 例四

总架构师负责整体技术架构与调研（前期技术研究），需要反复给各级领导讲解，明明很清楚的逻辑却总是讲不明白，很苦恼

教练：最令你苦恼的是什么？是“需要反复讲”，是“讲不明白”，还是其他？

客户：其实比较苦恼的是，怎么讲他们都听不明白。

请他回放一小段最近“讲不明白”或“听不明白”的片段，我立即明白了：架构师用的多是专业语言，还掺杂了不少技术名称和行业术语的缩写，在行外人听来差不多是“火星语”。尽管我一直关注着各种技术趋势，听起来也有点费劲。不过虽然费劲，我还是能清楚地感知：架构师的专业高度、宽度、深度都挺棒。

教练：你周围有谁能与大老板们无障碍交流？

客户：CTO（首席技术官），我的直接上级。我俩之间的交流也一点儿障碍都没有。

教练：你也列席很多核心会议，有观察到CTO发言时的语言特点吗？

客户：（努力回想一阵）嗯，他提到战略的次数挺多的，还有

就是常用竞争对手来比较，还总举例子，有时打的比方挺浅白滑稽的，可领导们都会频频点头，貌似就听懂了。

教练：CTO与你沟通时的语言特点呢？

客户：那都是直接用专业语言啦！CTO也是架构师出身的，说半句就都明白了，很爽的。（忽然若有所悟）可是大领导们都没做过技术，也难怪……

教练：你觉得，你负责的这一部分工作，对企业的战略实现有哪些重要性？

客户：那太重要了！如果没有核心技术以及能够代表趋势方向的整体技术架构，不用几年，不但不能保持企业的各个品牌产品的领先地位，而且很可能沦为代工厂。比如……（此处略去几百字）

他依然是沿着技术架构的逻辑，但这回让我听得很明白，也相当有说服力。我鼓掌。

“哦！您刚才的问题是模拟大领导们问的吧？”

我笑，架构师也笑了，挠挠头，接着道：“如果汇报前，能有您……哦不，我是说，如果能有人像您这样帮着模拟提问，可能我就讲清楚了，主要是我不熟悉大领导们的语言体系。”

我笑道：“往你周围看看，有没有人能帮上这个忙？”

“CTO啊！”沉稳的架构师一时拍手雀跃如孩童，真开心，“其实我觉得吧，给大领导汇报清楚，就是我分内的事，毕竟研发，尤其是早期预研，预算动不动就几千万，又不出具体产品，不能用收入、利润之类的评估。钱都花在哪儿了，对公司的战略是否真有支撑，如果我是大领导，也必须得听明白才放心。或许即使听明白也不一定能放心，但起码得先听明白啊。”瞧，换位思考的共情能力就自己咕嘟咕嘟地冒出来了。

还有那位临危受命、百废待兴的新任总经理，就从一个晚餐，延展为每月加塞儿开小灶了，内容是“总经理的冶炼过程”。还只能说是“过程”，尚不知能否在“这一炉里”炼成。

汗水与泪水挥洒，精彩与痛苦齐飞，得意过头了就得敲打敲打，气馁了就得分析鼓励……陪着坐过山车，转眼就三年了，那是另一个长篇，且不在此细表。其间，他坐稳了这个总经理位子，又辞去了这个位子，这都不重要。但他个人乃至作为企业领导者，都有了长足成长，辛苦与痛苦都不会白费的，艺不压身。

这类辅导，很有挑战性，也很过瘾。怎么能基本做到“有求必应”呢？趁着写书，正好认真盘点一下，想来想去，“老中医坐诊”的比喻还真有点儿像，借来一用（尽管有点儿“思想”不正确：教练可从不认为客户是病人）。

不少“老中医”早年都曾有亲人或自己就罹患过各种疑难杂症，吃过不少苦头。踩过不少大坑又从坑里爬出来的，寻医问药、没治死自己的，最终都化成了功夫和经验（那句话咋说来着？大约是“没有打死你的使你更坚强”）。再后来，久病成医，他们再系统地学习，尝百草，悟天地，待拿到执照游方坐诊时，药箱里只带君臣佐使几位“药材”，可搭配出无穷妙用，“医治”得百业千人。本教练的“药箱”里，也有这么几味：

“君”：教练的信仰。相信每个人的无限潜能。

“臣”：教练的能力。尤其要站在客户的角度，而不是教练的角度。深度共情，深度聆听，有力发问。

“佐、使”：对商业客户，或者客户的商业问题，基本就是“一法”“两点”这两味啦。

一法：战略方法论。我最常用的战略方法论，是BLM（Business Leadership Model）。不过，2020年美国又给BLM这个缩写赋予了新意义：黑人的命也是命，所以还是用中文译称吧——业务领先模型。

这是传奇CEO路·郭士纳在20世纪90年代初临危受命挽救IBM时期，与哈佛专家一起从IBM世纪拯救实战中总结出来的战略方法论。后来，因伟大的华为斥巨资学习引进、与十几年“固化、僵化”的应用，使之在中国的企业界有了些名气。我为不同客户引导过BLM战略工作坊，过程非常累，还得陪着客户拉晚熬夜，属于“铁人三项”，相当考验脑力、心力、体力。即使不实际引导工作坊，胸中有了这个方法论的框架，也能很快理解各种乱花迷眼的商业模式，迅速理解客户的企业了。

这个方法很难简单说明白。由IBM这头大象孕育生长出来的东西，很少能简单几句话说明白，但是其价值实在宝贵，尤其对于企业家而言，参照华为即可略知一二（将在后面“进阶篇”的内容中详述）。

两点——起点和锚点，都是“用户”。这也是我被教练伙伴们“逼”出来的方法。我经常被问到企业内部组织与流程的问题，企业家/CEO们常会展示一页组织结构图，有的是传统的层级式，有的只有两三层以示扁平化；有的是环环相套，围绕在“用户”的大圈圈周围，表达“以用户为中心”；还有的把CEO放在最下面、用户放在最上面，呈倒三角，又有点儿像陀螺，看着挺不稳当的，此创意形式则意图表达“用户至上”。

面对这类组织结构图，除了数一数每个高管负责的部门和人头，从而对权力分布略有概念，以及速算一下各功能块之间的比例，从而对企业的资源与重心有所感觉，基本是看不透“组织”的要素的，如效率、协同、文化和客户价值等。

组织这个东西是怎么来的？往根上捯，大概是这么个脉络：

小公司先有了一两个产品或服务，也有了几个客户，便小老板加上家人、朋友，七手八脚一起上。

后来客户多了，忙不过来了，就从社会招人。公司规模扩大了，人一多就容易乱，得把各种分工弄得更细致、清楚，于是有了部门。

部门多了，就形成层级，靠老板一人管不过来了，得再多几个高管分管，于是就有了各种组织和结构图。

人数过百，形形色色，于是分工更细，直至部门林立，内耗日增，不得不重新调整组织机构，将企业文化提到议事日程……

一路演变的逻辑都没毛病。问题是，很多企业在梳理内部管理流程时，往往就只关注内部，而无意间偏离了"客户价值"这个起点[1]。

当我的客户问到组织和效率之类的问题时，我的方法是：

先不看内部，而是以客户为起点。你的客户为什么付给你钱？从客户的角度来描述具体的产品和价值。

为了给客户交付这种产品和价值，你必须交付的有哪些？这些"交付"，指的是最重要的（须从客户的角度来看），是必须交付的，比如产品的质量、功能、颜值与高效的物流服务，而不是那些锦上添花的，比如高大上的CBD办公楼、各种奢华招待以及总裁的三个助理……

以客户为起点倒推，就很容易看清楚业务流程的必要价值的脉络；再以客户价值为锚点，对照着组织内的实际分工和流程，那么哪些真具有客户价值，哪些只是内部的过度"代偿"（或称"熵增"），就能看得很清楚。对客户的价值，决定业务流程；业务流程确定后，各关键节点的主要功能也就清晰了；而组织、部门的"帽子"，是最后顺着流程的逻辑顺势戴上去的，部门之间的必要衔接配合，至此也就清楚了。在东岳先生的学习坊，这一句最入耳入心："越原始的，越具有奠基性、稳定性。"企业也脱不出万物演化的规律，生存是第一位的。而企业创造真正的价值才会有客户埋单，那么付钱的客户就理应被放在第一位。

1　一般将直接的消费者称为"用户"或"消费者——C（Consumer）"，而将购买产品或服务的商家称为"客户——B（Business）"。比如，你在网络商店买了一支口红，那你就是这个商家的消费者，即"用户"。这个在网络上开店的就是商家，即该网店的"客户"。为了方便，此处统称"客户"。

以此原点和锚点来“检测”各种组织机构图，既天经地义地正当，又好使。我能力、体力有限，只能服务有限的客户，但如此浅显直白的方法和道理，能被更多的CEO认识到，才好。

教练能做到“有求必应”，已实属不易，但绝不敢说能“包治百病”。实际上，从工业时代起，百年来围绕着商业衍生出来的各种管理相关的行当如雨后春笋，打个恰当而不正当的比方，简直堪比病毒之迅速变异。商业理论层出不穷，又堪比一直更新迭代而赶不上病毒变异的药剂。近几十年来，世界“一会儿平一会儿圆”，随时变幻形状，技术微至纳米、远至火星，日新月异；商业模式涌现2B、2C、2M、2G、2X，又有C2B2C、C2M啥的，乱花迷眼，风口与趋势难以分辨；各式各样的理论解释模型更是五光十色、层出不穷，圆的、方的、矩阵、三角、螺旋，及至各种组合、嫁接、变种，再带上动图效果……教练必须努力学习，与时俱进，才能有与那些得风气之先的企业家 / CEO对话的能力，否则无论有多棒的聆听功力，一旦遇到“火星语系”，无法识别教练伙伴的维度，也就难以提出有力的问题了，至于伴舞和激发，更无从谈起。

从业教练以来，我有几个很深的体会：

1. 必须不断学习。

不仅要学习教练的道与术，还要与时俱进，了解时代的政治、经济、技术、行业等各种趋势和变化，业务领先模型的起手式，就是从外部宏观环境开始。最好还能广泛学习很多“无用”之学，比如文学、艺术、地理、气候、军事、哲学、历史……要知道，客户都是完整丰富的个体，教练也应该是丰富有趣的，这样才能更容易拉近灵魂间的距离。自从有了这个漫无目的的“目的”，无论学习什么有用没用的，我都更理直气壮了。既已认定教练是余生的事业，那就学习至死便是了。

2. 除了教练基本功的3F聆听，还非常需要聆听客户底层逻辑、识别“思维维度”的能力。

3. 根据客户所在的“维度”，提出更高、更深或更广的问题，往往就是能够发人深省的好问题，即此章题目之所谓“识维断问”。

这里所说的“思维维度”，并无高下之判，更确指客户在谈到具体的问题或困境时，他的思考、思维所处的维度，比如，战术还是战略，内向组织还是外向市场，自我中心还是客户中心，效率还是效益，等等。此处的“思维维度”，与一般所说的“思维习惯”是有区别的，后者指的是“习惯”，是先天与后天所形成的习惯，比如理性或感性、逻辑或形象，等等。无论处在哪个“思维维度”上，基本都会循着“思维习惯”行事。

这就是所谓“识维断问”。即使是同样的验方汤头，各味的剂量也需要因人而调整：思维层次、思维习惯、性格、风格，等等。要以辅导伙伴为中心，否则下药太重不能吸收或承受，太轻则无关痛痒、无济于事，“疗效”也就无从谈起。

对于教练而言，不求包治百病，但要不断追求“识维断问”。面对的客户思维层级与习惯不同、经验背景不同、性格不同，又处在各个不同的行业，有些新兴的细分领域，可能根本没听说过，如何能尽快听懂乃至问出发人深省的好问题，给客户带来价值，这是教练日常要面对的挑战。除了不断努力学习，教练心里必须稳稳地把握住一些商业、经营、管理的底层逻辑，对我而言，就是以上那“一法两点”啦。

爱因斯坦有句流传甚广的名言，大意是：试图用解决旧问题的思维来解决新问题，是行不通的。问题在于，往往到了自己身上，人们就会按自己的习惯来。这也难怪，正是过去那些已然纯熟的招数、章法和习惯，铸就了人们过往的成绩和成功，当面对新的或更复杂的局面（比如调岗、提升）时，试几招新方法，不见得立即会见到效果，压力之下，还是先使回顺手的家伙、招式吧。结果可以想见：老方法往往解决不了新问题，左冲右突不得其门，就会陷入自己思维习惯的困境。所以，教练能迅速识别辅导伙伴的思维习惯，甚为重要。顺势而为，常可事半功倍。

还是举个我自己的例子，比如前例的少壮渠道总监，对于给他造成困惑的根因，我其实另有自己的思考：集团整合战略本身的逻辑有悖。但这类思考，只适合与CEO讨论，而不适合对渠道总监提出。于他当时的思维层面，这个问题跨越有点儿大，可能会给他造成更多困惑。等他将来进入战略制定的核心高管层级之后，总会有学习战略思考的能力，不急。

保持好奇，不断学习，与时俱进，是教练的日常功课。与各行各业的优秀人物在丰富的维度相伴，使我更热爱教练这个事业。

教练说

教练若想要做到有求必应，必备“君臣佐使”，少一味也不行。尤其是给企业高管们做教练，真如快闪，五花八门，面对的基本是高管们当下的具体难题。如果不能识维断问，教练甚至可能都听不懂教练伙伴的问题，也难以问出好问题，激发也就无从谈起。做好教练，本已不易，需要把自己弄到“反人性”，才能“附体”到客户的所思所想。若想做好企业家与高管教练，则必须修习商业规则与底层逻辑，否则，都听不懂客户所言啊。

第十章

家常烟火间

每个人都是全人，全人不只有事业，还有生活。

· · ·

我一直记得初学教练时在一个课堂上听到的这句话："每个人都应能享受到教练服务。"

当时并未以为然，我的目标客户是国内的企业家、创业家；竟还在二十年前的书里就写明了："我退休以后，也想做个企业教练，在中国做。"居然就成真了。

"我的教练客户应该以企业家、创业家为主"，当时觉得这样思考定位是清晰有据的：中国改革开放才三十几年，有商场职场经验的人们，大都还活跃在创业领域，或在做投资兼创业导师，忙得无暇他顾，曾有多年外企民企的实战经验又愿以教练为事业的人，很少。商业教练，还是一泓蓝海（说"海"，夸张了，顶多也就像我家门前那个小湖而已）；再者，商业教练在中国尚未流行，只有少部分企业家、高管对此有一些理解，其中的更少数才是肯为此付费的，所以也只能以企业家、高管为目标客户。而这些客户，在挑选教练时，也未必对教练这个行业有多少理解，往往更看重教练的商业实战经验。当我开始上教练课时，大约有一半客户是外企或大民企的人力资源，另一半则是培训类的从业人士。这些人学习的目的多半是在职场中应用或提升自身，其中可能很少有人真会认定要以教练为职业甚至是事业吧。这个行业在国内尚属新兴阶段，知者不多，从业者尚少，虽没有很多竞争，但也没有多少用户，尤其是付得起费的用户。以此谋生，亦属不易。

如今，商业教练在中国的主要客户来源仍然是企业家与高管，这是事实，然而，八年来，在辅导两千多人次的过程中，我个人越来越深刻地领悟到“让每个人都能享受到教练服务”的确是很有道理的，起码应该是每个教练努力的目标，原因很简单：每个人都是全人，全人不只有事业，还有生活。他们的挑战，不只来自商场。就连每个教练，也都是需要教练的。

我有个朋友，她清华毕业，才貌双全，入了职场也无意外地是个精英。有一阵子这位朋友比较烦恼，她的老父亲闹牙病，吃不下东西，还不听话，常常偷偷把药扔了。“我每天下班回来第一件事就是到他房间，监督他把药吃了，再勉强喝两口粥汤，你知道的，他耳聋比较严重，我只能和他大声嚷嚷，他都有点儿怕我了。我也不想这样啊，没法子啊！”朋友很难过。

我和她家老爷子也熟悉的，听着她诉苦，心里难过，又帮不上什么。突然想起“即时教练”（Coachable Moment），决定试一试。

我说：“你不愿意对老爷子皱眉嚷嚷，那，你想要的是什么呢？”教练的万用套路。

她说：“我当然希望他健康，唉！”说着眼眶红了。

我见她悲戚，不忍再追问，以为聊到这儿就打住了，没想到，她自己接着说：“我希望，至少……每天见到他，能笑着和他说话，他不要见了我就紧张。”

哎，好像可以接着聊呢。我有点儿暗喜，于是接着问：“这对你很重要吗？”还是按着套路，探询意义。

她激动了：“当然很重要！我没法子让他恢复健康，起码能给他一些快乐，而不是压力！”

嗯，这意义的分量够重了。我继续问：“那你打算怎么做呢？”我也替她犯难，老爷子听不见啊，这可怎么办？

她认真思索了一阵，眼睛放光，说道：“有了！我就笑着说我的，他听不见，可是能看见呀。”

“好！你打算何时开始？具体怎么做？”

“现在回去就开始，每天……至少和他笑着说话……三分钟！”说着起身就要走。

“哎哎，你做的效果咋样能告诉我一下吗？”咱做教练的还得要督促行动呢。

“一定！”她一阵风似的回家了。

第二天早晨，接到她的信息：“昨晚与老爷子聊了八分钟，他开始有点儿紧张，后来也笑着说起来，他没牙，说啥我也听不懂，我俩各说各的，都笑着。我会每天做到的。”

“哇！棒！”我由衷赞叹。

两周后，老爷子因心力衰竭去世了。

朋友告诉我，老爷子临走时，握着她的手咿咿呀呀地说话，她并没听清楚内容，但他一直是笑着的。朋友说：“我感谢你，让我免除了后半生的遗憾。”

“免除了后半生的遗憾”，如此厚重的意义，就是一个“即时教练”激发出的，虽然仅十来分钟，但仍然可以做到流程清晰、过程完整：找到目标，挖掘意义，制定行动方案，教练督促。这就是生活教练的一个范例，琐碎的家常烟火中，蕴藏着随时可以教练、适合教练的情绪因子。

再如，那些学到了“高质量陪伴”的事业型、理工男型的爸爸，不再担心孩子和自己生分疏离，或是错过陪伴孩子成长的机会了；或是总挂心父母年迈，却总“找不出时间”来陪伴的忙于事业的儿女们，也终于能将此事排上日程，挤出些时间陪高堂二老喝几盅老酒、讲讲古、说说笑笑了，这些教练式的家常琐碎，或多或少能避免或减轻很多“半辈子的遗憾”吧！

学会几个教练式“好问题”的丈夫们，只需要带着耳朵听太太倾诉，就能极大地改善夫妻关系，甚至都不用亲自动手做家务来弥补，丈夫们须付出的“代价”，只是把手机放下一会儿，学会几个教练式问题备着。提个开放式的好问题，然后认真听着太太唠叨，适时再抛出下一个好问题，就是这么简单。劳烦不堪的主妇们很快会轻松许多，甚至变得快乐。

有一项研究统计，人们每天除了与别人沟通，还有与自己的对话，即自言自语，这种内心对话随时发生，但未必自知。

不只是夫妻爱人之间，“教练式”提问在家庭关系中也很好使，甚至更好使，因为亲人们不会计较你的技能，但很在意你的关注。亲密关系和亲子关系，最重要的是共情和有质量的沟通与陪伴，学几个教练式问题，效果立竿见影。同理，太太也可以多表达善意。

教练，没那么神秘，真的是每个人都可以享受的。可以从“少说、多听、好问题”开始。“共情，同理”，不仅是职场、商场上的必修神器，在家里、对亲人，更该如此。

所谓教练式的好问题，初入门的人，先记住这几个要点：

开放式——不是那种用一个“是”或“不”字就可以回答的问题，要容对方有说下去的余地。比如：“你今天过得怎么样？”开放性地给对方留出充分余地表达、描述。（封闭式问题：“你今天过得好吧？”对方答一两个字，“好”“不好”或“一般”，话题就结束了。）再感觉一下："今天有哪些新鲜事啊？"这是开放式。（"今天有新鲜事吗？"这是封闭式。）

表达真诚的关心和兴趣——比如："那你现在感觉怎么样啊？""真的吗？怎么会？你再说说？""哦，那你当时是怎么想的呢？"

表达善意——比如："我能给你做什么呢？""我能帮些什么？"但要留意：答应要做的事，就要尽量去完成！

没什么神秘的，对吧？简直是太简单了。但不妨细思一下，在家里，你做到过吗？做到过几次？

我再讲个更家常烟火气的，算不上教练的正宗业务，是我与我家阿姨相处十几年发生的一些事，挺琐碎的，但的确是我比较得意的案例。

荣丽，就是我请的第二位阿姨，在我家工作已经十几年了，不是亲人，也似家人了。

第一次照面：人极黑瘦，一米五几的个子，体重才七十几斤，一阵风真能刮倒。我不禁暗忖，这体格，能干活儿吗？体检倒是没啥毛病，大概就是长年劳累加上营养不良。她语调很低沉，加上甘肃口音，相当难懂。我刚算是听习惯了上一位阿姨阿云那高频如鸟啾的安徽口音，得了，再得从头适应。我们说好先试一个月，我特意说："你也感觉一下，是否愿意长做。有什么不知道的尽管问我。"

荣丽寡言少语，做事很谨慎，而且真心喜欢狗儿，这对我很重要。但是，她不会做饭。

她家在甘肃农村，未嫁时家境算是村里比较好的，老爹曾任村支书，在娘家时家教挺严，从言谈举止上都看得出来。但嫁出去的女儿，就得自己担当了。婚后生活艰苦，很多年她都住在老破的窑洞，甘肃旱，偶尔下雨，会沿着暗布窑洞的鼠洞鼠道蜿蜒而下，四处漏水。她得下地干一切活计，中间还忙着生娃，幸亏生到第三个是男娃了，才停止了生育的苦差。夫家条件不好，主要靠她勉力支撑，饭食极简单，蒸一锅馍，就着咸菜可以吃十天半个月的，很少吃青菜，过年时才能见点儿肉腥。搬家时（搬到一个稍好一点儿的窑洞去），夫妇俩一人一副扁担、两个筐，就把全部家当加上三个娃一起挑走了……没机会也没条件学做菜。

我吃素，要求真不算高。可荣丽那素菜炒的，无论多么鲜嫩碧绿的青菜，端上来都是萎黄萎黄的，汤汤水水没个油星。煮个面条，要么是硬芯儿还没熟，要么就煮烂了。我示范几次，她看得很认真，但就是学不会。有一次，端上来的饭菜实在太难看了，我索性不吃了，叫她原样端走，只说："我还不饿。"

不一会儿，就真饿了，去厨房，想从冰箱找点吃的，见荣丽低头垂泪，明显也没吃饭。倒闹得我很过意不去，赶紧解释，刚才是真不饿呀，你快点儿吃你的呀。

之后再遇到实在难吃时，也要扒拉几筷子，做出吃过了的样子。到厨房找口吃的也要看着她不在时，蹑手蹑脚地去，在自己家倒像个小贼。无意中我瞥见厨房桌上一个长条的小便条本，上面整整齐齐、密密麻麻的小字，记的都是我示范做菜的步骤，可把我感动着了，人家真很用心呀！

一个月了，我把工资放在桌上，告诉她："这是你第一个月的工资，数数，收了吧。"

她低着头说："你先拿着花嘛。"

我愕然。又想，可能，这也是她的家教？

"这是你挣的工资啊，快收起来吧。"

钱放在桌子上好久，到底我也没看见她啥时候才收走的。

"一个月了，你觉得怎么样？愿意继续做吗？"我问。

“我咋想不管用，那得你说呀。”我又有点儿意外，可人家说的也在理儿哦。

我告诉她，我希望她能安下心来在我家长做，做菜就慢慢学吧，也不用太着急，我也多做几次示范（反正我也要去外地长住一阵了，嘻）。

从此，她就安心做下来了。毕竟，人品最重要，我无论去哪里、出去多久，家里都是放心的。

十几年间，我眼见她俭省筹措着给家里盖了房子（不是为了自己住，是为将来儿子领媳妇回家，总要有个正经房子），又应对着家里的各种变故，老人轮番生病，丈夫外伤骨折痊愈后又患上各种高血压高血糖之类的“富贵”病，儿子上学、就业，女儿工伤、远嫁……各种艰难，逆来顺受，她都一肩担着，还基本上都能处变不惊。真不容易，挺可敬的。

她的厨艺也终于有了些进步，可以基本满足我个人吃饭的这点儿需要了。来客人备家宴时，我提前写好菜单，仔细注好每个菜的各种配料。我掌勺，荣丽帮厨、事先备料、宴后收拾，我俩配合得那是相当默契了。几年前在家宴请我那翱翔班二期的学生，不小心招来了十八位，宴开两席，席面是各八大盘一大碗，就我俩，忙而不乱，置办得整齐。开席前，我喊她从厨房出来，牵了她的手高高举起，宣布：“厨师团队欢迎贵客，请大家吃好喝好啊！”自然是迎来一片喝彩声掌声口哨声，荣丽满面飞红，笑成了花儿。

她也终于能坦然接受我吃素、她吃荤的安排了，体重长到一百三十斤，人也白净了。

熟悉起来，荣丽仍话不多，音调低沉；仍常常语出意外，频有金句。随便举几例：

- 我说："冰箱把手都粘手了，该擦啦！"没听见回音，就追问，"听到了吗？"
  她沉声道："那么大声，能听不到吗？"
  我被狠噎了一下，还一时找不到话来回应。
- 我戒了买衣服的习惯半年多了，还发起断舍离运动，衣服、鞋、各种物什，成堆成箱分送给亲友，并以此引为得意。
  无意间我听她数落狗娃笑笑："你呀你，见啥咬啥，浪费、拆家，就随你妈，败家玩意儿。"
  啊？！
- 院子里修缮工程，每天工人下班，她要把院子仔细扫一遍，再放狗娃出来玩，还说："笑笑烟瘾太大。"
  什么？笑笑是不到五个月的柴犬狗娃，咋就有烟瘾了？我追问了半天，才明白，是笑笑总去草丛里捡工人丢下的烟头咬着玩，哦！

毕竟她是读了两年初中，识文断字，且有好家教：不会插言抢话，举止有度，也不会与邻里路人说东道西。

都挺好，就是有时眼里没活儿，她倒不是惜力，就是看不见细致的活儿，也难怪：这么大个家，东西这么多，能样样井井有条，在她眼里已经够完美了吧?

每次我看到，就会提醒她，比如，冰箱门摸着可有点儿粘手啦，刚洗过的酒杯上还有唇痕哈，窗帘杆上可又有灰尘了……她都会马上去做，但气呼呼的满脸不愉快，应该是在生她自己的气吧?

话说，厨房一直就是我的心病，一个字：乱！说一次，她就立即去整理一下，其实就是按照她的标准再归拢堆放一番，她收拾完，别说啥东西都找不到了，还是乱啊！就是达不到我想要的状态。

终于，我决定，与她一起整理！先收拾好储藏室，再来搞厨房。我俩先一起整理了一半，基本是我示范，她旁观、搭把手。我一边整理一边念叨，为啥这么归类、为啥那么整理，比如：常用的放在方便易取之处，不常用的不要堆在外面，很久没用过的就直接扔啦，等等。

一个半小时后，我直直腰，邀她一起欣赏战绩，回顾要点，并说："另一半更难搞，我交给你啦，觉得啥该扔，你做主。我的希望是……（并指着刚完成的那一半区域作为示范）我相信你能做到的！"还五指张开举起巴掌，荣丽愣了一下，也犹豫着举起手掌，我拍上去来个击掌，她明显尴尬。我偷笑，得赶紧歇会儿去，老破腰可真承受不住了。

三个小时后，她骄傲地（矜持地）说："你来检查吧，我做到了。"

好家伙，感觉简直是别人家的厨房了，真超出了我的预期，当然要不吝赞美，大方撒花，哇哇称赏。荣丽只是笑，看得出很高兴，却一点儿都没忘形失态，相当矜持有度！

"我绝对相信，你肯定能保持的哈！"我没忘再加上点儿油。

至今，她已基本保持快两年啦！

在此案例上，我简直是毕几十年功力于一役：示范，讲解，明确要求，设定目标，信任，授权，鼓励，表扬，设定下一个目标……相当有成就感，相当得意。不过，我咋没早想起来放这个大招呢?

这好像也不能算是教练案例哦，婆婆妈妈的，琐碎。

然而，很多客户在公司领导力都很强，回到家里就全无办法，只能叹一声"家就不是讲理的地方"，给自己个台阶就下了。其实，稍微多用点儿心，家里就能和美很多。老话儿说得好，家和才能万事兴嘛。

家里，确实不需要太过讲理，家也因此才可爱呀。"教练式"在家里也真好用，甚至可能更好用。因为教练就是基于人性的，不用费劲讲理，就提些好问题，注意认真听听，家人就能气顺了，然后就自己把道理想明白了。教练式父母、伴侣等，挺容易上手，又有感情的深厚基础，再用点儿心就能做到，而且没有副作用。

我又想起一个教练案例，是可以算作“教练式长辈”的案例。

有一位好友，经商二十几年，下海前是记者，胸中有文墨，为人热诚仗义，就是江湖传说的大姐大。我们认识十年了，她全家我都喜欢：做教授的先生儒雅体贴，海归的儿子聪明俊秀。

朋友的经营遇到些困难，儿子孝顺，心疼母亲劳累，便辞了金融业的高薪职位，回来帮母亲打理。没想到，出于赤诚孝心的回归，却惹来了无尽烦恼。好好的一折“目连救母”儿乎就要反转成哪吒割肉还骨、反目绝情啦！我听了两边的诉说，听出根源是经营理念的不同，对品牌的认识与感情不同，或者干脆说，是有很深的代沟。我向朋友主动提出，试着给她儿子做做教练辅导，条件是，当妈的不要打听，更不要插话。

我首先要征得公子的同意。公子是典型的海归精英，雅痞范儿，谈吐有度，举止不张扬，有点儿像他惯用的须后水的味道，淡淡的，清新温润，但其实性格很固执，他妈妈气急了就会说：“倔起来比驴还犟，顺毛捋都不好使。”儿子则会说：“我只是讲逻辑、讲道理啊。”幸好，他对我一直有些信任基础，立即表示“那当然乐意啊”。

辅导开始。我能感觉到他有些紧绷，甚至戒备，心中暗笑：小样儿，我才不会替你妈妈教化你哪。

以教练对CEO式的对话展开，“就商言商”：“经营情况怎么样？有什么挑战吗？”公子已经是CEO了呢。

“产品方向想得挺清楚的，团队的状态也还不错。最主要的挑战还是资源有限。”

“那么，有哪些资源是必需的，又有哪些方向是你能够争取获得资源的？”

CEO公子开始罗列排布，将需要的几类资源、可能的来源以及需要付出的代价等迅速归拢清晰，叹口气：“任何资源都要付出代价啊。”是啊，当家才知柴米贵。

我接着问：“你最需要、最靠得住的资源都有哪些来源呢？”

口齿与逻辑一向便捷清晰的年轻CEO愣住了，微微垂头，思索了好一会儿，说道：“阿姨，我懂了。我其实需要对我妈妈更耐心、更尊重。她可不仅是合作伙伴，她还是我妈妈。”一直以来，他可是与母亲划清各种界限，这也是令做母亲的最伤心的。

以上当然是极简版，实际的初次辅导大约耗时一个半小时。

之后，朋友还是忍不住向我探问：“你到底用了什么妙法呢？儿子像变了一个人似的，不仅对我，对我多年的老搭档都能有礼和尊重了，再也没随时打断谈话甚至撂电话了。之前我都差点儿被他气死过几次。”

我笑而不答。这是由商业经营迂回切入而改善了亲子关系，也算是“教练式长辈”的一个尝试吧。

不过，事情远未止于那一次九十分钟的辅导，请神容易送神难，我就此多了一位长期（也许是无期？）的教练伙伴。后来，儿子自己也有了儿子，养儿方知父母恩，与父母之间的关系就一直挺好的。时光荏苒，儿子的事业经历了转折，儿子的儿子也已两岁多了，说话已很利索，也开始显现出个性。于是，近期的辅导话题，已经在“职场与客户经营”的基础上，又加了“育儿的正确姿势”。最近，公子的妈又对我宣称：你也是我的教练！是大姐大那种不容置疑、不由分说、令听者不由得想“嗐”的那种范儿。我颇费了些功夫，想厘清其中逻辑。其实，在友情、亲情之上，本无啥道理可讲。

教练说

每个人都值得拥有一个教练，每个人也都可以成为“教练式”的父亲、妻子、子女。家，不是讲理的地方，却是最值得学着应用一些“教练式”的地方，没有专业的考试与挑剔，家常烟火间的“教练式”，有百益而无一害。

第十一章

网球与 NBA 教练之辨

作为教练，帮助伙伴的要事无非这几件：找到自我，找到意义，找到目标，找到路径。

· · ·

怎么扯到体育去了？因为，教练这个行业，就是从体育萌生出来的呀。

网球教练，是典型、正宗的“个人教练”；近年来兴起的所谓“团队教练”，则基本是另一个领域。这一章，就来辨析这两种名似而实异的“教练”。

再简单回溯一下商业教练的历史：

教练始于20世纪70年代，公认的起始标志，是一位网球教练写的一本书——《网球的内在游戏》（*The Inner Game of Tennis*），其主旨要义是：当运动员已经充分掌握了技术技能，体育教练能够帮助运动员的，就是激发其内心深处的意义，帮助他在独自上场时能战胜自己的各种杂念和情绪，从而发挥出最大的潜能，甚至达到The Zone（巅峰时刻），或称Flow（心流状态）。顶级的运动员也都需要教练，而这时教练最重要的价值，就是帮助运动员建立并提升强大的心理能力。

运动员的每一场比赛，都有两个对手：一个是场上的，一个是内心的。好的教练，要帮助运动员随时战胜内心的干扰，赢得内心的比赛，才能最大程度地激发运动员自身的潜能，去提升运动场上的绩效。

“激发运动员 / 教练对象自身最大的潜能”，作为基因深深植入了商业教练的哲学和信仰。所以说，商业教练，发端于体育，更确切地说，是发端于网球——那种运动员独自上场的运动。这很像是商业教练与教练伙伴 / 客户之间的关系：场下可以一对一地教练，待到开赛上场，就只能靠运动员自己啦。

这本薄薄的小书，对商业教练行业具有里程碑意义，作者名叫蒂莫西·高尔维（Timothy Galway）。20世纪60年代，他是哈佛大学的网球队长，后来做了网球教练，同时还研究体育心理学。高尔维后来又写了好几本书：《滑雪的内在游戏》《高尔夫的内在游戏》，等等，基本都是独自上场的体育项目。及至他写出《职场的内在游戏》（*Inner Game of Business*），就很明显是在从体育向商业移形附体了。（这个“Inner Game”系列的书，我基本都读过，感觉还是第一本最经典、有洞见，后来的那些本，就都多了一些为了商业化而延伸出来的味道。）

我十几岁时打过篮球，喜欢！后来又学过一阵网球，也挺喜欢的。正好拿这两项运动来辨析拆解一对一 VS.一对多的教练之异同。

网球的对抗性和技巧性都很强，但运动员之间隔着张网，没有篮球场那种可以嗅到彼此汗味、体味甚至血腥味程度的肢体接触。网球既须强悍，也可优雅。直到2010年秋天，我才有机会在上海看了一场现场ATP大师赛男子单打决赛。那天飘着小雨，挺冷，和两位外地来的小朋友一起去看。他俩都赌达科维奇赢，我就只能赌德约科维奇喽，那时小德的排名和名气还都挺一般呢。

三人冻得哆哆嗦嗦，挂上点儿彩头，添了些兴致。我居然赢啦！其实是人家德约科维奇赢了。赢了二百元人民币，高兴！拿出好酒招待朋友，朋友高喊“赚大了”。从此，看男子网球，我心里一直偏向小德。其实当时对网球的规则都不甚了了，现查现学。那会儿手机网络反应很慢，只能打电话发短信热线查问，不然都听不懂裁判。再后来，因李娜我真正迷上网球。其实，我是迷上了李娜，喜欢她的真实率性，并觉得她越长越好看了。

大约是2014年，我开始学习教练不久，偶然打开电视（那时还没戒电视呢），正好是李娜获得澳网大满贯冠军后，在央视体育频道接受记者采访。我立即进入痴迷状态，端坐，凝视聆听。

电视里，李娜正说道："……卡洛斯问我的第一个问题竟然是：'你为什么打网球？'"

我隔着电视和主持人异口同声："啊？！"急于想听下文。

卡洛斯·罗德里格斯，阿根廷人，曾执教比利时的传奇网球女星海宁长达十五年，海宁是女子网坛最伟大的球员之一，也是所有曾排名世界第一的网球运动员中个子最矮小的。2012年开始，卡洛斯才成为李娜的教练。

李娜接着说："我心想，这算啥问题啊！但既然教练问了，那就想想吧……我十四岁开始打网球，是因为我爸叫我学，后来我爸去世了，我有相当长时间是为我爸打球……现在，我都三十多岁了，网球已经成为我生命的一部分，已经成为我的生命了……"网球的意义是生命，还有比这更重要的吗？

2014年，三十一岁的李娜终于首次夺得澳网冠军（李娜于2011年曾夺得法网女子单打冠军），她身后站着两个男人，一个是丈夫姜山，负责李娜的全方位服务保障与情绪平衡，另一个就是教练卡洛斯，帮她建立稳定而强大的内心。

电视机前的我已感动得泪眼模糊。那一刻才深刻感受到，教练是如何源于体育的，确切地说，是如何"发端于网球的"。

蒂莫西·高尔维在《网球的内在游戏》里写道："内在，是指选手的内心状态，对于选手来说，真正的对手不是比赛中的对手，而是自己头脑中的对手。”教练真正应起到的作用，是帮助选手消除内心的障碍和杂念，帮运动员/客户找到深层的意义，当他找到与自己，甚至是与生命的深层联结的意义时，潜力自会被激发，从而创造奇迹。

卡洛斯执教李娜时已经五十岁了，他本人身材瘦小，显然，能给予已是巨星的运动员的技能技术上的示范，已很有限了；但他可以从战术、战略方面来指导，更厉害的，是激发出运动员储存于生命最深层的潜力。

同样的问题：“你为什么打球？”郎平指导也问过中国女排冠军队的主攻手朱婷。当人们（不只是运动员）找到自己内心的意义时，能极有效地扫除杂念和无用情绪，不受干扰，迸发出巨大的潜能。这就是教练的起源以及最核心的要义。

我对体育项目的热情很个人化，甚至情绪化，20世纪80年代，女排夺冠，谁敢说郎平、孙晋芳她们长得不好看，我会当场翻脸。

而迈克尔·乔丹，就是我心目中唯一的篮球之神，公牛队23号的海报一直挂在我家的书房。1997年乔丹退役前，我独自盯着电视看他为公牛队夺冠的最后之战，直到压哨3分，我一直眼泪哗哗，不能自持。因为怕他输，更因为他赛后要退役了！2003年乔丹再次复出后加入了华盛顿奇才队，巨星已届四十“高龄”，也不能再穿已被芝加哥公牛队封神祭起的23号球衣，我实在受不了神一般的偶像在球场上也会被封盖，在他再次退役之前就悲痛地戒断NBA了。之后十几年里，凡听见谁竟拿谁谁与乔丹比，我会立即黑脸，不容偶像遭到任何轻慢。

像排球、篮球、足球这样的团队体育项目，对教练的考较，完全是另外的领域，虽然与一对一的个人教练技术会有一部分重合，但更强调团队的战略、战术、动态配合以及统一的目标：团队荣誉，也就是赢。

再把国际教练联合会给教练的标准定义搬出来参照一下：

教练（Coaching）是教练（Coach）与自愿被教练者（Coachee），在人格深层次的信念、价值观和愿景方面相互联结的一种协作伙伴关系。通过一个持续的流程，“挖掘、设定目标、明确行动步骤”，获取卓越的成果。

教练专注于发展人的潜能，是教练与被教练者彼此共同发展的互动过程。

讲的是一对一的关系。很难想象一个教练同时面对多个人，而能与每一位同时达到“人格深层次”的联结。

三四年前，我上过一个“团队教练”课，老师引导大家做了一个练习，印象深刻：

全班有二十人左右，从课堂走出来，向着老师指着的一个草坪走去，天气真好，大家三三两两地聊着，散漫而自由。看大家差不多都到草坪上了，老师说：“请原地站定。”

大家站定，左右看看，相当随意，不成形状。都笑。

“请每一位，任意在人群中找到另外两位。只需你心里知道，不用宣布，也不用告诉当事人。”顿时集体呈现暗藏心机、贼眉鼠眼状。

“现在，每个人，准备好，移动到与你心目中那两位等距离的那个点，并保持与那两位距离相等。Move（行动）！”

这下子可热闹了，二十几个人如同一个被捅的马蜂窝，又有点儿像烧热的油锅被加了一勺水，良久，有五六分钟，嗡嗡声才渐缓，再过了一会儿，终于都气喘吁吁地站定了。

“祝贺大家完成任务！”欢声刚起，又见老师指向某一个同学，“请你先任意移动三步。其他人，只需继续保持与你心目中的另外两位等距离。”

得！又一次“炸锅”了。这次开始有聪明人直接“作弊”，跑过去告诉那两位“锚人”，那两位再分别告诉各自的两位，然后这几位迅速地形成若干个等边三角形，各自找到“等距离”点，得意地站定，看着仍嗡然无序的“蜂群”。

同学们多是来自外企的衣冠楚楚的白领，老师显然很享受把这群人操纵得如幼儿园孩童般的感觉，乐不可支。

老师努力收住笑，请大家分享在练习中所观察到的细节。这回不乱了，大家的分享基本集中在以下方面：

- 这就是自然团体的真实状态（dynamics，动力、变量）。
- 团队与团体最大的不同，就是团队有共同的目标（比如，刚才老师只给了个方向，去草坪，大家虽然稀稀拉拉不成队形，但最后都能到达）。
- 但团队也是由一个个独立的人组成的，团队某一个人的动作，就可能牵动全体，形成内耗。
- 很容易因关系厚薄而另外形成小团体。

那次课上，老师也教了一些方法，基本要点是：

1. 团队教练要长期跟随企业内某个具体的项目组，参加所有重要的会议。

2. 团队教练在会议中的角色，是默默观察，偶尔提醒。比如，全组一起制定守则时，提醒大家是否还有其他角度需要考虑。（课上练习时，连“教练”角色的座位都要退在组员的圈外，感觉有点儿像受气包，偶尔插言提醒，还经常被团队“嫌弃”。）

3. 当观察到某些不和谐或需要提醒的情况时，团队教练须再分别单独给组长或组员做一对一的辅导。

实际来看，这种“团队教练”如果是企业内部人员，那么使用这些方法的机会可能还稍大一点儿，但不像教练，更像是人力资源“政委”或助手。即使在课堂上密集练习时，也比较难确认“教练”以这种方式存在的独特而突出的价值。

课下向老师请教，老师也坦承，“团队”在教练这个专业里，仍是个很新的课题。老师的坦率，令人敬佩，大师级教练就应该如此，有一说一，尊重学理。

这个群体游戏（练习），令我印象深刻。两年多以后，我又上过一位“团队教练之父”亲授的课程，老人家年高德劭，造诣深厚，教课特别努力，努力的要点，就是要说明团队教练与个人教练是同宗同源。但认真学习之后，反倒使我更加确认：个人教练与团队教练，确属两个不同的范畴；即使都被冠以“教练”之名，也是完全不同的教练。

因为面对的是人群（也可以称之为团队、团体、群体），所以需要面对完全不同的、复杂的“场”（dynamics）。哪怕非要冠以“教练”之名，也须充分辨析其中内涵外延的不同，而且团队教练需要的是另外的心法以及另一套专业技能。

那团队教练还有可为吗？当然有的！只是换个名字更容易理解：团队引导师（Facilitator）。这是另一个专业。

像莫师父那种“运动队（式）教练”，也是团队引导师，不过是“运动版”的。

下面分别讲讲。

先讲“运动队（式）教练”。顾名思义，这类团队“教练”，特别像集体运动项目的运动队教练，比如篮球、足球、橄榄球。我曾亲身经历过。关于莫师父，我在上一本书里浓墨重彩地专门写了一章。二十年前写书那会儿，我心里的教练榜样就是莫师父。因为莫师父，我才会说“以后也要做教练”。

初遇莫师父时是不情不愿的，那时我正值焦头烂额，却被新上级安排来个“顾问”，我连吃饭睡觉的时间都没有了呀，还得陪着顾问扯闲篇儿！心中好不焦躁，见到他的第一句话也不大礼貌：“你就是那个顾问啊？”

“我不是顾问，我是教练。”他中气十足地答道。

“教练能干啥？”

“我猜你这个队长是想要赢的，教练就是帮你们赢。”戳到了穴位！

他按照教练运动队的方法，把我和团队修炼了两天两夜，然后，我们做到了不可能的成绩。

莫师父高中毕业就成家生子，一边上社区大学，一边做橄榄球运动员，两个膝盖都做过手术，后来连两个髋关节也都换成金属的了。伤病做不成球员了，就改当教练员，执教橄榄球队。等教练也当不动了，他就改行给企业做团队教练（尽管他自己坚持说是“教练”，但雇佣合同上还都是“顾问”）。

我后来发现：他的PPT好多年都没变过。原来他还有读写障碍，PPT都是女儿帮他做的，轻易不改，用了好多年，居然也没啥违和感。不过，想想他的执教逻辑，也可以理解：目标清晰简单，赢；方法，根据团队实际的dynamics（也可理解为“场”），现场按需执教，缺啥练啥。

在他“修理”我们的过程中，常常会给出一些在我们看来乖张、不合理的指令，我忍无可忍时，会带头嘘他，他很无所谓：“弱爆了，大点声嘛，我可是被两万人一起嘘过的。”

他打口哨太帅了，响亮而悠长（在客场比赛时被主场全场上万人嘘是常态，所以吹口哨的功夫必须过硬，不然根本听不见啊）。当我们讨论激烈、听不到他的号令时，他就呼哨一声，立即集体向他看齐。

我后来又请莫师父来过中国两次，帮我梳理战略，修炼不同的团队。私下里我向他请教时，无论对人、对事，他都会非常直接地告诉我他的看法。有时会招得我愤怒，反唇争辩。他不以为忤，淡定如磐。不幸，统统被他言中。其实我看人看事的判断也不算差，但当深陷局中时，就每每被情绪和情感弄得模糊失真了。所以，每个“队长”、每个CEO，都不仅需要个人教练，而且需要团队教练。

现在我才理解，莫师父的教练方式，在专业上属于“引导师”，我始终记得，我曾经临时拼凑的貌合神离的那个团伙，是如何神奇地被他在两天两晚内熔炼成一个具有明确共同目标与价值观的精英团队的。每念及此，仍感血脉偾张、体温上升。遇到合适机会，我也乐意执鞭引导高管团队的工作坊，确实很累，但若幸运，赶上优秀的团队时，真的很过瘾。在团队教练的现场，莫师父总是我的影子教练。

我问过莫师父：“你懂软件和互联网技术吗？”

他回答得很干脆：“不懂！”可他教练了微软和不少互联网公司的团队啊！

他后来又教练啥供应链、金融行业的客户，我问他：“你连供应链、金融都懂啊？”

“不懂！”他毫无愧色，“但是客户懂啊。”

“我的客户不管是哪个行业的，都有一个共性：想要赢！那就照着运动队的方式去教练，准没错。”他一直实践着以不变应万变的原则，居然还无论咋跨界都好使。

还记得莫师父十几年不变的教材PPT中，引用过一位美国大法官的话：“最重要的不是我们所处的位置，而是我们前行的方向。”

莫师父的一定之规是：商业团队的方向都是要赢，按着这个方向教练就对了，首先得先修理成一个具有共同方向目标的团队。莫师父心中当然也有一套商业底层的基本逻辑，就像东岳先生讲的那句“越原始，越具有奠基性、稳定性”。商业的底层逻辑，能有助于判断不同的企业团队是处在（或卡在）哪个节点和层面：战略、战术、组织、目标，等等。然后就缺啥练啥。当然，他也会敏锐、准确地识别团队成员：明星、菜鸟、庸才、有才华的刺儿头，还是混混……

我认为，莫师父把企业当作运动队，聚焦、凝聚在“团队、赢”的共同目标上的团队教练法，不但可行，而且高效。我先是以被教练的身份（团队的队长）数次深刻感受了莫师父“运动队教练法”的快、狠、高效；后又以教练身份，用莫师父的方法教练过不同的企业团队，同样地快、狠、高效！两种身份和立场，我都以亲身经历反复验证过。

但是，这种“体育版的Facilitator”也有相当的局限，或说是需要“硬性条件”：必须有渴望赢得冠军的队伍和队长，还需要一个彪悍的教练——不怕被几万人集体嘘的那种。而能操练成冠军团队的教练，绝不只是彪悍，还要有智慧。曾经与伟大的乔丹一起率领芝加哥公牛队创建辉煌王朝的菲尔·杰克逊，就是我心目中团队教练之典范中的典范。

菲尔·杰克逊，20世纪70年代曾效力纽约尼克斯队，并以队员身份获得过两枚总冠军戒指，他在球场上的外号是“捷鹰”，可以脑补一下他两米二的身高，张开超长臂展飞掠球场的“鹰”姿。1989年，他接掌了芝加哥公牛队的教鞭，那时，1984年就选秀加入公牛队的乔丹已近封神，公牛队却一直与冠军无缘。

菲尔·杰克逊上任总教练的第一件事，就是为球队描绘一个理想，即如今企业界已熟知的“愿景”——给队员们找到一个“比自己更大”的共同目标。菲尔·杰克逊在自传中写道：“我学到，凝聚一支常胜球队力量的最有效方法，就是唤起球员的欲望，使其与更大的目标息息相关。”

他此前给二流运动队做助教或教练十几年所形成的教练理念“无私

无我的打法”终于有了充分施展的平台。他强调培养球员的明悟之脑、同情之心以及更重要的合作精神。这在以秀技表演为重、以自我为中心的NBA世界，不啻是另类的离经叛道。

“优秀队员的表征不在于他能得多少分，而在于他能让队友的表现提升多少。”这是菲尔·杰克逊信奉的。他将其告诉了乔丹，而乔丹欣然接受了：“不管你想做什么，我都支持你。”说到了，也做到了，这就是乔丹的伟大之处。如此，理想自教练起，与明星队长达成共识——冠军之路由此开始。

菲尔·杰克逊也深知，理想可以崇高，但不能流于空想。“鱼会游，鸟会飞”，如何统筹团队成员，使其各展所长，这需要大智慧，还要经过无数刻板训练。比如，从小就习惯单打秀技的球员，要练习传球；习惯在篮下等球灌篮的大中锋，要练习跑位，等等。事实上，球队经过了一年半左右才完全适应新的战术，能打出团队的配合来。乔丹手中无球的时候多了起来，而当他空手穿梭游弋全场时，却牵扯了对手更多的精力。他不但可以随时得球，飞起投篮，还可能随时断球，令人更加防不胜防。全队成员真正实现了球队实力远超个人力量总和的目标，冠军也逐步成为整个团队的共同理想。

乔丹与队友们一起，运用球技和“思考力”（think power），为公牛队拿到了六枚NBA总冠军戒指。菲尔·杰克逊也以他独特的教练思想和体系，得到了更广为人知的绰号——禅师。

菲尔·杰克逊身上也曾有过“六十年代嬉皮”的标签，1977年作为球员参加全明星赛时，还在球场上斗殴呢。大约是20世纪70年代末，他受兄长的影响，开始禅修。“禅”与印第安苏族的文化，给他带来了深刻的影响，他将苏族的教义训词融入球队的训练计划，甚至用北美印第安人的图腾装饰球员休息室。他也将“明悟之脑、同情之心”以及团队合作的“战士之道”等修习方法与精神，传递给了他冠军队的每一个成员。[1]

禅师还喜欢引用另一位NBA前辈老教头的经验："教练最重要的工作是在更衣室和练习场，而不是在比赛场。"这也恰恰点出了商业教练的工作方式和状态。他还说："真诚的关心和不妄加评断的倾听特别重要。不但要听他们说什么，更要听他们的身体语言和言谈间的沉默……"他的自传简直就是教练的教科书，尤其是一对多的团队教练的教科书，令人处处拍案，心领神会。

我痴迷乔丹，更敬菲尔·杰克逊，简直可以一直写下去！刹住之前，还得加两句：当1993年的赛季开始时，公牛队曾一蹶不振，五场比赛输了四场，这时，杰克逊将球员们聚在酒店房间，问了那个神奇的问题："你们打篮球是为了什么？……钱只是外在的报酬，你们应该为了内在的报酬，为了球队和喜爱篮球才打球……"然后呢，他们获得了总冠军的三连冠。

然而，企业团队与体育运动队毕竟还是有区别的，百业千行，各有不同的玩法和规则，团队的动态更复杂得多。这就要说说另一种专业Facilitator，是更成体系、更普适、更专业、也更温柔版的：团队引导师。

引导师，也是一个成熟的、国际化的专业，具有与教练、会计、律师等行业类似的国际专业组织，对引导师的技能要求挺高的，但好在教程、教师、认证以及各行业的应用案例，都已成体系。

我只上过一个引导师课程，是Open Quest公司的出品。我并不打算做引导师，只是想了解一下而已，谁知就幸运地遇到了很优秀的老师团队，功底深厚，人品高尚，极其认真负责，课程还很有意思。我居然就全勤参加了整三个模块的课程，并且很享受。我认为，这个课程，有模型、有工具，很实用，值得企业引进、学习并内化。

1　他带领球员修习的主要方法是Mindfullness，流行中文译法为"正念"，我坚持"专念"才是更"信、达"的译法。

几位专业引导师都来自中国台湾，他们的教授方法相当体系化：引导一群人（学员）从临时拼凑分组的团伙一步步走向团队，引导团队找到共同目标、聚焦、凝结，乃至共舞。比起一对一的教练，团队引导更具复杂与不确定性。尽管我不会专门去做团队引导（那又是一门需要深度投入才可能精专的手艺），但是在引领战略工作坊之类的过程中，有很多可以用得上、很好用的流程和技术。从这几位引导师的个人风范与素养修为以及他们教授的系统方法论，我能清晰地看到与教练的相通之处，大道相通。

老师们很在乎课程的效果，很在乎每一位学员的状态和收获，为此坚持小班授课，设计精致，处处匠心，学员能从跌宕转折中体会到很多美感。在课程结束前，大家团团坐成圆圈，分享课程感受，老师竟现场教了俳句的规则，诸如，俳句基本规定是三行，音节数量规定为五、七、五，多以自然、植物等为题。又让每人作一首，限时十五分钟交卷。

我三分钟写出自己的“初俳”，虽自知不咋的，但基本符合“课程感受”的命题。

看见每个人
听见每一个声音
用心轻捧起

阴晴雨雪风
乱草开出智慧花
欣然归去饮

我早些年读《源氏物语》，书中充斥着这种句式，我觉得很奇怪，不知所云。去年我又读了丰子恺先生译的版本，其中的俳句大都译成了中国式五言、七言绝句，韵律语义皆美，但不是俳句了。

我认为，这样的团队引导课，更适合于企业内部的应用，也是企业中级以上HRBP（人力资源业务伙伴，或称“政委”）应该具备的能力，能帮助人力资源专业人士有机会真正理解并参与“业务”，否则，很难真正成为“业务伙伴”，“政委”啥的帽子下也只能空着一大半，鞋子大了还能塞上块棉花，帽子大而不符可是会立即暴露的。政委，须得懂打仗、上过阵的，才可能称职。如果我仍在企业里帮忙，一定会要求HR团队去学这个课，回来还得真刀真枪地演练。比如，给企业的管理团队实际操练引导过战略、策略、BP / 业务规划工作坊之类的，才能上岗“HRBP”。

我甚至认为，专业的团队引导师，比号称出自“教练体系”的“团队教练”更适合大部分企业之间的团队协同、跨部门项目等，因为，团队引导就是为适合团队的dynamics而生的；而教练，生来就是针对激发个人的潜力潜能的。基因不同，各有所长，可部分地互为补充，但各有其不可替代之优长，不可混为一谈。对于两类“教练”，教练们都是需要认真地分别学好两门功课的。

我后来又上过“团队教练”的课，我认真学习了，课后又拜读了老师的专著。老师经验深厚，讲授也极其认真。但我觉得，仍脱不出以上两种类型的框架，只不过这个课程里，加入（或者说力图加入）更多一对一教练的辅导技术，但无论如何，一对一与一对多，是完全不同的场域，无法无缝移植。

试用比喻来说明：教练是一个人的伴舞，注重深入内心的陪伴；运动队（式）教练更需要明星队长与彪悍教练的配合，重在团体协调与明星的极致发挥；而专业的团队引导师，则更普适各类企业团队，像乐队指挥。

在认真学习与思考以及各种实践之后，我才得出以上关于团队“教练”的看法，尽管慎重有加，但也只能代表个人当下的认知，而已。

可惜，以上两种“团队教练”［运动队（式）教练与团队引导师］，在国内企业中的认知与应用都还比较少见。现在中国企业已比较习惯使用国际水平的专业咨询公司了，也已经有了不少本国的高水平的专业咨询公司，在审计、财务及人力资源等专业领域，很多咨询公司具有很高的专业价值。

常会见到的“管理咨询顾问”的套路是：先深刻领会老板的意思，然后坚定地向着老板想要的方向“引导”团队，最后一定保证产出老板满意的“输出”。至于是顾问，或是自称的“教练”，抑或是大企业做过前高管的“资深专家”，都区别不大，效果，也不会太持久。这些话涉嫌武断，也有失“教练”范儿，但言之有据，观察有据，所以，就说了。老板们不妨自己品一品。

教练说

教练是一个人的伴舞，注重深入内心的陪伴；运动队（式）教练更需要明星队长与彪悍教练的配合，重在团队协调与明星的极致发挥；而专业的团队引导师，则更普适各类企业团队，像乐队指挥。以上“教练”各有其妙用，各须不同的修炼，不能混为一谈。

第十二章

又一坊：练习场与更衣室

据客户所在的“维度”，提出的更高、更深或更广的问题，往往就是能够发人深省的好问题。

· · ·

市面上有不少“又一坊”，有做酒的、做点心的、加工小海鲜的，还有做论坛、搞设计什么的。我前两年给橘子公司的几位高管做过战略方法学习坊，所以这次工作坊就是“又一坊”啦。

橘子的期望是：为公司制定明确的三年战略目标与明年的经营目标；同时希望能借此机会使林萌更重视并实现经营目标。

林萌的期望是：能更清楚接下来的业务方向，确认新的增长路径；同时希望能借此帮助橘子更好地了解经营的真实状况，形成一些务实的共识。

期望的出发点明显不同。基于他们各自的期望，我量身设计了这个工作坊。征得他俩的同意，我还“夹私”带了另一个目标：借又一坊的机会，为这二人建立深度共识，奠定信任与默契的基础。

虽然目标还只是“基础”，但至关重要。我观察到：自打橘子决定躬身入局，并开始具体过问公司经营，提出具体要求，与执行总裁林萌之间的摩擦与噪声，已明显增加。这二位之间的确有着深不可破的信任，那是基于十年共事，对彼此人品、基本价值观等的底层信任；但作为最密切的商业合作伙伴，他们对于战略和目标的理解、执行与配合等方面还远未达成共识、信任，更别提默契了。而我认为，这个公司能否成功的最关键因素之一，正在于此。

转眼又到年底，疫情在多地出现多发迹象，我计算好了，赶着把出差的活儿做完，紧接着就做这个工作坊，然后就可及早“封箱”安宅了。头一天傍晚才回到北京，喘息一下，就开始“默课”，并一个劲儿地给自己打气：没问题，能坚持住的！这两天一晚的工作坊，就我的年龄和体力而言，其强度无异于铁人三项。不过我知道自己，只要上阵，就会始终自动满血、能量顶格，意志力与职业习惯的力量相当强大，不允许自己掉链子，就不会掉。第二天清晨，精神抖擞上阵去也。

一对一的教练做久了，偶尔操练一把团队，身兼各种角色，老师、教练（运动队的）、顾问、师父，当然最主要的角色还是引导师……各路拳脚功夫恣意穿插施展，甚是快意过瘾。这一坊来了将近二十人，除了核心高管几人，还来了十几位各部门、各功能的总监、经理。我调动起眼耳鼻舌身意……嗯，不错，坊间充溢着热情、期待的积极气息。如果说是运功、六感啥的，可能接近调侃，但气场的确真实存在，可触可感。只要把自己调整到第三方超然的观察位置，就能清晰感知；但若身处其中或是习惯于处在领导的位置，可就不一定能感知到啦，正是芝兰之室、鲍鱼之肆之谓也。

工作坊不是课堂，我所谓“默课”，也只是默一默目标以及实现目标的基本路径，还有一些可能用到的方法框架；而大部分具体操作，都是在现场根据实际情况临时决定。比如，开场前，我发现不少中层管理者还以为是来听课的，就临时加了一段：这个工作坊的由来，还有战略、路径与目标等对企业的重要性，尤其对于这个公司在这个发展阶段的重要性……乃至，这个工作坊的目标。尽管目标就在墙上挂着，可未必大家的理解是一致的。看得出，有相当一部分中层管理者都是初次接触这些概念，所以这临时加的铺垫挺重要，在十几分钟的时间内，将大家尽量拉到Same Page（同一频道、同一场域）。我还特意强调："工作坊"的"工作"，可都要靠各位来做，当然，做出来的成果，也都归你们，还会有更多事要带回去接着做，公司的未来其实都要靠你们做出来。气场里微微泛起一些兴奋，得嘞，基本调频到位了。

然后，请执行总裁与董事长兼CEO分别宣讲传统业务与新业务的战略构想与目标。

提前一个月，我已经给他俩布置了同样的作业，尽管几次提醒过，最好两人一起做准备，但他们还是决定分工做：橘子做新业务的，林萌做传统业务的。我再次确认了自己的判断：这二位之间的配合与默契确实亟待建立。

作业是这样的：基于已经思考选定的行业方向，按照四个层次的顺序来阐述：

1. 行业分析（where）：该行业的总规模、发展态势、政策等宏观分析，看清楚是长期趋势还是短期风口。

举例：中国的养老行业，显然是不可逆的长期趋势，将受到国家政策越来越有分量的倾斜。

2. 目标分析（which）：再对所选定的细分领域进行市场分析。

举例：在养老行业选择细分领域，比如，在家康养还是机构康养，甚至是康养器材，都各有很不同的业态，要看清楚规模、分布、中短期的发展阶段、发展趋势，等等，才能判断是否值得进入、如何进入。

3. 商业模式（how）：在目标细分领域的战法。

举例：如果选定康养培训，培养专业人才，那么和谁合作、如何培养、就业方向以及诸多关键节点如何连接成一个完整的模式，都要把大致框架逻辑想清楚。

4. 经营目标（how much）：投入、产出以及时间的估算。

以上，其实都是基于业务领先模型的战略方法论的基本逻辑脉络，只是基于公司的具体情况（比如，战略选择已经比较清晰）而制定的简化版。

这二位在做准备期间，我都有过单独辅导。对林萌，我特别提醒：传统业务要寻找新的增长机会，也必须要有经营目标，先不必求精确，但起码要有清晰的目标感，才能判断是否值得做。对橘子，我则干脆要求：你需要自己亲自要求并验看各种分析的数字和逻辑。橘子对商业的直觉很好，善于捕捉大的机会和关键资源，但一向不擅长也不喜欢抠数字分析，而我认为她想做好企业，必须具备这个基本能力，橘子自己也十分认同。那就趁着又一坊的机会，好好补补这门功课吧。

两位领导报告完毕，时间已至中午，我请大家就他们的报告提问、挑战。在场的团队成员，大部分都是头一次听到从公司层面的整体构想，很兴奋，也暗暗升腾起参与感以及责任感。但不出所料，大家尽管兴奋，还是提不出什么问题或挑战。这两位领导的作业都挺认真的，对于下属团队而言，那已经是相当具有感染力和说服力了。

“好的，我们吃饱喝足后，再来挑战吧。”我笑道，“烦请二位领导午饭后提前几分钟回来，填上两个数字：明年以及三年的经营目标，挂在墙上，本坊也才有个目标靶子啦。”

二人滔滔雄辩一上午，居然没有合成一个公司的目标。室内的横幅赫然写着“××公司三年战略目标与2021年经营目标工作坊”，连个目标的靶子都还没有，不成体统。对于这个公司倒不算很奇怪，以前的管理一直是“很佛系”（橘子语）的体统，只要大家努力做了，实际做到哪儿就算哪儿，即使实际结果与目标数字差得很远，也不大影响员工个人的实际收入。

我提前和橘子、林萌商量过后，还帮着请来两位客人，想请他们帮着把把脉。因为我曾给这两位客人都做过教练辅导，一句话就都来了，都是专家级的人物，义务搭上整整两天，也真给面子了。

工作午餐只一小时，言笑晏晏间，我见橘子、林萌先后离席，想必是弄目标数字去啦。我竟冒出孩童般的促狭快意。促狭快意不是重点，重点是对照：以前（很久以前），若在工作中遇到任何失控、意外的情况，我必即刻冲上去，直至局势完全回到掌控，否则不眠不休、不吃饭（只有咖啡是不能断的），那真是“乌云滚滚黑漫漫”（单弦岔曲里的水词，此处“黑”读“赫”音），周围的人也无一可以幸免偷安。像这次，预先提醒了多次，工作坊的名称也昭然提醒着，居然就是没拿出个“目标”来，搁以前，我当场不留情面地敲打是免不了的。而现在，不着急，轻轻点一下，他们也能受到足够的强烈刺激：“没有目标的经营管理都是×××。” 估计会因刺激深刻而记忆深刻，乃至就此形成习惯啦。顺势而为，随心而动，工作更加有趣。

接下来，我一直随着场域的流动而引导着工作坊的自然流程。

第一天下午：

■ 先狠狠地“拆一拆”所谓新老业务之间、部门之间的界限，强调：本坊是要审视公司的战略方向和路径，公司资源要根据战略，整体调配到最优状态；没有客户就没有增长，没有增长就没有公司的未来，没有公司，哪儿来什么部门？在此坊中，以市场、客户为先，做的是全公司的规划……强行霸道地敲打规定了此坊内的思维逻辑。

这是有的放矢。这个公司规模不大，业务分管划分却是界限分明，部门之间的墙垒久已筑起，大家习惯的模式是各安其位，各部门之间有各自的节奏和“文化”。部门间缺乏协同，也是可想而知的。

■ 再带领大家对两位领导在上午阐述的“新机会与传统业务”进行挑战、拆解，竟拆解出五个不同的商业机会 / 模式。过程中，大家也就学到了所谓商业模式的轮廓定义。

■ 再分组，从各个商业模式的用户倒推，找到每个模式关键节点的具体输出，以及为了做到各个关键输出所必需的能力。（所谓“关键输出”，就是如果没有这个输出——无论是产品，还是服务的交付——客户就不会付给你钱。）

征询了大家的意见，我选了其中一个相对比较复杂而重要的模式，极尽“挑剔”，仔细审理，用意是来打个样，帮大家理解最基本的业务逻辑与具体的梳理方法。过程中，大家逐渐理解了重要的概念和定义（比如，不会再将“能力”与“职位”相混淆），也基本建立了相同的语言体系（这很重要，否则对着同样的汉字，能有N种不同的解读，很难形成共识）。然后，再命大家重新梳理其他几个模式。果然，思路清晰多了。经此，大家不仅能学到一些认知和一些具体方法，也能开始建立一种新的思维方式和语言体系。

■ 再分组、再集成：提炼公司的“核心能力”。写满了整整三个大白板。

我再逐条挑战，大家起先还挺不服气，我只是心平气和地追问：其他竞争对手很难做到吗？你们自己可以高效率、大规模地复制吗？

结果，只凝聚出三四条，可以称为这个公司的“核心能力”。这是大家心服口服的共识。这一点很重要，先认清楚自己，才能更清楚地判断能做什么，要尝试新的机会和打法时，才能客观地评估能力缺口和投入。

晚上的作业：

■ 将五个业务模式分别进行测算：投入（包括但不限于：时间成本、能力培养、人员……）与产出。

大家已经领教过我挑战的力度与尖刻，也已经在挑战中速成、学习到了不少，做作业都全情投入，直至凌晨。这一晚，没几个人能把酒店的床睡热乎了。

第二天上午：

■ 先呈现各组昨晚的集体作业。嗯，已经会从核心能力、公司资源等方面，做出些合并同类项的动作了。对于某些看似的机会，在仔细算账后，能做出“不值得”的判断。挺不错哦！这种能力，是团队一起熬夜练出来的，是可以带回去的能力，比课堂上学到的“知识”，效力高出N个层级。

■ 然后，请二位专家分别从互联网信息技术与新媒体环境下的市场营销这两个方面做分享，二位陪听了一天多，讲起来就更能结合公司的实际，效果就是传说中的大开眼界了。大家眼睛和嘴巴都张得大大的，贪婪地吸取着新的信息。

我暗叹，橘子和这个公司也真是幸运，基本只靠自己的资源和小而巧、人工为主的“模式”，竟也能在边缘夹缝中生存成长十几年。然而，小巧的生命力量毕竟不足，无法适应、抵御外部世界的迅疾变化，传统业务已连续两年出现停滞乃至下滑的态势。万幸，正当公司传统业务遇到阻滞时，行业却又幸运地吹来了政策的春风。更重要的是，橘子及时“从沼泽走出来了”，林萌也在努力成长。若想找到公司成长的第二条路径，必须打开眼界、心界。这也是我请二位专家来又一坊的“心机”与阳谋。

第二天下午：

- 集体做了“商业路径设计与资源组合”的练习。

至此，大家对于公司想要做的事情，无论是新业务还是传统业务的新打法，都已经有了些概念，在此基础上才有可能做这个练习。我的意图是，进一步打开这群人“春播秋收、自给自足、人力为主的集体农耕式心智”，尝试向外看，探寻各种资源与可能性。

练习过程很热烈，至此，全体参加者都已能放开投入了，不时爆发出激辩与哄笑。

而我的点评是：这个练习没有及格，充其量只是向外探头看了看，并没看到有谁对外部资源表现出任何渴望甚至贪婪，当然，这样也就不会动脑筋想办法去取得任何资源了。老话儿说得好：“若欲取，必先予。”想得到新的资源，必然会牵动原有模式的调整和改变，老模式解决不了新问题。没有内心的饥渴甚至贪婪，当然也就缺乏调整已熟悉模式的足够动力，充其量只是闲话戏说一番而已。但问题是：你们能凭一己之力，去实现那个进取的目标吗？说着，我指向墙上的“靶子”，那个数字，大致上是三年内营收与利润增长将近两倍，昨天中午贴上墙时，大家都笑，并没有什么实感。但工作坊一步步走至此，大家已比较充分地感受到了增长的机会是真实存在的，新的路径也很可能走得通。现在，该去强调那个目标数字的挑战性以及严肃性了。

窗外已现暮色，该收官了。

我请参会者每人都谈一谈自己的体会，学到的或悟到的都可以，以及有哪些是要带回实际工作中去的，哪怕只有一点，也要具体。每人限时五分钟。中层管理者们的发言多数都言之有物，尽管表达都比较矜持，但依旧难掩散发出来的积极能量、真诚和激动。橘子和林萌则受到了意外的感动甚至震动，对于敬业的定义——“员工对企业投入的热情与智慧的程度”，他们也有了些亲身体验。这大约是他们与骨干员工同吃同住同劳动（全参与、全互动）最久、最密切的一次经验。

我对两天的历程做了整理总结，尤其重点强调那些尚未完成以及未及格的作业，当然又从头整理串讲了简版战略方法的整个逻辑脉络。现在，不仅有几个高管在操心公司的事，他们的团队也准备着踊跃投入了，士气正旺，接下来就看橘子和林萌是否能一鼓作气啦。结束之前，我又即兴做了十几分钟关于企业文化的灌口式宣讲，这也不是在计划之中的，但自然喷薄而出，恰是最合适的结尾。

橘子说：“这次工作坊，对于公司发展是一个重要的里程碑，正如五年前的私董会……”我惊异她竟提到了私董会，那次只有橘子和她的先生参加啊！旋即明白，在座的不少管理者都是“老人”，都亲身经历或了解几年前那次戏剧性的“政变”（如前叙，那次私董会明确了橘子正式全面地接管公司的运营管理），正是因为“政变”的和平有序，连法人、印鉴等都及时变更到位了，公司才能在意外灾难发生后依然有序前行。这个团队能跟随公司这么久，也确属难能可贵。然而，“老团队”能否接受新思想、学会新技能、接受新成员，这又是另一重考验，亦非常具有挑战性。

“本次工作坊结束，而你们再创业的新征程才刚刚开始。需要各位共同努力，去将你们的里程碑一块一块树起来，向着你们的目标。”我又指向墙上的那个目标数字以及贴满墙壁的推演成果，这还都只是纸上谈兵，再创业的艰难还未真正开始，沿途凶险岂止八十一难哟！

满街霓虹街灯早已灿烂，又一坊落幕。

刚坐上车，两脚同时抽筋，迅速蔓延到大腿，好痛！哦，现在可以累了。

回到家，边用热水安抚着腿脚，边拉了个小群，约橘子和林萌一起聊，这二人之间信任和默契的基础是否形成，在坊间还没来得及有清晰的感觉，需继续“火上浇油”。

微信往来间得知，又一坊的各项作业都被紧张而认真地完成着。三天后收到两天的全程纪要，哇，好棒！我回复：“这个得给九十八分！”林萌居然还追问：“请问两分扣在哪里了？”“这是我给过的最高分好吧！扣两分是提醒不要骄傲！”小样儿的。

两周后。

备好茶水咖啡、零食、糖果，各取所需。三人就座，目光相接，都笑了。各自一对一、背对背、捉对儿辅导了好几年，三人坐在一起还是头一回。算起来，我有不少客户是从老板开始，又被老板要求加上重要的高管，都是背对背、一对一的。时有老板（包括橘子）想打听下属辅导情况或是想给教练命题（比如“您能不能在教练他时，提醒他最好要……”），我都会坚定重申教练的天条守则——“保密”以及“教练伙伴引导内容”。执此天条戒律，本教练绝不妥协。这次，头一回组了个三人团，我也颇兴奋，此刻脑后闪过的影子教练不是莫师父，而是禅师菲尔·杰克逊，更衣室、练习场、乔丹VS皮蓬、科比VS湖人……

话头自然从又一坊的作业开始，橘子很简短：“有的清晰了，可以立即开始干；但还有些没想清楚。”还没待我继续发问，林萌接过去：“那我先说说我的思考吧？”见橘子连连点头，我便无异议，这应该就是他俩之间惯常的沟通方式。

林萌讲了将近三十分钟，我有些惊喜交加。

喜的是林萌思考的深度、广度和质量，已经远远溢出工作坊作业的边界。两天甚至更久的工作坊，对于企业的作用也是有限的，引导者最最期望的是企业领导者能把坊中的逻辑方法内化为自身的能力。

细听之下，林萌的思考已经基本构成了一个指数级增长的新的商业模式的轮廓，逻辑没毛病！他充分发挥了一向缜密的习惯，将如何从实施MVP（Minimal Variable Prototype，最小可成立模型）开始到验证推广的可行性，如何降低风险等，都阐述得很清楚。最令我喜悦的是，他终于开始打开视野心界，站在更高的层面向外看了。曾几何时，他还经常引证一些具体战术、小巧打法，颇为自得，被我温柔地讥诮是以己之长较人之短的“自我鼓励型”，还有更尖酸一些的，就不在这儿写了，林萌脸皮儿薄。

我不忙着表扬，转头看向橘子，橘子说：“哇，这个想法真好！我还是第一次听见。”这后半句，把我和林萌都大大惊到了！

我惊的是：“你俩连这都不沟通吗？”

林萌惊的是：“怎么会？大前天才和你说的，我等想清楚才和你说的，和今天刚刚说的几乎一模一样呀？”

橘子：“哦？哦！好像是的哦，但大前天我就没怎么听进去，刚刚你提到十倍的用户机会时，我一下子就听进去了。”

接下来，他俩之间的对话，进一步昭示了二人之间的沟通惯式：林萌习惯在“深思熟虑”之后，按照他的思路从头讲起，并不会关照橘子的关切角度，从而调整顺序；而橘子则迅速地在头脑中预判，一旦没听到自己感兴趣的（比如，业务突破增长的机会），就自动归类到“这是操作层面的事，归林萌管，由他做就是了”，于是表面耐心，实则听而不闻，并在心里加固着“林萌的长处是具体执行，但不太关心公司的整体增长”的刻板印象，而林萌则加固着“她反正不关心实际操作，也听不太懂……”的刻板看法。

好家伙，这可是一对一辅导时所不能观察到的真实！平日里，分别问起她与他、他与她之间的合作状态时，从二位分别听到的，基本都是从他们各自的角度出发并经过不断加固的观念。一对一的教练注重的是辅导对象的个体成长，有其不可取代的价值。辅导对象“引导内容”，每次辅导时提出的困惑和问题，都是他当时感觉最重要的话题，但辅导对象自己也有盲点啊。我暗暗盛赞自己这“三头对证”的创举。

时候未到，不形于色。先趁热继续深入讨论林萌提出的模式，各个难点以及切入的具体方法，我的角色是导师兼顾问。此时，围绕这个已有高度共识的商业模式，橘子和林萌立即进入热烈讨论，非常顺畅高效。

我笑着问：“刚才这一番讨论，二位感觉如何？”

橘子：“很爽啊！如果总能这样讨论就好了。”

林萌：“是啊，记忆中，我还挺少与董事长像这样沟通的。基本都是我准备好，说给她听，她要么说‘按你的意思做吧’，要么顶多说‘大家都再思考一下’，也很少有后续的讨论和争论。”

火候差不多了，我轻咳一声，以示郑重：“我想给你们二位提个问题。”

二位也郑重起来，敛容静听。

“我认为，你们两位，是公司转型、再创业成败的最关键人物，你们之间能否达成深度的信任和默契，是公司再创业成败的最关键因素之一。我想请问你们对此的看法？”

二人的反应竟惊人的一致：先是一愣（没想过），再是猛烈点头。这波操作倒是绝对同频默契。

“那么，我的问题是：你们对彼此之间合作状态的期望是什么？对现状的评价又是什么？第二个问题请尽量具体地回答。”我双手轻搭在腹前，笑眯眯的，准备欣赏自己煽风点火的结果。这个“阳谋”是刚刚临时起意的。

静了几秒钟，果然又是林萌先举手。直截了当、不吐不快的架势，用了不少“董事长能又亲自投入公司业务，当然好，但是……”之类的句式，原意可能想要柔化表达，但都被那一个接一个的“但是”给转折为清晰无误的意见和抱怨了。我一直都挺欣赏林萌的心口如一，但他基本没有从对方的角度进行过理解和共情，还很有点儿咄咄逼人。总结一下林萌的观点：期望得到橘子的信任和授权，而目前，这两点都差强人意。

轮到橘子，说得既快又多，千般绕，绕指柔，好不容易才从她的一大堆表扬对方与自我批评中摘出要点：“我希望你能早日接掌CEO，但目前还不能交给你。”（她的原话大概是“目前公司传统业务遇阻，我斟酌再三，必须跳进来与你一起担当……”，好长一大段）“不是我不信任、不授权，而是已经放手交给你两年，业务却在下滑了。”她的原话有九曲十八弯的转折，只好略去。橘子曾描述过自己的风格：直觉好，有洞察力，主意很正，不会轻易动摇，但回避冲突。这会儿，我真切地看到了。

一位是直言无忌，另一位是婉转阴柔，都已按自己的方式充分表达了，然而，还是各说各话，没有接上榫。二人同时望向我。这二位对教练的信任，倒是完全一致的。我决定，既然被充分信任，那就充分利用这种信任来帮助他们吧，冒点儿险，没问题。

“那我来说说我的观察？”二位再次默契地同频点头。

接下来，我每说一段，甚至每说一句，都会稍加停顿，用眼睛征求两位的反馈，随时准备迎接疑问、争辩，甚至愤怒。有点儿意外的是，这二位又一次默契：一声不吭，只凝眸聆听。所以，以下基本是我的独白：

“我想先讲讲，我从第三方的角度的观察。

“首先，橘子其实已经交给林萌越来越多的责权，经过两三年，林萌也已经习惯了对于公司整体经营管理的‘乾纲独断’；当这几个月橘子决定全身投入并开始过问业务、提出要求时，先是不习惯、不舒服，后来就逐渐解读为不信任了。

“从我的角度看来，橘子无论是作为大股东、董事长、CEO，还是单纯因为她的洞察力、调动资源的能力，都没有得到林萌足够的尊重和信任，甚至，可能，我是说可能哈，林萌已有些‘恃能而骄’的味道了。

“其次，公司业务确实在停滞乃至下滑，两年没有实现经营目标。而两年的辅导过程中，林萌从来没有提到过对经营目标的焦虑，关切的问题一直集中在内部的协调和效率提高等方面。由此我判断，林萌的工作重点与橘子的首要关切，是有明显错位的。如果你们二位的首要目标不能一致，那么深度的信任与默契则无从谈起。”

二人绝对安静，看得出，林萌心绪激荡，但没有任何提问、解释、反驳；而橘子的眼光交替瞥向我和林萌，透露着赞同，还有很多担心。我略略等候，没有谁要发言，便继续缓缓道：

“而橘子，既决定全力投入CEO的角色，就要有CEO的担当和决断，方向要清晰，对公司的经营状况也要清晰把握，在此基础上，才能清晰坚定地提出目标要求。不能回避细节，更不能回避矛盾。你一心想要林萌成长，那就要帮助他成长，而高目标、高要求，就是鞭策成长的最佳方式之一。而你，似乎并没有做到，或者如你所说，恰是一直在有意无意地回避的。

“这次工作坊，你俩和团队都就公司转型升级的机会、方向与路径等，找到了高度的共识，但之后的两周里，感觉你俩基本上还是在‘分工’另干，彼此之间的沟通相当有限，至少是沟通效率很差，更别提深度的信任与默契了。这令我有些不解。我想再确认，对彼此之间合作的深度信任与默契，是你们共同的期望，你们也认同这是公司转型成败的关键，对吧？”

二人对视，深深点头。

“那么，你们准备如何做，来接近和达到‘深度信任与默契’呢？”我问。

二人再次迅即进入高效讨论，须臾，列出几条，基本围绕着沟通的频度，具体到哪些会议需要两人都参加，关乎公司政策、绩效计划等的事项，都要充分商量后，再发布、统一执行。（我又一次被惊到，原来他们各自分管一些部门，连绩效计划等都是各自制订。）

看着两人有商有量，有意见直接提，有话直接说，很快达成共识，甚是可喜。

“具体的沟通计划，我相信你们完全可以调试到周全。我只加上三个提醒。”我说道。

唰唰，各自抓起笔。

“第一，你们各自的思维习惯和能力本来是可以很互补的，但需要彼此欣赏、尊重，而不是彼此迁就、回避或忽视。互相尊重、欣赏，才有可能真正达到互补，达到‘1加1大于2’的效果。

“第二，你们如果都能加上几分‘共情’——如果我是对方，会如何感觉？对方的关切点是什么？——就会更容易理解彼此。这一点很重要，而从刚才聆听、观察二位的表达，我倒还没看到什么‘共情’，在这方面，有相当大的提升空间。

“第三，有话直说，鼓励建设性的争论，辨明后达成的共识，才能有助于形成深度信任与默契。”

二人疾书，记录毕，抬头，又深深点头。

火候至此，见好就收。点穴只需点到他们的盲点要穴，之后，主要靠他们自己的修行和功课啦。

一对一的教练辅导将继续。三人小群也继续保留，以备不时之需。只是教练忙了一点点：在一对一与三人小群之间穿梭往来，随时角色转换，分别提点着。

一个月后，又有更新鲜热辣的成果：董事长正式任命林萌为CEO，意味着以橘子的判断，林萌是可以胜任托付了。那就是说，两年，终于孵出了一个CEO天鹅蛋啦，不负重托啊！呵呵呵！不禁又赞叹：创业者的原力！橘子一旦觉醒，决定All in，迸发出来的学习力与执行力，不可估量。

更精彩的是，这个已有十几年历史的公司，终于有了清晰的使命、愿景、战略、价值观。这次，我又应董事长、新任CEO之恳请，和他俩再组一回三人工作组，一起连续工作整整六个多小时，取得了这些工作成果。应该说，是他俩把作业做到位了，已有了深度的共识，才有可能在六小时内产出如此成果。最令我欣慰的是：这两位十年的搭档，终于在迅速地接近信任与默契了。

从一对一，到两个背对背的一对一，再到一对多（工作坊：约等于训练场），再到一对二（约等于更衣室），再到三人工作组，一起完成重要的创作过程，这其中的乐趣，无法尽述。

话说那天连续六个多小时高强度的工作（只插入半小时午餐）结束之后，送走橘子与林萌，我瘫坐在椅子上，后脑勺儿发木："可累着了，得缓缓。"累成这个样子，其实是因为头天晚上就没睡好，梦里还琢磨推敲那个使命，醒来赶紧回忆。原来梦中得到的佳句竟都是古人的，没有能用作现代企业的"使命"的。使命，是利他的，必须要"他者"有感，还必须朗朗上口、利于记诵和传播……从梦里到醒来，我都没放过自己，终于琢磨出一句，工作组第一项就是盘它，三个人越念越嚼，越有感觉，只改了一个字，就是它啦！

歇着、缓着，居然听到自己在哼唧小曲儿，仔细辨认，竟然是岳云鹏在春晚上刚唱红的那个啥"越过了一道湾"，可我根本就没看电视春晚，连电视都没开呀，我的天哪，真是太神奇了！

我给林萌发个信息："今天我很喜悦，谢谢你。"

“谢我什么？”他回复。

“你升华级别的进步啊！”是的，是从职业经理人向企业家精神的升华。

他们的路还很长，做企业的路上不知要越过多少道湾，岂止九九八十一难。只要他们需要，我就随时奉陪。

教练说

又一场是操练团队。重点在于：目标清晰，统一语言，时刻关注场域，随时调整操练节奏，确保团队不偏离目标，像在NBA的训练场一样。至于三人行，好比是在NBA的更衣室，教练将明星球员拉到一起，根据各人的脾气秉性以及思维习惯，把握尺度于毫厘之间，又要具体鲜明地挑明问题，目的是要达到核心成员之间深度的信任与默契。无论是训练场，还是更衣室，都属于团队教练，与一对一、只关心辅导对象的个人教练大有不同。这一段经历实录包括了各种角色之间、场景之间的转换，也可以作为前章（从网球到NBA之辨）的更具体的阐释。

第十三章

没有靶心的圈圈，只是肥皂泡泡

最重要的不是我们所处的位置，

而是我们前行的方向。

· · ·

渊峙善思考，爱学习，也肯下死力气，自打庚子年5月，他一猛子扎进短视频平台试水，一直泡在里面，尝试各种玩法，琢磨各种算法，如今在短视频平台也是个奇葩的存在了：不靠颜值、不带货，也不花钱买平台助推流量之类的，只输出个人成长以及职场情商之类的思考，居然也慢慢涨到将近六位数的粉丝了。

他每天都发布短视频，还一周直播两次，无论是出差，还是发烧、拔牙，雷打不动。我也常听他的直播（不看视频，只随耳听着，不耽误手头做些其他事情），基本称得上“有料有趣”，也越来越从容。能做到从容其实挺不容易的，网络上啥人都有，在网名马甲掩护下，说话表达都更少顾忌，当遇到有人明显是来抬杠甚至踢场子时，渊峙基本能应对得当，不失态，不入彀。

他每天发布的短视频还有不同类型，在几个平台同时测试效果：“拍短视频比较熟练了倒不太花时间，就是要回复所有留言比较占时间。” 回复所有留言？我不敢确信，又追问，敢情他当真是“每条留言都回复。遇到有人要求私聊时，比如有失恋的、抑郁的，我不敢轻易打断，担心他们受伤，那时间就占得比较多了”。且不计算私聊的时间，单算每周平均一两条“爆款”视频，十几万、几十万人观看，几千条点赞，几百上千条留言，每条都回复，这占用的时间可忒多了！

我感受到了一些苗头，不作判断，先提几个问题：“渊峙，能再告诉我一下，你当初为啥决定深潜短视频吗？”

“老师，这个我记着呢，为了学到在短视频这类新媒体平台上做品牌营销的门道。”很顺溜，确实记着呢。

“那么，准备在哪类品牌、哪些产品开始试？有头绪有方向了吗？”

“这个……还没有。”黑脸膛，看不清是否脸红了，只见有小汗珠在上唇、额头细细地渗了出来。

“哦。开始接触客户了吗？有哪些呢？”

“这个，也还没有。”开始两手忙着擦汗了。

“哦。那么，是觉得还没有准备好吗？具体在哪些方面呢？”我温和地继续。

渊峙牙疼似的支吾了一阵：“和您说实话，我还没太具体想过。”然后跟了一堆，“我这简直太差了，我做得很不好，老师您别生气……”

我才不生气呢，被逗乐了：“你为啥说‘做得很不好’呢？没做好的是什么呢？又是因为啥没做好呢？”

“您这……又是个好问题，容我想想。”眉头渐渐蹙起，看得出，的确是用着劲儿想呢。

见他想得辛苦，我说：“我突然想到一个小故事，说给你听听？”

渊峙点头。

“话说那是三十年前的事了，那时我还在大外企做小销售员。那年亚太区的销售奖励大会在泰国举行，公司包场了一个公园，门口有大象给每位献上胡姬花的花环，搞得人人都英雄似的光荣。那也是极少数提供酒精饮料的公司活动的场合，虽然只供应低酒精度的，但低度也是酒啊，畅饮！各种奖励，还有乐队、歌舞演出，搁三十年前，那是相当开眼界的！兴奋！第二天转去芭堤雅海滩，水上摩托艇、沙滩排球，分组打水仗，一通疯玩，爽，累。我租了个气垫，趴在上面歇会儿。漂漂荡荡，睡着了。”

“啊？那可会晒伤的。”渊峙曾从事过多种户外活动，是考过各种执照的专业级别。

“那倒还是小事。我醒来时，天已薄暮，极目四望，勉强看到岸边的方向，但完全分辨不出岸边的人、物了。”说至此，我不禁又打了个冷战。小小的单人气垫似乎在慢慢散气，大半个身子浸在水里，垫子周围的海水黑黝黝的，不知有多深，视野中完全没有任何船、艇以及空中的伞，各种游乐活动大概都收摊儿了，海岸线的轮廓在暮色中更加模糊了。”

渊峙倒吸口冷气：“太危险了！您……咋办？”

“我有办法，一边哭一边死死认定海岸线的方向双手当桨不停地划水，在游泳池学会的那两下子，岸边人群中还可以下水比画比画，现在可不敢。那海水是黑色的，也不知下面都有啥大鱼或怪物，忒吓人。”见渊峙双手握紧，指节都发白了，我笑，“放心，肯定没死哈”。

渊峙喃喃道：“您这玩得也忒……心跳了！”

“后来是同伴们收队，准备回酒店吃晚饭了，发现少了我，遍寻不见，报告了海岸救生处。其实就是一个小草棚子，上面有‘Safe Guard’（救生员），我之前见着还笑人家简陋呢。他们派出两个摩托艇搜寻，三十年前，可没有啥卫星定位之类的民用先进技术，救生员凭经验顺着退潮的潮涌方向，寻到我，把我捞回来了。”渊峙忙着在胸前画十字。

“在海上漂流了四五个小时，背部大片灼伤，脱了几层皮，晒的；眼睛肿了好几天，戴上墨镜就直接压着上眼皮，哭的；手几天拿不住东西，吃饭得用左手托着右手，划水累的。毕竟年轻，都恢复了。我从中得到了一个终生难忘的恐怖教训。”

“再也不要独自远离海岸！”渊峙插话。

“再猜猜。”

“您这个……太极端了，不知往哪个方向猜啊。”

“救生员说，找到我时，我双手紧划，向着深海的方向！那恐怖的两个字就是：‘方向’！”

良久，渊峙道：“老师，我好像明白了，您是说，我是沉浸到‘What’中，忘了‘Why’了？”

解释一下这个“黑话”。几年前有一个TED演讲的视频，讲的是“黄金圈”（Golden Circle）理论，三个同心圆，最核心的是“Why”，可以理解为使命或方向，第二圈是“How”，即朝向使命或方向的路径，最外面的第三圈才是“What”，即沿着路径、朝着方向要具体去做的那些事情。大意是说：企业和个人，如果能循着从内到外的顺序，先找到使命，再找寻路径，再具体确立相应的行动和任务，那么就能更长久、坚定、清晰地走向自己的使命和目标。

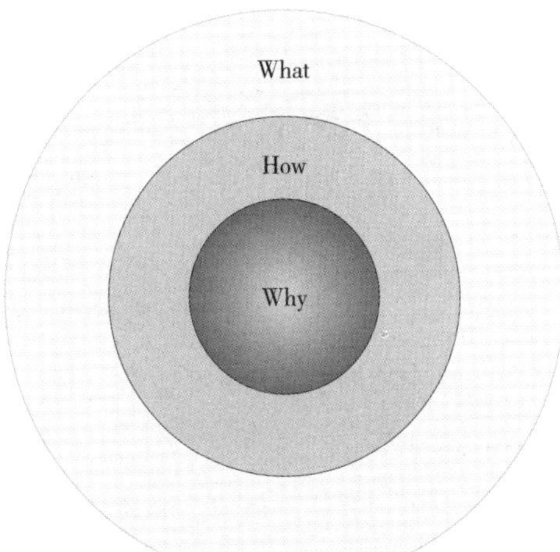

图 13-1　黄金圈理论图

渊峙在直播时讲过这个黄金圈理论，讲得挺到位。

我微笑点头，称赞他的领悟，又问："但是，为何会'忘了'那个'Why'（方向）呢？"

…………

面对渊峙求助的目光，我说道："那么我说说我的观察？不一定对，帮你找找感觉。"

"记得去年我们谈起过另一个'三圈'理论，你在直播时也经常讲到的。"

"记得记得！"

"那三个圈，分别是'热爱''擅长''机会'，讲的是如果一个人能找到三圈交汇的那个Bulls Eye[1]的区域，作为自己的事业，那么就是最幸运也最接近成功的可能性了。"

"我观察，你一猛子扎下去而忘记'Why'的原因，可能是你碰到了三圈中的两个：热爱与擅长。你知道自己热爱品牌营销，本来久已习惯于在幕后的，突然发现原来自己竟还擅长在一个无限广阔的网络平台上'布道'、为师，到了台前，既可侃侃而谈数小时不竭不辍，又真能帮助到别人，这又完美契合了你的信仰和天性，同时遇到三圈中的两圈，可谓幸运，乐在其中，乐而忘返，于是忘记去找那个紧要却又费力的'机会'了。"

渊峙并没有立即点头，棒槌似的手指圈起小圈，移动比画着，交集、分离、再交集……这次的静默异常长久。我不急，静静等候。

"老师，您……得容我再仔细想想。"

"当然。"我继续说道，"无论是用三圈还是其他理论，方向都不

---

1 Bulls Eye，直译是"牛眼"，意指"靶心"。酒吧里初次见到有人玩飞镖盘，每逢有人镖中靶心，必有"Bulls Eye"的欢呼爆响，就像保龄球场有人打出十瓶全中的场景。

容错失。当然，方向是可以调整的，因为人认识自己是渐进的过程，甚至要花上一辈子时间。但无论如何，生存是最根本的。不能忘记寻找生存的机会。”

渊峙自己做公司这些年，有些积累，新冠肺炎疫情一整年收成甚少都坚持着没裁人，已属不易；很多类似规模的小营销公司都已经倒下，还有很多更具规模的企业也都现金流告急了。我没具体问过，但以常识判断，渊峙也必须要积极正面他自己企业的生存挑战了。

“渊峙，我还有一个观察，”我接着说，“我似乎又看到了两年前我们讨论分析过的、你曾经的那种‘我忙故我在’的模式，尽管你已经有方向感，是‘更有意义感’的忙碌，但你还是必须要找到清晰的目标，并且努力去实现目标。而不要太沉溺于意义‘感’，即使是很快乐，即使是有崇高的意义感，也不能当饭吃。除非，你另做选择，另有事业方向。”最后这句话，其实挺重的，我希望他能感受到这个分量。

这次的作业是：具体产品、品牌、客户的目标以及选择的理由与操作思路。恰逢春节，交作业的时间，就定在一个半月后了。我淡淡加了一句：“如果再不能认真、作业及格，那我就会认为，我们之间的辅导，其实对你并没有什么意义……”“您可别，千万别。无论如何得带着我！”唬得渊峙连连作揖不迭。“那要看你啦。”轻哼一声，我嘴角勾起笑意，渊峙听着、看着，却是心惊肉跳。

教练的专业能力要求，无论是原来的11条，还是2020年修改后的8条，有些基本要义是一样的，比如，深度聆听、教练的“临在状态”，等等。而无论教练的流程模式或谓“流派”是否相同，都要落实到客户的“行动计划”，否则，辅导过程就不能算完整。无论有多少个顿悟时刻，都要落实到行动上，才会为教练伙伴带来改变。渊峙既然坚持称我为老师，那么，老师留作业，就更是天经地义啦。

渊峙走后，我仍沉浸在回味之中。陪伴渊峙两年多以来，他走过的路真就是螺旋式的路程，迷茫、清晰、撕裂又重塑世界观，寻找人生的The One，找到方向，全情投入，却又仿佛过度沉溺于快感与意义感，偏离了目标……好像又在不同的层面上、另一个维度上迷失了？我倒不会太担忧，渊峙是很有些经历的成年人，即使没遇到我，人家也是能过好自己的生活的。但既然结了缘分，在我的世界里就会有他一份沉甸甸的存在，免不了用心琢磨。

人，真是多维复杂。先天性格，后天习惯，成长环境，原生家庭，性别及取向，行事风格，思维习惯（感性、理性、形象、逻辑），当前的情绪……以及以上各项组合的N次方等可能！这么些维度，组合的可能性无穷多。即使他们提出字面上一模一样的问题，那些产出问题的不同的心和脑也必会天差地别；即使得出字面上一模一样的答案，那些收译答案的不同的心和脑，又怎可能生出相同或完全相似的反馈和行动呢?

我试着还原给渊峙的辅导过程，但将角色调换，假设自己是被辅导者，推演情景以及后续的行动；再拉远，假设十年前、二十年前的自己是被辅导者，推演出来的情景和后续行动与之前相比又有很大变数了，似乎再去尝试理解以前的自己，便有了很多更加朦胧模糊或更加貌似清晰之处。有意思！我把“沙盘”游戏的角色又换上橘子、林萌、丹鹏，再调换、反转……太有意思了！简直有点儿“盗梦空间”的味道，这个游戏应该叫作“同理折叠”。

此刻，我对于教练的要义又有了新的感悟：深度聆听，有力地发问，不预设判断，伴舞，所有这些技术以及规定，原来都是“只能如此”啊！因为，每一个教练伙伴在每一次辅导中的状态，都是随机的、莫测的，他所处的环境与其丰富内心，能组合幻化出任何状态，无法预判，只能伴随。而教练的核心要求是“临在状态”，我的理解是，要完全地与教练伙伴同在，到几乎附体、近乎“无我”的状态，才能聆听到他的潜意识，也才能问出更有力量的好问题。在那种完全的“临在状态”下，教练的问题多是跟着直觉自动生成的，流程也自然而然地演进，有曲折、有意外，但能流动下去。只有流动到深处，才有可能深度激发教练伙伴的内在潜能。

其实，教练的“有力的好问题”，也都在那三圈之内吧。

心念所至，我拿起纸笔，写下那些在做教练辅导时最常用的问题，赫然呈现出Why、How、What的圈层梯次。其中有些问题几乎是每次都会用到的，比如：

- Why：

  典型例句：如果实现你的目标（或达到你想要的状态），那对你来说意味着什么？对你周围的人来说意味着什么？

  （简版：“为什么呢？”“对你的意义是什么？”）

- How：

  典型例句：实现你的目标的路径有哪些呢？

  （简版：“如何实现你的目标？”“如何实现？”）

- What：

  典型例句：这个路径上有哪些重要的里程碑？要达到这些里程碑，需要采取哪些行动？做什么准备？

  （简版：“需要哪些行动？”“行动方案是？”“为什么行动是这样的顺序呢？”）

其实，这些都是在教练培训课程中反复讲授练习的问题，很简单，很基础，初学时我甚至常会觉得做作、“套路”，在练习时还会自作聪明地把例句“修饰”一下，那是因为还远未学会深度聆听，更谈不上与教练伙伴的共情临在。心里往往净顾着盘算“下一步该出哪个问题了”“流程该走哪一步了”，神思都在如何“演好教练”的层级上，一心二用，当然就做不到与教练伙伴同在。用心修饰过的“自以为漂亮”的问句一出口，对方却常被绕蒙，自己也尴尬。想起当初种种菜鸟教练的行迹，真挺好笑。恍然觉察，做教练已八年多，我竟仍在领悟的途中，便更添敬畏。

用提问的方式帮助教练伙伴找到他们的“热爱”与“擅长”，总是很有效，甚至经常会让他们感到“惊喜”。是的，当人们长时间沉浸在工作、生活的压力与惯性之中时，真的会忽略自己。教练的重要功用之一，就是帮助教练伙伴深刻地、认真地认识自己，这对于职业与人生的规划而言十分重要。“人人都需要一个教练”，此又亦其证。

再看看“天赋、热爱、机会”这三圈。我坚信，每个人都有不同的天赋、激情与热爱，只是太多人终其一生都未必有机会发现自己的天赋、实现自己的热爱，“细思极叹”。以我自己为例，当初为了求生而选择自学英语专业，从此改变了人生轨迹，我跟着收音机自学了许国璋四册《大学英语》，只是跟着收音机念，从来没背过一个单词，张嘴就有语感，这应该算是天赋了，是从母亲那里继承来的，但我并不热爱英语；对比之下，我很喜欢古诗词，母语又是中文，却居然背下来很快就会忘。前几年我才发现了对架子鼓的热爱，就乐此不疲地操练起来，但并不能说若早发现了这个热爱，就能真的成为专业鼓手。热爱可不一定等于天赋啊！激情、热爱与天赋，并不容易碰到一起。再说了，我年轻时，爵士啊、摇滚啊那些乐队还都只能在地下演出呢，即使真有鼓手的天赋，也得先顾生存啊。一个人若拥有多项热爱和天赋，可能会增添些选择的困扰，但若能找到或遇到自己的热爱和天赋，再加上些机会，那就真的很幸运了，甚至可能很幸福。

回到渊峙，当他蓦然发现了“热爱”与“擅长”的交集，实是意外之喜，他于是乐享其中，很有“意义感”地忙着，回复每一条留言，每周直播从两晚增加到四晚，意义感爆棚。但却模糊了目标感，忙碌到忘记了去寻找“靶心”：生存、商机。我觉察到了，就要直接告诉他，他也许就此专注地去找商业的靶心；也许就此又调整了自己的方向，比如，就去做一个网红知识服务者，也未尝不可……但无论如何，都要找到清晰的方向和目标；无论如何，都不要像我当年在芭堤雅一样，拼命地向深海游去，却以为是朝着岸边。我自以为把握了方向，而大海自有方向。不只是飞行员会遭遇“空间定向障碍”，会在以为“冲向云端”时撞到山上或扎向地面，每个人的一生中，都会遭遇很多次“定向障碍”。此时，若有教练同在，是幸运的，教练会全心同理地与你同在，并保持冷静的观察，如同帮你校对仪表盘，提醒你：天在上，地在下，北在北……而目标与路径的选择，在于你自己。

渊峙来了，表情比较严肃，我暗忖，大概是思考作业的过程当中有疑问。没关系，只要认真思考了就好。

我没急着收作业，先听渊峙聊聊过去一个半月的近况，他在春节期间一点儿没歇着，又开了情感直播，简直就是全时段泡在短视频平台了。他总结出来的经验是：在短视频平台吸引流量，已略有心得，但要想转化成市场营销业务的客户却极难，所以还得开辟微信的视频公众号！

等等，这中间逻辑可还缺着好几环呢。我连发了几个问题：

“你心目中对市场营销有需要的客户的大概画像是什么样子的？”

“这些目标客户会对什么样的内容感兴趣？”

“而你做的内容，实际吸引的是什么样的粉丝？”

这几个问题，可不是出于纯粹好奇的开放式询问，我也经常听听渊峙的直播，印象是：经常听直播并积极互动的铁杆粉丝听众，以经验不多的职场新晋打工人为主，甚至还有学生，那么，如何就能妄想那些创业的小微企业主也会为这种内容聚拢来，进而被转化为客户呢？他在直播中很“纯粹”，不带货，也不给自己的市场营销主业夹带几句广告，若真偶有潜在客户走过路过，大约也会认为他是心理咨询、职场导师啥的，不可能猜到你的主业是市场营销啊！深潜大半年了，还没从源头设计好，转战到哪里也没用吧！

我的三连问已明显带出质询的味道。情绪，真是很难掩饰的。渊峙本就敏感，立即变得犹疑嗫嚅，竟有畏色。

我暗暗提醒自己，状态！状态！好的，我起身满上茶水，深呼吸，“戴上”微笑。

“好的，这几个问题你再慢慢想吧，我觉得是很值得你想明白的。尤其请注意，这几个问题的顺序。”

“好的好的，老师，我一定好好想。”他忙不迭地应承，这一口气松的，真明显。可怜见儿的。

“那么，就请谈谈你的作业吧。”我调整好状态，放松，不带情绪。无论他的作业多么不成熟，都要耐心。

渊峙没吭声，摆弄着他的电脑，哦，这是在调出作业文件呢，不知是PPT，还是思维导图。

渊峙把电脑合上了。面色凝重地，他开始了：“老师，是这样的。不是我不认真，我真是想好好做这次的作业，我真是知道您都是为我好，可……”

只觉一股戾气直冲头顶，我冲口道：“别绕！直说吧，作业没做吗？！”

“是这样的……”

“做了还是根本没做？”

“您听我说……”

“请直接回答！”

“……没做。但您听我说……”

积聚的戾气瞬间点燃，我，怒了！接下来的灌口喷涌而出，尽管都是问句，但根本没有容纳回答的缝隙！

“你记得作业是什么吗？”

“不是你自己说必须要做吗？还说这对你很重要吗？”

“上次结束时我说过，如果再不交作业，就可理解为这种辅导对你没意义，记得吧？”

“好！那我就理解为对你没意义，那我们又何必浪费彼此的时间？你又何必每次都说什么‘对我帮助很大’？你又为什么满口应承要好好做作业？”

“……”我耳边一直嗡嗡着一个声音，终于听到了：这不是教练的状态！！急刹车，我硬生生收住了下一句“那就到此为止吧”。如果话说出了口，对渊峙的伤害，可能会很大。

急刹车，我被猛闪一下，滋味不好受！我得站起来走两圈，深呼吸，再走两圈，喝口水……

渊峙不敢言语，忧惧而焦虑的眼神跟着我转来转去。

良久。归座。

又良久，我缓缓道：“我需要反省。”

又把渊峙吓了一大跳，他本能地说道：“您别您可别，都是我的错，我反省……”

我摇手止住他，继续：“我想听听你说。说说你的真实感受，这很重要。你慢慢说。”虽然没再“戴上”笑容，渊峙也应能妥妥接收到情绪的缓和与真诚的邀请，于是，从断断续续，到逐渐连贯，我听到了以下这些要点：

1. 我深深知道老师是为了我好，每次作业都真心想好好完成，尤其是这次：找到具体的产品与客户的方向，设计出在短视频平台上大概的营销计划。我真觉得这对我特别重要，必须认真做，但就是力不从心，不是跳起来够不着，而是根本就不知道目标在哪儿、得往哪儿跳、跳多高。

（我反省：那他为什么不直说呢？为什么每次作业都满口应承？哦！好像我也没给他什么机会吧！）

2. 您说我可能是“有意义感的网瘾”，我认真想了，我确实在短视频上花了很多时间，太多时间。但其实我心里的目标感一直在的：就是希望找到以短视频为工具转化用户的方法。不过一直没有找到。您刚才的三连问，确实击中我了：应该一开始就对自己的目标客户有清晰的认识，做不到像素级，起码也要素描级、画像级的，而我都还没找到内容、流量、目标客户之间的一些基本关系和逻辑。因为，我是真没做过，我……真不会啊。

（我反省：原来他是不知道How和What，而不是迷失了Why啊！）

3. 您提醒过我几次，做生意，要主动，要饥渴贪婪地主动。我确实不够主动，包括您有意用心给牵的一些关系头绪，我都不知道如何做到主动。春节假期期间，我也想了挺多，有一件事，连我自己都是头一次“发现”：我做公司，十几年以来，从来都没有自己主动去找过客户、主动开发过生意，都是做过生意的客户们成了朋友，再口口相传推荐的。这次疫情，朋友们大都自顾不暇了，也顾不上给我介绍新业务了，我真是挺迷茫、无望的。因为您给我辅导，我才突然看到机会：短视频平台，确实是营销的新平台，也许，这就是我可以从此摆脱不懂主动开发客户的缺陷的契机？所以，就像您说的：我就一个猛子扎下去沉溺其间了，但我觉得，我这真不是网瘾。

（我反省：若不是及时急刹车，连渊峙这些深度自我觉察都没机会知道呢。）

这次辅导进行了三个多小时，是通常时间的两倍多，其中有将近一半是浪费在教练的情绪以及情绪调整之上了。结束前，我没再留作业，基本是渊峙自主提出的行动计划：给目标用户画像，尽量画细致，以及有意识地设计、测试针对目标客户群的直播内容。

八年多，以为已经接近修仙第九层了，一阵怒火，我被烧回原形：这个教练，还是太自以为是，太自我了啊！

渊峙走后，我继续认真反省，那一阵子不可遏制的怒火，真把自己惊到了！近几年来，我极少生气发火，最近的一次记录是去年11月7日，因为笑笑冲我龇牙逞凶，把我气着了，但我立马就觉察了，交代荣丽继续管教笑笑，自己则赶紧深呼吸调整。因近几年来很少发火，所以偶尔一次动怒发火，就记得很清楚。（我一天不落地写日课已有六年了，有据可查。另：笑笑是刚一岁半的纯种柴犬，应该相当于十几岁青少年的逆反期。）而作为教练时搂不住火儿，绝对是第一次！

一个激灵，我懂了：还是因为失了教练的立场啊！是从何时，就从教练变成“老师”了？从何时，教练关系开始不那么平等了？逐渐地，在“我懂你，我有洞见”的主观意识之下，就“不必”认真听他了，只“告诉”他就好。又赶上渊峙的性格敏感、谦虚，懂得感恩，对老师那就更是谦卑了，绝不争论……好嘛，原来根儿还是在教练这里。

这个省悟非同小可。我在心里反复刻写这三个字：教练式，教练式，教练式！无论是师父、老师，都不能失了“教练式”。应该能就此记住了吧？也未必，前面说过的，教练，就是要从充分关照被教练者的人性角度出发，而教练自己则要有诸多“反人性”的修炼，须常悟长修，才可能不犯戒、不退步。

教练说

这一章的名字“没有靶心的圈圈，只是肥皂泡泡”，原是画好了圈圈，等渊峙交了作业，教练再帮他找到“靶心”的，这样就圆满了。而实际的脚本，并没有按照我的设计发生。我决定保留这个章节名，作为对自己的警示：教练，也要时刻留意靶心，而这个靶心，就是教练的哲学和初心，即平等的关系。无我，激发教练伙伴。伴舞，而不是表演！这章里写着写着冒出个词，也是值得我记住的：“北在北”，教练的“北”，始终只有帮助伙伴深度觉察、激发潜力，而不是教练的自以为是。

第十四章

熬鹰待翱翔

使命，是利他的，必须要“他者”有感。

· · ·

最早，游牧民族训练猎鹰作为捕猎工具，是出于生存需要，也有偶然驯成神雕的，就被金庸先生写在书里了。后来，八旗子弟发展出了一种玩法：熬大鹰。这是将野外捕获的幼鹰训练成猎鹰的方法，基本手段就是不让鹰睡觉，熬着它，困乏其身，以驯服其野性，渐渐熟悉、接受人的统役，再学会各种猎鹰的技巧和本领。有兴趣可以读读王世襄老先生的文章，“六七夜不打盹儿，最后鹰服了”。也有说熬鹰过程得二十天左右呢，鹰和熬鹰的人都辛苦。（现在鹰是国家保护动物，私自圈养、熬鹰是违法的。）

因为要写丹鹏，就先岔到鹰这儿了。鹏，是传说中的神鸟，名字中有“鹏”字的，都寄托着父辈的期许。图画中象形描绘的鹏，与鹰很像，仔细辨认：鹏喙直而鹰喙弯。鹏神力天生，无风而振翅千里。但不知鹏展翅之前，须几千几万年的修炼?

前面说过，丹鹏一路成长顺风顺水，聪明、厚道，英国留学七年，英语几乎是母语水平，举止礼貌，有英伦绅士范儿，又激情充沛，努力，不惜力，被派到欠发达国家从零开发渠道，也能贴着地、吃着土，干得出色，还总是乐呵呵的，优点很突出。哦，他还生得一副好相貌。十年间，他换过三个大公司，职业发展一路昂扬向上。他“讹”上我为师父时，才三十三岁，不到一年，就接任了上千人企业的总经理，也入选了翱翔班。这个翱翔班，是这个大企业培养人才的“鹰系”的最高级，专门培养集团级高潜，而这只“鹏”，也就此正式加入鹰之系列了。

翱翔班，万里挑一的选拔，每期约一年半。我在这群人身上投入了特别多的心血，我的大部分私房课都是亲自为他们量身定制、开发出来的。定期的一对一私人辅导，再加上观察在班集体里的表现，就能看清丹鹏与优点同样明显的缺点了：一路太顺，不免自满；涉世不深，看不清楚、处理不好重要关系；反应快，就常显得佻达，缺乏缜密思考，有碍建立高管的“成熟”印象，像上学时班里总抢着第一个交考卷的学生，似乎聪明比考高分更重要（我当初上学时就是那个德行，所以知道）……我没少“修理”他，但心里总说：年轻，总要有一个成长的过程，他生性单纯，急也急不得。果然，就在重要关系上栽了跟头，这个教训相当昂贵！我并未放松“修理”，但加上更多鼓励：年轻，需要修炼，没关系！谁知道，这次的修炼竟如此漫长而残酷。

本命年前后，丹鹏已被熬鹰似的狠狠熬了三四年了，劫难首尾相接，几无喘息间隔。徒弟有难，师父当然得陪着他一起熬。师徒的关系太近，随时都得伸手，把着手教，伸着手扶；徒弟陷到坑里了，泥里水里也得去捞。当师父也很不易。

先是丹鹏的父亲被查出癌症，这对于全家来说，无异于晴空霹雳。丹鹏是家里的独子，义无反顾地要顶起这个天，大半年时间，寻医问药，手术室外等候，手术后陪床，各种术前术后的检查，等待各种检查结果的忐忑煎熬，其间还要一直不间断地鼓励父亲、宽慰母亲……难熬的那些日夜，师徒之间的微信是昼夜开通的。再见面时，丹鹏的眼眶凹陷了，娃娃脸的两鬓白发陡增，心疼！丹鹏看出师父的忧心，乐呵呵地劝慰师父：“我没事的，师父别担心。我还从病友家属那里学会了好几种营养煲汤呢，以后也熬给师父喝。”这话儿说的！是该“啊——呸”还是该抱抱他呢。

从这个劫难中，丹鹏深刻地体会到了亲人的重量，他反省：之前他一直以为自己勤工俭学，挺了不起呢，还常常“记恨”少年时父亲对自己的种种严厉。现在才领悟到，当初家境并不宽裕，父母还是顺他的心愿把他送去英国读了七年书，才体会到父母的恩情深厚……也从此，他更把父母家人放在心上，无论多忙，都能找到陪伴家人的时间。有限的时间，加上有质量的用心陪伴。

诚心所致，吉人天相，父亲虽查出时已是中期，但有儿子和家人全身心的支持、鼓励和陪伴，自己也更加努力康复，积极生活，术后两年多来，各项检查一直正常。老两口还经常驾车长途游玩，全家人都热切而积极地期盼着术后第五年的“治愈”结论。

其间，幸亏有岳母帮着带两个外孙，一个两岁，一个四岁，比猴儿还难带的年纪。后来突发事故：岳母触电，幸免生命危险。岳母怕给孩子们添麻烦，就在附近的小医院凑合处理了一下，结果造成绵绵不绝的后患，手术，植皮，再手术……遭了大罪，还是废了一只手。这时的丹鹏，又是义无反顾，女婿顶了大半个儿。

与丹鹏始终并肩站在一起的，是“90后”的妻子，她与丹鹏一起扛住严峻的挑战，无怨言无疲态，始终笑靥温柔，是维护全家人心智稳定和生活秩序的定海神针，并始终负责貌美如花。貌美如花，却全无傲娇之气，竟然还将自己的小网店经营得红红火火，中后前台加上直播卖货，没有伙计，一脚踢！无论是艰难，还是风光，夫妻间始终浓情蜜意，相守相伴，是彼此的福气。前不久，见丹鹏在朋友圈晒结婚纪念日，蛋糕上赫然“七年不痒”，一不留神，师父泪眼模糊了。

终于料理好家人的各种伤病事故，丹鹏准备启程创业了。

经此种种，丹鹏成熟了很多，亲人的病痛，令本性乐观佻达的他想了很多、很深。他来找师父，谈自己的心路历程，再细谈下一步的思考。面前摆着多条路，选个上市公司或即将上市的公司去做高管，对他而言只需比较和取舍。然而他决定选最艰难的一条：独立创业。我静静地听，仔细辨别，没听到任何赌气、轻狂或急功近利，而是听清楚了他的“初心”：要让更多人，更健康、更有质量地生活。用心听，我能感受到那份从心底生出的厚重。亲人的种种磨难，帮他坚定了创业的方向：大健康。

于是师父说：“我支持你。来，咱们谈谈需要的资源，还有可能遇到的障碍和困难吧。”

从此，师徒间的交流主题也随之转入了创业的旅程。

创业最重要的是发心和方向，丹鹏已有这两个垫底的思考，我提醒：借风口起步，是可以的，但风口都会很拥挤，对于艰难要有充足准备；风口的产品，也只是你事业起步的第一个台阶，要记着大的目标。谆谆提点之外，天使投资，亲自帮着站台，师父能做的，就尽量帮着做一点儿。此次近距离旁观：丹鹏激情不减，但添了几分有条理有逻辑的沉稳，对大局、市场的分析挺有说服力。而他颇具排场的发布会，其实都是精打细算借用各种资源，能省则省的；带得娃儿下得厨房的妻子，不但熬夜帮着干会场布置、礼品装袋等各种力气活儿，居然还被拉上厅堂，秒变妥妥儿现成的美女主持人。“省了请主持人的钱。”丹鹏得意地嘿嘿笑。与当年动辄调动千万甚至上亿营销资金、意气风发的职场少帅相比，这个小小创业者，风范丝毫无损。

都知道风无定向、水无常形的说法，却不料丹鹏亲身赶上了这次迅猛的风向陡转：反向，逆风！丹鹏发布产品刚刚一个月，就遇到政策与市场、资本的叠加逆风。瞬间，风口只剩了几家已融到资金的仍在支撑，其余，只见一地枯枝落叶。我问丹鹏如何打算，丹鹏道："师父，我想过了，政策对行业有很大影响，但这个产品的价值还是真实成立的，确实是减害、有利健康的，那就应该是有可能活下来的。坚持下来的就可能有机会。我也仔细算过账了，改变策略，转为线下稳扎稳打。虽然难，会比较慢，但仍是有可能做成的。我想坚持试试，以前总以为自己知道如何玩线上电商，正好趁此好好练练线下实打实的功夫。"眼前的这双眸子，清亮，坚定。好，趁着年轻，试试就试试。师父陪你。

接下来，丹鹏把各种节省成本（应该说是节衣缩食）做到了极致，年底之前从深圳迁到惠州，离工厂近，各种消费水平也低了不少，准备以惠州为基地，深耕线下业务。

不料想，又飞来一只铺天盖地影响全球的黑天鹅：新冠肺炎疫情！

春节前，丹鹏与妻儿刚在岳母家团聚，就被疫情困住了。我劝他先把这个刚创业的小企业放下，天时之下，不必执着，反正损失也不算太大。但他到底还是在正月就独自返回惠州了。

几个人的小团队，合租一个公寓，集体住、伙着吃，最难的时候，工资都发不出来，都只发生活费，居然就挺过来了，人没少，还加了一两个人，就在惠州当地像农夫一样辛劳耕作。他们订货量还不够大，对品质的要求又高，疫情期间工厂复工情况本来就差，他们在工厂的订单更是经常被压后，就干脆几个人自己跑到工厂连监工带亲自上线当工人，整套工序的每个环节，每个人每双手都得上。师父看在眼里，能帮的却很有限，顶多时不时给大家打打气，春节、中秋时给大家发个红包，再尽量垫上点儿小笔资金，帮他把第一个十来平方米的专营样板店开起来。丹鹏和小伙伴们真是努力，居然逐渐就做到了收支打平，还摸索出了一套加盟专营店的模式，我仔细验看过，是有可能复制到一定规模的。师父暗自为徒弟骄傲，可嘴上并不多夸，夸多了担心他飘。

丹鹏沉稳多了，他说："师父啊，您放心，这一年多的磨炼，我已经把什么面子之类的虚头巴脑的都扔掉啦，因为生存的压力之下，啥都得干，根本顾不上面子了，也根本没啥面子了。”师父没作声，心里却相信他面子、里子都能挣出来。

人到中年，上有老下有小，各种天灾人祸、创业艰难，这些情节并没有什么奇异之处，但师徒情分所系，难免关切至深，步步惊心。

庚子年十月，丹鹏生日，正好赶上我在深圳，就邀请了小团队还有丹鹏的妻子与两个孩子，一起聚个餐，蔚为壮观地坐满一大桌子，真喜兴。那天我已经高强度工作了一整天，还闹着肠胃不舒服，但心里高兴，与每个人都专门聊了十来分钟，也算是给每个人都送个单独辅导的礼物。大人们嗨聊着，尽享自助大餐，特别是无限畅饮葡萄酒，两只小小鹏在大餐厅里兴奋极了，活动轨迹神出鬼没，丹鹏的妻子飞飞身手不凡，应付裕如，眼到身到，快如闪电。一个人带俩娃，太辛苦，飞飞真已瘦成一道闪电了，但依然清新靓丽。

心里高兴的另一个原因，还是因为丹鹏的创业之路总算露出一些转机的曙光，当面临的机会多起来时，对这只鹏的考验，已从艰苦奋斗又添加了选择和判断。

算起来，师徒经常要间隔几个月才能见上一面，甚是想念。虽然中间可以随时通电话，终不如见面的真实亲近，见了面就赶紧抱抱，嗯，小子够自律，身材保持着，未添赘肉，只是他念叨了好几年的那八块腹肌还一块都没影儿呢；眼角边又添了几道细纹，可见操心劳神。师父上一眼下一眼地扫描着，有点儿看不够，嗯，举手投足之间，又沉稳了些。

2021年3月，我的书第三遍完稿，丹鹏奉师命打飞的来北京，下午到，明天再飞走。当晚聚会一直到十点多了。第二天早晨，师徒相对，对话三小时，其中，静听了两个半小时，教练式师父的聆听功夫，毕竟强些；丹鹏也认真准备了，几方事项，一一道来，主线条理清晰、举例恰到好处，分析逻辑通顺，冷静，沉稳，格局大气。

“进步很明显哦！”我由衷表扬。

“真的吗？谢谢师父啊！”丹鹏很少受到师父表扬，喜出望外，又露出那种少年无忌的开怀笑容。

对于丹鹏手上操的盘、面前呈现的机会，他都呈现出令我比较放心的能力和定力。师父心情很好，和风细雨，择要而提醒。难为他，三个小时三条主线一口气叙述下来，居然说者与听者都一丝不乱。

教练式，必然要提几个发人深省的好问题，其中一个是：“三五年后，你理想的状态是什么？” 三五年后，丹鹏亦将届四十，现在做出的路径选择和重要决定，已经不能再只凭着“年轻火力壮”了，人成熟的标志之一，就是会认真思考长远规划与目标了，当长远的规划比较清晰时，眼前的各种选择也就比较清晰。比如，摆在面前的投资，也就不只有钱这一个考虑维度。

丹鹏很重情义，对于一起创业的小伙伴们尤其如此，从头教起，耐心地带他们成长，但“有的人说一遍就能记住了，有的人可能就不会举一反三、主动思考”。丹鹏从创业之初，就尽可能比较充分地发挥了在线办公、标准操作流程等在职场的功底，他注重的不是具体操作，而是团队小伙伴们的个人成长。师父教给丹鹏一个方法：“三问一给”。每当有下属报告问题时，先问三个问题：

一问：“你怎么看这个问题？”

二问：“你认为应该如何解决？”

三问：“还有更好的解决方法吗？”

要忍住，对方思考和回答的过程中不要打断，甭管是建议还是指示，都留到最后再“给”。

三问一给，不仅能有效训练团队成员的主动思考习惯和能力，还能让领导近距离地观察团队成员的意愿、能力及进步。

为什么是“三问”？那不是多了怕记不住、嫌麻烦嘛。

为什么最后才“给”？听清楚后再给，才知道该给什么呀。无论是建议、指示、资源，还是批评，最后给都更能切中要点，从而更有效。

这其实就是“教练式绩效辅导”的路数，只不过简单一些，便于领导们记、用。

师父难免偏心，反正是看好这个徒弟啦。余下的，留待丹鹏自己书写吧。他仍然年轻，“年轻就是道理”。

教练说

这段应该是“教练式师父说”。如今时代，年轻的徒弟可以随时跨界，如果没有“教练式”，师父仅凭一两门手艺，就很难跟得上徒弟了。有了教练式这门法宝，师徒可以彼此有价值地相伴很久。师父即使老迈，也不致沦落到只能昏花着眼盼着徒弟一年半载抽空来孝敬那两条束脩。每次的陪伴与交谈，仍可以充满智慧的激发与青春的激情。

第十五章

A－Ha！顿悟须臾间

无论有多少个顿悟时刻，都要落实到行动上。

· · ·

教练最享受的时刻，应该就是见证客户的“A-Ha moment”——顿悟时刻。那种顿悟，往往伴随着焦虑困惑云开雾散而豁然开朗的心境。

当年我被教练问道：“你想要什么？”豁然之下，我断然决定离开IBM，不再纠结。其实当时我也没太想明白，顶多只是半个顿悟，就足以改变我的职业道路。顿悟，充满未知，也充满精彩。当然，这类“顿悟”，对教练来说未免有些惊吓。

我初次从教练的角度感受到“顿悟”时刻，是在做教练的第二年。因为是初次，所以对细节依然记忆清晰。

那次出差已经好几天了，讲课与教练辅导穿插交替。工作毕，我赶紧打道回府，家里两只年迈的狗娃都生着病，很是惦记。在机场过了安检，刚到候机厅，接到电话，是客户企业的CHO打来的：“教练教练，江湖救急！”向来优雅从容的CHO，噼里啪啦一口气炒了一大盘爆豆，调子和频率好像调了倍速快进，听着都失真了，竟急吼吼地就要派车去机场接我回去。

简而言之，是有位很重要的高管CFO，突然提出辞职，董事长和CEO都已诚恳挽留数次，仍去意坚决。CHO情急之际连很外围的乙方教练都想起来了，也真是病急了乱投医啦！我仔细听完，觉得这种情况下，连CEO、董事长都搞不定，一个外部教练，恐怕很难起到啥作用了。CHO坚请，推辞不掉，只好再强调说明：“我尽力，可别抱啥幻想哈。”

CHO与CFO约好了第二天电话辅导的时间，还好还好，不必折返，我按计划飞回家啦。本来和这位CFO也不熟悉，大概就是见面点头那么两三回而已，当面或电话也没啥大区别。既然董事长和CEO都没办法，教练也就不必有太大压力了。

也许正是因为没有患得患失的压力，教练就能充分放松而心无旁骛，无碍地进入状态。

这是我第一次做远程电话辅导，而且是与基本陌生的人进行初次教练对话。我先感谢了CFO愿意花时间通话，也暗暗庆幸自己攒下的一点儿江湖名声，人家居然同意与并不熟悉的啥子“教练”通个话，这个因素多少起了点儿作用。

CFO十分坦诚开放，感觉是：反正已经打定主意，再多说一遍也无妨。从个人之前的经历，加入这家企业的来龙去脉，中间的心路历程，如何尽力了，如何付出牺牲家庭和个人生活的代价，如何面对工作中诸多的烦恼，如何下决心离开……娓娓道来。我闭着眼睛，用全身心来聆听，只间或用最简单的单音节字表示“我在听”，绝不打断，听他讲述的Fact（事实）、感受他的Feelings（情绪）、捕捉他内心的Focus（渴望）……他的讲述十分流畅（估计已讲过很多遍了）。当听到他的讲述又一次出现了重复的情节时，我瞥了一眼挂钟，独白竟三十七分钟啦！（感觉顶多过了十分钟呢，这次聆听可真是到了“心流”状态。）直觉告诉我，是时候了。

“对不起，我有个问题，可以打断一下吗？”我问。

“……哦哦，对不起，我讲太久了吧？您问您问。”这位一口气说了半个多小时了，还不知道“讲太久了”。

“我刚才听到你三次提到：‘当初来，就是想成就一件漂亮的事。’我想听你讲讲那件‘漂亮的事’，可以吗？”

没有回声。

我等了一会儿，以为断线了：“喂喂？”又检看手机，电池、网络都显示满格呢。

他缓慢地、充满回忆地又开始继续讲述，讲了十几分钟，大意是当初想的“漂亮的事”，就是想在有可能成就一个世界级企业的平台上，有自己作为核心团队成员的参与和贡献……

隔着电话，我能清楚地感受到那个想法仍然鲜活；能听到，这件“漂亮的事”对他的意义依然深沉。

我也转为轻缓，自然地与他的节奏、韵律保持“同频”：“你还想实现那件‘漂亮的事’吗？”

他立即道：“当然！”

“那么，实现这件‘漂亮的事’的基本条件，都有哪些？还存在吗？”

他陷入沉思：“……应该说，还是有可能的。”

然后，我听到他低声自语，只能勉强听到只言片语，并不能听清楚全部细节，大概他是在掰着手指头算那些条件呢。我耐心等待。

他突然高声说道：“教练，我知道自己要怎样做啦！”

说实话，那一刻我有点儿被惊到了，以为接下来就要听到“我决定离开”。

我故作镇静地说：“哦？能说来听听吗？”

他急急道：“我想明白啦。我明天晚上先和我的家属好好谈谈，只要我自己想明白了，家属会支持的，之后我就约老板谈！”

我能清晰听到他声音中的兴奋、雀跃，可是，您想明白的到底是啥呢？和这个那个的究竟是要谈啥呀？这时，我听到自己的直觉说：不要追问了。啊！那好吧。

“你想明白了，我为你高兴。你愿意让我知道后续的情况吗？如果你需要，随时可以再通话。”此时要忍住不再追问，可比“问出好问题”还要难啊！

“我会的我会的！三天之内，我向您报告。”

将近九十分钟的电话辅导，就这么不明不白地结束了。复个盘：这次确实做到“多听少说”以及同频共在了，我只问了七八个问题，其他时间都是他在说。他明白了，可教练还没明白呀。我的耳朵被压得生痛，到晚上沾着枕头还感觉热辣辣的。从此，每逢电话辅导，我都会记得戴耳机了。

我有了一个发现：与客户同频其实一点儿都不难，隔着电话都能做到。当教练做到共情、无我、专注于客户时，想不同频都难。

所谓“同频”，就是在教练对话过程中，与客户的表情、语调、频率乃至手势、姿势等，尽量保持同频，同时还要注意把握“度”，不能“过”，也不能“不及”。

记得有一次上教练课与同学互换角色做练习时，我扮演被教练者，挺冷静的，都没咋着，扮演教练的同学倒先感动哭了，虽然很真诚，但这就有点儿“过”了，我这位“客户”倒要去安慰“教练”。

另有一次，有位扮演客户的同学说着说着就恸哭起来，不能自持，扮演教练的同学默默地递过去纸巾，默默地陪伴等待，直到“客户”止住泪水，再继续辅导。督导的老师给扮演“教练”的同学讲评，说是“反应太‘冷’了”，还说：“我们长了躯体就是用来表达的，你都看到她哭了，却只是把纸巾递过去，而不赶紧去拥抱她。至少也要去触碰她啊！”

我在这场三人练习中的角色是观摩者，我觉得那位扮演教练角色的同学“温度”特别合适。作为观摩者，我与被教练者都完全能感受到“教练”的共情同在，同时其又保持了冷静的距离和教练视角，从而能保持教练应有的状态，很棒啊！我就直接说了自己的观摩感想，并未顾忌与老师的意见相左。尽管老师说“太冷”，那也未必就是真的“不及”，重要的是被辅导者的感受以及辅导的效果。反正，我自己是坚持要保持一些专业距离的，动辄与客户一起哭一起感动，并不是教练应起到的主要作用。在教练关系中，君子之交，要好于“闺密”之“密”。

话说，到第四天了，CFO啥动静也没有，我给CHO电话，准备通报一下：“我尽力了，但很遗憾……”CHO先是压低声音，显然是从会议室出来走到方便说话之处，然后，突然传来大笑：“他已经确认，好好干，起码再和团队一起拼上三年！耶耶耶，哈哈哈！教练，你都做了啥呀？太神奇啦！”

嘿！好嘛！他倒是想明白了，也不想着告诉教练一声啊！

其实一点儿都不生气，真是很开心，开心了很久。我更深信：帮助客户找到意义所在，真是很重要，也很管用。

再如，有位人力资源总监，十分聪明能干，是传说中“眼睫毛都是空的”那种灵气；生得姣好高挑，行走起来像模特，干起活儿来像壮工（建筑工地上的工人分两种，一种是技术工种，比如瓦工、木工等，另一种就是壮工，也叫小工，概指那些和泥、运灰、递砖之类的力气活儿工种），喝起酒来像套马的汉子……被提拔后，不大适应新领导的风格，在我面前一腔委屈地诉说。这丫头深知我很喜爱她，诉说起来事无巨细毫无保留，还不时问：“您说我生气是不是有道理？”

我笑说：“都很有道理。可我问你两个问题：一、你是想赢，还是想赢争论？二、你是真想成就自己，成为一个有事业成就的‘大女人’，还是要时时成就自己的小傲骄？”（“要做有事业成就的大女人”，是她自己的话。）

就此一个A-Ha，她大大突破了自己的障，充分发挥了本来就很强的情商、共情与专业能力，在我看来，更重要的是，她的那些比较根深蒂固的小自我，自此基本消散，更加舒展、大气。

教练做久了，见证客户的顿悟时刻就多了，各具其妙，不胜枚举。有很长一段时间，我简直迷恋上了顿悟时刻，如果连续几个辅导过程中都没遇到响亮的“A-Ha”，自己就会觉得没做好、不满意，甚至焦虑。幸好，我又觉察到了：这种执迷，也是一种“自我为中心”，而不是纯粹地以教练伙伴为中心。

我还记得：初学教练时，曾见到老师在课堂上做示范，配合做辅导对象的同学已经崩溃了，老师（教练）仍继续强力引导，甚至有意地刺激、刺痛，课堂示范效果倒是够强烈，客户在现场也确实受到了强烈震动，当众涕泗滂沱地撕开自己黑暗经历的伤疤……那也是一种A-Ha，效果极强烈、极响亮，也极残酷。但是，那真的对客户好吗？是对客户最好的吗？我由此深深在心里种下警示：教练无权滥用客户的信任，无权操纵客户的情绪！客户永远是主导内容的领舞，而教练的角色，则是引导流程，始终是伴舞。当客户在舒缓的慢三舞曲中思考徜徉时，教练是无权去强行引导至迈克尔·杰克逊的悸动式舞步或鸟叔的癫狂节奏里的！教练伙伴，是引领内容的舞者，也是教练对话效果的唯一评判者。

无论是顿悟，还是渐进，无论是影响职业、人生重大决定的高分贝A-Ha，还是关于具体而微的困惑的低低一声“哦，我懂啦”，只要是对客户好，就都是好的。

我以为对教练之道已经领悟得很透彻了，以为自己已经摆脱了对“A-Ha”的迷恋，而能顺其自然，妥妥地把握教练状态啦，又不期然间猛然醒悟：竟然差点儿背离了教练的基本信仰——凡是没有顿悟时刻的辅导，我竟然都自然而然地归咎为是辅导对象不适合辅导了。好险！险些与教练的立意初衷失之千里了。

这一悟非同小可，将我八年积累的自信，还有那么一丢丢儿自傲，都粉碎了。从此，我又默默在心里捡起那个菜鸟时期的红绿卡，上面绿色的只有两个词：临在，同理。红色的只剩一个词：自我。如果能做到只绿不红，就已经是非同凡响啦，因为，这都是反人性的。

琢磨久了，我发现：教练的基本技能与核心状态，都是与人的自然天性反着来的，简称“反人性”，很准确。正因如此，它们才很难修炼，须不懈努力领悟、觉察。试想，人乃万物之灵，除了各种动物性，每个人都有自己对于世界的期待、理解与阐释，每个人生而具有自己的意识，很难做到不“以自己为中心”，而教练所要求的核心能力，就是要那些选择做教练的人，在进入教练状态时，立即进入“无我”，而全神关注对面那个他者，完全与他同在，想他所想，感他所感，甚至抵达他所不自察之微妙深处，目的只有一个：激发他的本自具足的潜能。简而言之，为了深度激发教练伙伴的潜能，教练自己必须做到无我，也就是：要尽量“泯灭”自我的“人性”。

当初我宣称自己要学教练，被朋友嗤笑为“你太幽默了”。因为朋友深知，我是极端以自我为中心的人，其实，谁又不以自我为中心呢！人这一物种进化千百万年就生成这样了啊，只不过我的自我表达更强烈直接而已。回顾自菜鸟时期的训练，我一开始要强行迫使自己“多听少说”，每次都要带着小抄红绿卡，每次都会把腿掐得青青紫紫，再到能够逐渐不想乃至想不起要自我表达啥了。我不禁又感叹：原来，刻意训练连反人性都可以练成的啊。

再捋一下我对“A-Ha”的感悟过程，也是数浪波折，螺旋演进的。

初次体会到A-Ha（上文中CFO的例子），简直太妙了，妙不可言，立即被迷住了。相当长一段时间，我都下意识地在每次辅导中追求这种时刻，心中并未觉得有什么不妥，那是辅导对象的顿悟时刻啊，是对辅导对象有意义的呀。这种刻意追求，其实就已经失去了伴舞的心态，是教练期待那声“漂亮”的喝彩。尽管只是在内心无声地给自己的一声赞，细品，也还是教练的“自我”。

但毕竟没有那么多戏剧性十足，足以改变职业与生活的“顿悟”，只好自己适应这个现实，竟下意识地给自己找了个说法：凡没有A-Ha的辅导，多半都是教练对象还不适合辅导。也就是说：不是教练不专业，而是教练对象不专业。这个自我可膨胀得可以啦！好险！幸好又能及时省悟。

再后来，发现A-Ha其实在辅导过程中随时可见，只要能与教练伙伴同在，“有力的好问题”就会随时涌现，这时，对于教练的挑战是，如何能敏感地察觉到那些随时可能发生的细微的顿悟时刻，帮助教练伙伴内化为认知，外化为行动。而不要让那些灵光乍现的顿悟消弭在须臾之间。有个经典的教练问题很好用：“对于刚刚我们的对话，你有什么感觉？”这个问题往往能帮助教练伙伴停下来，细品刚刚乍现的一线灵光，提炼出更深的领悟。不过，这个问题，如所有的“经典问题”一样，只有用得恰到好处，才有力量，才是“好问题”，否则就会像我最初在课堂听到时的感觉：“这叫啥好问题呢？真够水的，不知所云。”

至此刻，我最新的领悟是，无论顿悟是大还是小，无论是不是所谓顿悟，最重要的是，能否使教练伙伴做出行动。没有行为上的改变，就都只是聊天，无论聊得多爽，只是聊天而已，那这个聊天的性价比可就忒低了。客户花钱买服务，提供服务的必须尽心尽力，不但要让客户满意，还要努力给客户惊喜。这个理儿，搁教练这儿也一样好使。

八年前，第一次误入教练课堂，我对教练还毫无了解，更无信念可言。开课才十几分钟，当老师讲到教练的哲学信仰，居然是啥“每个人……都是……天才”！我忍不住举手：“老师，请问，有没有不可教练者？”

老师微笑着说：“好问题。能否先放在‘问题停车场’？”拈花一指，就把我的“好问题”打发到墙上去了，墙上贴了个条：“问题停车场”。凡是老师当时不想回答的问题都先被搁置在那里。

直至课程结束，问题也没得到直接解答。我也没再纠缠，因为那时，原自以为有解和无解的很多问题，都已在发生着一些微妙的变化，就因为拿一两个“好的教练问题”认真拷问了自己（细想，那可能也是因为我当时病态的执着），或者说是自我教练了，居然就产生了神奇的效果——一心沉溺向死的重症抑郁症患者，竟然开始思考“生”（关于生命、生活）的问题，太震撼了。这也引发了我对教练的强烈好奇、强烈的学习欲望，乃至后来竟认定为余生的事业。过程中，教练的哲学与信念，也深深植入了血肉与神识。

那么，究竟有没有不可教练者呢？以我今天的认知水平，我认为除了极少数完全没有任何改变现状愿望的人，或看透生命真谛的哲人……人人皆可教练，人人都应该享有教练。

但这仅是我今天的认知而已，谁知道在修习教练的路上，还会有多少新的领悟呢！充满对新知进境的期待，这正是此道的魅力所在。

教练说

借此章，理一理八年来对于“顿悟时刻”的感悟，才知道自以为的一点儿进境，其实是反复的、螺旋式的过程。也更认识到教练要想真达到“无我”的境界，需要多么漫长的修炼。但是，为了做好教练，无论“反人性”的修炼多么艰难，都值得，很值得。

第十六章

合体

人生几乎所有角色，都可以多一些“教练式”的晕染。

· · ·

写书很辛苦。“故事篇”这部分，该如何收官？既然写的都是真事儿，那就索性再来一把“共创”，有点儿像真人秀，只是完全即兴，没有脚本。于是，我赶忙飞签请了书中几位角色，来我家赴“合体宴”，看这个场共创出啥，就写啥。连在外地的丹鹏也打飞的赶来，合体宴就约在三天后的周日晚上。刚刚来得及准备食材，六个人的席面，六大盘、四荤两素，再加一个砂锅、一个大汤碗，好酒管够。

傍晚，书中几位有名姓（当然都是假名）的角色悉数聚齐，彼此招呼着：

“你就是丹鹏吧？果真生得好相貌！”

“看这身形，听这‘哇哈哈哈’，你肯定是渊峙？”

“您是橘子？真的是久仰。”

“哦，下巴上一撮儿小黑胡，那一定是林萌喽？”

各位分别来我家早已熟门熟道，也早都认识荣丽了。

看了下墙上的钟，下午五点四十五分，我宣布在六点十分至六点十五分开席。他们几个已聊得热闹。我转身进了厨房，与荣丽在烟熏火燎之间默契地操作起来，待摆好席面，六点十二分！可以哈！至少这时间拿捏得相当够专业分寸啦，而且，今晚除了一个黄焖汤是半成品，其他都是本厨亲手烹制，色香味是必须保证的底线。且说，事前准备和当厨运筹也是要花心思的：论如何从三个火眼的灶上，将所有六个热菜汤羹同时热腾腾地端上桌。这叫手艺，或手感，专有个英文词——Knowhow。

渊峙仍在减肥大业中，严格执行他的每日轻断食法，为今晚大餐，已经断了早、午两顿，也就是从昨晚到现在都没吃东西，见到大盘子里两整只肘子，两眼冒出兽似的光束。我特地将肘子摆在他面前，方便他在操刀切肘子服务众人的同时，可以就近大口吃肉，不至于因太明显而不好意思。是我想多了，这几位虽多是初次见面，但因都已预先审读了已完成部分的书稿，相互之间都很熟稔了，随时用书中的梗来彼此调侃。嗯，大前天我才把书稿发给各位，看来都认真读过了。

俗话说：酒后的话不算数。得趁着酒前都清醒，把两件正事办了。第一，征询各位审阅各自相关部分后的修改意见，一一记下，还好不多，郑重保证全部照改。第二，再次和大家申明，今晚合体宴，就是为了写最后这一章，能在这儿说的，我可就默认是批准我写了哈。大家等待开动吃喝已颇焦躁，异口同声满口应承，得嘞，开动！

第一杯，敬各位：能信任我，允许我如此深入各位的世界，给我陪伴各位生命历程的机会，是我此生的荣幸！

第二杯，敬各位：能准许我将各位作为我的书的主角，成全我想写一本好书的执念，感谢各位的慷慨支持！

第三杯，拜托各位：吃好喝好，多多爆料啊，我那最后一章还仰仗各位呢，就指着今儿个晚上啦！

酒酣，话才多；菜好，兴致更高。今晚我可没打算有啥“好问题”的设定，只抛出一个小钩子：最好各位能说点儿我不知道的故事，然后，我就等着，看能钓出来啥“猛料”不。

渊峙讲起曾经进了ICU十几天，差点儿丢了一条命的经历，我以前也不知道那些细节，听着心惊，也特能体会，有过濒死经验的人，对于生命、生活，会生出很不同的理解和体验。我自己，也是死过几次的人，年轻时，莫名其妙得了四年血液病，被报了三次病危。病愈后，生机勃发无法抑制，从自学高考开始，一发而狂奔二十年，直至又一次心脏病突发差点儿死了。又过了十年，被抑郁困住，自己想作死……活着，真好，明明白白地活着，最好。

大家都认为，我治愈自己的抑郁这件事，是很有现实意义的，热烈议论了一阵，竟然发现在座每个人相识的人中间，都有抑郁的案例，难道抑郁竟已成为这个时代的流行病了吗？教练方法加上情绪能力，也许真是治疗抑郁的良方？但我仍谨持敬畏。我应该算是特殊的个例，自我极大，大到讳疾忌医的程度，却又竟然遇到了教练这回事、遇到了情绪大师……很多特殊与偶然，绝不敢贸然试图在他人身上复制。

橘子张口说道：“我对这本书没什么感觉。”我又是一惊，在座的几位也都有些惊疑，抬眼望着橘子。

再接着听下去：“直到两年前，你又向我推荐时，我再读，才有了深度的理解，这本书给了我很大帮助。”

我小心翼翼地问：“你不是在说我的书稿吧，对吗？”

“不是！我在说汤姆·斯通的《精通情绪》呢。”

我夸张地抚胸长舒一口气，大家都笑。

橘子接着说：“我先生走了五年多了，我以为对我的影响也早该过去了。直到过去两年多，我又开始生病，各种忧虑、担忧、惊悸、失眠等，心律刚到每分钟九十几次就吓得不行，觉得可能快要死了，必须立刻跑去看急诊……直到老师你提醒我，再读了这本书，我才恍然意识到，我确实是病了，但病根不在心脏、甲状腺，而是PTSD。认识到病根，对于我太重要了。我也试着学习用汤姆·斯通的方法来消除无用情绪的能量，也不知道用得对不对。但我更多的是用佛法修行，念佛、打坐、内观，我看到自己陷在沼泽里，我必须靠自己才能脱身。”橘子语速轻而快，很平静，不知为何却是惊心动魄的感觉，大家都很安静。

“……当我从泥沼走出来时，我是清楚知道的。我立即给我先生写了一封信，告诉他，我很好，我爱他，无论怎样都爱，我爱孩子们，我会好好地生活，把企业做好……然后在佛堂烧了，给他。”橘子脸上的微笑，纯纯粹粹的，没有悲戚。

谁也没说话，酒杯便碰到一起，水晶之声袅袅不绝。

林萌喃喃道：“真是背对背啊（指的是我给橘子和林萌这么久的分别一对一辅导，完全是背对背，内容绝对保密），我竟一点儿都不知道这些……”

气氛有点儿凝重，调节一下，我把话头扔给荣丽：“记得十几年前你初到我家时，极黑极瘦的。”今天我和荣丽分坐餐台的两端，共尽主人之道。

荣丽挺大方地说道：“那时我刚从工地上下来，推沙子木料，整天晒着，工地上的饭食又差得很，吃不下。很多人挤睡一个大铺，夜里也睡不好的。”荣丽自小在甘肃农村长大，但在娘家时没吃过什么苦。嫁人后，需要她出来打工挣钱养家，她也就义无反顾，无论苦累。（我没用“不怕苦不怕累”，是因为和荣丽聊过，她说：“咋不怕呢，啥时想起那苦和累，也还是抖！怕也得做呀！”）

我说：“那会儿荣丽才七十多斤。”

荣丽说：“是八十多斤。”

我又说：“后来一度长到一百四十斤。”

荣丽说：“最多时一百二十多斤。”

这几句对话，被林萌抓住嘲笑了，他对细节不苟，记忆又好。前文曾写道，荣丽进我家时体重七十多斤，十几年来曾长到一百三十斤，那数字倒真是没认真考证过，主要凭目测印象。这就被他抓了个正着。我只好讪讪地道：“那也没差多少嘛。”借此郑重更正：人家荣丽是从八十多斤长到一百二十多斤，只多长出半个人的分量。好吧！不过，就这更正过的分量，也足配得上“居移气，养移体”啦。

酒喝到这会儿，也差不多都现形挂相了：渊峙从脸膛一直到脖颈，都已变成均匀的绛紫色了，挺奇怪，他居然还有红酒品酒师的执照呢，咋考下来的？我余光照顾着，他没少吃肉，啥也没少吃，且一直稳稳地保持匀速，也就不担心了。丹鹏是有些酒量的，面不改色，也不抢话，嗯，有进步。荣丽跑出跑进地照顾狗娃娃们，杯没少碰，酒没多喝。橘子倒也面不改色，就是胃口大盛，只反复念叨着“太香了，实在是太香了……”又自己添了一碗饭再仔细盖上菜，都冒尖儿了，再浇上些汤，叫荣丽帮着热了来接着吃，看着她吃，还真是香，又带动了各位纷纷再拿起筷子。

再看林萌，脸儿仍是白白的，神情仍是如常，酷酷的，只是在该是眼袋的部位（他完全没有眼袋）有两抹粉红，略显……妖异。不知怎的，众人的目光就集中到他那里，哦，只有他还没说啥自己的“不为人知的故事”呢。

林萌不慌不忙地接住各个方向投来的目光，不慌不忙地开了腔：“我一直在想一件事，你作为教练，主要工作就是要提出好问题，却有一个问题始终没有提过。” 哦？此举立即引起大家的兴趣。我不觉坐端正了，准备聆听高见。

“你始终没问过被教练者对于教练的感受。”

是吗？我可是每次辅导都会问啊，要确认教练伙伴收到了哪些……哦，那都是在确认关于辅导过程中谈到的话题的认知和感受，确实没问过教练伙伴对教练这件事、对教练这个角色的“感受”。

我忙说：“你说得对。那这个问题应该怎么问呢？如果我自己主动问，感觉总是有点儿邀请赞美的味道吧？”

大家七嘴八舌帮着组织好问题，结果变成：“如果没有这一程的教练陪伴，你会如何？”我觉得这个问题不咋样，明摆着就是伸手要赞美，但大家都说“可以可以”，哦，那好吧。

林萌先说：“我刚才一直在想，为什么我在这个企业十年，一直无波无折？并不是我个人有什么特别之处，原来是背后一直有无形的力量在支撑着。刚才橘子说到她内心曾经历过巨大的痛苦折磨，我和同事们却都没有感受到创始人董事长有任何不稳定，也才安心稳定地一门心思放在工作上。老师你给我辅导两年多，是我进步最快的时期，也是我最受用的学习体验。试想，如果没有教练，也许董事长已经垮了？也许我们都感到不安定，也许已经离开企业另谋出路了？很难想象。”他的意思大概是：我以为的岁月静好，原来是有人在负重前行。

“我还要加上一句，原来‘背对背’‘保密’，都是真的！如果今天不是橘子自己说，我真不知道有这些情节。如果早知道了，可能会感到负担太重了，怕担不起的。”他郑重地敬了橘子，一滴不剩，干了！还有很多话，尽在不言中。我心里很感动，也很欢喜。

“如果没有老师这八年的陪伴，我的企业恐怕已经垮了。”橘子说。

“这一点儿也不夸张，就说五年前那次历史性的私董会，如果没有那次私董会，或假如换个人主持，不像你那么……”她停顿下来找词。

“彪悍？”我递过去。

“对对！如果不像你那么……专业而坚定，就不可能有那天的清晰结果，也就不敢想象，不幸突发意外后，公司会乱到什么地步，做企业不进则退，真可能就此垮了。”

林萌插话：“即使没出这个不幸的意外，那个私董会也是特别重要的。那之前，你们夫妇俩在所有的会议上都要争吵，我们大家都觉得为难，支持哪方的意见都不对。”

“岂止在公司会议上吵，在家里也吵，每天！”橘子接着说，“你刚说到了教练的‘保密’，那当然是真的，老师和你一对一都说啥，我完全不知道。我的深刻体会是，吴老师从不说教，总是仔细听我说，又能缺啥补啥。”橘子猝不及防地抱住我，热乎乎的情分扑了满怀。

是的，不说教，尊重伙伴，这是教练的原则，在陪伴橘子的过程中体现得尤其淋漓尽致，她有一阵子“想明白了”，想尽快放手企业、一心修行去，好的，那我们就来探讨，如何实现这个目标，需要走哪条路径，有哪些必要举措，包括培养CEO接班人；过一阵子，她又“想明白了，决定全力投入做企业了”，好的，那我们就再来探讨，目标、路径以及你本人需要补充和建立的能力……橘子其实还是挺靠谱的，但处在生命的风暴阶段时，最需要的是靠谱的陪伴，而不是说教。相对照之下，一直很稳的林萌，我却会适时施以针砭，“冒险”说出类似“未实现经营目标似乎不是你的关注”以及“恃能而骄”之类刺激性极强的话。

渊峙说：“我不敢想啊，这三年以来，正好是我个人生命经历了最多挑战的时期，包括生死关头也走了一遭。如果没有遇到老师……这真不敢想，起码一点，我现在身上肯定多着十九公斤的肥肉或更多。”他很得意，在减掉十八公斤后，终于突破了几个月的“平台期”，现在减肥新纪录已经是十九公斤啦！大家同时默契地望向肘子，再望向他，表达着对他减肥大业的些许担忧。他竟然没反应，嗯，这是酒的作用啦。渊峙自顾侃侃而谈：

“想想，这缘分真是太奇妙了。品牌，是我热爱的专业；信仰和个人名誉，对我而言都是生命级别的存在。能遇到老师，不仅帮我过了这些严重的关口，还帮我认识情绪，找到The One，我也不知道自己怎么就那么幸运，我不敢想‘如果不’的事。”

“那你还不交作业！”林萌又阴阴地扎了一小针。

“我正在努力学习，作业一定会交的。我一定不让老师失望。”渊峙意外地一脸严肃道。

渊峙一严肃，大家就发笑。我指着他喝道：“你，就是你，唯一能让本教练既担惊受怕又失态暴怒的人！”担惊受怕，是在他感觉到信仰动摇而“撕裂”的时候；暴怒，就是他几次没交作业啦，还好，本教练自己已深刻反省了。

丹鹏娓娓讲述了这几年自己遇到的各种挑战，以及师父的陪伴，给他的帮助、力量和温暖。他并没有扣题，也没说“如果没有……会如何”。他一直低着头说，我一直看着他，渐渐就看不清楚了，泪已盈眶。

问还需要再把哪个菜热热来接着吃，大家摇头，都仰靠在椅背上，呈现“三多”后的慵懒（三多：吃多、喝多、说多）。抬眼看表，快十点啦！改问：有谁需要打包？渊峙举手，只要肘子。大家才发现，六盘俩碗均已狼藉，也只有那么一块肘子肉还值得打包啦，于是纷纷质疑渊峙是乘职务之便（操刀切肉），预谋私留了一块，渊峙也不辩解，甚是得意。

叫代驾，提醒着把各人东西带齐，狗娃们跟着欢叫，乱哄哄的一阵，尽欢而散。

荣丽收拾残局，突然举起那一小袋肘子肉：“好不容易争到了，还是忘了带走呀！”我估摸一下，渊峙大概已经快到家了，给他发了短信。果然，他已快到家了，把他悔得够呛。

丹鹏在旁边嘻嘻一笑：“留着我明天吃吧。”

我见他神色可疑，追问：“你看见他没拿？”

“嗯。”

“你有意没提醒？”

“倒也不是有意，反正没提醒，嘻嘻。”行！

第二天，与丹鹏聊了一上午，中午，丹鹏吃了薄饼卷肘子肉，抹抹嘴走了。

我泡了杯当年的明前绿茶，与茶对坐。记得一年前，避疫安宅期间，我收到同学寄来的明前茶，宅居心静，才初次听见茶语，闻到清香。又到了新茶时节，看杯中绿叶渐舒，缓缓伸展旗枪，再徐徐降至杯底，立成绿林，阳光下，纤毫毕现。竟有如此多的细节美好，看得痴了，任思绪信马由缰。

这么些年来，沉淀下来的朋友也都和亲人差不多了。

我学会做菜之后，隔段时间就要呼叫各时代的各群好友们分别来家里聚会，比如，IBM同期培训的伙伴，微软时的团队，街道小医院时的同事，以及后来的大小朋友们。各群有各群的话语体系，都得分别聚，各得其所，才能尽兴。其中，曾经IBM的老朋友们差不多一两年要聚上一次，最少八个，最多十个，正好凑一桌。一起喝酒，看着他们吃肉，互相交换些近况信息，聊聊陈年旧事，能一直聊回三十几年前一起培训时的老磕儿。前几年聚会时，我提了个建议："各位先都轮流说说自上次聚会后的情况，每个人五分钟之内，说完一轮，再转自由态，大家觉得咋样？"一旦进入自由态，三三两两热聊起来，那简直就啥都听不清了。

大家都说好。老大慢悠悠地说："每个人五分钟，给你二十分钟。"无论是年资、人品，还是一言九鼎的脾气，这位都是大家公认的老大。

我忙说："不用不用，我五分钟足够。"

大家都笑。哎？咂摸着味道好像有点儿不对哦！我问："啥意思？这是说，我总是一说起来就没完吗？"

大家拉着长腔齐声道："是！"

我也笑起来："原来，你们忍我那么多年也没告诉过我呀？"

"谁敢呀？""告诉你也听不见啊。""告诉你也改不了啊。"七嘴八舌，没一句好听的。

想想他们说得也对哈。因为亲近，我就更觉得可以任性。与亲友相聚时，我总是当然的主角，凡是我认为不对的，就不由分说地批评，还理直气壮：“我这是为你好！”经常说着说着就真急了，亲友们也真能包容，并未妨碍交情。

好吧，你们都能忍我这么些年，还真够朋友。不过，你们是不知道，本教练已练成了相当了得的聆听功力，嘁!

就那么安静地注意听每一位的故事，不用插言，不用评价，三分钟之内完成我自己的情况更新，照料着酒菜，做一个贤淑温婉的女主人，也真挺好的。

才意识到，这么些年以来，我是给亲友们施加了很多压力和紧张的，多亏亲友的担待，不离不弃。

记得有一年春节（那绝对是学教练之前的事啦），荣丽回老家，春节期间花几倍的工资也找不到替班的工人。那个春节只有姐夫姐姐按传统来我家过了除夕和初一，再没敢请其他客人。好几年以后，偶尔听到姐姐提到：“那年春节，整整两天，你一直就是乌云密布、面沉似水！连想帮忙洗个碗，都挨你一顿暴戗，真不想看你的脸色，一直想提前走，又怕你气坏了，只好忍着……”

啊？！我曾经那么恶劣吗？好像真的是啊。难为我的亲姐姐了。若不是我现在进步了，她恐怕还不会聊起这事呢，怕我生气，怕我身体不好，也不知还忍了多少呢。

我从今往后都会好好的啦。亲友之间，重的是亲情、友情，本没有那么多道理可讲，各人各家都有自己的生活习惯，都有自己的道理，不用我瞎操心。而且，也不是我的道理就都对。再说了，就算有道理，也不必硬给人灌输。逢别人好心给我讲道理时，我不也是基本不听嘛，所以教练忌“给建议”，无论多么好心，“你应该……”这类的句式，其实都不大容易被听进去。

现在我也不会见谁都红着眼想去教练一把了，放松下来，亲是亲，友是友，就该自然、亲近、和谐。

这就是所谓“教练式”的生活方式吧。

从学习教练后不久，我开始写日课，起初是为了记录情绪，努力帮自己治愈。至今第七年了，一天没落，已成习惯。其中不少篇幅其实都可以算作自我辅导。两三年前，我在每天日课的最后加了两项：“感恩”与“日省”。其中大多是细碎的感悟，或只是自我提醒，也未必能有几个A-Ha monent，积累多了，就能达成无形的改变，由内而外。

合体宴后，我以为那天的日课会写很多，结果，只重重地写下“感恩”两个字。说不尽，索性不细说了。真心感谢此生所有的际遇。

脚踏平地，相比逆风飞飏，高下云泥。然而，我真心喜欢现在，或换个词——当下。有教练这个事业，能伴随很多优秀的人，看到很多成长、蜕变，能陪伴很多有趣的灵魂飞过各种高度。

我很期待余生，那许多美景，岂止夕阳一种。

教练说

人生几乎所有角色，都可以多一些“教练式”的晕染，统统有益，包括那些无须讲理、无理可讲的亲、友之间。

进阶篇

–

瞄准事业靶心

Aim
The Bull's Eye
of Your
Career

—

很久以前，很多年，

我拼命、努力，要让自己不落后……

然后又开始努力学着带团队、教团队、领导指挥团队，

很长时间，一直是团队乃至人群的中心；

再独处，自己和自己较劲，仍然以我自己为中心。

我的世界越来越小，小得只剩下我自己……

原来，不以我为中心乃至接近“无我”，

竟有如此多的美好。

悦己，利他，

这个事业才是医好我的神药。

—

第十七章

教练行业ABC

主动敬业的定义是：员工为企业主动贡献热情与智慧。

笔者说

本篇均为笔者多年教练实践心得，并融入了教练行业的干货知识，内容具有一定的专业性，读者可针对性阅读。为尽量使得语义连贯，不免有些段落、语句与前文略有重复，祈读者雅谅。

· · ·

先简要、清晰地介绍一些教练行业的基本信息。

教练行业，20世纪六七十年代发端于体育界，具体地说，是发端于网球。顶级的运动员也需要教练，这时教练对运动员的帮助，更多的是在战略、策略方面，而非技能技术了。最重要的，是要帮助运动员建立并提升强大的心理能力。运动员的每一场比赛，都有两个对手：一个是场上的，一个是内心的。好的教练，要帮助运动员在独自上场时，随时战胜内心的干扰，赢得内心的比赛，这样才能最大程度地激发运动员自身的潜能，提升运动场上的绩效（前章《网球与NBA教练之辨》中已叙，不赘述）。

教练在商业企业的首个应用模型，叫作GROW，是Goal（目标）、Reality（现实）、Options［（行动方案）选择］与What（行动）的首字母缩写。GROW 又正好有“成长”之意。

20世纪80年代，GROW首先在英国的企业中得到应用，通过一对一的流程化辅导，实现提升员工绩效的目标。在卓别林演绎的流水线工业时代向知识时代、信息时代转变的过程中，教练，尤其显现出对管理、领导力的有效延伸——激发员工的主动敬业。盖洛普对于主动敬业的定义是：员工为企业主动贡献热情与智慧。主动敬业是无法靠流水线掐秒表的效率考核方式达到的，也很难通过上级对下级的指示训诫而实现。GROW因其有效，继而在欧洲乃至美国再至其他发达国家与地区得到迅速发展和应用。

如今，无论你打算学习哪个“流派”的教练课程，都一定会遇到GROW，或是它的变种。我学过不少教练的流程模式，确认GROW就是经典中的经典，再如何变种化妆，也很难跳出它的基本逻辑。GROW的主要创造者是英国人约翰·惠特默（John Whitmore），前两年刚刚去世，其著作《高绩效教练》也仍是教练行业不过时的经典，书名起得也好，容易引起商业企业管理者们的注意，几十年畅销不衰。也难怪欧洲各国的教练界至今仍骄傲地持守着各自的教练行业标准和专业组织，并未被ICF完全同化。

ICF在1995年成立于美国，是如今全球范围内覆盖最广的教练专业协会，十几年前，中国也有了ICF分会。ICF是非营利组织，其各专业委员会的理事与主席等都是选举轮值，几十年下来，已有过很多任主席，理事就更多了。

教练专业的主要理论基础包括心理学、脑神经科学，也有将量子物理学引为教练的理论基础的。这些学科的迅速发展，也推动了教练的理论与应用的发展。教练就是有关人的技术和艺术，与研究人的心理学、脑神经科学等有着自然的联系。在教练的旗帜下，又发展出很多细分的“专业”，如企业家与高管教练、亲子教练、亲密关系教练、职业规划教练等，林林总总。这总令我想起南方的榕树：枝条上有很多细细的须，头发似的随风摆动，这些须就是气根，待须条长到接触地面，有些就扎了根，又长成树，一树成林。

我个人研习并专心从事的，是企业家与高管教练，形式是与个体客户的一对一教练辅导。这是教练这个行业的发端以及至今的主流应用领域与形式。世界五百强企业的顶级CEO们大多用过多个教练，有CEO们自己主动延请的，也有董事会为CEO们推荐的。五百强企业可不是只有CEO才会用到教练服务，超过三分之二的企业都在推行不同程度、不同形式的教练应用。CEO们需要教练，还有一个重要原因：CEO们都很孤独，自上而下、四面八方都是要承接的压力，能够完全信任，又能期冀获得启迪和帮助的，放眼望去，选择屈指可数，教练就是很有限的选择之一。

具体到中国，教练引进发展了二十来年，近几年才被中国的企业、企业中的人力资源有所了解，也刚开始形成一个小小的Niche（细分市场），因为企业客户了解尚少、期待很高，所以教练的从业门槛也比较高，该领域还是一泓蓝色的水洼。我觉得自己很幸运，从2013年就开始学习教练，误打误撞，竟是遇到了可以奉献余生的事业。不是事情，也不是职业，是事业。中国现在的教练认证体系课程仍以国外引进为主，可喜的是，已有本地机构开始研发自己的课程，也有一些优秀的本土人士投身于教练事业的实践和推广。

教练行业在过去几十年一直是成长最快的行业之一。但由于教练形式基本都是一对一的，而且严格保密（类似于心理咨询师的严格执业守则），所以尽管行业成长很快，却一直很低调，甚至过分低调。试想，奥运冠军们在领奖时，可能会在感谢父母、祖国之后，激动之余，“也感谢我的教练”，而CEO们不会说。即使CEO们自己愿意说，教练们也绝不会、也不应点名道姓自夸“那×××（无论是多么成功的企业家）是我教练的”。凡如此做的，都已偏离了教练的基本操守。

再说一下“标准与体系”（此处“体系”接近“流派”）：欧洲诸国、美国、澳大利亚、新西兰等国家分别有不同门派，甚至不同的专业协会，但以1995年成立于美国的ICF规模最大、国际化程度也最高，其规范的十一项专业教练能力、专业教练认证程序等被接受与实施的程度也更普遍。自2020年起，ICF将实施了四分之一世纪的专业教练能力修订为八项，精神主旨并未有大的改变。中国现在已经引进的“专业认证课程”，基本都是由ICF认证过的（选择课程时，请留意是否有“ICF认证”，起码在现阶段，这仍是课程的一个基本质检标准）。

需说明一下，这里所说的“标准和门派”，都是关于一对一的个人教练。我前面刚说了CEO不会公开宣扬乃至感谢自己的教练，也不能说绝对了，比尔·坎贝尔的那些硅谷亿万富翁客户，就特地写了书来讴歌他们的教练。在我看来，坎贝尔，还有我的莫师父，虽然也有与企业家/高管的个人一对一辅导，但主要工作更接近运动队式教练，与一对一的教练名同而实异。至于这几年兴起的一对多，甚至多对多的“团队教练”，我认为更接近于“团队引导”的专业范畴，不是一回事。这一点在前面“网球与NBA教练之辨”一章里已尽量展开辨析，以及《又一坊》一章，也有实操性的阐释。之所以较真地辨析，是想帮助读者理解，虽共用“教练”之名，但个人与团队基本是两个不同的专业领域。我既然幸而兼有两个领域中各个角色的体验和领悟，就想努力为我的读者们尽量说明白。

现在，已经有一些国际一流的大学开设了教练专业的院、系，乃至设置学位了。

教练专业体系形成时间才三十余年，经专业认证的课程体系引入国内就更晚一些。待到2013年年底，我开始学习教练时，课程选择并不多，引入中国的几个教练课程，基本都是经ICF认证的舶来品，讲师也都是ICF认证的外籍资深教练。经由认证课件翻译过来的“教练好问题”，很多都显得有点儿怪怪的，连ICF对教练的定义也并不是很容易理解。来感受一下，ICF对教练的定义：

> 教练（Coaching）是教练（Coach）与自愿被教练者（Coachee），在人格深层次的信念、价值观和愿景方面相互联结的一种协作/伙伴关系。通过一个持续的流程，“挖掘、设定目标、明确行动步骤”，实现卓越的成果。
>
> 教练专注于发展人的潜能，是教练与被教练者彼此共同发展的互动过程。

以上定义如何？清楚吗？还是更在云雾深处了？

当初我是误打误撞偶然闯入了教练的课堂，如果事先读了这样的“专业”介绍，我肯定会避犹不及的。

提炼几个关键点来帮助理解：对话；深度的、持续的协作/伙伴关系；互动与共同发展；流程化的方法（如GROW方法）；行动与成果。

还有至关重要的：教练的哲学。这是我从学习教练的第一天就听到的，后来亦听到了很多次，再后来，自己又讲授了更多次：“教练的哲学是：相信每个人都是全面完整、资源丰富、富有创造力的天才。”

这个“教练哲学”，我初次听到时是嗤之以鼻的，每个人都是天才？这也太忽悠人了吧！

后来，随着研习实践，我对此有了越来越深的认同，但还是悄悄加了个注：每个人都是解决他自己问题的……富有创造力的天才。

我这个私注里有两个词，在教练的纯净精神世界里，是颇有些“不正确”的：一个是“自己的”，一个是“问题”。相对教练的“原教旨”，不仅设了限（“自己的”），还加上了“问题”的负面意味（此处的“问题”是problem或trouble——麻烦，而不是question，后者可以理解为提问或疑问，或某个感兴趣的课题或话题）。如果将我的私注改为“实现他自己目标的”，会显得“正确”一些，但也就模糊了一些。您觉得呢?

私加这个注，既代表我当初入门时的粗浅理解，也是我从业至今仍以为然的：

人们想要改变的动力，往往来自对现实的某种不满，即“问题”；而对于自己的问题，只有在当事人有最迫切的需求时，才会有足够的动力、付出最大的努力、调动一切可能调动的资源去解决，事实上也只有当事人自己才最清楚哪些是可调动、可组合的资源。

教练的工作方式，就是对话，深度聆听并提出“发人深省的问题”，帮助教练伙伴厘清路径和行动方案（是帮助厘清，而不是建议，更不能代办）。后来，当我试图解释教练是啥、做啥时，常听见对方“恍然大悟”：“哦！那不就是心理医生嘛。”“那是不是有点儿像牧师呢？”

似乎……表面上是有点儿像，但骨子里，大不同。

试想：你去挂心理医生的号，首先是因为你觉得自己生病了，医生也会把你当病人来接待，询问、聆听的多是过去的经历（创伤），以求找出病根儿。而教练从不假设教练对象是有病的，在教练心里，每个人都是富有创造力的天才。教练在聆听你的困惑、问题之后，首先要问的是：“你想要的理想状态是什么？”教练关注的是你想要的目标，是向前看，是积极、建设性的，而不纠缠于问题、困境以及那些随之产生的无用情绪本身。

教练更不是牧师。教练有严格的道德守则，但无权建议、评判乃至操纵教练伙伴的人生，更不会代表哪个神来评判、降罪或宽恕任何人。

教练也不是师父、不是导师、不是教师、不是顾问，更不是上级、领导……教练与客户之间是平等的伙伴关系，而所有上述关系，都不是平等的。教练课程基本都在第一模块就讲明了：教练是不能给建议的。

刚开始学教练的那一段时间，咬碎槽牙、把腿掐得青紫也要忍住，不给建议！忍得好难受。后来才渐渐悟到：轻易给具体建议，往往都没啥好效果，因为你的建议都是基于非常有限的信息（平均每月一次辅导，每次一到一个半小时）、基于你的经验判断而做出的，怎么可能就那么适合你的教练伙伴呢？

举个小例子，有位创始人客户问我："我有个中层管理者，优点是……（总之就是很能干、愿意担当），缺点是……（简言之就是挺霸道、不爱学习），他现在要求提职加薪给股票（从总监到副总裁），否则就离职（已经有了下家），您说我该如何应对？"就我个人多年做管理者的价值取向，是完全不能接受这种要挟的。但我不能按照我自己的价值观给建议，我只是提了问题："你希望你的高管与你、与你的企业是什么关系？你希望你的企业三五年后走到哪里？那么你需要的核心团队又需具备哪些最重要的特征和能力？"创始人并未当场答题，自去思考权衡。一周后，创始人告诉我，决定不挽留这位中层管理者，已离职。所以，当事人才是解决自己问题最恰当的人，教练只是帮着提醒，考虑周全一些、长远一些，不要只限于眼前的各种现实压力与情绪。

解释起来真不大容易，教练就是教练。不试不知道，一试知其妙。所以，在正式开始一段教练关系之前，双方都会有一次约谈，就叫作 Chemistry Check（化学反应测试），算是双向的"面试"。用大白话说，起码要测试彼此有没有眼缘，毕竟这是个长期陪伴的关系，一年起步，因此至少要彼此比较容易听懂。还有一点也很重要：没有基本价值观的冲突。我在菜鸟阶段，会花很大力气和很多时间来解释教练是怎么回事，结果基本讲不明白，如遇对方"恍然"了，也是联想到了"心理咨询师”之类的。

后来我改变了做法，把介绍压缩到几分钟以内，只讲讲教练专业的由来（也是有好几十年历史的专业呢，压缩到几分钟并不容易）、哲学、工作方式、平等关系这几点，并强调保密原则，然后即邀请对方“尝试一次教练辅导的真实过程”。因为双方还未建立信任基础，这样做对教练可能有一点儿“风险”。教练本来就是个长时间、渐见效、偶有顿悟的过程，初见面就动真格的，客户未必能找到感觉，反而可能会失去客户。但我觉得，这是值得的，能使得双向选择的“化学反应测试”更有效率，双方也都能找到比较真实的感觉。

有一次听玛丽莲老师讲课时，她画了一张菱形图（见下图）——她特别擅长用简单的菱形四象限图来解释很复杂麻烦的事物，我觉得非常

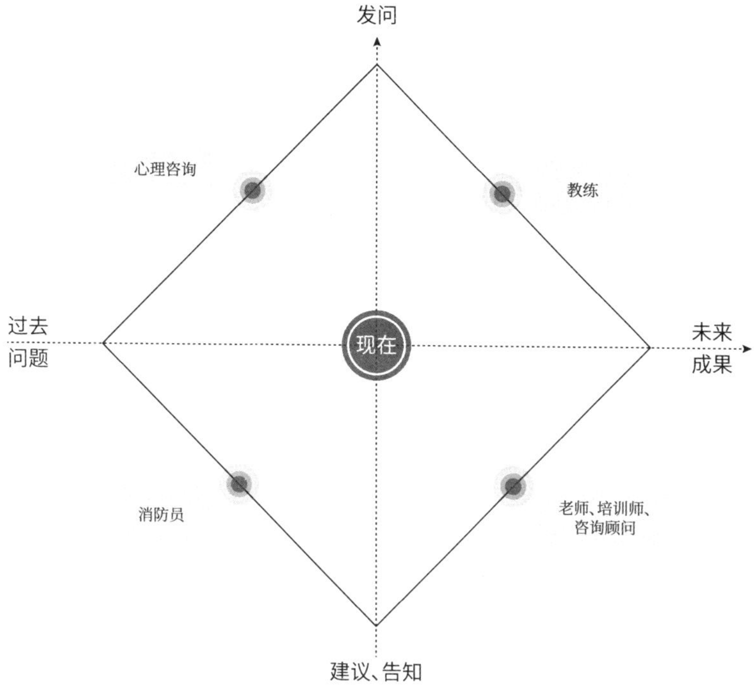

图17-1 菱形四象限示意图

清晰，豁然开朗，放在此处，也许能有助于大家区别理解这些“相似”的角色。

教练相信：每个教练伙伴［“伙伴”（Partner），或“被教练者”（Coachee），或“客户”（Client），但不叫“学员”，因为双方的关系是平等的］都是富有创造力的天才，教练通过聆听与发人深省的提问，最大程度地激发本就存在于教练伙伴自身的潜能，并通过系统化的流程方法，聆听、对话、提问，帮他厘清通向自己目标的方法、路径和行动方案。从教练原理的深层理解：教练不给建议，的确是有道理的。

关于“教练不许给建议”这一条，我原则上同意，因为教练对教练伙伴的环境、关系、资源等的了解都很有限，给出的具体建议基本上不可能比他自己深思的方案更切实、更靠谱，而且教练的建议，还有可能会限制甚至误导教练伙伴自己的深度思考。不过，我从实践中体悟出来的另一条心法是：当教练看到教练伙伴的认知盲点，比如，他对某个重要概念或方法从未听说过（也就是说，处在“不知道不知道”的阶段时），或有切实需要时（比如，被眼前的诸多状况困扰而混乱，需要帮助厘清主次逻辑脉络时），该给的指点和建议，还是要给的。

一切以教练伙伴的最佳利益为出发点。这是我更认同的首要原则，也是我从学做教练的初期就开始琢磨的“第一性原理”。

最后，关于认证：在浏览器里输入“如何考取ICF专业认证教练资格”，就能搜索到标准答案啦。在此不赘述。

第十八章

教练三态

有些道理，真是有道理，比如这条：最有效的学习，是要能讲给别人听。

笔者说

我给自己定的讲课的要求是：有高度，听得懂，学得会，带得走。在我讲授几十次“教练式领导力”课程以及每次（是的，每次！）更新课件的过程中，活生生把自己逼出了这么一个“教练三态”，是为了方便讲授和学员记忆。不能说是原创，因为这都是基于我对教练之道、ICF规定的教练技能不断深入的理解而提炼出来的。新的领悟和理解还一直在不断涌现，所以只敢说这是对于至今所有领悟的提炼而已。

· · ·

几年前，我开始有机会给企业的中高层管理者讲授“教练式领导力”。领导们都很忙，课程时间不能超过一天，甚至会被压缩到半天之内，按领导们的便利见缝插针、分批讲。不仅要讲明白，还要有方法，还要即学即会——至少要能学会给下属做教练式的绩效辅导。

每次课前、课后，我都要反复琢磨，每次都会重新设计讲课、互动与练习环节，想要把很短的课时变得更高效，还要尽量有趣……我变态地不断折磨自己，生生逼出来个“教练三态”，回想起来，颇具几分布道者似的痴狂。早年，微软真有一个这样的职位，名片上就直接印着“Evangelist”，即传教士、布道者，每当有人接了名片，问这是啥意思，Evangelist正好可以狂热开讲啦。

这三态包括以下方面：

1. 姿态：这是基本技能。可以通过练习形成习惯，就像学骑自行车。

姿态很重要，不仅能迅速建立客户眼中的“专业”形象，从而有利于建立信任，也有助于教练本人更专注于客户。比如，当你的目光与客户始终保持接触时，你就不大容易走神、开小差，而目光接触，又会使你在不知不觉中保持与客户语调、语速以及表情的同频，使得客户说话、思考时避免了许多干扰。最重要的，是能使得客户感受到关切、鼓励和支持，以及安全感，这在上级对下级进行教练式绩效辅导时尤为重要，可以帮助下级尽快排除干扰，真正进入主动思考状态，而不是习惯性的对上级的揣度回应……

目光接触，坐姿，张开耳朵，管住嘴，声音、语调、表情等与客户同频。这些虽不大容易，但都能示范清楚，能在较短时间内练习学会，起码能大概练出个模样。

别小看“姿态”，对于很多管理者和领导而言，还真挺困难的。他们基本都习惯了坐在大班台后的大班椅上，习惯了挺胸叠腹、俯视睥睨的坐姿（坐坐大班椅就理解这种姿势了）。更难的是：他们习惯了给指示，习惯了坐在中心位，习惯了一呼群应，要他们发问、聆听、少说多听，真是挺难的。然而，起码要有聆听的“姿态”，谈话或辅导的对方才有可能放心深入思考并诉说。这是人类大脑进化过程所决定的。

教练的理论基础是心理学、脑神经科学。教练的各种貌似“反习惯”的做法，甚至在初学者看来的“做作”，都是基于人性的深层工作原理，都可以归到一点：尽量使得被辅导者从眼前的各种压力与习以为常的限制性“桎梏”/被动态位中解脱出来。在比较放松、安全的环境中，才有可能展开想象力，才更利于激发潜能。为啥非得“放松、安全”时才有利于主动思考呢？因为，人类的大脑就是这么进化来的啊。

人类的脑进化历经了三个阶段：

爬行动物脑，或称蜥蜴脑。顾名思义，这部分是与爬行动物非常类似的，形成已有上亿年，负责打、逃、吃（Fight，Flee，Feed）与繁衍之类的生存本能。这部分脑，人类与爬行动物都差不多，最原始，也最稳定。

哺乳动物脑。有了长期记忆、情绪、血缘之爱等功能。这部分也已进化了上千万年。这些功能上，人类与其他哺乳动物并没有太本质的区别。

唯有大脑皮层，是人类所特有的。它具有抽象思维的能力，也就是说，具有“无中生有”、想象的能力（如图所示）。这薄薄的皮层，使得人类拥有了无限的创造力和破坏力，从而得以站在食物链的顶端。而这神奇的皮层，仅仅进化了两百多万年。当人处在紧张、恐惧与压力之下时，它就会失去充分思考的能力，立即让位于另外两个更老到成熟的脑，让它们去充分发挥动物性的本能。

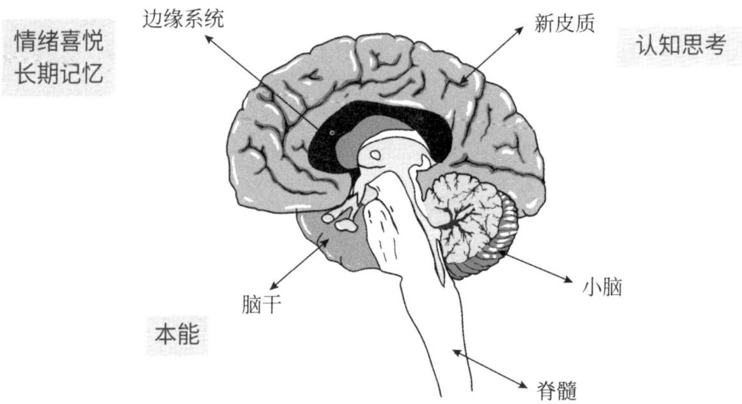

图18-1　“三位一体”大脑理论示意图

所以，教练若想实现激发客户潜力的目标，首先就要营造一个信任、安全的氛围。由此研究提炼出的一系列流程、模式、技术，都是从如何更利于激发被辅导者的角度出发，而不是为了教练的便利。把反人性的折磨留给教练，把安全与放松感留给被教练者。初学教练者常会笨拙、顾此失彼，甚至显得造作。那是因为，天生自我中心的人类，偏要训练自己掌握各种“反人性”的操作，如果上手就很自如，倒是很反常了。

教练这个专业已形成几十年，要感谢脑神经科学与心理学的研究和发展。对于人类这个物种的理解越来越深，使得教练理论与技术也发展迅速趋近成熟。而教练的目的始终只有一个：帮助客户最大程度地激发其自身的潜力和潜能。

2. 状态：这是心理技能。既然也属技能，那就可以通过练习而逐渐掌握，只是更难，需要时间和有意识的努力，比学自行车肯定要难得多。其中最难的是要做到“无我”，驾驭自己比驾驭外物（比如自行车）要难得多。

“无我”，是全神贯注于客户，深度聆听，全然接纳，同在，共情。人是有意识、有思想、以自我为中心的灵长类动物，硬要把“我”弄“无”，可想见其难。正念练习会有帮助。有一种“微正念”练习，也就是凝神专注呼吸，短至两三个呼吸之间，就能很有效地收住心猿意马的念头，重新专注于客户。因为时间很短，几乎不会被觉察，也就不会干扰到辅导的进程。要真做到“无我”“不预判”，还必须要有“心态”的根基，才能稳固，才有可能达到“不知道自己知道”的自然境地。

3. 心态：这是信念，也就是前面已提到数次的教练哲学。如果做教练，必须先牢固树立这个信念。从姿态练起，从状态调试，都必须有心态的根基。而在实际的教练过程中，客户们在被激发后所呈现出来的创造力，也会帮助教练更加坚定这个信念。

我当初是病重无路，乱入了教练的课堂，对教练毫无了解，更无信念可言，如溺水者抓到了一根树枝，绝不撒手，也就是所谓的病急乱投医。及至被一两个“教练的好问题”开了窍，再后来遇到各种机缘，终于治愈了自己，也就认定了教练就是我余生的事业。在这个过程中，也坚信了教练的哲学与信念。初期，我曾执念：凡是辅导没做到理想状态，必是我自己学艺不精，认真练就是了。后来，做得有经验、有感觉了，再遇到感觉不理想的辅导过程，竟悄悄给自己找了“理由”：那肯定是教练伙伴还不适合教练。幸亏及时醒悟了，很是羞惭！羞愧使人进步——之后，我每次教练辅导之后进行复盘，首先琢磨的就是“心态”。

其实，这三态是彼此融合、互为牵绊、很难拆分的。比如，无论你的姿态做得多么“标准”，声音、表情多么完美同频，如果你内心不相信对面这位是富有创造力的，那么你一张嘴提问，就有可能暴露你已有判断或是变着法儿想给建议的意图。比如问客户：“你有没有想过……？”（我管这类句式叫作“以提问之名、行建议之实”。）尽管你是出于好意，想帮助客户，尽管客户也可能觉得有启发，但更可能会影响客户自己独立深入思考的过程，从而也就损失了教练本分的价值：激发客户自身的潜能。

ICF认证课程体系都对于教练状态（Coaching Presence）有很大篇幅的讲授和练习，ICF对于教练能力中的“教练状态”，也有不少具体的描述和要求，诸如：

- 对于未知领域保持开放的心态，敢于冒险。
- 能应对客户状况的多种情况，并灵活选择最有效的应对方式。
- 有效地运用幽默，创造轻松活跃的气氛。
- 自信地尝试不同角度、尝试新的可能性。
- 处理强烈情绪时，能自信，能管理自我，不陷入客户的情绪。

我觉得，当基本做到“三态”融合时，“冒险”“幽默”之类的程度与时机，都会自然涌现，也就基本可以“跟着直觉走”了，那时教练的“直觉”，确实可以与客户达到深度的契合。

再说说我学习教练过程中的一些体会。

记得，我对几位多年的朋友说起，我决定要学教练，其中一位忍不住扑哧一笑，乐了，直夸我幽默。她对教练的行当有相当了解，更了解我，我知道她的意思是：“就凭你这脾气性格居然想做教练？嘁！”

比如，教练需要做到多听少说，还不是一般意义上的“多”与“少”，要求是“听八说二”！还要不预设判断、不给建议、同理心、无我……与多年来我身上的标签，基本是完美地直接对立。

我按捺住反唇相讥的冲动，很教练范儿、（自以为）尽量平和地说：“走着瞧。哼。”

最初一年，学习，学习，学习，再加上无休无止的练习。

刚开始上课时，蓦然身陷人群之中，我极不舒服。特别不喜欢动不动就与陌生的同学做各种练习，那时，我既不愿意与陌生人交谈，也不愿意听陌生人吐露心声。课堂上有些练习简直是“变态”，例如，要求学员们相对排成两排，两排的脚尖相距不到半米，如遇到对面那位肚腹胖大，简直就快要“肌肤相亲”了。站定后，捉对凝视对方。三分钟后，一排不动，另一排缓慢移动一个身位，轮番挨个儿凝视。整个过程长达几十分钟，最后还要与全班同学一个不落地分别“深情拥抱”，简直难以承受。若不是病急乱投医的求生热望，我很可能在这个环节就拂袖而去了。反正，我是不会在我的课堂上做这种练习的。

尤其遇到有同学在课堂上配合老师扮演辅导对象，被触动以至当众涕泗滂沱倾诉黑暗经历而不能自持时，我最感强烈不适，会径直躲出教室，估摸着云住雨收了再溜回来。很像是药物副作用强烈时，得跑洗手间或呕或泻的模式。我觉得，别人的隐私痛苦都应该有其自己的隐秘位置，被迫听别人的隐私，是很难堪的，难堪其重。试想，当诉说者的激动退去，恢复理智后，多半会后悔曾当着这么些陌生人倾吐那些黑暗隐私。我也很不喜欢有的老师“利用”同学强烈甚至失控的情绪。无论用意是否善良，无论课堂效果多么强烈，都不应以可能对当事人造成伤害为代价。我一直以此自警，引为戒律。

在我的教练风格中，一直很鲜明地保持着“专业距离”。当我感受到教练伙伴正处于情绪震荡中时，我会给他一点儿时间，我会递给他纸巾、递给他水，但不会去抚慰、触碰，更不会和他一起落泪。保持一点儿距离，静静地陪伴，给他空间，并不妨碍深度的共情。等到合适的时刻，迅速重启有意义的对话，才是教练应该做的。我相信，纵容过度的情绪，不会有助于教练伙伴找到他想要的目标以及实现目标。教练必须有共情的能力，但不必滥情，更忌煽情。

课堂上有很多模拟教练练习，三人一组，轮换教练、客户与观察者的角色，大家都是同学，又都是以学习为目的，都很放松，也很有帮助。在这些练习中，我观察并感悟到：所谓“教练状态”，原来真的是可感知的，“装”的，演的，还是真的，都立即可以感觉得清清楚楚。

当进入实践时，面对真实的客户、真实的问题，我顿感紧张多了。

回家复盘，我犯过的禁忌还是不少，最沮丧的一次居然有两个半“正”字之多（每犯个错就写一道，按“正”字笔画）。要知道一次辅导也就九十分钟左右，我咋能如此高频地犯错呢？我那是在和与生俱来的性格、和几十年后天形成的习惯搏斗啊，真不容易！不由得又想起朋友“夸”我“幽默”。但我仍然做得兴致勃勃，就是因为已笃信了这是个好东西，很纯粹地想要做到、做好，没掺杂其他想法，也没想证明给谁看。而且，这事做起来特别有意思：每个人、每次辅导，没有重样的。

初期，最难的就是管住自己，不做评判（心里的评判都不可以）、不给建议。毕竟在职场商场这么多年，很长时间里一直是“指挥官”的角色，不让给建议，简直就是挥刀自……呃……那个……自废武功了。

很快又发现，其实，聆听才更难，教练讲究的是“3F聆听”，即事实、情绪、意图，耳忙心乱，顾此失彼，而且“情绪”和“意图”，究竟是“聆听”到的，还是“主观判断”的？真不容易弄清楚呀！

想起三十年前，在IBM的销售学校（Sales School），教官问：“销售最重要的技能是什么？”

大家七嘴八舌，我自然要努力答个“与众不同”的，好像答的是“风度”？年深日久记不清了。叽喳嘈杂过后，教官淡定说道：“是‘聆听’。”

在销售学校里，即使给你的规定模拟销售案例只是卖一根铅笔，也要首先充分地询问并聆听客户的需求。当时，为了通过培训考试，所有学员都一丝不苟地照章练习，也就都能习惯且自然地做出职业的“聆听”形状，不然考试通不过啊。

而对于教练，聆听的作用更为根本，客户谈到的往往是他苦思冥想很久而得不到答案的难题，甚至连问题都描述不清楚。如果能自己想明白，他就不会花钱来找教练谈了。教练必须先听清他的情绪、思维方法、思维层面，才有可能“听到”深层隐秘的甚至是他自己都未必清晰的意图和渴望，也才有可能提出好问题。

后来又找到点儿“窍门”：如果感觉听不准，是可以随时与教练伙伴确认的。当然，也不能总是再三确认，如果教练接二连三地总是听不准，那就会阻碍伙伴思绪的自然流淌，也就会影响教练对话的效果。时间不能都用来给教练扫盲。教练伙伴有没有受益，才是对教练效果唯一的评价标准。

而随即才又发现，提出“好问题”才是最难最难的啊！如果没有好问题，发人深省啦，激发潜能啦，都无从谈起。

刻意练习是真管用的，像学自行车似的，手脚协调了，就不再紧盯着车把、车轱辘了，也就能自自然然地看路乃至路上的风景了，余光里扫见啥障碍或耳朵里飘进啥声音，自自然然地偏一点儿重心、稍带一下车把，潇洒地画一个小弧线，就过去了。

继续刻意练着！带着小抄卡片，每次预先温习教练要点，每次事后复盘，笨手笨脚但诚心正意地练、练、练。先练自行车，再练手动挡车，逐渐地，就进化到“自动挡”的状态了：能比较自然地专注在教练伙伴身上，能聆听到语言之后的情绪乃至情绪之后的深层意图——焦虑？渴望？迷失？卡在哪里了？……也逐渐能问出一些“发人深省的问题”了。

第一次，往往都是印象深刻，记忆长久。我第一次感受到“好问题”的力量，大约是在学习教练八九个月时。那个CFO客户的顿悟时刻，以及之后越来越多的那些大大小小的“A-Ha”，真享受，令我着迷。

很久以前，很多年，我拼命、努力，要让自己不落后……然后又开始努力学着带团队、教团队、领导指挥团队，很长时间，一直是团队乃至人群的中心；再独处，自己和自己较劲，仍然以我自己为中心。我的世界越来越小，小得只剩下我自己……原来，不以我为中心乃至接近“无我”，竟有如此多的美好。悦己，利他，这个事业才是医好我的神药。

第十九章

三角关系

“我听到你对很多事情不高兴，那么，你想要的状态是什么呢？”

笔者说

此章所讲的是高管教练关系中天然存在的“三角关系”：企业/老板、高管、教练。

· · ·

我原本给自己的教练目标客户定位：企业家和创业家。

原因有三：

1. 企业家、创业家们有各种真实的、与时代潮流俱进的挑战，与他们之间的教练关系也很有挑战性，过瘾。一旦他们得到启发、收到价值，会立即在企业中实施，一对一辅导的价值立即放大，更过瘾。

2. 当他们真觉得有需要、有价值时，会痛快付费。企业内部各种批复之类的复杂流程也能走得顺畅一些。

3. 辅导企业家、创业家们，比较“安全”——企业是他们的，庙就在那里，和尚走得了，住持却不能随意拔脚离开。而高管离职转会，则很经常。若离职发生在辅导期间，教练恐难免受到些质疑吧？

这第三条所说的教练企业家的“安全感”，或者教练高管的“不安全感”，也是来自我的亲身经验，前章已有叙述，再闪回二十年前说道说道。

1996年左右，我还在IBM中国公司华南分公司任总经理。自从郭士纳三年前执掌IBM以来，IBM从衰败濒危恢复勃勃生机，人才培养计划也重新提到最高管理层的日程，各级管理层随之行动。IBM培养人才历来认真，早年间，只接收刚从大学校门出来的新生，从头培养起，不惜下血本，各种培训、培养，呈不同系列排开，直至血液熏染成纯正的蓝色（IBM Blue）。想想看，连我这个没上过大学、只有一张自考文科文凭的人，历经十来年，都能被培养成“总”字头的干部，足以窥见其培养力度与效果之一斑。“没有IBM，就不可能有职业的我。”我相信，这句话，很多曾经的IBMer也会深有同感。

再度启动的人才梯队计划，是IBM整体战略规划的有机配套组成部分。举个例子，在全球战略规划中，要在某个市场五年内达到××%的市场占有率，那么就要倒推推算出在五年内的布局、逐年开办分公司的具体数量，也就等于明确了需要提前培养的分公司总经理及其他干部系列的大致数量，以及配套的各级组织的需求，从而产生人才培养与引进的相当具体的规划。时代变了，变得更快，战略审视的周期更短，而这些战略方法背后的商业逻辑就更为重要了（本章后文有关于这部分的专叙）。

说回1997年，作为全球大战略的人才战略的本地落实，我就也忝列了IBM“Global Top 50 Hipo ”（全球首列五十位高潜力人员）的名单。那可是全球三十来万员工中的Top 50哦，我为此暗自骄傲了很多年呢。就像不常戴的贵重珠宝，时不时拿出来独自盘一盘，也是种享受。

直至前两年有一次与朋友闲谈及此，才豁然明白：当时，IBM在中国的业务还很小，但因为是新兴市场，就拥有了“战略”加分，而因为规模尚小又发展潜力大，所以本地“高潜”人才培养的需求也就更高，再加上IBM历来有包括多元化（比如女性、少数族裔、残疾人等占员工与管理层的比例）等“政治正确”的传统，我一向有骁勇拼杀之名，销售业绩不错，又是女性，还是本地人，估计都能加个分。有点儿像专业棋手给业余棋手让子，七七八八各种“加分”算下来，骄傲感顿时消失，多年引以为傲的泡泡一针泄气。其实这是明摆着的浅显道理，只因我更乐意留着当作骄傲来玩味，所以十几年都“看不见”而已。失去了这点“骄傲”，能更清楚地看待自己，倒也更踏实。

回到当年，我作为“高潜”，自我感觉良好，其实问题很多，用官方说法就是：“优点和缺点都很突出。”估计，最让领导们头痛的就是太情绪化，举个例子：给中层管理者们的一个“沙盘推演”的培训课程，就是将培训者分为几个“公司”，可各自随时调整设置“市场”上的4P（产品、价格、渠道、推广）策略，模拟竞争；再由老师来讲解这些策略带来的竞争结果，以及推演的逻辑。我兴高采烈地被选为我组的“CEO”，但两个回合不到，因为对团队里的另一位高管很不爽，我愤而辞职，直接退出练习了！外聘的老师给很多企业管理者讲过课，但也是头一回遇到这种“极端”情况。老师劝我回到课堂练习，我还振振有词：“这课不就是实战模拟吗？CEO愤而辞职这种事在公司的实际环境中也会发生的呀！”

情绪化，在IBM是相当严肃的问题，当年，IBM对高管的核心能力要求之一是：Balance（平衡）。因为在IBM，跨部门、层级的协调能力特别重要。对客户和我的团队，我是掏心掏肺地好，我的团队只有我说得，别人碰不得。但对平级和上级，甭管是谁，也不管场合，说翻脸闹脾气，只需要一秒钟，还总是理直气壮：“我是出于公心。”其他突出的缺点也还有不少。

于是，我被安排了一个很特殊的待遇：私人教练！那可是1997年哦，要知道，ICF 1995年才正式成立，教练是每次从美国飞来的，多么奢侈的待遇。我当时却很烦，向HR抱怨：“为啥就给我安排教练啊？我不要教练行不行啊？这都忙成啥样了，每月还得飞到北京来没头没脑地陪教练瞎聊一通。”甚至还觍着脸问，有没有可能换个其他更“有意义”的课程啥的，HR的头儿被我弄烦了，板了脸，祭出“HR Confidential”（人力资源机密），这是缄口令，我们当年都自觉奉为天条的。我只好闭嘴，不情不愿地接受教练辅导。

企业出于培养或提升能力的良好用意，给高管安排昂贵的私人教练服务，高管却不领情，不情不愿，甚至猜疑企业的用意，这是高管教练的三角关系中常见的情形。

教练是位年长的美国女士，优雅、平和。她先给我介绍教练的工作方式（我现在也已做得纯熟了），当听她说到“我们之间的对话都是保密的”时，我挺不礼貌地打断：“不必介意，我是事无不可对人言的。”

接下来，我进入倒垃圾模式，资源不够啦，太官僚啦，公司对中国本地人不信任啦，已经看到职业天花板啦……教练认真聆听，我的吐槽因无障碍而越发喷薄流畅。两次辅导后，HR的头儿问我感觉如何，我说：“嗯，她……还挺好的，挺尊重人的（不打断、不说服、不争论），但是好像也没啥用，一点儿建议也不给。”

第三次，教练打断了我的吐槽，说道：“Juliet，我想提个问题，可以吗？”

“哦……当然可以。”我忙说。才意识到，我一直没给人家机会说话呢。

“我听到你对很多事情不高兴，那么，你想要的状态是什么呢？”

这还不容易！张口，却结舌了……敢情，还真不大容易，压根儿没想过这事！在教练的陪伴下，我边想边说，整理、描述了我想要的事业，不仅有具体的职位，还有想做的事情，我具有的长处、资源，还有需要补充的短板……我感觉有光亮闪烁，我捕捉那个感觉……我跳起来，握住教练的手，说道："太感谢您了，我知道啦！"

"是什么？可以告诉我吗？"教练微笑着问道（我做教练后才体会到，教练最期待的就是来自客户的顿悟时刻啊）。

我清晰、坚定、一字一顿地说："我决定，离开IBM。"但这个顿悟，对教练恐怕不是惊喜。

之后，我决定辞职去美国自费读全日制EMBA，那会儿EMBA、MBA（工商管理硕士）还都没流行到中国呢，我选了郭士纳读过EMBA的学校，又用了几天假期自费去北卡罗来纳州的维克森林大学（Wake Forest University）面试，考上了！后因爸妈同时生病，申请延期一年。再后来，就去了微软，有了之后的诸多故事。历史没有如果，但有一点我几乎可以断定：如果在IBM干到退休，我肯定不会有如此丰富多彩的经历。为此，我还要真心感恩IBM，在职业与生活的重要关头，给我安排了一位教练。

回到话头儿：这个记忆太深刻，以致我对教练高管心怀忌惮，觉得不"安全"。

给高管做教练，天然存在这么个三角关系：企业或老板付费，意在培养高管；高管被安排教练，未必领情，也未必信任教练；而教练要对教练伙伴负责，而不是直接对付费者负责，连辅导内容都要向付费者保密。关系中每增加一个维度，复杂度就会呈指数级增加。很容易出现以下情况：

1. 教练与被教练者难以建立全然信任。被教练者不是出于自愿，是被安排的，就有可能因先入为主的"被安排"的心理设定（像我当初那样）而影响到教练关系最重要的信任基础。

2. 教练太顾虑付费者的具体期望，而可能偏离以客户（被教练者）为中心的基点，甚至会偏离到近似于企业HR的立场。

3. 遭遇以上类似我（1997年在IBM 被教练）的比较极端的案例：教练客户在教练过程中决定离开付费的客户（企业）。教练与付费者之间的关系未免尴尬。

所以，我“智慧地”决定：只选择企业主作为我的教练客户，有挑战，过瘾，还“安全”。

当我在2015年再次进入企业帮忙时，就要根据工作要求来修改我的个人计划了。我发现，在这个环境和位置上，我是可以并且需要亲自给高潜/高管做教练的，我们之间起码没有复杂的三角关系，被辅导者尽管认为我是“集团领导”好了，这并不影响我在每一次辅导中都按照教练的专业要求来做。在企业的那三年中，我辅导过六十几位集团级高潜、二十几位集团与企业高管（多是新空降的高管，特别需要辅导），累计大约1300人次，也提炼出了一些教练高管的经验之谈：

1. 教练的哲学与基本理念，都是普适人性的，所以好用，也必须遵守。这也是教练之区别于领导、上级、师父、导师、教师等各种角色的特殊功效（激发潜力与潜能）的基础。

2. 高管在职业规定的位置上，问题和挑战比较多地出自几个方面：与重要的利益相关者的关系、时间管理以及思维惯式。尤其要聆听辨析，他们的思维方式与层次（前文“君臣佐使，识维断问”一章有较详阐述）。另外，职业规划、事业与家庭的矛盾等，也都比较常见。

3. 当清楚听到（并经过询问确认）客户对于一些具体的知识、方法论乃至思维方式确实存在盲区时，就要毫不犹豫地提点甚至给建议（他真的不知道，听都没听过，你再启发，再“强有力地发问”，他也还是不知道啊）。而提点、建议，首先要经过提问、启发，点到为止，并一定要询问确认，客户实际收到了什么，以及将如何行动。

其实关于何时应“给建议”，又“不正确”了，不完全符合教练的“正宗”，但当我判断（我不会预判，但相信我的直觉——在专注地聆听之后的直觉），这样做在当时对客户是最好的时候，我就会毫不犹豫地给指引，甚至给建议，但建议基本都是关于方法、路径的，不会涉及具体（例如，绝不会说：“你就这样对他说……”之类的）。

4. 最最重要的一点：无论客户是高管、高潜，还是企业家，他们首先都是一个完整的人。作为教练，首先要关切的，是一个完整、独立的客户个体的整体利益。

我能感受到，我与绝大多数辅导对象之间都建立了深度的信任，他们愿意与我谈论任何艰难而私密的话题，不再顾忌，甚至会忘记我“集团领导”的身份，说给“集团领导”的话（很明显地）变得少多啦，几乎绝迹。这种深度信任对我而言，是非常厚重、珍贵的回报。

心血倾注，花自盛开。教练的终极目标和意义，就是激发人的潜力和潜能，我打破了自己的禁忌，突然拥有了一大群优秀的高管与高潜“客户”，能时时听到此起彼伏的潜力“拔节”的声响，看到他们成长、被提拔，心里很是欢喜。

尽管要做到这些辅导，意味着在日常工作十几小时后还要投入“工余”时间，且没有额外收入，但我做得全心全意、不能自拔。

我的教练状态和技术自然会因此投入而有所精进，因为，有那么多优秀的人给了我丰厚的营养，还有太丰厚的感谢和肯定，这些强大的正反馈力量，催我努力进步。

那些已经毕业、曾经的高潜学员的“后翱翔”们，也一直和我保持着感情和联系。

给企业中的高管做教练，就会自然处在三角关系里：

- 企业给教练付费，希望教练能帮助高管按照企业的期望迅速成长。
- 高管却未必领情，此外，高管是独立的个体，是完整的人，有家庭，有对自己的规划和期望，未必与企业的期望同频。
- 教练要对个体的客户负责，甚至连与客户约谈的内容都要向企业保密。

人是最复杂的动物，连热恋情侣和模范夫妻之间都常会发生“不知对方这是闹哪样”的情况，何况这个三角关系中的“企业”还不止一个人，而是各种关系、体系、文化的交织，其复杂度，要加N次方，出现各种利益不一致简直太正常了。当辅导过程中客户提出的话题有可能违背企业的初衷利益时，教练会感觉自己处于尴尬的境地，也是人之常情。

我开始做教练时以为想得很“明白”：避开高管，只选择企业家客户。后来才明白：那时的“明白”其实是不明白——并没有深刻理解教练的主旨要义，那种“挑拣”，起码暗含着两个意思：

1）如果我教练的高管离开了企业，如何向（付费的）企业交代？

2）如果我教练的高管没有达到企业的期望或是离开了企业，岂不有碍我的声誉？

这些挑拣、顾虑，其实都是因为还没学明白，而且，或多或少都是以我为中心的，已偏离了教练的纯粹。以教练之不变是可以应万变的。这个“不变”，就是教练哲学：相信人都是全面完整、资源丰富、富有创造力的天才。

教练要专注的，是教练伙伴的Whole wellness（全面完整的良好状态）。

教练就是要激发教练伙伴个体的潜能，不得旁骛。认同了这一点，栽在心里，扎了根，长成树，就稳当了，不会在遇到“利益冲突”时左右摇摆而为难。

再遇到企业邀我辅导某个高管，我会先清楚地说明，还经常要求企业代表（通常是人力资源部门的主管）、辅导对象和我一起三对六面地把原则说明白，相当有仪式感。再后来，未必一定要走这个形式，但务必保证要使各方都有同样清晰无误的理解，这是十分重要的。

后来，我有机会听过另一位大师马歇尔·古德史密斯（Marshall Goldsmith）的讲座，马歇尔有一尊号：“全球第一高管教练。”（不过这两年听到的各种“第一教练”之类的有好几位了，我有点儿疑惑，教练的排位，都是由谁给评的呢？）他的做法，是把这个三角关系干脆给具体化了，真正做到了量化、可衡量。

例如，董事会给CEO请了马大师做教练，三对六面，先把辅导目标摆在桌面上：董事会期望CEO具体在哪些方面改进，CEO是否认同。确认辅导目标后，马歇尔会“发动群众”，也就是各个层面的“利益相关者”做测评。比如，如果要改善的目标是“提升亲和领导力”，那么就请各层面的利益相关者先就此对CEO做个360度测评，有很多细致的指标，可以很方便地作为比较参照的基准。然后再由教练辅导、指导CEO做出各种行动计划，行动计划可能非常具体，比如，给所有直接汇报的下属送手写的生日贺卡；早晨，对每一位同事说“早安”，并面带微笑……半年后或一年后，再由同样的一群人做一次同样的测评，如果达到具体改进幅度的测评指标，那么企业就该按协议付费啦，即所谓“为结果付费”。在量化的衡量方法与结果面前，一年百万美元级别的辅导费，企业也会心甘情愿地（或只好）付讫。

马歇尔热情、可爱，每当有人被他的幽默捉弄到了，他总是乐不可支，孩童般淘气。他的话语很平实，又充满人生智慧，是一位真正的大师——活出了大师的状态。

也许，过几年，这种“为结果付费”的教练方式，也会在中国一些企业中真正开始实践？但这不是我的热衷之道。我热爱的，是深入辅导对象的丰富而完整的内心世界，去挖掘潜藏在那里的无尽潜能，至于被激发后的具体发挥，尽可由他们自己去完成个性化的创作。

对付费的甲方代表，我会仔细倾听对客户的介绍、期望，完全不妨碍我清晰解释教练的做法和原则。有时也会因此失去合约，但没关系。

每一位高管客户的初次辅导，我都会特地要求多安排一些时间，以便能比较从容地听客户的自我介绍，从而对客户有个比较立体的了解，也能把“教练”是咋回事大致介绍清楚，当然要强调教练与客户之间的保密原则，我会对高管们清晰地说明：

“当我观察到，在你个人与企业之间有潜在的利益冲突时，比如，你决定离开企业，我就会暂时中止我们之间的教练关系。当然，在我通知企业之前，我会首先征得你的许可。”

其实，话说在前头、说在明处，不但不会影响客户的信任，倒是常会有正向作用——能促进教练与客户之间的信任关系。

当某位高管客户迟疑、郑重地问道：“我有个困惑，不知是否可以提出来。”这多半就是有关职业规划了——也就是可能触发“利益冲突”的敏感话题。

"当然可以！"

客户觉得任何当下最重要的问题，都可以在辅导中提出来，当然包括很敏感的或私人的问题。

若真遇到教练伙伴与企业利益冲突的情形，教练当然有权也有义务中止对话，因为是企业付费的哦；若遇到其他有价值观冲突的客户，也是可以好合好散的，原因很简单："我感觉自己作为教练，不能向你提供你期望的帮助。"不过，近十年来，我也才遇到两例而已。教练与客户是伙伴关系，是平等的，毕竟，教练也有充分的选择余地，而且，自然筛选的门槛已经够高了。教练，通常被认为是很昂贵的服务，说到"昂贵"，我觉得至少有三个方面的意思：

1.信任：教练关系都是以信任为基础的。人与人之间的深度信任，恰恰是社会中日渐稀少而昂贵的珍稀物品；而教练关系中的信任，绝不是有经验、价值观正、"人品"好就够的，还要能迅速给予每个客户他们能切实感知到的价值感。

我个人的感受是，在建立教练关系的过程中，教练本人过去的经验和名声作用并不大，大约只限于客户初筛简历或初识时几分钟的开场谈资而已；因此切勿存过度期望、勿过度使用，因为你现在的身份是教练，你与客户之间是平等的伙伴关系，而不是"更有经验的高管或企业家"。即使曾经是，那也不过是"曾经"而已。教练必须全心专注在与客户同在的每个当下，伴随客户找到适合他的方法和路径，这才是唯一的正道。

2.时间VS.价值：绝大多数客户都是企业家、高管，都有极大的现实压力。他们没有时间，也没有耐心，一旦他们判定（他们下判断往往都很迅速）这种"闲聊"没价值，就没有之后了。

教练辅导不会越俎代庖地设置具体的目标，即使在教练关系之初会讨论建立一些方向性的目标（“教练合约”），比如，客户说希望提升自己的领导力或是改善重要的关系等。在每次辅导时，教练都仍要首先问客户：“今天你最想谈的话题是？”

教练辅导一般的频率是一个月一次，在这一个月当中，客户会经历很多事情，当然有权选择对他当下而言最重要的话题。

如果教练较长时间都不能提出发人深省的好问题，就会影响到及时建立信任与价值感，此时有客户认为是“漫无目标的闲聊”，也不足为怪。

3.收费、价值与期望：每个辅导时段一般在60分钟~90分钟，专业教练收费不菲。其实想想也能理解：律师、心理咨询等，都收费挺高的，概因这些专业人员付出的都是单位时间的个性化专项服务，是无法提升效率、扩大边际效益的；而教练们的个性化程度则更加极端。但从表面看来，教练连PPT、咨询报告之类的输出都没有，只是“聊”，还保密，连付费的企业和老板都不能过问，问也不告诉，打死也不说。这就给教练与客户都设置了很高的要求和期望值。这里的“专业”，可不仅指教练专业认证的资格证书，而是往往先有口碑（教练还不能自己宣传客户案例）、再由客户本人切实体验到的“专业”程度，客户们都是各自有其行业／专业的专精造诣的，虽不会苛求教练精通所有行业，但起码要能听懂来自各行各业的客户所说的话。所以说，无论是对于客户还是教练，门槛都挺高。

由于以上种种“昂贵”，也就对客户形成了自然筛选：绝大多数是企业家或企业高管。这群人常见的共同特点包括素质高、专业强、要求高、讲实效、爱学习、进步快、经多见广……而且，没时间，性子急！我特别熟悉这些特点，因为我就出身于此。

既然在“昂贵”的行业里执业，就要有配得上职业要求的能力。

教练不可能是所有领域的专家，但是，教练仍然可以在几乎所有的领域提供价值——用方法、流程、好的问题，来激发客户的潜能。

关于辅导时段的时间设定，一般在60分钟～90分钟，这也是有科学依据的，因为人在高度用脑时，超过一定时间就会精神涣散、无法集中，反而影响效率和效果。客户被激发时是如此，教练更是如此。每一个辅导对象都是一个完全不同的世界，教练需要做到完全无我、以客户为中心，这其实是一种反自然运用脑力和心智的方式，不仅是脑力，体力消耗也极大。

我与企业的高管批次辅导合约，一般都会集中安排辅导，一个接一个，连续几天。有时我还会自愿多挟带几个免费的“小灶”，一般是以前辅导过、现在有需要，但不在当期协议之内的客户。是真的小灶呢：中午一小时的盒饭时间，不但辅导，还能跟着蹭个盒饭吃。一天最多时会连续做八个辅导，每个之间的间隔只有几分钟，立即清空，转台，进入下一个客户的世界……常有人问我：“这么多人连续辅导，不会搞混吗？”绝对不会的，但有时会头晕，晕到站不稳（坐会儿就好啦）。我在连续辅导时就经常会低血糖，须有几块糖触手可及。目前实测的上限是一天内最好不要超过五位，比较合适，但实际中每次都超额超时，还总是乐呵呵。

这些职业相关的特点，对教练提出了很高的要求，教练至少要以与客户同样的速度进步，不要求对所有的领域都有“甚解”，但至少要能很快听懂客户的逻辑——无论客户讲的是关于哪一个行业、哪一个领域（前文“识维断问”部分有述）。这，恰恰是我特别喜欢教练这个事业的重要原因之一：无止境、无尽头！我的一切“有用或无用”的学习，都多了一层“意义”：不知啥时就会用到。

每个客户，都有一个完整而独特的世界。做教练的独门好处是：

可以穿越很多个世界，与很多个世界的主人共情共舞。我觉得，没有任何一个其他职业能有如此丰沛莫测的迷人景色。东边日出西边雨，是这个世界的常态景象，然而，有教练一以贯之的信念，那么无论身处多么复杂的关系之中，眼中、心中也只有教练伙伴，定慧如磐，也无风雨也无晴。

第二十章

职场常见辅导话题

选择职业，最理想的是能凑齐：热爱（喜欢），擅长（天赋）与机会。

笔者说

企业家、创业家们的辅导话题，在本书第一部分已集中书写了不少。每个人都是完整的人，无论在多有名的企业，无论是啥级别的“总”，商场职场中的角色也只是人生的角色之一。我为企业高管辅导过上千人次，摘出以下几个常见的职场辅导话题，分享心得。

· · ·

一、职业规划

客户觉得任何当下最重要的问题，都可以在辅导中提出来。正如战略、领导力是企业家最关心的，而职业规划，往往是高管们心头经常萦绕的话题。

引发这个话题（关于职业的困惑和其他职业选择）的触发点各式各样，比较多的是这几类：

1. 长期高压、过劳，太累了，除了工作，找不着生活了（我见到过不少人，其实都已在病态或抑郁的边缘。听到的，甚至认识的人，因过劳而英年早逝的，也不在少数）。

2. 感觉在现企业中已触到了职业晋升的天花板（也难怪，有不少企业都将招募、培养管理者的年龄明确定在三十五岁以下了。很多正值壮年的高管，年届四十就有了危机感）。

3. 难敌外界的诱惑。

4. 内部的挫折和委屈。

5. 家庭的压力（比如孩子的学习成绩下滑，或家人生病、亲人故去等，都会引爆蓄积已久的压力）。

6. 感觉自己枯竭了，想去充电学习（这个相对比较少，但也是有的）。

7. 以上任何两种或更多种的组合。

这些正当盛年却已不很年轻了的高管，在十几年、二十几年全速奔跑的职业旅途中，随时会遇到任何一个触发点，自己能提出这个话题，给自己一点点最起码的关照，实在是再正当不过。

能让企业费心花钱请教练的，一定都是受重用、受培养的，不是高管就是高潜，或两者兼于一身，都是众人眼中的明星、榜样。他们一般都在企业很久了，对企业的感情很深。他们全身心投入工作很多年，与企业外部的朋友故旧都鲜有时间交往，面对上述这些话题，可以交流的人就更少了。可以想见，当他们迟疑地忍不住向教练请教时，问题早已在心中煎熬过千滚万滚了。

我会安静地倾听他们诉说，能充分信任地倾诉，本身就是助益。这个过程不只是宣泄，也是通过诉说来梳理、觉察。

我会特别仔细地注意聆听话语后面的情绪，如果感受到任何无用情绪（绝大多数情况下是有的），我会直接问："听你自己刚才的讲述，你有何感受？"

这个问题如果单拎出来，似乎不知所云，甚至有点儿无厘头，但如果在恰当的时候问出来，往往会得到"感受"深层层面的回应，比如："愤怒""委屈""痛快""轻松了""灰心""沉重"，甚或有更感性的“如在浓雾里”“说不清楚，想哭”……或直接潸然泪下了。

当各种深层的情绪能够泛上表面，能被觉察到、感受到，我们才能面对它、处理它。

我接着问：“看着这个‘情绪’（我会直接请他自己来给这个情绪命名，无论是‘愤怒’‘委屈’，或是别的什么），你觉得它对你面对的职业规划与选择这个重大问题，有什么影响？”

这是我从“叙事性辅导”模型（后文有详述）中延展借用来的，真的很奇妙：当人们给一些问题或情绪命名时，就会自然而然地与情绪有了相当的分离，从而得以从旁观者的角度去观察，而不至于一直深陷情绪困扰之中无法自拔。

因为脱离了情绪，就比较能看清真相了，他们的答案往往是：“不会有帮助”，“可能会有干扰”，“我是不够冷静……”，或者“原来这事一直在我心里压着，必须正视了……”，等等。

我们会一起面对这些无用情绪，两三分钟或更短的关注呼吸的正念练习就可以很有帮助。

之后，我往往会先请他“暂时把眼前这些困惑放在一边”，问他：“请想象一下，五年后、十年后，你最希望看到的你的状态，是什么样的？”

这原本是个经典的教练问题，叫作“成功画面”，我改动后嫁接到此处来用。因为我发现，很多人都没有仔细想过这个问题，顶多只是在内心偶尔零星地闪过而已。更鲜有人曾与可信赖的“外人”（如教练）认真谈过。面对这个问题，有人茫然无绪，有人不好意思，或是掩饰不住地怀疑：“这个问题有意义吗？”

我会温和而坚定地说：“这个问题是值得认真思考的。”（是的！这来自我亲身的经验，以往多年，我只有“事业成功”这一个指南针，一旦离开事业舞台，就找不到生命的“北”了。）

我有时也会鼓励对方闭上眼睛慢慢感觉，这要因人而异，要听信直觉，不能生搬硬套（我自己就曾经在课堂练习时，被扮演教练角色的同学“强行”拉着手引导冥想之类的，当时非常反感，甚至不适）。有时，对方颤动的睫毛间竟会有晶莹闪烁（“你是有多久没有关注过自己和自己的未来了呢？”很令人心疼）。

然后我会问：“请描述一下那个状态好吗？在那里，你是什么样子？在那里有些什么？还有谁？”——那里，绝不应只有职业这一件事，亲人、自己，都会逐渐清晰地浮现。

看清楚那个画面，接下来再规划：通往“那里”的路径有哪些？其中，哪一样东西是你最喜欢的？这往往又是一个“陌生”的问题——“居然可以把自己的喜好也纳入进来吗？！”当然可以啊。只是，需要劳动你自己亲自想想。

每个人都可以尽量争取做自己喜欢的事，这本是天经地义的吧？然而，在职场久了，在企业久了，他们往往都已习惯“自己是块砖，哪里需要往哪儿搬”了，其实以他们在职场上的历练和已经达到的位置，都已经积累了相当多可以主动掌控的“资本”了，只是他们自己已经失去了这个意识，那我们就来一起唤醒吧。他们谈到那些“自己曾经喜欢”的东西时，眼里有光，脸上带笑，看着就欢喜。

人们选择职业，最理想的是能凑齐：热爱（喜欢）、天赋（擅长）、机会。

记不清在哪里读到美国前总统比尔·克林顿的例子，他在就读耶鲁大学法学院时，就认真思考过这个问题，他热爱爵士乐，也喜欢对人群的影响力，在这两方面都喜欢、都擅长，反复权衡思考之后，他决定：走从政的路，从此，坚定地走下去，三十岁就任阿肯色州司法部部长，三十二岁起连续六次担任州长（两年一届），直至在四十六岁时达到从政的最高峰——当选美国总统。二十几年，从白丁行至巅峰，相对所达到的高度而言，时间并不算长，那可能是因为，他很早就认清了方向，确立了目标，认清了途径，少走了弯路。世间少了一位不知几流的爵士乐手，但那爱好也并未全然荒废，保留下来几首萨克斯风名曲，时不时能给这位政治家平添魅力。记得2001年的财富论坛（Fortune Global Forum）在香港举行，克林顿出席演讲，晚上在湾仔君悦酒店的酒吧，乘兴吹奏了一曲，卸下总统重任的业余乐手，满头银发，轻松潇洒，魅力仍不可抵挡。

我在陪伴客户讨论职业规划的话题时，一定会提醒这三个要素：热爱、擅长与机会。

眼前不只是职场的二元选择，还有他们用全副青春积累的经验和能力。接下来，就要具体盘点自己已经具有的资源，以及如果选择不同的职业路径还需要具备的能力、学识等，我们谈的是五年、十年，可以从容规划，还可以容纳很多内容和可能性。当陷于眼前的困境时，把镜头拉开、拉远，才有利于看清楚全局。

“诗和远方”，也不是非得与生活现实两相决绝方可抵达，只是需要你自己先抬头看到，需要你亲自用心规划。在类似的很私人而重要的人生转折关头，若有教练陪伴，是福气。

教练不是医生，我从不试图“治愈”，因为我的客户不是病人，而都是潜力俱足的、健全的、很优秀的人。但我的确常常听到客户说：“感到被治愈了。”

无论是“被激发”，还是“被治愈”，那都是他们自身的能力所致，教练，只不过是陪伴、聆听、努力问几个好问题而已。

当客户征求我对某些具体的选择方案的意见时，比如：“您帮我看看，××公司给我的offer是……”我会直接打断他，跟他说：“不用和我讲具体的offer内容，你自己肯定能算得很清楚。送给你两个提醒：

一是无论谁给你高薪酬、高职位，肯定是期望你去完成更高难度的工作，这是职场常理。你要检点一下，有没有、能不能尽快装备上必要的金刚钻。如果没有金刚钻，大概就会弄得一地碎瓷片，高薪、高位恐怕也未必能抓在手里太久。二是空降高管踏入陌生的企业，处处是惊异，甚至惊吓，这是职场定式，对于在某个企业沉浸多年的高管来说，更是如此；先要在熟人中尽量多为自己做一些‘尽职调查’，在心里尽量想象各种可能出现的意外，预演一下，看能否承受。”

“职业迷茫与困惑”类的辅导有很多，绝大部分都是高管。经验多了，我就大致总结出以上的原因与辅导的“套路”：

- 先辨识、清理情绪。
- 再拉远看清“愿景”，包括个人的热爱。
- 再规划路径：盘点资源（经验、能力），考虑擅长、热爱、机会。
- 最后：牢记关于职场常理与定式的提醒。

此类辅导的结果是：

大部分都坚定地留在了现在的企业，因为他们更清晰地看到：这条路径，更有利于通往自己的长期目标，毕竟，多年的积累与资源都沉淀在这个企业里。排除无用情绪的干扰，有利于看清楚局势。

也会有少数几位选择离开企业。

他们的具体决定，于我并没有什么差别。我更关心的是，他们的决定是否基于清晰思考、自主规划，是不是他们自己真心想要的，这最重要。无论是留还是去，他们都能以更好的状态，调动出更高的潜能和潜力，能更开心地做事、生活，我便欣慰、心安，也不会因“三角关系”而患得患失。

当然，也有我不那么心安的案例，也就是说，辅导并未达到效果。比如：

有一位，在企业调整组织架构时，觉得自己劳苦功高却未得到应有的信任，终于断然离开了自己“贡献了二十年青春”的企业。直至离开，也没能放下委屈，抱着怨气和赌气，决定去新环境里再闯一片天地，是为了证明自己，也是为了证明原领导错了。而在我看来，他受情绪的影响，并未能认真对自己的能力（尤其是学习能力）做个尽量公允的复盘，也没对将要跨入的新环境所需的思维、认知与能力做认真的理解和准备，只单纯目测了一下操盘规模这一个维度，就判断自己应该能行。情绪真的妨碍了他，甚至可能会给他带来很不利的结果。

这位，我曾辅导过一年多，曾伴随他艰难转型（从战将到幕僚），再至担当主帅重任，意气风发。再后来，我继续数次主动找他额外加小灶辅导，希望能帮助他建立新的思维方式方法，遗憾，未果。我一直惦念着，放不下。

我仍相信他的能力和潜力，但毕竟是年近半百的人了，如今的职场，已是越来越看重能力和当期业绩结果，而不再那么看重年资与苦劳了。真不愿看到他再花上最宝贵的几年黄金职业机会，只是去学个教训了。

另一位境遇相似，可以说是无辜被贬。我听说了，也主动去捞来辅导，一见面，见他穿戴好西装和表情，开口就道：“教练，我已经调整好啦！”别人也许就信了，本教练可是要看化装之下的真面的，没聊两句，我就直接说了：“在我面前不用装了，来聊聊你的真实感受吧。”（有充分的信任基础，才敢“简单粗暴”，慎用。）于是，他开始真实地倾倒各种委屈，我提问，又包括那个神奇的“你想要啥？”。

简单地说，他基本排解开了情绪与面子的干扰，无论是在短暂无职挂靠时，还是又被赋予实际责权时，都能认真对待、积极学习，内心与外状都比较稳，因为他看清楚了自己想要的方向，就能比较从容地接受短暂的迂回，把这些都当作自己选择的路径的一部分，而不纠结沉溺于挫折甚至屈辱的自怨自艾、怨天尤人之中了。我相信他会越来越好的。

其实，岂止这一两位，很多辅导过的客户，都一直在我心里，让我牵肠挂肚地放不下。

说到此，不由感慨，教练尽管能带来很多可能，但远非万能。教练，毕竟只是远离企业权力中心的一个乙方而已。教练，也是一门永远有遗憾的艺术。当教练尽力到无能为力了，也就只能放下了。

二、利益相关者关系

职场中，上、下、平级的利益相关者很多，而且还经常变化，常会因顾此失彼、处理不当而产生麻烦。这里介绍个“利益相关者关系历”，就是那个年历、月历、行动历的“历”。关于“利益相关者关系历”，先说几个要点：

1. 锚点：你自己的本职责任（从本职责任出发，比较容易厘清“利益相关”者）。

2. 将关于重要的利益相关者的注意事项逐一列出：必须建立与保持的关系，必须避免的印象，以及必要的“行动历”。

3. 底线：基本的价值观（不必写在“历”上，心里有数）。

举个例子：

- 上级A：直属上级，稳重深思型。

1. 必须建立与保持的关系：信任。

2. 必须避免的印象：不靠谱。

3. 为此必要的“行动历”：

1）关于组织、体系、策略的重要想法，必须提前沟通。

2）对上级A的要求、提问，须认真思考，及时反馈，并确认得到认同。

- 上级B：上级A的上级，对数字敏感，记忆好，务实。

1. 必须建立与保持的印象：胜任，思维清楚，敢打、会打。

2. 必须避免的印象：“面”（含糊、不干脆、不利索），做不到时找借口。

3. 为此必要的“行动历”：

1）重要的经营数字记忆并随时更新，以备突然查问。

2）季度或半年汇报，要清晰、坚定，与上期规划目标的差异要说清楚，一定要有相应的举措（务必提前演练，最好能有人扮演挑战者陪练）。

- 平级C：重要协同部门负责人……
- 下级D：骨干员工……

大致的用法是：

做个简单的表格（见下表），大致填上，心里对于周围重要的利益相关者的关系以及何时采取行动、采取何种行动等，都有个清晰的“历法”：

表20-1 利益相关者关系历

利益相关者	关切点	印象（须）	印象（忌）	重要行动历	准备（要点）	……
上级A						
上级B						
平级C						
下级D						

其实，无论是上级、平级，还是下级，都有重要相关者，最重要的“锚点”，就是你个人的本职职责，由这个锚出发，各种关系以及具体的相关点，就比较容易理清楚了。而最重要的心法，是“同理心”，充分同理了相关者的关切点以及性格特征，才能清晰如何行动最有效、最能达到你希望达到的影响力。职场上并不总是需要喝酒应酬拉关系，领导们都更忙，也不需要过度逢迎拍马（有些场合还是需要的，适度即可）。这无关厚黑，人，无往而不在关系之中，经营好重要的关系，是生存所需的基本技能。

企业中的高管们，尤其是新晋升不久的，陡然暴露在老板的视线与直接“射程”之内，进入更复杂而生疏的关系格局，常会把握不好，举措失当而失分，挺吃亏的。“该如何面对老板？”这是新晋高管们经常惶惶然提出的问题。被问多了，我就提炼出这么个“关系历法”。尤其是锚点、同理这两点特别重要，可以帮大家避免很多无用功。

当然，还有一条基本的“底线”：价值观。当遇到价值观相悖、人品实在不好的重要相关者时，你就需要根据自己的价值观来判断啦，引用一段在微信朋友圈看到的来自《人民日报》的摘抄（2020年1月）：

“如果你觉得你的公司不好，你就去优化它；如果你觉得领导不好，你就去努力提升，自己当领导……”

挺励志的，虽然做起来不容易，但说得在理儿上。

实在绕不过去、忍不了，也不可能取而代之，那就潇洒离开吧，不必纠结，更不必做怨妇，毕竟“因公司而加入，因上级而离开”本来就是职场常见的景象。

不过，能胜出的人，往往都是能受得了委屈、忍得了寂寞、能坚持得更久一些的。如今的职场流动速率越来越快，也许，稍稍忍一阵，就峰回路转，物是人非啦。

如果有较强的情绪能力，很多事情也就不会觉得那么委屈、那么难“忍”了。

三、时间管理“双非法”

“时间永远不够。”几乎所有企业中的客户都如是说。

“但这也是没办法的事。”大多数又都已认命了。

我以前在职场时也是这么认为的。

看着三四十岁、正当壮年的他们迅速增加的皱纹和白发，常常眼带红丝、长年装饰着黑眼圈和大眼袋，以及越来越多的过劳肥，看着他们奔向病痛、早衰……我真心痛，不甘心。

他们早就试过各种“紧急、重要、不紧急、不重要”之类的时间管理方法了，然而当各种事情一起压在“紧急而重要”这一个象限，当每天都充斥着“紧急而重要”时，就啥方法也都不管用了。我在职场的多年一直是这样过来的，完全理解，我就用一个法子：少睡觉，直至把事情做完，连续十几年平均每天只睡四五个小时（自学考试的阶段睡得更少）。但我仍精神饱满、思路清晰，便自己都信了是天赋异禀、金刚不坏之体，直至心脏闹了罢工。

“苦主们”可以认命，我却不甘心。一般的时间管理方法他们早都做过了，不管用，于是又生生地把我逼出个“双非法”。

我会不依不饶地“逼”着他们做以下这几步：

第一步：请先把紧急重要之类的都暂且放在一边，先来想想你非做不可的事。

这里有一个关键点是：你主动想做的，都有哪些事？包括你特别想做但没时间做的。

光这个问题就得掰扯好一阵子，我得不停提醒客户：“不只是工作啊！还要包括那些你自己特别想做的。”好不容易清单上也出现了一些工作以外的重要事情，比如，陪伴家人、健康、学习、爱好……

以上这些，都得是你想做的，必须自己亲自做，没有别人能代替，才属于“你非做不可的”（在这个阶段，还只是“你非做不可的”，但首先得列出来）。

第二步：接下来梳理一下非你做不可的事情，都有哪些？

这时，可以把公事和私事分开，先直觉，再严谨。

先说公事——“非你做不可的”，起码有两层意思：

1）职责分内的核心事项。

先粗粗分个类，你往往就会发现：你管得太多了，做了很多并非“非你做不可的”事情，自己分内的事情反而被挤得只剩零零碎碎的时间。

比如，你是总经理，如果90%的时间都在前线巡视，肯定就没时间做战略、策略的思考与缜密布置了。那就赶紧该授权的授权，授权了的事情只要清晰把握一些关键要点，就不会失控。如果发现该授的权授不出去，那就赶紧去培养或去找能接得住的人。

“非你做不可的”也会包括一些你很不想做的事情，比如没有太多意义但必须你亲自出席的会议，以及出席也是陪衬但不出席就是失礼的场景，还有非你亲自喝不可的大酒等……这类事情有不少也得含泪认下。

但经过这一步，往往都能梳理掉至少1/4甚至更多的事：你会发现，很多都纯属习惯动作，其实早不是“非你做不可的”了。

2）审视与梳理流程。

“事情越来越多，会议越来越多，参会的部门与人员规模越来越大。”往往是因为，很多应急反应的临时会议成了惯例，不知不觉就被作为例行会议的常规内容，只增不减，到后来，大家都忘了为啥这么多会议、每次会议为啥有这么多议程以及为什么有这么多人参加了。

熵增是热力学第二定律，简单地说，就是在一个封闭系统中，事物会变得越来越无序、耗散，直至寂灭。

有一次与一位CEO，本来要聊如何整合企业，结果寒暄时他问我最近干啥呢，就聊到了我学哲学课学出幸福感的事，他很好奇，我就眉飞色舞地简要描述了我如何在王东岳先生的学习坊中找到世界观，他听得兴味十足，突然叹一声：“可惜我们没这福气听个哲学啥的，矩阵式管理忒不好弄，焦头烂额了都。”

我说：“哲学哪儿都有啊：世界、企业、个人都逃不脱个‘熵增’定律。唯一的办法是开放，主动制造‘负熵’，如果只在内部搞矩阵，那越复杂，熵增就越厉害。与其把企业的能量大量地耗散在内部，不如想想是否有更好的方法和途径。”

说王东岳，知者甚少；说华为，就都点头了。也多亏有任正非先生在华为内部提倡对抗熵增，很多CEO都因此有了印象，如今所谓熵增、负熵之类的词语，企业中人都不陌生了。就此，“如何整合组织实现矩阵式管理”的话题，转到了“如何开放、如何在开放过程中保持健康与有序的经营……”堪称神转折，我觉得，这种转折——从哲学到企业——对商业客户来说可能更容易受用，客户也往往有同感。

企业必须有强烈的制造负熵的意识，企业和企业里的人才不会被内部越来越多的会议、流程，越来越复杂的组织所缠绕、耗散乃至窒息。所谓制造“负熵”，理论上讲，就是保持开放，与外部保持交流沟通，才能“吸进新鲜氧气，呼出二氧化碳”，从而保持蓬勃旺盛的生机与生命力。

人、企业、有机体、无机体，天同此道，如果只增不减，或只在内部增加、耗散、“内卷”，不因外界的变化而变化，那就是违逆人道与天道了。说回企业和组织，只要能经常有意识地梳理并精简流程、合并或减少些会议，就能收到很大的成果。各种流程、会议本来是为了提升企业效率的，但往往是增加了就固定下来了。只做加法，任凭熵增，这是企业最常见的症候群。

高管们都有很多“非我做不可”的事，包括非参加不可的会议等，但高管们至少可以在自己所辖的领域内有所作为。

再说私事：

先把“你非做不可的”和“非你做不可的”，认真做一做缓急、优先排序。如此一来就更容易看清楚了：一直念而不做的陪父母、陪孩子，再不提到日程上，父母就老了，孩子也大了，难道真等到子欲养而亲不待、亲欲伴而子已远游吗？还有你久已“三高”的体检指标、日渐丰隆的腰腹，再不开始照顾一下自己的健康、饮食与睡眠，难道真要耗到卧床时劳动父母和妻儿来照顾你吗？

说起来便心痛，才不过十来年之前，曾有位我虽不太熟悉、但认识并欣赏的高管，各方面风评皆佳，人品与能力都非常出色，情商、智商双高，当得重任，极度拼命努力，还注重健康、坚持健身，却在不到四十岁时查出肝癌，三个月就离世了，抛下娇妻幼子和年迈双亲。一起共事的兄弟同事在哀思之余，都受到极大震动，集体深刻反思生命的意义和责任，也发起了一阵跑步健身之类的运动……结果呢？绝大多数人几个月后就又回归“996”、“007”、熬大夜、喝大酒的惯式了，连英年早逝的这位兄弟，也不常有人记起了。

接下来，逐日统计你每天的日程。这个好办，高管与企业家客户基本都有秘书助理。对照检查你每日投入的时间，究竟有多少落在“你非做不可”与“非你做不可”之外的。（经验之谈：少说有2/3都落在这两个象限之外）

理清楚了，看清楚了，然后呢?

“你看着办吧！”

当然，教练不会停留在“你看着办”，一定会逼问行动计划：“你打算从哪里开始？” 并询问、督促每一步的进展。

这几乎是每一位客户都有的问题，但说实话，在这方面的努力，远未收到令我满意的效果，客户往往都会信誓旦旦、坚决要做，到下次辅导时就会觍着脸道一声：“不好意思，因为啥啥（重要而紧急的）事，作业还没做。”说完，就急吼吼地进入一个新的话题了。教练无论多么关切至深，也不能越俎代庖，也只好点到为止。这是极少数会令我干着急而深感无力的话题之一。

也有过几个客户做得比较认真，那就真的有明显效果，不仅能找到自我学习、陪父母、陪爱人、陪孩子等“我非做不可”之事的时间，甚至能为自己从小的业余爱好再找到安放之处（包括如棋道、昆曲、舞蹈之类的与职场绝不相关的爱好，令我惊羡），而并不妨碍在职场的高绩效与进步，整个人状态都变得好多了。

还有位CEO，是位开会狂人，会议特多，并且凡会议就要求列席参加者众多，有点儿像康熙年间的“御门听政大朝会”，各省各部官员，有事无事都得冠带整齐辰时点卯，还真不如雍正时“轮班奏事”的效率。但这位CEO有一项“发明”颇值得推广：但凡他与团队成员需要一对一谈话时，就下楼边走边谈，要谈话的人不少，都绕着楼走很多圈，每天都能保证快步走万步以上，至少保证了基本的运动。

以上被客户“逼”出来的“双非法”（“我非做不可，非我做不可”），还远远达不到普适、灵验。表面看来，还是因为客户“太忙”，于是就陷入“连把这几步练习做完的时间都没有……”的悖论怪圈。教练约谈每月才一次，而每次客户都可能有更紧要的话题……而再深入追究，只能说是因为教练的功夫还未到吧，唉！

我不会放弃继续努力探索的，因为客户们太需要了。

如果用“双非法”或任何法子，能“省出”或“挤出”一些时间，那么这些时间最重要的用途应该是——家庭。

四、家庭平衡

十个客户里，起码有九个有这个问题：工作与家庭生活之间的不平衡。这个容易理解，企业家、高管客户，到这个事业高度和年龄，差不多都已有了家庭，上有老下有小，中间有爱人，也可能还有兄弟姐妹。事业进步，就意味着要承担更多的责任和压力，时间和精力不够用，就往往顾不上家庭了。家庭是后盾、是港湾，非疲惫不堪，不进港停靠，就一而再，再而三地习惯被往后放了。

常令我有些吃惊的是，当客户们提出这个困惑时，往往会很迟疑，甚至“不好意思”似的：“教练，我有个问题不知是否可以问……”就好像是，身为企业家、高管，却还要提到家庭这点事，简直羞于启齿。

遇到这种情况，我掌握的原则和大致流程是：

“你可以提出任何对你而言重要的问题或话题！”

——每一个客户，无论其职位、身份如何，首先都是一个完整的人。教练虔信：当一个人的整体状态接近或达到完好时，才有可能最大程度地实现潜能。教练也如是，如果我不能把自己调整到平衡、健康的状态，我又如何能做到专注于客户，又何谈带给客户最大限度的帮助和激发呢?

“关于这个问题，你理想的状态是什么?”

——这些就是“发掘意义”了。接下来的对话中，会有对家庭未来的憧憬，对与每个亲人关系的具体而细致的描述，也往往会有家庭生活的甜蜜记忆，吉光片羽，眉目间流光溢彩。

“如果实现了理想的状态，对你而言意味着什么?”

“会对你的生活带来什么改变?”

“会给你周围的人带来什么?”

好的教练问题，就是应该留出思考与想象的空间，而不要有太多设定。比如，我曾犹疑过，像“周围的人”这种说法会不会太广泛了呢?随之发现，根本不必担心，他们总会自然而然地联系到对他们而言最重要的那些人，父母、配偶、子女、兄弟姐妹，或是生命中的贵人，不会误会，不会偏离。

及至谈及现实中的苦恼与矛盾，也往往会落到“理想与现实之间的差距太大了”，客户的目光随之黯淡，我总会心痛，但必须继续追问，而且是从反面追问：“如果你不能改变现状，不能达到你的理想状态，那么对你会意味着什么?对你周围的人又会意味着什么?”

这样的追问几乎是残酷的。当意义觉醒，在充分挖掘家庭的重要意义及其美好之后，“不能达到”简直就是不可忍受的了。这时，各种创意的解决方案就自然涌现啦，不可胜数。

客户们也常会问我：“你在事业上那么成功，是怎么做到事业与生活的平衡的呢?”

天知道，我知道。我那些年没有生活，只有事业，为了事业，付出的代价是巨大的。到头来，几次差点儿被自己“作死”，落下一身病痛，孑然一身。一个人倒没啥不好，我也没耽搁享受烟火般的爱情和长久温暖的亲情友情，但终究还是错过了很多，比如孩子，比如未能给父母稍微多一点的陪伴。这些都已是终生的缺憾，无可挽回。而以如许代价挣到的那些所谓的“成功”，也早已成为尘封的曾经。值得吗？对我个人而言，还是值得的，毕竟，激情与青春都曾不顾一切地灿烂燃烧过。但是，不必付出如此代价，也应该能够做得更好，理想中的事业与生活的平衡，是有可能做到的。

如今，被这类问题偶尔搅起的一丝苦涩，也不会扰乱我的教练状态了，我会笑着说：“我个人经历能提供的恐怕只有反面教材，但当时我只会那么做，而不能做到我想要的平衡，没能兼得我想要的家庭和很多其他想要的。我可不想看到你重蹈覆辙。让我们一起来想想，如何实现你的目标：事业与家庭的平衡。”

即使客户没有主动提起这个话题，我也会在合适的时候主动地问问客户家庭的情况，自然地引出这个话题来，百发百中。早提出来，早些找到目标和方案，不仅对客户有益，而且能惠及客户的家庭成员。每当听到客户眉飞色舞地“汇报”成果，教练特别欣慰。

意义、目标容易找到，但建立并固定相应的习惯，很难。往往逢到公事紧张，家庭总是首先被迫退居后位，再渐渐被习惯性地忽视，又渐渐回到原来的习惯模式去了。而企业中的挑战哪有休歇啊？业绩好，就要乘势抢市场份额，业绩不好，就要痛心反省直至想出办法扭转；行业下行，就要坚守、熬住，行业转暖，就更要全力冲到前几名；晴天修路，雨天接漏，逢节日搞促销，遇周末整文化，好不容易春节了，领导们都得陪大领导去给战斗在一线的员工发红包……没完没了，无尽无休。我太理解企业家与企业高管的生存环境了，也只能喋喋提醒：家，是你终要回去的地方，请珍重。

你在忙事业时，父母已老迈；孩子们长成时，你已老了。亲欲伴而子远游，子欲养而亲不待，哪个更痛？有些重要的事，不要等，也等不得。不要给自己找借口，那只会留下后悔，可能是终生的遗憾。

以上分别谈了事业规划、时间管理、重要关系、工作与家庭的平衡，其实，这些事本就是一体相关的，因为每个人都是完整的，不只有事业。

没有时间陪伴家人，就先努力用有质量的陪伴来弥补，学几个教练式问题，就能瞬间提高陪伴的质量。认真用“双非法”梳理，检视清楚时间都到哪儿去了，再经常性地梳理流程，就能梳理掉很多芜杂，进而惊喜地发现，于公，效率提升，于私，突然多了一些时间，可以去做“非做不可的事情”。自制一个重要关系行动历，就可能在关系网中更加从容游刃，在企业中的影响力也可显著提升。而个人的职业规划，也理应将家庭、家人纳入考虑，这是成年人应尽的责任。

已有那么多成功案例和经验，都尽量试试吧，而且，有益无害。

在我上过的第二个教练课程里，曾听过“生命平衡轮”之类的工具，当时我觉得这有点儿虚，没认真做。当有一次老师布置大家在课堂上将近半天时间，每个人都要写出至少一百个愿望时，我简直都有点儿愤怒了：这么贵的课费，就这么戏弄我们啊！那时我更感兴趣的是技巧、技术，想多学一些“好问题”，想学会如何开始做教练。后来我才逐渐认识到，生命，是一个有机的整体，只有各方面得到基本平衡，生命才有得以健康前行的轨道与持久的动力。

我把“生命平衡轮”（见下图）放在这里，可以对照个人的兴趣、偏好，修订增减轮子的辐条，经常“检修”一下，若有某个或某项的分数太低，就需要修理维护啦。一生，可能挺长的，总在颠簸不平中全速向前，磨损和噪声都太大。如果生命的轮子总在不平衡的状态，即使能跑动一时，又如何能走好一生呢?

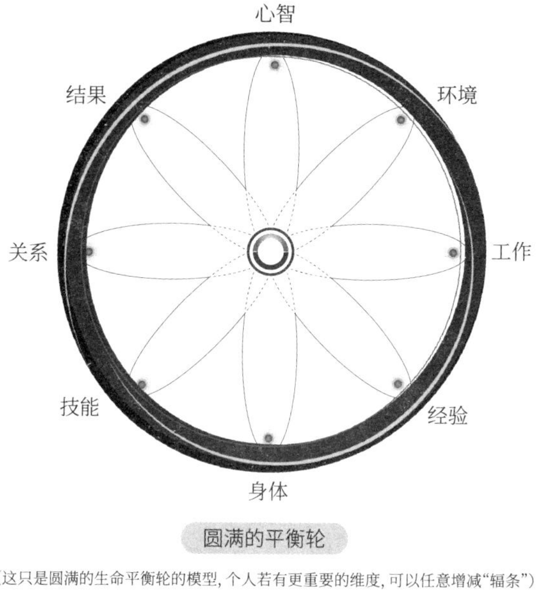

图 20-1　圆满的生命轮

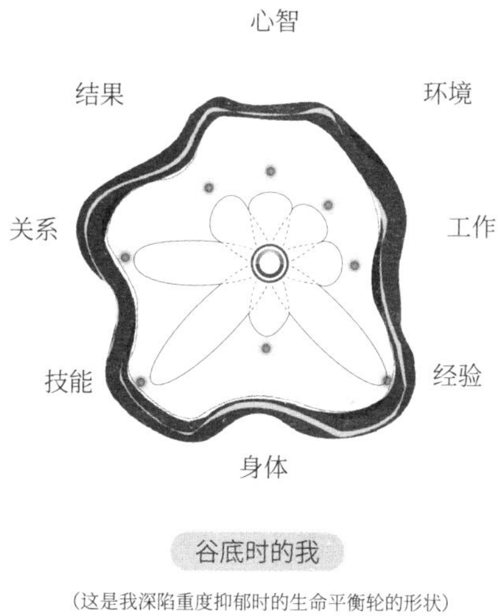

图 20-2　处于谷底时我的生命平衡轮

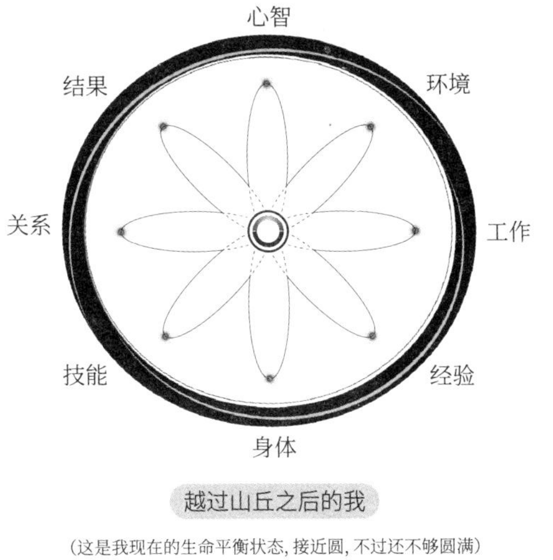

图 20-3　越过山丘后我的生命平衡轮

五、职场领导力应用“指南”

初学教练时，我就问老师：有没有“不可教练者”？老师并没有直接给我答案。

后来，我自己发现了答案：“不可教练者”，就是那些没有改变意愿的人。比如，修行的僧人，人家修的就是无欲无求的境界，你偏要问人家“你理想的目标是什么”，偏要激发人家的潜力，闹不好会走火入魔呢。我觉得此喻甚妙，给自己暗暗喝个彩。

过一阵子，又有了“新发现”：那时候，我自己拎着教练工具箱满世界找被教练者，话说，我还没能把课堂上那些舶来、经过翻译的“教练问题”消化为正常的“人话”，而且，“好问题”常用得不是地方，很容易把别人绕糊涂。别人被绕“糊涂”，我并不认为是自己的问题，一言不合，就会把人家归类为“没有改变意愿者”啦。对别人贴个标签归个类，可比找自己的问题顺手多了。

那么，究竟有没有不可教练者呢？我现在的认识是：教练确实具有普适的，甚至不可取代的意义和效用，同时，也确实会有一些人，在某些阶段、针对某些问题，教练未必是最有帮助的形式。拿最简单的象限图（如图所示）来说明：

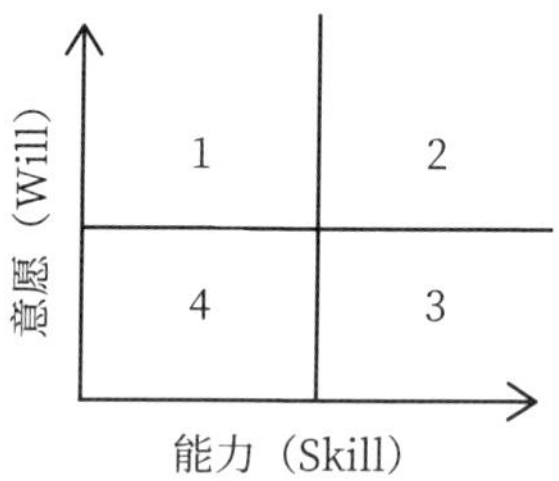

图20-4　意愿/能力矩阵图

简单分析一下上面的意愿 / 能力矩阵图：

1. 左上的象限：表示意愿高、能力弱。

处在这个象限，会有多种可能，比如：

1）刚被提拔的干部。他们通常都热情高涨，但以新岗位的要求来看，能力就很可能显得欠缺了。（我在职场多年，多次处在这个象限：每逢提拔，心里都是高兴的，但这种高兴迅速会被焦虑所取代——新的岗位要求的很多技能都是未曾学过的。）

这时，教练会有所帮助，更需要留意的是重要关系以及思维习惯、必要的知识和技能等几个方面。视个人的情况，可以配备教练，但单独配教练未必是最有效的，配备师父与上级的帮助和指引，才是必要而重要的。有些企业会有一些类似“新官上任百天计划”的项目，就是针对新任中、高管的，如果做到实处，是很有意义的。还应该辅以一些针对新岗位的技能培训。

2）刚刚走上社会的大学生。他们对企业好奇，对事业充满想象，有很强的学习与做事的意愿，但是，还啥都不会——在学习阶梯上处于

“不知道不知道”的初级阶段。

这时，更合适的帮助，是能够手把手引进门的师父，比如，已经工作一两年的学长学姐，以及能给予明确指引和指令的上级管理者。如果不能在较短时间内帮助新进员工跨进门槛，他们也许很快就会跌到左下的第四象限去了。

近年来，企业越来越重视校园招生，投入越来越大，但新入企大学生的短期流失率却有持续走高的趋势，这笔账，其实挺容易算清楚的。

2. 右上的象限：表示能力高、意愿高的明星族群。

企业愿意出资请教练的，基本是这类人群，不仅希望他们能更好地完成现有岗位的职责，更期望看到他们更快地成长，以承担更大的挑战。这类人群也很适合且值得教练辅导。

这类明星人群，有时会因深知乃至习惯了自己的优秀而有些“满”，甚至有些盲目地坚信自己能够继续成功，他们被过去的成功激发到很自信，甚至可能太过自信了。这时，我多半会施以有效的“刺激”，刺激到他们的盲区。要刺激得够力度，狠到足以帮他们从自得自满的井中跳出来，找回清醒思考与主动学习的能力。

3. 右下的象限：表示能力强，意愿低。

这种类型里也会有多种可能，举一例：

经验丰富，能力很强，但因为常年疲态或是想要生活平衡等，不愿意再“争取上进”，这种情况，教练是很有激发空间的。这类人群，也特别值得企业留意。可惜，他们往往因为“意愿不强”而上不了企业的“明星”名单，也就轮不上教练“待遇”了，真的很可惜。

我还遇到过好几位企业家客户，竟也属于这一类。

企业做久了，会很疲劳，所以四处爬山下海出洋游学，打算充充电赋赋能，久而久之，竟在山海、课堂之间流连忘返，把企业放在一边。往往到出了大问题，才不得不回到企业力挽狂澜，实际心思还在路上，意愿还没跟着回来，人觉得特别累。这时，重新探询做企业的初心、企业对企业家的意义，是教练要做的第一步。

4. 左下的象限：表示意愿低、能力弱。

1）刚刚上岗不久的新员工。他们进到全然陌生的新环境，不知所措。那就需要培训，需要师父带领。

2）安于现状混日子、不求上进的员工。那就需要明确的管理要求，甚至申明纪律，乃至于劝退。

这两种情况，一般都不会进入外部教练的视线，但管理者应用教练式绩效辅导，会是对症有效的方法，兼有效果与效率。

3）曾经的明星。他们暂时遇到挫折，就赌气地落到这个象限待一阵子。如果是这种情况，教练可能是很恰当的选择。但教练做不了主，最重要的还在于企业对人才的态度：如果真心珍惜人才，即使不请教练，也应用心关注、激活这些一时黯淡的明星。

我就遇到过不少这类的“例外”：本来是很优秀的高管，在企业组织变革之类的关口出于各种因素（未必是绩效和能力）而被“调整”，被暂时“安置”在某个低阶闲职，这种情况下，教练可以发挥的作用是非常大的。

我就主动下手“捞”过几个（他们已经不会被包括在教练合约之内，都是由我主动挤占个人时间免费辅导）。我之所以能主动下手，是因为凑巧已经了解他们，与他们之间也早有信任基础，我会毫不留情地刺破他们嘴上说的“心里很平静”的假象，激发他们为自己负责的意愿，去证明自己的优秀。无论做点儿什么还是学点儿什么，都比任由自己沉浸在委屈中无所事事要强。我力所能及下手捞的那几位，都得到了很大的帮助，其中多数，都继续在企业中发挥能力和能量呢。

可惜，臂长不及，也就几位而已。真希望企业能在临时“安置”之外，重视这类特殊人群，毕竟都是久经历练的好干部，对企业和企业的文化理念都已有深度认同，是企业的宝贵财产，值得用点儿心思，重新激发、任用。轻易地任由他们带着愤懑与委屈流失，甚至流失到友商战阵中，那可就是加倍的损失了。人才难得，这样的努力是值得企业去做的。这个账该怎么去算，其实也很明显吧。

我很喜欢简单明了而又灵活丰富的工具，比如这个“意愿/能力矩阵图”，对应着不同的“领导力”应用类型：领导、师父、教练，甚至“大哥”，以及各种角色都可以加上的教练式，管理者、领导者都可以参照使用。

领导者们在与团队重要成员谈话时，应着重观察对方的状态（处在哪个象限）以及状态背后的原因。这本来就是领导者和管理者的本分，也是所谓“教练式领导力”“教练式绩效辅导”的重要抓手。可惜，领导们往往更喜欢说教、指令，甚至骂人，这样看似更觉痛快，其实并非全然如此，激动、愤怒会导致血压高、血糖高、头痛、失眠、心情糟糕，也使管理者和领导们错失了很多观察、理解与激发人性的机会，这本来都是每天每时唾手可得的机会。

多年来我已养成习惯：每次结束教练对话之后，都要自己复个盘、反省一下。虽有这个习惯，但反省也会经常不到位，比如，若是遇到顿悟时刻，“反省”就会变成给自己喝一声“漂亮”，然后撒花结束。再比如，经常反省到自己话又多了，还总是会重复地犯，习惯的力量太强大，性格加上习惯就更难改。但无论如何，每次复盘是个好习惯，两千多次复盘，总是会沉淀下一些更深刻的理解，再化为行动上的精进的。

我逐渐形成了自己的教练理念：

1. 坚信：每个人（对于解决他自己的问题）都是全面完整、资源丰富、富有创造力的——这一条，基本符合教练的哲学和理念。

2. 教练的唯一评价标准：客户是否得到帮助。教练所采取的方式，应以客户利益最大化为立足点——这一条，我个人认为，也符合教练的原教旨。以此为基本立足点，该"破戒"给建议时，就给了，不纠结。

3. 帮助优秀的人更优秀——这一条，不符合经典，也不大"正确"，但是符合我自己的生活规划和价值观：悦己，方能更好地利人。与优秀的人在一起，非常愉悦，有正反馈，有利彼此刺激、共同成长。

这三个理念，简单来说就是：

- 笃持教练信念
- 客户价值为先
- 助优秀者卓越

恰成三角，挺平衡、挺稳当。不过这只代表我现在的认知水平，不知今后会有什么新的认知。我愉快地期待着不断演变、进化。

我很期待进化，倒不是说盼望着总是颠覆自己，天天颠覆，忒累，活到这个阶段，对一些基本的理念和价值，也都须有些准谱了。教练这个行当，已经自带筛选机制，我能遇到这个事业，从而能有幸自优秀的人群里选择更优秀的作为客户和伙伴，已是莫大的福气，自己也得做个靠谱的教练，方才配位。

第二十一章

教练式领导力

“教练式”，就像一顶神奇的帽子，戴上它，有助各种角色的质量。

笔者说

这一章谈教练式领导力，我认为非常重要。无论是企业家还是高管，都应该能觉悟到并且能学会。即使不在领导岗位而只是想要提升自己的影响力，或只是想建立并维护各种良好关系，每个人也都能找到“教练式”的应用之处。“教练式”，就像一顶神奇的帽子，戴上它，有助各种角色的质量，比如，教练式父母、教练式老师、教练式子女、教练式闺密、教练式朋友、教练式伙伴、教练式爱人……万变不离其宗，而且，也都是有百益而无一害的。

· · ·

企业，无论大小，无论传统或新兴，都已处在所谓VUCA时代了。

VUCA本来是一个军事术语，指最不利于作战的气象、地理、信息等综合条件。VUCA 时代的企业领导人与管理者，无论多么资深，无论曾有过多么辉煌的战绩，也都无可避免地处在看不清、拿不准的常态，即使觉得看清楚了机会，也往往都是没做过、没有手感经验的“新物种”。企业能否存活、能否制胜的重要条件之一（甚至是最重要的机会），就是激发各级员工的主动敬业。

提到“敬业”，很多企业的员工可能都会说：“我们都‘996’了，还要怎样敬业啊？”很多高管可能也会说：“我们早就是‘007’啊！还能如何？”这其实说的是“加班”，大致属于劳动合同和劳动法应管的范畴。“主动敬业”，并不等于“加班”。关于“主动敬业”，我认同盖洛普公司的定义。

盖洛普公司历史悠久，对大型的人群调查富有经验。美国建国后的第一次人口普查以及第一次全国性的总统选举的民意调查，就是由盖洛普操盘。2013年，盖洛普做了一次大规模的职场敬业度调查，触达几十个国家的上千个企业，面对面访谈的人群多达百万，大概注定会被记录为恐龙级“史前纪录”了，互联网的兴起再结合计算技术的进步，已使面对面的真人访谈失去了必要性：如今只要跟随你在网上以及线下的踪迹，就可以计算出连你自己都未必知道而且更准确真实的信息，相信盖洛普也必须转型了。也因此，2013年的调查就更具有历史意义。

这个职场调查，对于部分国家的平均职场敬业度的信息见下表：

表21-1 盖洛普2011~2012职场敬业度调查表（摘录）

国家	敬业度
中国	6%
美国	30%
巴西	27%
俄罗斯	19%
印度	9%

注：根据盖洛普调查，优秀公司的敬业度为67%。

每当我在课堂上展示这个表格，无一例外，立即遭到所有人一致的强烈质疑甚至责难！

“我们团队的敬业度无论如何都属上乘！”

“无论如何，中国企业的平均敬业度总不会比××国还低吧！”

“这个数据明显谬误！”

“这个公司用的是什么模型？什么方法？”

…… ……

简直引起“民族愤慨”了，令我想起莫师父遭万人集体嘘声的场景。

等喧哗稍息，我再请大家仔细读一下这一行：

“盖洛普对‘敬业度’的定义是：员工对企业主动投入热情和智慧的程度。”

关键词是：主动投入，热情，智慧。

当我邀请各位领导描述一下自己企业、团队的“敬业”方式和关键词时，出现频率最高的词汇都集中在：吃苦耐劳、当责、执行力，以及加班……然后，现场就会比较安静了……

“敬业”，可绝不只是各种主动或被动的加班，甚至不只是接受指令的执行效率哦！企业以及各级领导，最应关注的是如何能使得自己的员工们主动释放出热情和智慧！

教练，就是专注于激发个体的潜能、热情、智慧——也就是“主动敬业”。再往前捯，教练在商业企业中得到应用的缘起，就是为了提升绩效，正因为好用，所以成为成长最快的行业之一。

当我在企业讲授“教练式领导力”的课程时，目标更偏重于能在给定的短时间内（一天，甚至半天内），教会管理者如何对下级进行“教练式”绩效辅导。听课的领导们往往都会说：“教练式辅导真是挺好的事儿，但我们没有那么多时间与下属一对一地聊啊。”

听到这类话，我往往充满不屑：难道你和下属每年不谈几次KPI（关键绩效指标）吗？难道你不会隔三岔五就骂一顿人、骂狠了再喝场兄弟酒吗？合着你那都不是一对一？你漠视团队和下属的智慧，当然也就得不到他们的智慧啦。

我当然忍住了，没说出口，而是耐心地反复解析，教练式领导力，重在“教练式”，就是专为帮助领导们提升领导力的现成工具，就是为了帮助领导们容易上手、使用，从而尽可能地激发团队的热情与智慧。而激发团队的主动敬业，就会直接提升绩效。

我做这个课程是很用了些心血的。首先，领导们都忙，得把课程浓缩到一天甚至半天之内。第一次受邀为企业内部的高管制定“教练式领导力”的课程时，我挺高兴，但听说“课程最多只能在一天内完成”时，简直想哭，我花了那么多时间和心血研习，也才只是窥见宝藏之门阶。只给一天，也太轻看了教练这门专业吧？没辙，客户第一！我只得含泪再去努力编纂课程了，时间有限，但我给自己定的标准不能打折扣：有高度，听得懂，学得会，带得走。

要想让学员们学会，必须设计充分的练习，需让身为各级领导的学员们尽快找到一些手感，从而认识到尽管开始时可能会稍有点儿别扭，但还是可以学会的。

在有限的课堂时间内，需得把工具、流程、各环节的要点统统提醒到位，还要每个人都能充分练习过，还要能浓缩在一张卡片上，以便领导们带走并随手参考。为了有些国际化企业的外籍管理者的便利，课件还得是中英文双语，讲课也得按需随时双语切换，连卡片的英文版都是我一字一句熬夜翻译的。

待呕心沥血、口吐莲花而至气血两亏、唇焦舌燥，竟还收到领导们“就是没时间”的反馈时，我也会忍不住轻松地（冷冷地）说道：

“如果实在嫌麻烦，您当然可以选择不用啥教练式啊。您当然可以继续言传身教啊，前提是，面向充满未知与变数的世界，您样样都会做、样样都能教。

“您也可以继续用你的指挥官式的领导力。在重压与危险之下，人们将启动原始的脑，不再做‘无谓’的思考，团队行动力可能还会增强（人们在恐惧之下真的会跑得更快、力气更大），但行动力可不等同于执行力，下属可能只是蒙眼狂奔，不问东西。那么前提是，指挥官指挥的方向永远是正确的、方法是万能的……

“VUCA时代，祝指挥官们好运。”

其实，所谓“教练式领导力”的初级，只要照着卡片上的流程步骤以及例句就挺容易的，要点不过就是：

领导们在每季度或者至少一年两次的KPI谈话时，按照工具提示，先提问，不要打断，最后再给提示。同时注意教练的三态。

也没有太多其他要求，也就是请上级将贵躯从大班台后移出，与下属面对面坐着，就能有助于形成一点点平等的感觉，再尽量保持目光接触、尽量别打断，效果就能明显好不少。这不难吧？出乎我意料的是：不少老板们竟会自以为是地认为与下属面对面坐，坐一样的椅子很难。有的老板还会说："那样可能反而会使员工感到不适应。"哇，多么幽默的同理心！

我也是做过多年高管和"老板"的人，我的办公室都是全透明的玻璃，除非在开会或谈话，否则办公室的门永远是敞开的，谁来都行，至于非自己动手的思考和动笔之类的工作，留待夜深人静、无人打扰时再做，效率还更高呢！这种"奇葩"的"同理"，确实超出我的理解了。每个月花上几小时，调换一下椅子和位置，来争取得到下属团队的智慧，真有这么难吗？这个账不难算吧？

我会讲到华为如何"僵化、固化"地推行教练式绩效辅导，甚至在绩效辅导季特地请外部教练观摩指导。华为的海外布局辽阔，海外的区域总经理们给下属各国家分总们做绩效辅导时是有时差的，上级跟着流程、照着卡片辅导下属，教练观摩辅导过程，绩效辅导结束后，教练再针对辅导过程给上级单独进行辅导。教练并不管辅导的内容，只就辅导者在辅导过程中的动作、表情、状态等流程要素进行辅导。多么奢侈，华为图什么呢？还不是因为真的有效啊！华为内部开始推行"教练式绩效辅导"时，也是有阻力的，但一旦认定这是榜样（IBM）已证实有效的方法，华为就坚定启动其推土机式的执行力。再后来，各级领导也感觉到了这种方法的效果，就主动争取甚至争抢外部教练的观摩辅导了。每讲至此，都能明显感觉到学员对华为的肃然敬意，然而，能按"卡"

索骥、回去后真正应用的，顶多也就是半数。这肯定有企业文化不同等因素，但究其深层原因，恐怕还在于对员工敬业度的定义以及重要程度的认识吧?

我做老师时偶尔会逞“师道”嘲讽一二，是实在忍不住时的小小放任。这可不是“教练式”。其实，讲课对我而言，是性价比最高的，备课讲课时尽心尽力，课程结束就可以全然放下了。但是，若论我个人的成就感、价值感，还是做一对一的教练得到的更多。

杰克·韦尔奇与路·郭士纳都是我崇拜的企业家。我很欣赏韦尔奇时代的通用电气公司对管理者的“4E”要求与标准：

> Edge——决策力
>
> Execution——执行力
>
> Energy——能量
>
> Energize——赋能

这个标准在今天看来，仍然很适用。在此加入一些我个人的理解：

> Edge——原本就有“悬崖边”“边缘”“刀刃”等意。
>
> 指的是：指挥官们必须具备做出艰难决策的魄力和能力，即“指挥官型的领导力”。若受王冠，必承其重，有些重要决策的分量与后果，都是领导者要承担的本分。
>
> Execution——执行力。
>
> 执行力对于最高管理层而言，更多需要落实在战略、团队、组织、流程与文化上，其要求远远高于冲锋陷阵、攻城略地、于千军万马中取上将首级如探囊取物的个人英雄。
>
> Energy——充沛旺盛的精力和能量（最好不要都耗费在马拉松

会议中才好）。

Energize——赋能。

在今天，应该至少包括以下两重含义：

1）领导给团队赋能的最重要而有效的方式、方法：激发团队的主动敬业。

2）领导亦需要团队的智慧为领导自身赋能！

也就是——教练式领导力。（下附“领导力风格自测表”）

表 21-2　领导力风格自测表

领导力风格	解释	自测：占你的领导力（%）	建议：应占领导力（%）
指挥官型	果断决策，清晰指示	?	10%
英雄型	身先士卒，做出榜样	?	0%
教师型	循循善诱，教授教导	?	10%
教练型	激发潜能，支持鼓励	?	80%

表21-3　教练式绩效计划沟通示例表

PBC结构		沟通内容	价值	辅导关注要点	辅导问题示例
PBC	个人绩效目标	个人业务目标	聚焦业务重点，理清核心工作思路，明确如何支持达成近期及中长期目标	• 个人目标与组织目标是否关联？ • 指标权重分配是否体现工作重点？ • 只有目标，没有具体举措 • 只有具体动作，没有目标	• 你今年的工作重心和思路是什么？ • 与去年有什么不同？这些不同主要是基于什么考虑？ • 与去年相比，哪些目标调整比较大？你怎么理解这些调整？ • 哪些目标最具有挑战性？准备怎样应对这些挑战？ • 衡量目标实现的成功标准是什么？ • 今年阶段性目标是什么？ • 你准备怎么做，如何推动实现这些目标？ • 在××方面，你是如何考虑的？ • 你自己的独特价值贡献点是什么？
		人员管理目标	沟通组织和队伍建设的核心思路，如何支持组织近期和中长期目标的达成	• 关注组织，忽略人员 • 关注队伍，忽略直接下属 • 关注事项，模糊真正目标	• 为实现目标及关键举措落地，你在组织和能力层面面临的主要挑战是什么？ • 落实××（如绩效管理）要达到什么样的目标？推动什么样的改变？ • 你负责队伍最大的挑战是什么？你准备怎样应对这些挑战？ • 组织和人员目标支撑哪些近期和中长期目标的实现？ • 对于直接下属，您准备解决哪些挑战？
	能力提升计划	个人能力提升	聚焦个人关键能力短板，探讨提升的方法	• 聚焦组织能力，而非个人能力	• 你的××能力短板对业务有什么影响？你做过哪些尝试？你希望得到什么样的帮助？ • 我观察到，在××方面上，你是这样处理的，你觉得有哪些需要进一步改进的地方？ • 你是不是可以做一下××方面的尝试？（个人经验分享）
结束例句：		1.请你总结一下沟通后的行动。 2.我来总结一下我需要提供的支持和资源。 3.对今天的沟通，你的感受是什么？			

关于这张表，还有几点需要提示：

- 最后再提出建议。
- 落实资源支持。
- SMART结束——双方的行动。
- 询问对方的感受。

这个“绩效辅导卡”，是借鉴学习了华为内部曾使用的格式，但并非照抄，若说抄，也是抄IBM的。

二十几年前，路·郭士纳领导IBM大转型不久，就开始使用“个人业务承诺”（PBC，Personal Business Commitment）代替“KPI”了。PBC须包括销售额、利润等关键业务指标，但不只是数字指标，还有为了完成经营指标所必需的相关的能力、重要任务等指标，类似谷歌推行的目标关键任务（OKR，Objective Key Result）。其实早在二十多年前IBM的“PBC”就已包含了KPI和OKR，只是那时候还没有“OKR”的名字。与传统的绩效计划最大的不同在于，PBC是先由每个业务代表、业务经理自己做出承诺，是由前线人员提出、自下而上的，这不就是“听得到炮火的人”吗？几年前我再次见到“PBC”这三个字时，倍感亲切，当年我在IBM时也写过的！也再次被华为的执行力震撼：他们决定推行，便将PBC与教练式绩效辅导推行到位、推行到底，连“PBC”这三个字，都烙上了强烈的华为气质和纹理，经过十几年代际更迭，很多华为人都以为这就是华为自己的原创了。

现在有很多企业以华为为榜样，还有很多“前华为”的“专家”另起炉灶，在市场上推行华为的“秘籍”，然而在我看来，很多华为能做到的东西，未必适合其他企业，原因明摆着：企业创始人不同、战略不同、文化不同、激励机制不同。比如，华为能做到“杀人如麻”，前提是，同时能做到“挥金如土”“不让雷锋吃亏”，而很多企业所处的产业与积累都很不同，如何能希冀照搬移植呢?

倒不如先从这些现成、可学到、好用的基本套路学起、做到，对管理者与团队能力以及团队的士气氛围产生明显的提升。

如果觉得照着卡片的“小白”操作指引仍然做不到，还有一个入门级的招式：在直接给指示或责骂批评之前，先问三个问题，最后再给必要的指示以及资源支持。

1.关于××问题，你的想法是?

2.还有其他可能的做法吗?

3.如果按照你的想法去做，你觉得会遇到什么阻碍？需要什么资源?

只“三问一给”，挺简单吧？但前两年我再次给丹鹏传授时，他依然如第一次听到，其实他从我这儿可不止一次“收到”呢。

领导们如果能坚持问出这三个问题，就是在给团队成员贡献智慧的机会，也就能逐渐激发团队成员主动思考的习惯，要远远强于凡事听上级指示而使团队逐渐处于习得性无助（Learned Helplessness）[1]的状态；而且，你的团队成员无论如何都比你更接近客户、更接近前线，是“能听到炮火”的人。最起码，你能够了解到团队成员的真实能力和状态——这是领导们最基本的责任。

领导们，要么，自己具备无所不能的智慧；要么，给你的团队创造能够发挥智慧的机会。而在VUCA时代，大约只有后一条路才能行得通，靠得住。毕竟，企业在给员工付工资绩效、几险一金以及各种培

1 行为心理学的一个著名实验，实验狗被关在笼子里反复电击，无法逃脱；在取消限制、笼门打开后，再电击时狗也只是忍受而不会逃跑了，它们“习得”的是：反正逃不脱，认命了，不再发挥主动性。

训/培养，更充分地激发他们的主动敬业，难道不是领导两个字的题中应有之义吗?

“教练式辅导”“教练式提问”“教练式沟通”，或者笼而统之的“教练式领导力”，不是给领导们添麻烦，也不是为了让下属们感觉好，而是回到教练的起源初衷：无论是激发潜能、激发热情、激发智慧，还是激发主动敬业，都是为了提升“绩效”！

杰克·韦尔奇说过，“每个企业家都首先应该是教练”，这在学习教练的课堂上几乎必被引用，毕竟，企业与企业家对于教练的了解和接受程度还很有限，既然由一位“20世纪最伟大的CEO”亲口说出，当然要尽量引用。然而毕竟，像杰克·韦尔奇、史蒂夫·乔布斯这样充分享受过教练之妙用的企业家，仍在很少数。更多企业家们，在听到“教练”时，往往首先衡量教练的经验背景，如果觉得与自己如今的地位、企业的规模等“不相匹配”，就不再问津。其实这种“匹配度”的衡量，若是寻找顾问或是导师或是助理，可能还比较合适；教练，是另一个专业，另一个境界。每个人都需要一个教练，而企业家更需要、最需要。

以上，讲的多是“绩效辅导”，目的性很强：供各级管理者和领导者在与下属团队沟通时，用“教练式”的方法，激发团队成员的主动思考 / 智慧，从而提升绩效。

前文中我也反复提到：“教练式沟通”在家庭关系中很好用，甚至更好用。以下，再补两个“教练式”在“绩效”之外、家庭之内的应用。

我在课堂上宣讲教练的哲学时，常常会被提问：“小孩子也可以吗？”是的，连小孩子也如是：全面完整、资源丰富（解决他自己问题的）富有创造力的天才。而且，更容易被激发唤醒，只需要家长给一点儿耐心，提几个教练式的问题。

有一次，上过我的教练式领导力课的一位女士，课后又费挺大周折找到我，就为告诉我这件“神奇”的事：

“我儿子四岁多，特别淘气，总被幼儿园老师投诉，我每次都要向老师道歉，回家再教训儿子。那天上完您的课，又接到老师电话，说我儿子抢小朋友的玩具，把人家弄哭了，老师很生气。我当然又道歉，也很生气。但那天刚听完您的课，转念一想，这回我不按套路批评他了，多少次了也不管用。我就试试，只问他‘教练式问题’，忍住，不教训、不评论，问着问着，他自己说了：‘嗯，这样好像是不太好，如果我是那个小朋友，我也得哭，比他哭得更厉害。’

“然后我问他，那你觉得该怎么办呢？他说他要想一想。我使劲忍着，真就忍住了没再重复该怎样向老师、小朋友道歉之类的，其实这套磕儿都重复很多次了，没用。

“第二天早晨，我告诉自己，继续忍着，忍住！目送儿子进了幼儿园，只见他走到老师身前，两只小手拉住老师的手轻轻摇晃，也没说啥，就是大眼睛水汪汪地看着老师，老师一愣，就眉开眼笑了。敢情他自己知道怎么做是最好的，比我教的那套道歉的办法好使多了。”

我好奇，问这位妈妈都提了哪些“教练式问题”，她一口气说了好几个：

“今天发生什么事啦？”（孩子答得倒是挺诚实的。）

“你的感觉如何呢？”（孩子说：小朋友哭、老师批评，都不开心的，还担心妈妈又要骂。）

“那你希望怎样呢？”（孩子说：希望大家都高兴。）

“那你觉得有什么办法吗？”（孩子说了一堆：给小朋友带巧克力，把玩具给他玩。）

“真好。还有吗？”（孩子像小大人似的，说“我得再想想”。）

看来，孩子认真想了，所以有了小手拉大手、阿姨尽开颜那一幕。

这辅导过程堪称经典，要素具备，行云流水，达到了高效激发的效果，我由衷赞美。

孩子毕竟是孩子，他们需要长到十八岁才能把人类早产的大脑功能基本发育完全，也不可能因为一次“教练式”沟通就不再顽皮，但是这种“教练式”沟通有助于逐渐培养起孩子的同理心和好的习惯。大多数父母都没有受过“如何做父母”的培训，他们的榜样就是自己的父母，最常用的就是反复说教、教训，甚至体罚，而完全不了解小孩子在每个发育年龄的内在变化，不了解孩子在各个阶段的需求。家长该去学习如何做父母，并学着做教练式的父母。

另一个例子，我觉得更神奇，也是学员告诉我的：应用“教练式”沟通改善婆媳关系。

这位学员是已婚女性，孩子刚上小学一年级，夫妻俩都很忙，婆婆一直帮着照顾孩子，以前“因为理念和习惯不同”，婆媳之间常常龃龉，以致夫妻之间、婆母与儿子之间的关系都挺紧张。婆婆是受过高等教育、有知识的，“说起来理论一大套，根本说不过她”。学员满脸都是无奈而委屈。

我好奇：“你要说服她什么呢？”

学员竟然语塞，想了一会儿，有点儿不好意思：“其实也没啥大事，就是我回家后就想和孩子亲热一会儿，婆婆就会嫌我打扰孩子的作息习惯，难道我这亲妈上班一整天了，回家都不能和孩子亲热一会儿吗？”说到此，竟然委屈到眼圈红了。

清官难断家务事，家务事里最难断的属婆媳关系。更何况我也没这经验啊，只能重复一些教练式沟通的要点，以及“共情”的心法之类。她听得认真，若有所思：“谢谢教练！”然后走了。

过了几天，她兴冲冲地跑来报告：

“我好好想了想，我婆婆疼孩子，这是我俩最基本的共同点，再说了，她把孩子带得可好了，无论是营养、健康，还是作业，都是她负责。就是有点儿教条，非得按照她老人家认为最科学的日程表进行。其实这也没啥毛病。我这一共情，不但不生气了，还觉出老人家真够不容易的，要是让我带，我可做不到这么好。”

说到这儿，她停下来问我：“我这算是‘共情’吧？”

我笑道：“算，算。你做得很好。”

她高兴地接着说：“接着我就尝试‘教练式沟通’了。”

我充满好奇地期待她继续说。

“我和我婆婆说，您把孩子照看得这么好，真是很辛苦，我还经常给您捣乱、惹您不高兴，对不起，请您原谅吧。”

她又认真地对我说：“我说这些话是很真诚的。”我忙点头表示相信。

“我婆婆也能看出来我是真心的，嘴上没说啥，但看得出来她有点儿高兴呢。我就接着说：‘我就是上一天班挺想孩子的，回来就忍不住想和他玩会儿，您给我指点指点，我怎么做才合适呢？’

“我婆婆先有点儿警惕似的，后来见我是真心请教，也就和我好好说话了，她说：‘知道你想孩子，哪有妈不想孩子的？我当然理解。我就是想着，要尽量给孩子培养好习惯，你回来有时早了，孩子还没做完作业呢，一疯玩，作业就耽误了；有时回来又挺晚，也不管孩子玩兴奋了耽误睡觉，第二天孩子得早起，睡不够怎么行？’

“我连连点头，其实她说得确实有道理。我婆婆见我态度很端正，就接着说：‘咱商量一下，每天做完作业到晚饭前，晚饭后到睡觉前，你尽可以陪孩子玩，睡前你就别逗他疯玩了，顶多读个故事也就行了，别耽误他睡觉……’

“我满口答应了。我婆婆高兴，还给我讲了好多我丈夫小时候的事，我头一次听说呢。这是我结婚以来，与我婆婆聊得最多、最好的一次，我发现我婆婆挺可爱的，还挺好看的呢！”

这几段，全是婆媳之间的妈妈论儿，可超出了本教练的经验边界，人家把“教练式”的基本心法运用得相当到位。叹服。

这再次验证，在家里，“教练式”甚至更好用。重要的话要多说：教练式，有百益而无一害。

第二十二章

流程、能力与榜样

孔子评价弟子子夏与子张：“也过”“也不及”，亦是我辈应持之为诫的。

笔者说

研习教练以来，上课很多，学过不少流程，也听过十几位大师级教练（MCC）的讲授，从中得到很多领悟。教练的基本能力，需要通过好的流程才能更充分地体现，将价值传递给客户，而课堂上的大师级讲师们，则在以其讲解及各自的“三态”（姿态、状态、心态），给刚刚入门的菜鸟教练们做榜样。这一章，就谈流程、能力与榜样。

· · ·

每次听奇普大师（Mr. M. Chip）的课，他都会讲到要“Worship Process”（敬畏流程）。我常用常悟，仍在逐渐领悟融会其妙用的途中。在此，选两个教练的辅导流程来分享。这两个流程，是我在修习教练的途中一直常品常新的。不只是教练流程步骤，其底层的心法更重要。打个比喻：流程好比是船上的舵、车上的仪表，使我们不至在辅导中伴随伙伴的自由漂流迷失了方向。

一、GROW

GROW，是于20世纪80年代应用于商业企业的第一个教练模型，至今经典，仍然实用、好用。

后来学过、见过的不少模型，大多都明显带有GROW模型的痕迹，通常的做法是变个形状，比如，拉伸一下，把四步变成五角，或是把圆环式的流程改装成直线、螺旋之类的，再组合几个字母命个名，最好是谐音梗，就貌似一个新模型了。在我看来，这类“改装”没太多意义，很多还不如GROW原型简洁清晰。

GROW，代表包括四个步骤的教练辅导的应用模型：

1. Goal（目标）。不仅是客户说出来的目标，还要挖掘出目标后面的意义，通过挖掘，往往会发现更深刻、更重要的目标。意义重于目标，看清楚意义，就会坚定实现目标的意志和决心；同时意义又能定位目标。（意义往往是需要认真挖掘才能看清楚的，这正是教练的重要价值所在。）

2. Reality（现实）。如果看清楚现实与目标之间的差距，以及为了实现目标，必须克服哪些最主要的障碍，那么路径也就随之清晰了。现实与理想之间的差距往往是很大的（否则客户自己就可以解决了，也不必拿到教练辅导中来谈），这一段过程，如果没有之前深度挖掘的“意义”作为支撑，进行起来就会很艰难，甚至难以逾越。

3. Options（选择）。这个阶段，需要教练陪伴客户展开头脑风暴，可能的行动方案越多越好，方便后面制定行动方案时有更多组合和选择。这时，教练只管鼓励和“煽动”就好：“真棒！还有吗？……还有吗？……”根据我的经验，须得至少问出十几条来，否则，就谈不上风暴级。要知道，这件事对客户很重要，他可能已经独自想了很久，务必要在意义与激发之下，刺激客户主动想出更多可能性，节奏要快，气氛要高涨，所以，要“风暴”。有时客户实在说不出来了，我会问：“你希望我给你建议吗？”“当然！”“你希望我给你什么建议？”（注意：节奏要快！）客户就会下意识地冒出新的想法，而且多是直觉或下意识中生发出来的妙招，很有价值。这个阶段开始之前，务必提醒客户，每一条都要他自己记下来，他在落到纸上时，往往又是一个下意识的整理和创作过程。有了足够的创意，才方便进行下一步——制定有效的行动方案。

4. **Will（行动，意志。第四点的“W”也可解释为“What、When、Who”，指行动计划）**。这时，客户要制订行动计划。教练常用的几个问题包括：

1）“你选择这几个行动的考虑是？”

2）“可能遇到的障碍是？”（客户兴奋时，可能会因冒进而忽略障碍。）

3）“遇到障碍时，你可以找到的资源和帮助是？”

4）“如果完成这些行动，距离你想实现的目标，会是什么样的状况？”（客户保守时，需要提醒他目标，以及那个目标所代表的意义。）

以上这些问题，都是为了帮助客户从各个角度思考行动方案，在这个环节之后，行动方案往往会更加周密可行。

在结束此次辅导谈话之前，教练还有最后一个问题：督促并检查行动。也就是所谓“教练SEA”或“支持鼓励问责”中的“问责”这一步（SEA，Support、Encouragement、Accountability的首字母，谐音“海洋”，便于记忆）。

教练手中没有KPI之类的“大棒”，所以“问责”也是很温和的，像这样：“你愿意让我知道你执行行动计划的进展吗？”“何时让我知道呢？”

教练的问责也仍然是很有力量的，我常听到客户告知行动进展时说：“真的好难！幸亏当初您一再问：‘会遇到什么障碍吗？如何应对呢？’”然后很骄傲地“报告作业”。教练这时会很高兴，因为客户又接近了他自己的目标。

这四个步骤的流程，可以随时根据实际情况在某几个步骤中形成小循环，并非单行道。

举个例子：客户进行到第三步甚至第四步时，突然说道：“我刚意识到，其实我的真实问题可能是×××！”

这往往才是更深层的、更根源性的、对客户更有价值的话题；他可能是之前没想清楚，还不太想说，或是刚刚才觉察的，教练一定要接住。放心，之前的探索和信息都不会白费的，从表面看，辅导的流程走了“回头路”，其实，正是因为有了前面的探讨，才能走到更深的地步，客户才能有更深的觉察。但可能就需要重走某些步骤，甚至要重新走一遍流程。这时也一定要走完，再来一遍：理解、挖掘意义、确立目标……

我已经很习惯这类“反复”，甚至有些期待。随客户“反复”过，能确保够深入，也更能体会到GROW模型简单清晰而富有弹性、可以无碍循环的妙处。

GROW是最早也最经典的教练应用模型，是20世纪80年代初由约翰·惠特默爵士（Sr. John Whitmore）提出，并在英国率先开始在商业企业中推行的应用。惠特默爵士写的《高绩效教练》，其中的应用模型，就是GROW；书的内容至今仍不过时，书名也起得好，不仅是学教练者必读，在企业圈也受欢迎——企业家最想追求的就是高绩效。

美国人蒂莫西·高尔维的《网球的内在游戏》一书，被公认为商业教练行业的发端，那是20世纪70年代。商业教练的第一个应用模型与在商业企业的应用，则是英国的惠特默爵士之建树，先行于20世纪80年代。而托马斯·伦纳德，原是一位会计师，后投身于教练事业，1995年在美国创办国际教练联合会，被尊为“教练之父”。就对于教练事业的贡献而言，这三位都是奠基者与开拓者，难论伯仲。

从职业历程上来说：蒂莫西·高尔维是网球运动员出身、运动心理学家，而惠特默爵士的职业生涯则是起始于职业赛车手。体育—教练—激发—绩效，沿着这条教练的起源与应用的线索，欧洲与美国的教练行业就历史性地汇合了：惠特默爵士在欧洲推行教练在商业企业的应用之后，又与美国的蒂莫西·高尔维一起建立了“内在游戏公司”，提出并推广了在运动与培训方面的新思想和新方法，使得商业教练这个专业，得以迅速向深度与广度两个维度发展、蔓延。

我不由得又想起莫师父、比尔·坎贝尔这两位“运动队（式）教练”，他们都是出身于运动员，后转为体育教练，都没有上过什么商业教练的课程，体育与商业教练真是基因相承、要义相通。

GROW模型已经形成将近四十年了，但仍繁茂不衰，因为它的根基牢靠——激发人的主动性，从而提升绩效。其与ICF的哲学信念——“激发人的潜力和潜能”，或再换上“激发员工的主动敬业”，都完全契合，而这也正是所有管理者、领导、企业家们最孜孜以求的吧。

随着教练应用及其支撑理论基础的快速发展，GROW模型的应用也在持续焕新、常新。

二、叙事性流程

我在奇普老师的课上学到的一个教练辅导模型，叫作“叙事性流程”（Narrative Coaching），这个模型没有定式流程，完全随着客户的叙事流淌。凭着“全人版图”（Human Landscape）这个“地图”，无论客户曾如何迷失在复杂的问题和情绪中，教练总能引导他们走出来。可以说：全人版图，是叙事性模型的心法，而叙事性流程，是“自然叙事＋全人版图”。

我觉得，叙事性流程是最自然、最优美的教练辅导模型。

奇普，肤色黝黑，看不出年纪，五官硬朗俊逸。是有上万小时辅导经验的大师级教练。如果他在课程的最后一天穿上中国的长衫，那就是要说起中国的老子啦。奇普是黑皮肤，非洲裔，那时竟颇具几分中国古人的神韵，毫不违和。

课堂上，奇普更像是军队的教官，光头锃亮，只差马裤、马靴、指挥刀和一个哨子。当课堂上分了十几组同时练习时，可以想见那一片如蛙群噪塘的喧闹，而且是中文的喧闹，他却能明察秋毫，随时“飞”到任何一个姿态动作或精气神不对的学员面前加以纠正。上过他的课后，对那些教练基本的应知应会与禁忌，在梦里都不会忘记了。

我在奇普的课后，又为他的某个课程设计环节扮演过几次客户角色，扮演一个基本不配合的愤怒的高管，我演来可谓毫无障碍，按以前职场中的本色出演即可。我很乐意地义务帮忙，其实也为了能趁机多观摩他的“叙事性辅导模型”的示范。

奇普示范的叙事性模型，起承转合，全随客户，不落痕迹而探遍“全人版图”，陪伴客户走出迷宫，找到自己的答案，实在令我目眩神迷，叹为观止，上课、练习再至又观摩三次之后，才敢说终于窥得一些心法。心法，又何止适用于这一个“叙事性模型”！

“人天生就是喜欢讲故事的动物。”打从在篝火边一起烤肉吃的智人群居部落起，人类就是如此，几万年的基因代代相传，按照自然讲故事的节奏，是最自然的流动。

我学到的“叙事性辅导模型”的操作要点是：

1. 跟随教练伙伴的起点——聆听他的独白。

“起手式”就是简简单单的：“今天你最想谈的话题是？”然后就静听吧，也许几分钟，也许更久，直到客户讲述至一个段落，自动停下来。从他的讲述也许听不清头尾情节，但要点和情绪，基本都会显现得比较清晰了。

2. 设置一些隐喻、联想之类的“视觉标志”。

请客户给他的叙述（包括情绪、困惑、情节等）起个名，在随后的辅导过程中，就以这个名称称呼整个故事，而不纠缠于细节。比如：“如果把所有这些（你刚说过的以及内心的感觉）编成一部电影或一本书，你会起个什么名字？”客户思考之后，起一个名字，比如：“混沌”“迷雾”“陷阱”，或者干脆就是“烦！”，基本都表达了他们最强烈的感觉和情绪。再找一个小物件，比如，一支笔，用它代表那个被命名的故事，放在客户面前，保持点儿距离，凡谈及现状困惑就看看它、用客户的命名来称呼。别看这个小小的处理，真有神奇的效果：分隔、出离，而不会淡化模糊；关注整体而不纠结细节。

3. 用问题引领教练伙伴走遍“全人版图”。

以客户所处的象限为起点，开始提问，再渐次延展至相邻的象限。（注意：要向相邻的象限逐渐延展，没有一定的方向规定，跟随客户、听从直觉就好；需要避免直接跳跃到对角的象限，太过跳跃，有时会干扰客户自然思考的过程。）

举例：客户叙述的事情是关于人际关系的，那就说明，他正处在象限 4。教练的提问先从此处开始，帮他思考在这个象限里其他的重要关系以及资源、障碍等，然后再向邻近的1或3，即相邻象限延展，依次走过“全人版图”。在此过程中，将这个“混沌”或是“迷雾”相关的环境、关系、资源、根源看清楚。看清楚后，即是转折的时刻。

4. 转折时刻：“你想要的状态是什么？”

邀请客户给他想要的理想状态起一个名字，做个标志。接下来的问题，仍然是要走过版图的四个象限，比如：

“当你到达‘××’的理想状态，你自己的感觉如何？”即象限1。

“你周围的人会感觉如何？”即象限4。

……

这个过程，包含了对意义的探索，以及对现实的感知，比如，如果对于“我”来说很重要的那些人都会因为“我”达到那个理想状态而高兴甚至骄傲的话，那对“我”将是很大的支持力量。而这些探索，也为最后的行动方案一路累积了资源，认清了障碍。

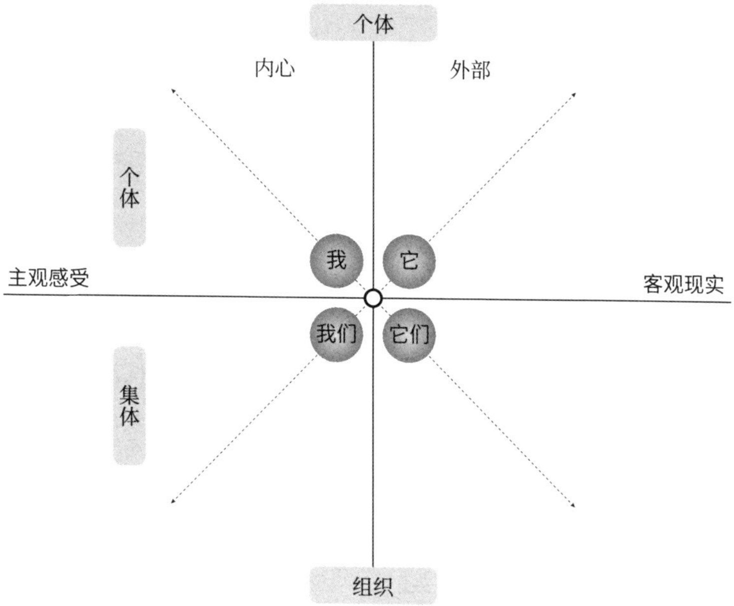

图 22-1 全人版图

“全人版图”很奇妙，能有助于客户思考得深入、全面且自然。沿途记得要一直使用“视觉”路标。

5. 当然，最后一定要以行动方案结尾。

以上“要点”，过于简约，认真读了也未必能得要领，所以才要付学费去上课嘛。好老师的好课，是非常值得的。

出于对知识产权的尊重，我最多也只能将版图的示意图放在上面，至于具体的例句，就不能抄录了。不过，如前所说，这个模型，确实没有固定的流程，每个客户的叙事都各具特点。水无定式，这个流程的美妙之处是不给客户设限，自然流动。而全人版图起到的作用，是尽管水无常形，但终归大海——最终流淌出路径，通向客户想要的目标，水到渠成。

我将此图译为“全人版图”，还有一层意思：任何社会人，无论多么独特、多么自我，都脱不开这个版图。

还是举个我自己的例子。

一次，在我带领的企业家私董会上，应各位董僚的强烈要求，我做了一次教练辅导的示范。当然，必须出于被辅导者的主动与自愿，观摩的董僚们则要严格遵守纪律，如保密、肃静。我的教练辅导示范，用的就是“叙事性辅导”模型。

我宣布纪律以及选题的方法规则后，就出去透透风，任由他们自己商定。再回来，已经选好了案主。

辅导对象是一位“企二代”，高大英俊，自带几分优越自信。他不迷信权威，也不迷信教练，当然也不会主动“配合”。不卑不亢，不失礼貌，但透露出主见十足的聪明范儿，我看着有点儿眼熟：就像是在课堂上乐意挑头挑战老师的那种聪明且刺儿头的学生。我心里偷乐一下，立即进入教练三态。

他的“叙事”，因矜持、谨慎，加上有点儿戒备，而相当地模糊不清，但逐渐能清晰地“听到”他的焦虑、受挫。他停下来，低着头沉浸在自己的情绪中，我请他给他讲述的（以及未讲出来的）一切起个名字，随着“沼泽”二字出口，骄傲的王子流泪了，且泪如泉涌，不可遏制。我“不为所动”，没有言语的表达，更没有肢体接触的抚慰，只递给他纸巾，静静陪伴一会儿，轻轻问他：“你需要再哭一会儿，还是愿意继续？”他深深点头，我们继续。

我只管引导流程。他又给理想的状态起了名字：“水晶！”我跟着版图的“罗盘”，陪伴着他游走，直至他自己给原以为是“死结”的局面找到了解决方案。

作为教练，最奇妙的感受是：我甚至对他故事的具体情节都不甚了了，毕竟有十几个人观摩，他选择略过很多细节，我能感受到并充分尊重他，不去具体追问，但我还是能清晰地听到主要的逻辑和情绪，完全无碍地伴随他游走整个版图，最重要的是：他明白了，他得到了答案，找到了走出“沼泽”、走向“水晶”的解决方案和路径！

之后，观摩的十几位董僚们产生了激烈争执，有几位觉得教练太冷酷了吧，人家哭成那样，竟然一点儿都不安慰，另几位说，就应该这样，一起哭能解决问题吗？众人争论不休，直到案主本人说：“我感觉教练很温暖，很在乎我，感觉她很懂我。”才算罢了。

还有一派则坚持认为：教练用了催眠术。可我真的没学过催眠术，连一本相关的书都没翻过。这就是系统方法的力量和妙处。

我深深记住了奇普老师的那句话：要敬畏流程。

三、专业能力

前面的案例以及所有真实的辅导，都是以教练的各项专业能力融会贯通的，为了让有兴趣的读者阅读方便，我特意分别突出了不同的重点。再次说明：这只是我个人的感悟和理解，不够严谨，亦非经典。若能引起读者诸君对教练的更多兴趣，还是请大家去学经过正规机构认证的教练课程。也可以先读读约翰·惠特默的《高绩效教练》，还有蒂莫西·高尔维的《网球的内在游戏》。经典的力量历久不衰，经典的流程，值得敬畏。

接下来，就沿着ICF官方版的专业教练的十一项能力的线索，再集中写写我对专业能力的理解与感悟。写书期间，2019年年底，ICF发布了对专业教练能力的第一次修订，修改之前已沿用二十几年的十一项能力与修订后的八项能力，都可以在互联网上查阅到。

ICF的创始人托马斯·伦纳德，为职业教练主持制定了四大类、十一项教练的专业核心能力（“11”项在四大类中的分布刚好是“2、2、3、4”）并以此能力标准来考核教练的专业水准。如下：

第一部分，建立基础：

1.遵守德准则及职业标准。

2.达成教练合约。

第二部分，共同建立关系：

3.与客户建立信任及亲和关系。

4.教练状态。

第三部分，有效沟通：

5.积极倾听。

6.有力发问。

7.直接沟通。

第四部分，促进学习及产生成果：

8.创造觉察。

9.设计行动计划。

10.计划和目标设定。

11.管理进展及落实责任。

所有由ICF认证的专业教练培训课程，无论是设置成几个模块、几天或十几天，顺序如何，都要包括对这全部十一条能力的充分讲解和练习。

这些能力的罗列顺序，也基本遵循教练与客户之间伙伴关系的建立过程。出自各“门派”有很多应用模型，但都脱不开这个基本框架。

第1条，遵守道德准则及职业标准。

这部分绝不只是为客户保密这么简单，还要能清晰认识并分辨教练与咨询、心理治疗以及其他相关或可能被认为“相似”的职业之间的区别。

教练最早是在欧美发展起来的，历经三十多年，已被比较广泛认识并接受。教练的专业服务已经有比较广泛的应用市场，也有了更细的应用分类，客户已远不止于企业家和高管，很有可能是普通职员、大学生，或是家庭主妇。如果遇到一位“绝望的主妇”，教练就要能够分辨客户是属于正常的焦虑情绪，还是已有比较明显的病态，是否适合教练的专业领域。如有必要，就要及时并合宜地提醒客户，并将客户及时介绍给相关的专业人士，比如，心理咨询师。

对照国内的情况，现阶段经专业认证过的本土教练也就两三千位左右（这是我根据2018年年底的参考数字大概估计得出的结果，参考数字的来源比较可靠，但我并没有仔细考证过）。客户还主要集中在企业高管或企业家的群体，尚未发展出初具规模的更细分的应用分支。

在这里又要提起，我曾在早期参加的一堂教练课上，见到有同学在课堂上配合老师做示范，在老师的“激发”引导之下，同学激动至涕泪交流不能自持，当着一班陌生的同学滔滔倾倒早年受侵害的隐私痛苦经历，简直停不下来。当时我只感到十分不适，避出去不看不听。我觉得她在冷静下来后，一定会后悔在这么多人面前自扒暗黑隐私，会更加难受的。现在回想，她真有可能是需要专业医生的帮助，而不应该任其作为教练的课堂示范对象。我认为，这应该属于教练道德的范畴。

教练要长抱警惕于心：不要因为太热心或是不愿失去客户，而忽视了专业的边界与操守。

“全部ICF道德行动指南”还有很多其他相当细致的规定，其中有一条：教练与客户之间不能发生专业操守所允许的边界以外的关系，如有教练与被教练者发展出婚外不伦情事，那么无论官举还是民报，都会被通报，永久逐出教练行业。

我个人觉得，如果和客户太过亲密，比如，无所不谈的闺密也可能会有碍教练辅导的有效性，这也是我个人要“保持专业距离”的依据之一。我相信，教练在具备充分共情能力的同时，要能够保持冷静的旁观洞察，才能给客户带来更多的价值。而一起笑、一起哭或动辄拥抱抚慰的方式太过亲密，很可能会因深陷于情绪之中，而妨碍教练的专业性和有效性。同理/共情，不等于同情，更忌煽情；如果“过”了专业的“度”，很可能会妨碍冷静中立的同理/共情。

第2条，达成教练合约。

这里的“合约”，不是指具体的甲乙方签署盖章的纸面合同。而是指在教练关系之初，一般是在已经签署合同之后的第一次辅导时，双方就对这段关系的期望进行充分沟通，对教练期间的辅导方向与期待达成一致。这时客户往往还没找到对教练关系的感觉，这时的“合约”，也多半就是个大概的方向，如提升领导力、找到事业与生活的平衡之类。随着信任建立，客户随时会提出各种真实具体的话题。

正式合同之前，一般都有一次化学反应检查，有意向的双方要先见面聊一次，彼此找找感觉，属于双向面试。教练是个长期陪伴的关系，起码要六到十二个月以上，没有太别扭的地方，才利于深入。我刚出道时就被拒过两次，两次的反馈出奇的相似，都是说我“气场太强了”，其中有一位竟还有一句：“怕降不住她。”现在回想起来，还是因为我怕说不明白，就太努力，话太多——一不留神把气场弄得太强了。重心不稳，失了教练的立场，也就妨碍了形成伙伴关系的基础。

我后来的做法是，在化学反应检查的初次见面时，先问问对方是否对教练有所了解，再根据对方的了解程度，很简要地介绍一下教练是咋回事，最多介绍几分钟，然后就请对方讲。除了自我介绍，对方一般都会说到对教练的理解和期望，这时，我就充分调动3F（事实、情绪、意图）聆听，来尽可能充分地感受对方的风格。之后，我会邀请：

“您如果乐意，可以提出一个真实的话题，也便于您感受一下教练辅导的过程。”

之后，我基本再没有因为“气场太强”而被客户拒绝过。当教练关系正式开始时，也基本都能很快进入有质量的对话。

“化学反应检查”的初次会面，不仅是客户“面试”教练，也是教练的选择机会。我会很认真地对待。即使有些客户是慕名而来，“完全相信教练”并要求直接付费，我也会坚持这个会面。

我要重点观察的只有两条：

1）在客户当下所处的阶段，教练是否能给客户带来价值。

如果觉察到教练未必是此时最适合客户的服务，我会真诚地告诉对方，请他斟酌。这样的情形有过两三次，唯其真诚，对方完全能接收到，并一般都不会引以为忤，其中有一位就在考虑之后，决定暂时搁置请教练的意图。隔了大约一年，我收到他的信息，大意是感谢我当初的建议，在系统性学习商业管理知识的过程中，他才逐渐理解我当初的一些话，并说：“等我补上基本的知识，再请您做我的教练。”

即使不请我，我心里也是高兴的。

2）一些基本的价值观。比如，当我听到太多臧否他人的、表现出太多心机“手段”等的情况，我就会礼貌地婉辞了。

第二部分，共同建立关系。包括第3、第4两条。

第3条，与客户建立信任及亲和关系。

“亲和关系”（rapport），不是“亲密关系”。我的理解是：建立专业基础上的深度信任关系，从而能够无阻碍地交流。

每当客户谨慎地、犹疑地问：“教练，我有个问题，不知当问不当问。”这时往往意味着信任的基础已基本建立，他已准备把自己的难题提交出来，不再存有戒备了。

每当感受到对方的信任，我总会心生感动，只回答两个字：“当然。”

在教练课程的课上和课后，学员们都要充分练习每个流程、每个步骤，一般是三人小组，分饰三个角色：教练、被教练者、观察者。每轮都交换角色，互相督导。练习充分，时间也充分。

当面对真实客户时，我会有很强烈的意识：客户是付费的，要尽可能为客户实现价值最大化。一般从第二次辅导开始，我就会省掉不必要的寒暄，真诚的笑容和直视对方眼睛的专注，往往已经足够了。我经常以“记得上次结束时……”开始，直接从上次行动的问责进入。在教练关系中，最重要的是信任，而信任，是用客户能够切实收到的专业帮助和激发、改变、成长换来的。

与企业家之间的一对一教练关系，相对比较单纯，他感受到价值，得到帮助，被激发了，就会在企业中应用，提出更多的“难题”。企业家，往往以企业为家，白天黑夜都在琢磨企业的事，他们的“难题”，往往都是颇具难度的挑战。企业家客户对教练的挑战是，起码要懂得客户的世界和语言，否则，听不懂对方说的，就很难提出启发性的好问题，教练对话过程也难以有效进行。毕竟，教练效果的唯一评定者就是客户。无论教练的能力多强、流程多么熟练，客户感受不到价值，那就是零分。

在辅导高管时，因为多了一层企业的三角关系，我有时会遇到挺明显的“微妙”。比如，我就遇到过被辅导的高管总是表现得特别阳光灿烂，没有任何问题，没有任何负面情绪，出现任何挑战都积极面对，感谢董事长、感谢CEO、感谢组织的培养、感谢教练，一定要更加努力，提出的话题都属于锦上添花，像如何更有效地学习、更快地自我提高，以报答领导的栽培，如何能更有效地支持上级……当我问道：“那么，你觉得更有效地支持上级的前提条件都有哪些呢？”

他说：“理解的要支持，不理解的也要执行。”

“你觉得在执行中有遇到什么挑战、困难吗？”我接着问。

“都不成问题！我们就是为了解决问题而存在的！”他的语气像是在向领导表决心。

…… ……

如果真是如此，当然也很愉快，但问题是，我了解的真实状况是他身负极大的压力，天天都处在竞争惨烈的腥风血雨之中，个人的日常状况表现也挺不稳定，不大可能一见到教练就能变得如此“阳光灿烂”，再说了，教练还根本没机会发功呢。

我仔细聆听，似乎听到了：万一教练会向我的领导报告呢？

于是，我温和而清晰地一再重申教练的保密原则，甚至直说：教练是不会向你的领导提及辅导内容的，而教练服务是否有价值，唯一的评价标准就是你有没有得到帮助。你能否得到帮助的前提条件是你是否愿意提出真实的问题或话题。

无论如何努力启发、引导，若人家意不在此，也是白搭。

幸好，绝大多数情况下，我们都能比较快地建立信任，进入有价值的教练关系。只有一位，经我再三努力，对方仍不能放下戒备，我就提出中止教练合同了。当然，我是在与他充分商量后，以他觉得放心的方式提出的。提前中止教练合同，少挣几次钱，比起每次都沐浴在人造日光之下无价值地“尬聊”，感觉好得多。

第4条，教练状态。

我初学时，这个最难!

比如："要专注、灵活、与当下共舞。" 就这个"当下"，实在太难了，我管不了脑子里的念头如有几百匹马奔来驰往啊，对方每说一句话，就会自动触发一堆念头——这至少能算"共舞"吧。可咋知道哪个念头算是"当下"，哪个又是主观"判断"啊?

再比如："要利用直觉，相信自己内心的感知——'跟着感觉走'。"可我那时"当下"的直觉就是太想直接告诉他："你的问题就是×××，我告诉你该怎么做。" 可这又是禁忌，认证考试时只要出现一次，肯定就挂掉了。

我开始时只有用笨办法：做教练对话时，带着小抄卡片，把禁忌用红笔逐条列出。这在初学时，肯定是有些帮助的。但说到"状态"，就绝不能只说具体的应做与禁忌啦，要不断地找感觉，要悟。这挺反人性的，人天生就有"我"的意识，遇事遇人几毫秒内就已经有预判了：喜欢还是不喜欢?有利还是危险?这是来自进化了千万年的原始兽性反应，代代传递，要改可太难了。我想起《三体》里那位男主说的："失去人性，失去很多；失去兽性，失去一切。" 难道为了做个好教练，两者都要失去不成?我以此疑问请教过数位大师级教练，都不得要领，大师都极谙共情与鼓励之道：

"真的很难，对吗?我相信你，一定能找到的。"

熟，能生巧，能生出手感，大概就是被叫作"Know How"的那种东西。不仅要多实践，还要每次复盘，渐渐就能找到感觉了。"找感觉"要从对方身上找：他的反应、表情，还有那些神奇的顿悟时刻。

但当我讲课时，又不能止于自己的"感觉"，必须要能讲明白。在企业里给管理者们讲课，只给你一天甚至半天时间，我可是上过五个半体系百八十天的课程，再加上八九年两千八百多人次的真实辅导，才不断悟出些感觉的，但不容易讲明白啊！好吧，我不能只是呕心沥血地讲，也没那么多时间可以讲，大师们为了讲明白这点儿“状态”，也都要理出三四个模块、花上十好几天呢！

我只好自己苦苦琢磨，后来就琢磨出个“教练三态”，在课上设计各种练习，让学员们在最短的时间里尽可能多地找到一些体感。

有一次，在学习GROW模型时，我临时起意，决定在分组练习之前，改动了一个课堂演练选题的环节。

通常，课堂演练，是由教练（我）与一位客户（自愿举手的同学）配合，先做演练，大家观摩。主要学习点，是“姿态”：关注教练的姿态要点。比如，始终保持目光接触、微微前倾，最好不做记录（有的老师要求教练记笔记，另有老师则是要求不能记笔记，我坚持认为最好能不做记录，因为只要教练一低头写，就会中断目光接触，教练与客户之间的自然流动也会受到一些阻滞，客户会下意识地关注教练在记啥，甚至会下意识地修饰自己的话语），如果实在需要做记录（无论多么专注还是记不住要点），那么要先征得客户许可，并且尽量只记要点，尽可能与客户保持目光接触，而不是盯着纸笔。还有坐姿，不要跷二郎腿之类的。示范之后，再分大组练习，围成大圈，接龙轮流到圈中间练习，轮流被围观，一轮过后大家点评，再继续来。练习过程很欢乐，几轮下来，那种姿态的不自在就基本消除得差不多了。

“姿态”练习之后，我会接着做GROW模型的示范，观摩的效果都很好，大家啧啧赞叹，但时不时会有学员加上一句：“教练能做到，咱可做不到。”话里明示暗示：“陪练的同学可能是托儿。”

好吧，今儿咱就改个玩法，只略改三步：

1. 匿名选举话题与陪练“客户”——各桌每人写个真实的“教练话题”，桌上讨论，选出一个大家公认最有价值、最有挑战、最真实的；每桌话题匿名贴到公告板上；所有人对这几个匿名话题投票，票数最多的话题当选——当选问题的提出者就是陪练的客户。

这个环节的设计还有一个好处：帮助大家练习如何提出好问题。

2. 同学接龙做教练——每个步骤流程都已讲解过，每人手里都有同样的GROW流程与例句卡片，按照流程，轮流上去做教练，卡住了、走不下去了或是偏离了流程和例句提示，就下来，换下一个“教练”继续。“教练”或“客户”都可举黄牌要求更换“教练”，但每次都要说明为什么进行不下去了，以便同学们一起学习。

3. “客户”忍无可忍时，就换我亲自上。无论是否能“救场”，都要在走完当时的环节后，大家讨论，课堂的主要目的就是学习。

我临时改玩法的动机是：

1. 能让更多的同学直接参与。

2. 更好玩、更活跃。

3. 选出来的问题，大家更有实际感受（也免得被怀疑本教练需要“托儿”来做陪练）。

三个目的都达到了。每次客户举起黄牌要求暂停，都需要先讲一下，为什么这个“教练”让他感觉受不了了。这种“练习 + 观摩 + 及时反馈”，大家都觉得特别有意思。旁观时都看得清楚，就都觉得自己上去肯定行，一个“教练”被黄牌“罚”下场，场下举手踊跃，参与度很离，不知不觉中，好几十位同学都全体站起来围观了。只是“客户”已快要被折磨疯了。

练习到第三个步骤“Options”，也就是当目标澄清了，现实与目标之间的距离、主要障碍也清晰了，就要用头脑风暴的方式激发出各种可能的行动方案。连续换了三个“教练”，把例句翻来覆去地问了几遍，“客户”叫停，说道：“这是困扰我很久的真实问题，我也苦思了很久，因为找不到好的方法和思路，今天才提出来，谁想到竟然入选了！我不是不配合，是真想不出来呀。”他一副生无可恋的样子，用疲惫空虚的目光向我求救。好的，我来。

眼下，这火候已经完全夹生了，我接手也未必有啥好效果。没关系，即使是煳透了，也是全班同学难得的另类学习机会。

为了课程的学习目的，我仍然严格沿用与同学们手中一模一样的例句和流程（可怜的“客户”，得再听一遍），但居然，很快就走通了！我与“客户”起舞的节奏逐渐加快，进入了头脑“风暴”的节奏，电闪雷鸣、火花四溅，我提醒他，把想到的各种可能性都记下来，十分钟左右，居然记了大半张纸。本步骤结束，他伸手和我击掌，眼中闪烁起勃勃生机。

讨论十分热烈，大家抢着发言，观摩者、“教练者”，从不同的角度把前面关于“姿态”的学习点都串联起来了。轮到“客户”发言，他说：“其实吧，我都没太注意什么‘姿态’，我感受到的，是气场和状态不同。前几位教练给我的感觉是，坚定地要引导我，甚至有的会有逼供的感觉。”

大家哄笑，心有戚戚的那三位轮流被客户举黄牌请下台的“教练”笑得最欢。

“而Juliet老师往这儿一坐，状态就不一样，我就是感觉，她……是真关切我的，是真想陪着我找到答案的……”

真好，这就是“状态”！我是怎么做到的来着，赶紧回想：当时毫无如果不能成功“救场”会丢作为老师的面子之类的杂念，一坐在教练位置上，我就完全专注在眼前这位“客户”身上了，我相信，他真心想找到这个问题的答案，我更相信，他完全有能力找到。心态对了，状态就有了。

于是，我的“教练三态”之间的阶梯关系就逐渐清晰起来。

我也终于基本能做到深度聆听了，最高纪录是听伙伴独白将近一小时，我全程不说话、不打断，但我的专注，包括始终同频的表情（只要专注于对方，做到音调、语速、表情等的同频，一点儿都不难），都使伙伴能充分感知到我的同在与共情，这既是聆听的功夫，也是内心的状态，各种能力都是有着内在联系的。有的客户特别健谈，能一直说下去，当我听到车轱辘话时，差不多就可以有礼貌地打断、要求发问了。但往往当我充分“听到了”之后，还是会说得太多，甚至变成小段的“独舞”……尽管我多数时间都能确认，伙伴的确得到了帮助和激发，但“共舞”才是最美好的状态，才能最大限度地激发出伙伴自身既有的不可思议的潜能。这一点，因我的性格与后天职场经历而变得特别难，也是我需要持续努力修炼的。

第三部分“有效沟通”，包括**第5条（积极倾听）**、**第6条（有力发问）**和**第7条（直接沟通）**。

积极倾听和有力发问，是天生的一对儿。同样的一个问题，问的时机不同，产生的效果会完全不同。举个例子：“你理想的状态是什么呢？”这个问题貌似温暾平淡，但用对了地方，就有可能极大地激发能量。

当初我在IBM接受教练辅导时，前两次放开了吐槽，表达各种不高兴。其实教练也问过几次这个问题，我基本都回答“我想要的反正也不可能实现”，就继续沉浸在吐槽之中。直到第三次，教练温和而坚定地再次要求提问，就是那份“坚定”让我一愣，终于开始认真地思考。于是，这个问题激发了巨大的能量，我的职业生涯由此改变，不只是打算去上学或是换另外一家公司这么简单，而是在于：开始主动把握自己的命运。

同理，当我听到客户的吐槽是裹挟在浓重的情绪中，甚至显现“受害者心态”时，我也会提出这个问题，也往往会看到客户“一愣”，以及随后的缓慢而深沉的思考。

同样一个问题，如果问的不是时候，就会苍白无力，甚至会把客户弄糊涂。比如，客户在寻找语句试图描述清楚思路时，教练应该做的是安静的陪伴、等待，如果这时就问：“你理想的状态是什么？”可能太泛了，对他理清思路未必有帮助。再比如，在探寻解决方案的阶段插进这么个问题，可能会打乱客户头脑风暴的节奏（这两个例子未必有代表性，但都是我实际经历过的教训）。

我理解的发问之“有力”，应该是能够帮助客户从被卡住的思绪回旋中或是习惯的思维模式中脱离开，转入另一个维度，更深入地思考。而前提是，教练必须首先要“听到”，客户现在在哪里、在哪一个维度，才能正确地“直觉”，首先要“听到”客户需要向哪里更深入地思考，才有可能提出有力的问题。聆听在前、聆听到位，是有力发问的基础。

我初学教练时，觉得那些“教练式好问题”都很一般，甚至挺“水”的，比如：

“你理想的状态是什么？”

“这个目标对你意味着什么？”

有的还挺别扭，比如：

“如果这个目标实现了，会给你带来什么？”

“如果这个目标实现了，你周围的人会说些什么？”

“周围的人”指的是谁啊？简直逻辑不通，我忍不住心里一通腹诽。

后来实践多了，我才感受到，这些问题只要用对了地方——教练负责引导流程，要相信并尊重模型和流程的力量，只要用对了时机——客户引导内容，但教练必须能够聆听清楚，能抓得准时机——都是很有力量的。

还有几个“万能问题”，比如，当客户独白时间很长，要点飘忽，拿不准时，教练往往可以问：“当你听到你说的这些时，你有什么感觉？”平凡的问题用对了时机，效果挺神奇的。

写到这儿，必须插入一个笑话。有几位老师爱在课上讲笑话，擅长逗哏、捧哏的都有。这一则，我喜欢。

> 有位教练在约好的时间给一位客户电话辅导，因为教练刚刚经历越洋长途飞行，聆听之间，不禁犯困，竟然睡着了。当听到话筒里对方说“……我想听听你的看法”时，教练才猛然惊醒，手表上的时间显示他已睡了好一阵儿，不知对方问了啥。教练并不直接回答（也无法回答），而是说道：“嗯，当你听自己说了这些时，你此刻的感觉如何？”
>
> 对方在短暂的沉默后，接着说：“这真是个好问题。我觉得……”进而又继续独白。
>
> 直至时间到，客户感激地说：“这是我经历过的最有启发的教练约谈！”

我倾向于相信这个笑话的真实性，因为它有道理：仅仅是可信赖的陪伴，就能有质量地激发伙伴的深入思考。教练，真的不必说话太多。单就这一点，也够我一直修炼的啦。

“教练式好问题”的共性：开放式、引发思考、建设性、向前看、积极。

还要警惕类似这种句式："你有没有想到过……？"

这种句式是以提问之名，行诱导之实，若语气再强一点儿，就会有质问之感。教练在共情深处，会想客户之所想，有时会情不自禁地带着自己的建议介入，也可以理解。但这很可能会影响客户刚刚放飞的主动深入的思考，使客户不知不觉中跟着教练的思路走了，这倒不是说教练的思路就一定会将客户带偏，而是说教练需要警惕：你能深度参与"帮"他思考的只是这一会儿，等辅导结束后，客户要独自面对自己的世界，因此，最好还是由他自己主导思考。教练要牢记，自己只是伴舞。

善用重音和停顿，也有助于使问题更加清晰、有力，兼能省去很多解释的废话。

有一次奇普大师讲课时，翻译太疲劳了，我临时替补，帮助翻译了一会儿，正赶上奇普讲到语气、重音、停顿等对于问题的力量和语义的影响，他在白板上写下一句英文：

"What do you want？"

"你想要啥？"我这个替补口译立即秒变笔译，随即写下四个汉字，正好对仗工整。

然后，奇普把重音分别放在不同的某个单词上，我跟着把中文念出来，以同样的顺序，每次把重音放在加着重号的那个字上，最终念出来四个完全不同的句子。你也可以试试读读看：

- **你**想要啥？
- 你**想**要啥？
- 你想**要**啥？
- 你想要**啥**？

各自呈现出不同的强调、不同的语义，适用的情况也完全不同。话不用多，善用重音、停顿，则可生出各种灵动变化；拉长和加重某个字，会使得问句平添张力。语言真奇妙！这个印象太深了，我此后就一直活学活用了。

- 你**想**要啥?

  （适用举例：不想要的很多，但你想要的是啥？如二十多年前我被教练的例子。）
- 你想**要**啥?

  （适用举例：迷茫，纠结；失去目标感。）
- **你**想要啥?

  （适用举例：顾忌很多其他人和事，没了自我。如前文，我教练渊峙的例子。）
- 你想要**啥**?

  （适用举例：有一大堆想要的，那最想要、最重要的是啥？）

以上的举例，只是举例而已，适用场景是很多的。最重要的，还是要先“听到”客户是在哪里。

关于“直接沟通”，我的体会主要有两点：

1. 表达精准、清晰、直接。

说起来简单，我起初就很难做到，总是担心太直接了，客户会不会感觉不舒服，以及是否符合教练的专业风范，结果往往导致表达中出现过多修饰、铺垫、转圜、柔化，倒是常让客户听不明白。其实很无必要。客户都是成年人，都能收到诚意、分辨语义。因此初学者从练基本功时就需要注意，一旦养成了啰里啰唆的习惯，还不大容易改呢。

2. 给客户诚实、直接的反馈。

在一对一的教练关系里，教练应该尽可能地给客户他自己看不到的另一视角。教练的观察和反馈对客户是很有价值的。

比如，当客户问我“教练，您觉得我这个人怎么样” 或者对我说“我很想听听您对我的印象”时，我会尽量客观、具体地告诉他：“从我们谈话的有限时间里，我能观察到的几点是：你看重责任；你强调逻辑。但我似乎也观察到，你对自己和他人都要求比较严苛，也许还比较急躁……”

我不会一味地赞扬。适度的赞扬可以帮助客户认识自己，也可以起到一些润滑作用，但若过度赞扬，比如习惯性地把“太好了”“太棒了”之类的口头语挂在嘴上，就会显得空洞，甚至会有损真诚感。（在学习教练时，三人练习小组有很多轮练习，我在扮演被教练者以及观察者时，对这一点有很深的体会，也分享在此）

不必担心对话中出现停顿，也不要忙着用话去“填空”，那往往是客户深度思考的时刻。基于信任基础上的张力，有益无害，可帮助提升教练辅导对客户的价值。

接下来，到了第四部分，关于促进学习及产生成果，包括第8条（创造觉察）、第9条（设计行动计划）、第10条（计划和目标设定）、第11条（管理进展及落实责任）。

这部分在前面“GROW”中已有详叙，不赘述。

选择了教练作为事业，就是选择了永远追求“更优”的道路，只能接近，却永不能达到“最优”。因为时代在进步，优秀的客户们时时都在进步，时时都在提出更多的挑战，教练行也须更快地进步。而这明知

"永不能达到"的追求，也正是这个事业的无穷魅力之所在。

我深深体会到，十一项专业能力之间是彼此相通相联的，是互为基础或互为条件的，无论是区分还是归类，都只是便于理解，便于设计、教学与练习而已。

教练行业发展了半个世纪，其支撑学科的发展日新月异，教练行业也一直在与时俱进。实施了四分之一世纪的十一项教练专业技能，在修订后仍有四大类，但已被简化为八项。改动的部分，从字面理解，应是更加着重于"践行"与教练的"临在状态"。但我相信，教练的信念、哲学，与基于人性深处的根基，是牢固不动的。

关于"教练的好问题"，前面各章节中已多次提到，很多貌似很一般的问题，如果问对了地方，就会很有力量。但如何能"问对地方、问对时候"，就又必然牵扯出聆听"3F"、教练三态（姿态、状态、心态）等一大堆基础能力了。

再粗略看看教练问题的一些值得留意的特征：

1. 开放式：句中大约会有"如何""怎样""什么""为什么"之类的词。给交谈的对方留出充分的思考与表述的余地，即所谓"开放式"。

举例：

1）封闭式："您刚才说了×××，对吗？"

回答基本可以用"对"或"不"，不太会引发更多信息。

2）可能封闭式："关于这个问题，您的看法是×××，对吗？"

回答可能是一个字"对"。如果碰上善谈的客户，也可能会补充一些信息。

3）开放式："听到您自己的这一段谈话，您现在有什么感觉？”“这个目标如果实现，会给您带来什么？”

这类问题，不仅是开放式的，也很可能是发人深省的。

此外，关于“为什么”这个句式，虽然也是“开放式”的，但在不少教练课上，老师都会提醒慎用。因为有时“为什么”的问句，可能会给对方带来追问甚至挑战的感觉，引发对方防卫性的辩解模式。我的体会是：当教练与教练伙伴双方之间有了深层信任时，偶尔用，用得合适，也无碍。

2. 发人深省的：也就是引人思考的，而不是简单地收集对方已经知道而你还不知道的信息。

再粗略总结一下“教练好问题”的几个特征：

- 开放式：好奇、不诱导。
- 发人深省的。
- 能引发尽可能多的有用信息。

“有用”很重要。八卦的信息很多，有用的可就有限啦。“有用”是基于对帮助教练伙伴而言，而不是帮助教练了解尽可能多的细节。只要客户能深思，进而找到目标和解决方案，教练即使不了解细节，也没关系呀。关于这点，我在后文“私董会”中会讲到一个好用的工具：“乔哈里窗”。

四、榜样

教练，是基于人性的学问。与万物灵长之人类论道，一人一世界，无边界，无止境。即使陪伴客户收获了不少“顿悟”，也不等于教练自己就顿悟了“顿悟之道”。无法自满，只能谦虚，也只有谦虚了，才能清晰看到榜样。学习之道，必须“学而时习之”才能进步。我自己在且思且悟且习之的路上，常常会突然领悟到某个老师曾讲到的道理，不断默默积累着一个个顿悟时刻。

我从每个老师身上都能学到很多，但也并非所有具MCC（大师级教练，ICF专业认证的最高级教练）头衔的教练都是我心目中的大师，太过哗众取宠的、太过自吹自擂的或太煽情的辅导风格，都与我犯冲，我会默默躲开，甚至引以为戒。

教练，要帮助教练伙伴找到内心渴望的美好目标，要激发调动伙伴自身的能力和潜力，而不能自己动辄陷入深深的同情，与对方一起沉浸在过去与现在的障碍和阴霾之中。教练，也不应该只一味鼓励迎合那些不切实际的幻想。教练伙伴需要的是清晰的目标，以及实现目标的路径和行动，只有幻景可能会踏空，甚至摔得很惨。孔子评价弟子子夏与子张：“也过”，“也不及”，亦是我辈教练应持之为诫的。

还有些大师强调“灵性”，在课堂上我会跟随着体会一番，但不会实际应用，因为我没有被说服。我基本是个无神论者，但不是怀疑论者，世界上太多的不能解释的神奇或“灵异”的现象，因为人类太渺小还不能理解。但我不接受动辄归功或归咎于神，那与老奶奶们讲的大仙儿鬼故事就没多大区别了。至于将类似“玛雅人留下的十三颗水晶颅骨包含着宇宙的密码”之类的话题也带到教练课堂的大师，我就更加敬而远之了。

学习教练的过程中，我至少听过十几位大师级教练的讲授，都有受益。在此只提几位对我个人而言印象深刻、影响深刻的大师榜样。

玛丽莲老师是“埃里克森教练的艺术与科学”课程体系的创始人，她的课程引入中国已经十来年了，一直由她亲自讲授。年过七十的人了，仍喜爱远足登山，精神饱满，体力充沛。只有两个字形容她最合适：慧、美。玛丽莲是传奇的心理学大师埃里克森的关门弟子，她本人就是位内外兼修的真大师。玛丽莲老师极擅隐喻，在她的课上，每天结尾时她都会讲个故事，很多都是取材于她的亲身经历，声情并茂。她的身体仍柔韧而富有表现力，只用一把椅子做道具，就能将登山下坡的种种情状描摹得如情景再现，令人回味起来隽永无穷。在云南上玛丽莲老师的课时，因高原反应，我每天下午都头痛剧烈，但必会坚持到下课，就是为了等到我最期待的那一刻：玛丽莲老师讲隐喻故事。

其实，玛丽莲老师课程的很多精深之处，我并没能完全体会到，比如，她用简单的几条线，就代表了不同情绪的能量场。我眼睁睁看着同学们恣意舞蹈陶醉其中，却无法辨认自己感受到的丝丝异样究竟是什么，但我隐约觉得，玛丽莲是在有意淡化她的一些师门绝学（比如催眠），应该是出于方便普及推广教练的考虑。我也因此更加尊敬她。我最尊敬她的，是她活出了那么美好的状态，透明如水晶，温润如玉，却又能无所不在地洞悉人心。她不仅是我在修习教练路上的榜样，也是我生活与生命的榜样。玛丽莲老师出版了几本中文著作，都值得一读。我受玛丽莲老师之邀为其中一本写了推荐序，一直深以为荣幸。

凯瑟琳，英国人，英伦范儿。心理学家的专业背景，教练企业高管的经验逾二十年，她不“属于”ICF体系，而是出身于英国自己的教练流派，也许说自成体系更为恰当。说起来教练的第一个GROW模型以及在商业企业的最早成体系的应用就是始于英国，后传至欧洲他国，再至美国。

凯瑟琳瘦削，极简短发，全身上下只简单两三个经典颜色，淡雅素净。讲授课程时，她始终安静地面对学员站着，无须任何虚词废话铺垫，没有任何夸张表情动作，自带强大而安宁的气场。清晰讲解原创的模式和理论，简洁利索，然后就进入一个接一个的示范演练。同学们现场举手，完全没有事先铺排交代，这真是相当特殊——一般在课堂上，老师若做示范辅导，都会预先与配合的同学沟通一下，倒不是找“托儿”，而是老师起码要保证辅导的题目与课堂计划内容相吻合。

看她以不变（教练状态：以客户为中心）应万变，现场案例五花八门，小到家庭关系，大到公司前途，全是真实的实战干货。凯瑟琳优雅从容地与客户“共舞”，而始终保持着亲和、可信与刚刚好的专业距离，令我心折，这就是我想要努力达到的教练状态。

每个案例示范之后，都有充分的问答时间。有同学问：“刚看到……您给客户建议了？”

对呀对呀，从我的第一堂教练课就被教导：“教练，不能给建议！”

凯瑟琳简洁答道：“是的。我有时会给的。给与不给，唯一的根据是：客户的最大利益。”

解我之大惑！术与道之泾渭，一语通之。

但若想要一以贯之，却谈何容易！首先，你得有能够察觉何为“客户最大利益”的能力；其次，你得能给出真正有价值的“建议”（前面讲述“靶心”的一章，就描述了“我以为我知道，于是给建议”的反面案例）。

玛莎，美国人，美丽、娇小而独立。我觉得她可能就是传说中女性主义的优秀代表，男士想帮她接一把沉重的提袋甚或是旅行箱，她都坚决谢绝，自己噔噔噔一口气提上楼。玛莎曾有过美国大企业高管的经历，听她偶然讲起曾经的辉煌、曾经的迷茫，都令我感到十分亲切。玛莎讲的情商课，不煽情，自然带着曾经高管的几分硬朗，但既有科学理论，又有感性体验。这些我都能真切地体验到，声声入耳入心，可以放心学习、应用。

大卫，是与教练伙伴“共舞”的优秀典范，后来知道，他是学即兴表演出身的。但他的课程没有一丝表演的痕迹，运用到教练过程中真是天衣无缝，教练随教练伙伴辗转曲折，一派自然、真诚，赏心悦目。我曾听到他在教练大会上演讲，那是我第一次领略到英文诗歌朗诵的音韵如此美好、深邃。

丽莎也是我很喜欢的教练，她是英国人，但不算典型。她热情似火，极放得开，大冬天的，她讲嗨了就会脱掉长靴，光着脚丫子走来走去，她和大卫可以随时演出即兴二人转，特别好玩逗趣。虽然不是我的风格，但我很喜欢，大家都喜欢。美是共通的，哪怕是另类彪悍的美。她的课让人觉得反人性的教练课程也轻松有趣，十分美好。

还有奇普，前面已多次提到，敬意已溢出。无论他是身着中式长衫如中国千年古儒，还是双目炯炯如军事教官，他都牢牢站在教练的立场。奇普是位大师级教练，对企业家与高管的辅导经验超过一万人次。他讲课很好听，虽然有点儿“军官作风”，其实就是容不得学员有任何注意力不集中，学员偶有私语几句，哪怕是在讨论课堂心得也不行，他会一言不发地盯住窃窃私语处，白色的眼球衬着黑色的皮肤，特别鲜明，立即引领全班的几十双眼睛都跟过去，直至私语者被盯醒、闭嘴。在奇普的课上，他还经常令大家围成一圈站着听他讲，想走个神儿打个瞌睡，完全不可能。单就掌控课堂这一点，我算是学到了一点点形似。

在大多数大师级教练身上，都具有那种大师级的“状态”，最令我叹服，心向往之。那种状态，不易描摹，大约就是：无我、专注地深度聆听，是用眼耳鼻舌身意五蕴六感一起聆听，听出教练伙伴那些未说出的、心底里的重要信息；与教练伙伴共情、共舞——“共舞”这个词，挺传神的，“共”是在一起，“舞”是自然、自由，而有法度、默契、节奏，还有舞之美感！

“正宗”教练体系之外，我心中还有几位当之无愧的大师榜样。

比如，前文“情绪的真相”中已较详叙述过的汤姆·斯通，他不是符合ICF标准的教练，但他是ICF创始会长生前唯一用过的私人教练，他的理念，是要从根源上解决人类的情绪问题。关注人的情绪，已经成为贯穿我教练实践的深刻意识。他的智慧与慈悲把我从抑郁与情绪中解救出来，他是我此生的榜样，我会尽可能地努力帮助更多的人。

我相信人自身理性与感性的力量，相信人生而有直觉（从汤姆·斯通身上学到的），我现在也经常做短暂的正念（Mindfulness，我坚持认为译为“专念”才更接近信、达、雅）练习，最短时只需几秒，单纯地关注自己的几次呼吸，就能排除杂念，使思维清爽、回到专注状态，很有效。很像是在室内憋久了，跑到室外深深地呼吸几口新鲜空气，即刻恢复到如自然般清新。有时讲课中间疲惫了，发现神思不够集中，就悄悄练一下，竟能在众目睽睽之下而无人察觉。我觉得，这可能也属于去找回并接续上人类本来就具备的直觉，貌似神奇，其实只是回归自然本源。

再如，我将在后面一章详述的奈德·赫曼博士。相比较那些水晶颅骨之类的，我更相信奈德·赫曼的全脑思维优势，那是有硬核科学实证为基础的，而且他的方法与体系，无论是用于认识自己还是用于优化团队，都非常实用、好用！

当然，还有我的莫师父，我从二十二年前在《逆风飞飏》一书开始就已在写他了，时至今日，仍能从他那里“发现”宝藏和秘籍。

还有，在研读各种经典著作时，对教练业内圈外的大师们的智慧，心领神会到的那些点点滴滴……

教练的研习与修炼，是我余生的事业。修习的路上，矗立着大师们的榜样。我将继续谦卑学习，终身不辍。

第二十三章

教练之“外”

很多创业者都容易陶醉在自己的创意楼阁中，被自己的初心所感动，而没有严酷地自我拷问过：谁是用户？谁？为了什么？而买单？

笔者说

这一节，写三个教练专业“之外”的方法论：HBDI（全脑优势）、私董会以及BLM（业务领先模型）战略方法论。因为我对这三个方法/心法都有挺深的体会，且凡我有机会为之讲授或运用过的客户，也都觉得很有帮助，所以在此分享给大家。

之所以将“教练之‘外’”的“外”打上引号，是因为在我看来，大道一系，即使表面外形各异，实际也多少都与教练有根脉相通之处，“内外”并不泾渭分明；这几个功法都厚重，我个人是在研习教练之后，才有更深的理解，乃至学着应用的。

这章最后的“角色之间”，试图讲清楚几个经常与“教练”这个角色有交叉或混淆的角色。当然，也只是我个人当前的认知而已。

· · ·

一、HBDI（全脑优势）

HBDI是四个英文单词的首字母缩写（Hermman Brain Dominance Instrument，直译为“赫曼全脑优势量表”），是一位名为奈德·赫曼（Ned Hermmann）的大神级科学家的发明。

因赫曼著作的中文译名为《全脑优势》，所以，我们将HBDI直接理解为“全脑优势”，比较便利。

我是非常偶然地与这位大师“结识”而神交的。

大约是2016年，有一次出差，航班延误被告知“起飞时间未定”。

在机场无聊，我去书店信步浏览，随便捡一本吧，这本挺厚，能经得住读几小时，就是它了：《全脑优势》。回到休息室我就随手翻开打发时间，竟就深深看进去了，直到服务员跑过来提醒，才听到广播叫我的名字催促登机。我在飞机上接着一口气读完，觉得特别有意思。请助理查查看是否有这个课程，还真有！于是，我就挤出时间来去上课，竟然一发不可收，点灯熬油地考了试、认证了二级，以方便在企业团队中应用。

赫曼博士曾是通用电气公司的科学家，后来，因对人脑的结构和潜力的无限好奇，转而研究人脑的功能和结构。他的好奇还是因他自己而起：他本人是核物理方面的科学家，但有丰富的爱好与天赋，他从上学起就一直爱好歌唱，是专业的男高音，后来因病不能再唱，就捡起另一个爱好：买了挺便宜的水彩颜料，跑去田野河边画画玩，画了几个月，画作竟然就卖出去了，再后来，试着做雕塑，也很快就达到专业水平，能上专业拍卖会的那种……于是，他一直旺盛的好奇心被启动：人脑究竟有多少潜力啊？人脑的结构是怎样的？为什么人与人之间会有如此大的区别？于是，他开始研究，从核物理一步跨到人类大脑功能。科学家的世界，真是无界限。

他研究时还是20世纪70年代，没啥先进设备，就以家里的三个女人（妻子和两个女儿）为观察对象，给三位都接上脑电图的设备，然后进行实验，每说一个词或一句话，比如“海滩”“阳光”“跑步”，或朗诵一句诗……就同时观察受试者脑电图的不同反应波形。脑补一下那个景象，三个女人，头上贴满电极片、垂吊着电线，像不像美发厅？作为科学家的家属真不容易。

赫曼博士的研究赶上了好时候：恰逢20世纪70年代，脑外科与神经科学都取得了突破性的进展，还有科学家因研究脑的实际分区功能的成就而获得诺贝尔医学与生理学奖，这些突破很大程度上证实了赫曼的理论猜想，并强有力地支持他创立了“全脑优势”的理论体系和测量技术。他的理论是以硬核的科学实证为基础的。1977年，他初次提出并首度应用了其独创的HBDI。

说起来，HBDI体系的起源和发展，与教练专业是基本同步的。有偶然，也有必然：两者都以脑神经科学为理论基础（之一）。

HBDI的方法，简言之，就是大脑运作的一个类比模型。根据大脑的研究以及可见的证据，赫曼指出：人类的思维形态是由四种不同的思维主体（self）集合而成的。以全脑模型为基础，这四大本体的特色如图所示：

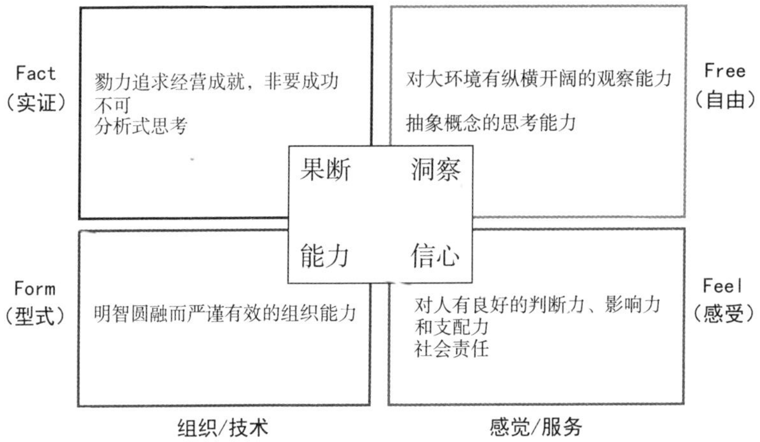

图 23-1　HBDI（全脑优势）示意图

左上脑 / A象限的分析家：逻辑思维、分析事实、数字处理。

左下脑 / B象限的组织家：规划途径、组织事实、仔细检查。

右下脑 / C象限的交际家：擅长人际关系、直觉力强、表达力强。

右上脑 / D象限的梦想家：富于想象力、偏向大图像思维、擅长抽象工作。

HBDI测评工具是赫曼还在通用电气时研究出来、于1981年定案的，可以将一个人的思维习惯 / 偏好、偏向哪一个象限的程度，以及各个象限的偏好程度，都具体量化出来，其创造者真是天才！

赫曼因对全脑优势模型的痴迷，先是转去通用电气公司的管理发展学院，后来，干脆从通用电气公司“毕业”了，1982年创立了赫曼集团，专心从事“全脑优势”体系的应用技术，体系名称就叫作 HBDI。HBDI 在美国的头牌大企业里得到迅速的推广应用，因为这套体系真的好用。

经过几十年、数以千万人次测评数据的采集统计分析以及技术与算法的不断改进，现在的HBDI测评肯定是更成熟、也便捷多了，如果中国企业或个人想做测评，具体做法是：

向授权代理机构申请测评（几年前的价格好像是每人次几百元人民币，可以直接搜索“HBDI测评”），登录、缴费后，个人独立完成一些评测题（有一百三十多道题，都是程度选择的题目，二三十分钟内可以做完），由计算机做出个人的全脑优势分析和图示；下一步，就是由授权机构的测评师（收费）或具有二级认证资格者解读分析报告了。

评测分析的结果，可以帮助CEO及高管认识自己以及团队，从而能够更好地配合、发挥团队的优势，行之有效。这只是应用之一，其中的妙处和用处，是非常丰富的。如赫曼自己所说：“本书是为企业界的读者而写。”HBDI 确实结合了商业企业的实际情况，便于具体应用与理解。赫曼只留下这一本专著，不过也留下了一本不过时的经典。我何其幸哉，竟能邂逅此书并引发很深的兴趣。念及此，我竟有几分感谢那延误几小时的航班了。

这是我本人很喜欢讲的一个课程，只要看着全脑优势测评图，就能解析出每个人的思维优势与行事风格，哪怕是陌生的团队、素未谋面的陌生人，结果都极准。有时，我简直觉得自己像个左手水晶球、右手塔罗牌的吉卜赛人（学员们更如此认为）。上课的学员往往是同一个甚至几个企业的核心团队，大多数都是我不认识的，在一片惊叹声中，大家都恍然明白自己、理解彼此，往往立即就主动要求开始做行动计划：调整协同配合。这时，在充分的信服和理解的基础上，课程进入“全脑团队”部分的练习，是特别有价值的。

有朋友问我，HBDI与那些流行的性格测试方法有什么区别？以我粗浅的理解来简单回答：

HBDI，是有硬核的脑神经科学作为基础的。其“全脑模型”的类比，是以实证科学相辅相证的。比如，我天生就是比较极端的形象思维、感性思维习惯，基本上一生都是如此了。经过艰苦的训练（多半是因为职业角色的需要），也能训练出理性逻辑的能力，但回到自然状态，就往往会用以“我觉得”开头的句式。

而很多流行的性格测试方法，都是基于大量数据的分类，再加以心理学的解释和分析。我很认真地研习心理学，也了解很多基于心理学的实验是无法重复、重现的，即所谓“人心善变”吧。

举个例子：企业某个重要职位，特别看重某种性格特征，于是面试时给应试者加个性格测试。其实，有经验的职场老手，是完全有能力在相当程度上操控测试结果的。

而且，人在社会中历练久了，表现出来的性格类型是会有所改变的。再举我个人的例子：三十年前参加IBM培训时的测试，是“极端表达型”（expressive expressive），也就是所谓的“大孔雀”［后来该测评方法被从中国台湾引进，原有的类型又被翻译成各种动物（老虎、孔雀、猫头鹰、树袋熊之类的）］，过了十几年，又测了一次，是测着玩儿的，很真实自然地答题，完全没有试图影响测评结果，于是就变成“表达掌控型”（expresive driver）了，基调不是“孔雀”而是“老虎”了，主型也从表达型变成掌控型了。类似的例子常会见到：本来是温和的“树袋熊”，在杀伐决断的位置上干久了，就变成了“老虎”；或是原本喜欢静处深思的“猫头鹰”，因为角色的改变而苦学演讲、沟通，竟然变成了“孔雀”。

这类测试可供参考，但测试的基本都是在社交场合表现出来的表象，而不太能够作为判断人的重要素质的依据。重要岗位甄选人才时，尤其要留意。

而HBDI所研究的“脑思维习惯”，一半是基因遗传，生下来就已经定了；另一半，在成年之前也就基本定型了，这与人类大脑发育的节奏是同步的。全脑模型测量出来的思维偏好，是很稳定的。测评还包括个人与团队压力下的思维偏好模式，尤其有意义。思维偏好，无所谓好坏，只是人的特征之一而已。试想，一个领导者如果能认识到自己，以及自己的团队成员的思维偏好与习惯，从而能把员工放在最适当的岗位，并组建一个特别互补的团队，那该多棒啊！

比如：乔布斯是典型的上脑思维，批判性、大图景、想象力，能见人之所不能预见的远景。他找到典型下脑思维的库克，帮他把供应链及各种细致烦琐的事情做好，并帮他照顾他自己会忽视的团队人性关照，形成了天作之合的互补。

我读到这本经典之作时，赫曼老先生已经仙逝十几年了，幸而他的一个女儿继承了他的事业，继续努力推动HBDI的理论与应用向前发展，也再版了《全脑优势》中文版。

2019年，继承者安·赫曼博士又续写了一本《全脑优势》，新冠肺炎疫情期间，我将这父女时隔近三十年的新、老两个版本，并列架起来，一章一章对照着读，一周后，掩卷赞叹赫曼大神总算后继有人。新出的这本书我在五年内精读了三遍，过一阵还会再读。书中绝不只是方法，还有心法，对教练尤其重要。

中国企业对于HBDI的了解还很少，更莫论应用了。真是很令人遗憾。几十年来，各种为适应商业企业应用的模型层出不穷，也偶尔会听到HBDI“已过时”之论，令我扼腕！

我衷心希望赫曼大神开拓的HBDI事业能香火兴旺，也希望中国的企业与企业家们能从中受益。

二、私董会

从2013年年底接触教练起，我每年都要回炉进修，每年都要上二三十天的课，每上一个新的教练课程，都要从最基本的模块学起。对于ICF所规范的十一项教练专业能力，经由不同的大师级教练的演绎，总会有些新的角度，我也常有新的领悟。因为有发自于内的学习动力，所以我每次上课时能够踏踏实实从头开始体会、观察，并时时代入自己做辅导时的场景加以复盘、揣摩……感觉自己找到了一些“保持愚钝，保持饥渴”的感觉。

举个例子，有个叫“乔哈里窗”的工具，我二十几年前在IBM初期培训时就学过的，当时觉得特别简单，没当回事，当然也就说不上应用了。直至几年前的一次课上，我又听丽萨老师讲起，心里闪过“这也太老掉牙了”的念头，立即觉察了，即命自己找回“保持愚钝”的状态，放空，竟然就开了“天眼”，拜服，接收，再消化融合，转身就用到了私董会上。

私董会原是来自美国的舶来品，英文是“Peer Advisory Board”（直译为“同侪咨询会”），应追溯至美国的教会社区文化。美国是移民国家，从欧洲来的移民大多数都是基督教徒，定居下来，刚能满足果腹生存，就要赶紧建教堂，以便使灵魂也有个依托之所。教区随着居民的聚落而形成。每周末，家家户户都会去教堂，做完礼拜后，比较亲近的家庭会接着午餐聚会，谈及各自家庭中种种事务，就自然地形成了家庭之间的纽带与互助，并成为传统。美国是“车轮上的国家”，家庭和成员都经常迁徙，但能几十年保持家庭间团聚传统的家族，并不鲜见。

这个传统，后来自然而然地被CEO们借用了，CEO们先是一起玩，无论是高尔夫，还是“进化”到游艇、飞机、私家海滩、别墅，能玩到一起的，基本都是近似的层级（财富、品位等），也一般不大可能是同行业的竞争者，同侪、同社会阶层、无竞争，构成了沟通和信任的基本条件，待到CEO们一起玩出了信任，就自然地形成了“私董会”——游玩之余，聊点儿有用的：一起互助解决些各自企业经营中遇到的实际问题。

CEO们都有对效能和效率的本能追求，自然会迅速形成一些流程、规矩，从CEO同侪们轮流当值主席，渐次演化到请资深或退休的CEO当主席，再演化到由资深并能中立且能有效引导流程的人当主席或主持，猜猜，什么人符合这些要求？——就是专业教练，最好还是有企业经营经验又受过专业教练训练的！因为有效——而且是其他任何形式的组织都不能达到的特效。后来蔚然成风，于是就有专业团体和以盈利为目的的公司去深入研究琢磨，以至开发出一整套的流程和方法，甚至还后补找到了理论模型作为依据，使这套方法更具逻辑和效率。

简单说，私董会就是一群互相信任、彼此平等（没有直接竞争、志趣相投、地位相近）的人凑在一起，每次公选出一位“案主”的问题（“私董们”投票选题时，都会偏重于对自己有启发、有意义的问题），再讨论、解决。

基本流程是：集中提问、提出建议、案主反馈行动方案、董僚分享收获。

首先要集中轮流提问（要提问很多很多轮，直至再提不出问题了才算结束）。提问环节对案主来说简直就是酷刑拷问，而对其他私董们来说，如何提出好问题也是很大的挑战。充分提问的环节过后，董僚们才能给案主提出建议，帮助解决案主的问题，所有参与的董僚经此过程也都能得到启发。

我又回到企业帮忙的那三年里，忙得人仰马翻，还坚持亲自给那些已“毕业”的高潜高管主持私董会，就是希望他们结业后不散伙，能互相帮助，能形成更深的信任，真正成为兄弟连。他们都正当年，江湖上风急浪险，职业路山高水长，在临事需要时，有可以信赖依靠并放心咨商的“兄弟”，才知珍贵。其实，这也只是我个人的一点儿执念而已。各人有各人的造化，有能力且上进的人，自会挣出自己的一片天地。

这些同在企业内部共事的“私董”，既是同事，又是集团级高潜翱翔班的同学，彼此之间的信任基础很深，也真诚地愿意互相帮助，就是不大会提问题——平常都习惯了接受命令或亲自发号施令。

“什么叫发人深省的好问题啊？”

“怎么才能提出好问题啊？”

…………

每次我都是口干舌燥地解释、打样、不断地纠正，效果都很一般。这次，我搬来这个“乔哈里窗”（如下图）：

开放区： 你知，别人知	盲点区： 你不知，别人知
隐藏区： 你知，别人不知	未知区： 你不知，别人不知

图 23-2　“乔哈里窗”示意图

我把这简简单单四扇“窗”画在白板上，然后问大家：

“哪个象限的问题对‘案主’最有帮助、最有启发？”

大小伙子们如小朋友般齐声答：“盲点区与未知区！” 然后都哈

哈笑。

原先大家一直都纠结着问左侧的“开放区”或“隐藏区”的问题，私董们倒是得到了些信息，但对于案主来说毫无营养。

要点是：提问，要尽量与案主一起探索“未知区”。最后的建议部分，要尽量针对未知区给予思考的角度，再点出对于案主来说可能的盲点，才能对案主有更大帮助。

然后，就是见证奇迹的时刻了。问题中十有八九能击中案主，引发深度思考，真棒！这也非常适用于如何提出“发人深省”的教练式好问题。

私董会也分“专题”或“专场”。

专场，就是请全体私董到某位的企业去，先是实地考察、高管访谈，再回到案主本人的困惑主题，起码要花上一整天时间（当年我给橘子做的就是专场私董会）。

专题，就是在私董会开始时，先请私董们匿名写出一个自己的真实问题，再一起张贴到墙上，在审视了所有十几个问题后投票。每位私董可投两票，获得票数最多者，当选本次私董会的案主，这个过程起码需要两至三小时。

主持者须反复强调：问题，必须是真正的问题，而不是“课题”。比如：“如何制定战略？”就很像是上课、研讨的课题，普适有余而针对不足；而“我的企业请各种顾问公司认真做过战略，但总是不能落地”，就有些像真实的问题了。

但当选的问题在深度追问之后，往往会呈现出更深层次的根源，不同于甚至远离了题面的描述，这其实正是私董会的价值所在：只有挖到根源，才有可能根治。

举两例。

◯ 例一

“我的企业试图用各种股权、期权的长期激励以及高于市场平均薪资的薪酬吸引人才，但总是不能留住职业经理人，该如何做？”

这是很多创业家的共同困惑，于是高票当选。但几轮提问追究下来，发现这位案主的问题根源是，夫妻创业，分工不清，政令分别出于内帏外庭，令员工无所适从，也造成诸多复杂和矛盾，高薪诚意聘请来的职业经理人更是难以适应，也难以施展才能。尽管这并不是各位私董投票选举时所预想的内容，但因为都是相似阶段的创业者，所以也都从过程中得到了不同程度的启发。

◯ 例二

“我的老板经常朝令夕改，没有定性，我该如何做？”

这是几乎所有高管的共同心病，于是，高票当选。案主开始陈述，几乎立即进入激动难抑的悲怆状态，众人听来、问去，发现其实案主的真实问题是缺乏与老板的有效沟通，自己想着“他当然应该都知道啊！”“他既然知道，为什么还如此不公平？”，然后就越想越不公平，委屈死了！

就是在这次私董会上，各位私董的提问好一阵子一直纠结在过去的具体细节，也就是一直在“隐私区”打转，对于案主毫无帮助和启发。

于是我搬出“乔哈里窗”，各位私董恍然大悟，提问随即转为探询“未知区”，比如：

“如果站在你老板的位置上，他可能是如何考虑的？”

“如果站在你老板的位置上，他对你的期望可能是？”

“这份工作，对你个人的意义是什么？”

…………

两小时过去，这位案主已从潸然涕泣转为豁然开朗。各位私董也起码都学到了有效沟通、主动沟通、同理、共情。

还是这个关于学习阶段的“阶梯”图（见下图），特别简单明了：

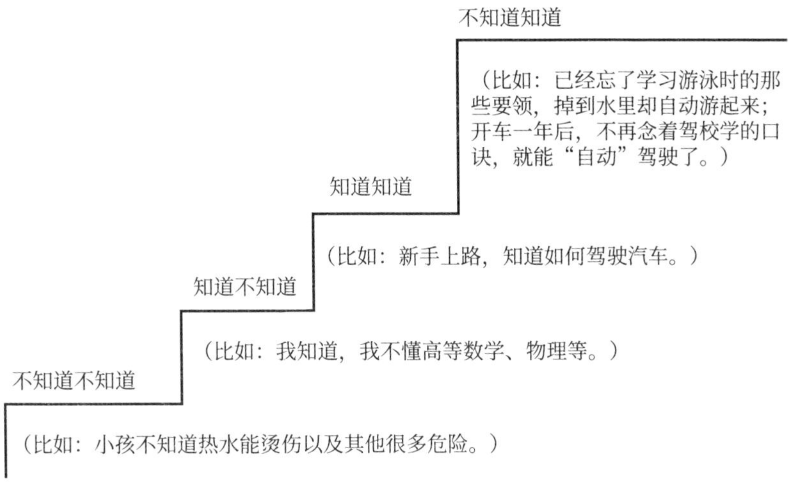

图 23-3　学习阶段示意图

这不仅是个人学习阶段的必然阶梯，也是组织成长的必经阶段。

在我看来，还有一个阶段可能出现在任意阶梯之间，那就是：“以为知道”，甚至“以为都知道”，太满，就不容易听进、学进，会自以为是地将有价值的宝贝顺手扔掉。这其实才是学习和进步的最大障碍。我以前就经常犯这种毛病，比如：事隔二十几年，能找到“保持愚蠢”的心态，才有可能“重新”发现“乔哈里窗”以及很多经典的妙用。

私董会，就是要通过集体的帮助，探索“不知道不知道”的，学习“知道不知道”的，分享“知道知道”的，发现并提炼“不知道知道”的，以及直接指出那些“自以为知道”而其实不知所以然的盲点。

尽管每次都围绕着“案主”的专题，但确能使大家共同学习，共同进步。

这个“私董会”，其实不能算是教练之“外”的，在演进过程中大家很快就发现：主持人如果是专业教练，会最有效。

三、BLM（业务领先模型）

二十年前，我从莫师父那里学到他自创的“IDA”工作法：Insight、Decision、Action（洞察、抉择、行动）。他引导的团队共创，都一定从“洞察”开始，先甩开眼前和脚下的各种现实困境，先向外看“机会的宇宙”，洞察、选择、调整，再重新配备资源、制订行动计划。那是我作为团队的头儿，第一次完整经历使用战略方法的全过程。莫师父的IDA方法，快速而高效，用他的话来说就是：“Focused as Laser”——如激光集束般专注、穿透。IDA的脉络逻辑堪称BLM的极简提速版。

我最后一次请莫师父来帮忙梳理战略，是我自己创业的第二年。

我的创业合伙人是位美国人，天才型的人物，做电子合成音乐的开山级人物，是最早给迈克尔·杰克逊配电音音效的。他因为嫌弃DOS系统之类的软件平台不好用，就自己花了十来年立志做一个神奇的、无边界无限制的软件应用平台，他做出来的产品模型真是惊艳。

天才把自己的家和工作室建在山上，上山的路九曲十八弯，风景不错，站在阳台上欣赏一下，满眼林木葱茏，林间松鼠蹦跳，萌萌地招人爱怜……一低头，腿软了：原来房子建在悬崖边上，阳台下悬空几十米，就凭些单枝圆木支撑着！天才不免都有些特点，这位与松鼠相处极为和谐，与人相处则……充满戒备，甚至无礼。

没料到，他竟提出："合作的条件是，你方须由Juliet负责。"这是哪儿和哪儿啊?！我就是被朋友拉来看看热闹的，顺便客串了一会儿翻译。

朋友们软磨硬泡，各种说服，一来二去我就半推半就地被架上了轿子，去主事这个合资创业项目了。后来我才能看得清楚些：我的创业初心，其实还是"我"想要的辉煌。至于朋友情分之类的，都只是点火的捻子，即使没遇到这个，只要"初心"不死，再遇到"机会"，还是会兴致勃勃往里跳。

莫师父离开上海之前，我问他，如何看我这次创业，他说："不看好。"以我对他十几年的相知，他这已经算是很委婉了。

我不接受！急赤白脸地争辩说这个创意多么好、这个软件将如何改变人们的生活。

他静静地听。等我气急败坏一大通，抓过酒杯，住了嘴，他才慢慢说：

"Juliet，你知道我多么希望看到你成功。但在这里三天，我问了很多次：'我作为消费者，会因为什么原因掏钱买你们的产品?'都没有得到我能听得清、听得懂的答案。你能告诉我吗?"

我气结语塞。

后来我偶然读到："第一原则是，你不要自己骗自己，因为你是最容易受骗的。"据说这是费曼说的。可惜，很多创业者都太容易陶醉在自己的创意楼阁中，太容易被自己的初心感动，而罔顾想象出来的楼阁下面是沙，很多都没有严酷地自我拷问过：谁是用户？谁，为了什么，而埋单？

这个问题，是多么痛的领悟，从此魅影般跟随着我。当我为客户引导战略工作坊、商业模式规划时，是必定要穷追不舍、刨根问底的：谁是你的用户？你为用户创造的价值究竟是什么？用户凭什么要买你的产品？……凡有机会，我必要尽全力提醒我的客户。我觉得，战略、流程、组织、文化，如果不围绕着真正的用户 / 客户价值，效果 / 结果都不会太好。

我对于BLM的全面理解，则是更后来的事情，是我离开IBM很久之后。

20世纪90年代初，郭士纳带领IBM的核心高管团队，加上哈佛的教授学者，共同从IBM的生死大转型的实践中总结、提炼，历经十年不断更新补充而成的战略规划的系统方法，堪称活的经典，却起了个很平庸又很大的名字：业务领先模型。再大约十年后，我国有家公司花了大价钱买了BLM的服务，并坚持僵化、固化（好像至今也并没有太多“优化”），一以贯之地应用，直至现在。这个公司就是华为。

如今，市面上有各形各色的战略方法，随企业所处的阶段和行业，可有各种选择和偏重，但其实都脱不开一些基本的框架和逻辑。管理大师彼得·德鲁克在1950年出版的《管理的实践》中就有关于“预算”的论述：“重点其实不是遵守预算，而是这个预算是否合理。”要想做到这个“合理”，其背后就少不了战略的思维和方法，如今绝大多数企业都做预算，但正如另一位大师级管理学者所说：“只有极少数能拟出值得遵守的预算。”大部分企业预算离谱到无法实现，团队拼了老命也够不到，即便霸王硬上弓，考核KPI，甚至签署内部的业绩对赌协议，也做不到“考核什么就得到什么”。究其根源，“合理”“值得遵守”等背后的逻辑，都会归结到战略。

BLM，就是最经典也最好用的战略方法论之一。在今天的VUCA时代，更应成为企业家与高级管理者必须具备的基本能力。

尽管我曾亲身经历了郭士纳引领IBM世纪大转型的头几年的波澜壮阔，但当时身在其中且资历尚浅，其实理解不到战略层面。而且，BLM战略方法论是在转型中逐渐生发、完整起来的，历时数年方法论框架才始得成形，而那已是我离开IBM之后的事情。

我有位朋友，从IBM的同期学员开始，集训时同学兼同寝室，一起熬夜做作业、逛街、八卦、出差、吵架（很多次）又和好（很多很多次）……再至后来择邻而居，搭伙远游，交情可谓深远，但极少谈及“正经事”。几年前偶然发现，她竟深谙BLM方法论，而且是实战导师级别的，立即殷勤延请出山，并明确表达：“我可动了‘贪心’，要拜师学艺啦！”话毕，就硬上了：赶着给她当课程助理，凡不懂就问，绝不担心老师嫌烦。不过老师倒也没烦，倾囊相授，直至我自己学到全套功法，能够独立自信地引导工作坊，为高潜学员的学习推演，也为企业家领衔的高管团队实战操练。我所谓“能够独立自信地”，也就是能过了我自己这道槛，而我给自己设的槛，还真是挺高挺高的。

论起BLM的由来，也并非凭空原创，而是兼收并蓄了不少经典战略方法的精髓，经IBM的世纪大转型的实践，加以补充、调整，再由IBM与哈佛的顶尖团队合力完成，免费开放，足具公益诚心。又因其根基深厚，且在实战中磨砺数年而成型，所以也足具上乘的实用性、完备性与普适性。

国内也有不少企业学习运用过BLM方法，但真正能把BLM僵化、固化再融化到企业的四肢百骸所有关节，真正形成往复不息的循环系统的，只有华为，BLM也因此在中国大大提升了知名度。

我有时竟会想：当华为不再需要重金聘请IBM的顾问之后，IBM自己还会继续认真地运用BLM吗？运用得又如何呢？就不得而知了。

现在网上随时可找到BLM的由来、理论探源等各方面的文章，此处不多赘述，仅将模型录此，作为以下我个人一些体会的参照。

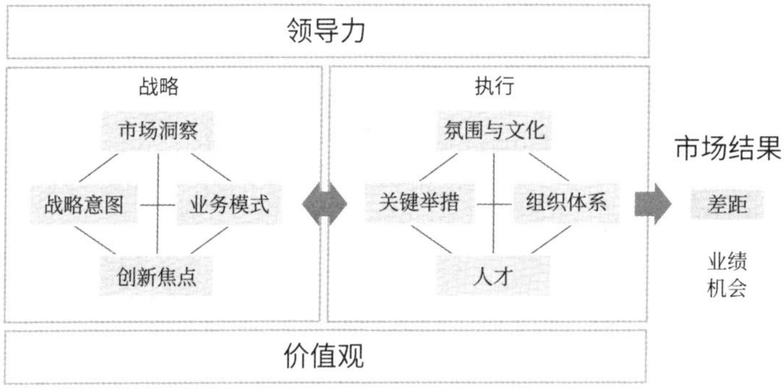

图23-4　BLM模型示意图

在此，我只谈一些个人在运用BLM方法论过程中的体会：

1. 顺序很重要

华为在这个完美的图形的最右侧，加上了“差距”，这才是整个方法论应有的起手第一式：

先看业绩差距——向内找原因。

再看市场差距——向外看竞争对手、看行业标杆。

“差距”高悬，带来真实与强烈的紧迫感和压力。当真的孤独求败找不到对手时，那就更是“最危险的时候”了！这就是华为的逻辑。

第二步：看宏观趋势。有几个要素是绝不能少的，但不限于这几个：政治、经济、人口、技术以及消费者趋势。当今，即使是纯做To B（以商业、企业为客户）生意的，也少不了要相当深入地理解自己B客户的C用户：消费者。宏观分析的目的是洞察到机会，作为战略选择的重要根据。

宏观：抬头看天很重要，而很多企业往往只看自己企业的竞争对手或是所处的行业，这是不够的，不是战略。

基本步骤的顺序是：

①差距分析。

②市场洞察 / 识别机会。

③战略意图。

④业务设计 / 创新焦点。

⑤关键举措 / 执行分析。

⑥行动计划。

如今，各种专业的行业分析报告唾手可得，也有各路专家能做深入的解析以供决策者参考，但最终的战略抉择还是要考验企业家、CEO的，无人可替代。

2. 衔接很重要

最常见到的脱节有几处：

- ③、④之间："战略意图"选择了新的机会，而业务设计只停留在轮廓描述，没有基本的业务逻辑 / 流程的设计；至于创新焦点，至少应该包括根据业务逻辑 / 流程的组织与资源的相应配置。没有这两个作为保证，意图就只能停留在纸面上了。

此处，有一个特别好用的工具："商业模式画布"。战略意图确定后，就基本清晰了选择的战场以及目标客户。而这个"画布"，可以将各种模式先纸上演练，演练成立后，再以MVP（最小可成立模型）来做闭环测试，再修订调优，最后调集公司内外的资源来大规模复制之。我在实战工作坊中，亲自见证了客户用这个工具操演出指数级增长的模式。所谓"画布"，真就是一张图表，只有九个格区，很容易看懂，按照顺序将九个模块都填上空就行；但若想学会、会用，就有点儿难了。不过，大不了也就三天两夜的工作坊，再加上些作业，也就学会了，最重要的是企业老大与核心团队的决心。

■ ④、⑤之间：这也是“战略”与“执行”部分之间的衔接，没有这个衔接，就失去了中间的钻石，BLM就将沦为纸上谈兵。

有些企业很认真地坚持做战略规划，规划三年，每年回顾，滚动修订下一个三年规划。几年过去，发现最初的三年目标，竟一直保持原样未动（比如：三年前提出的市场占有率目标是“一年进入行业前三、三年进入前两名”，四五年过去，发现年年“滚动更新”的仍还是同样的目标），究其主要原因，就是缺乏了战略与执行之间的衔接，资源、组织、能力、流程统统没跟着战略变化，战略当然无法落地，只能停留在纸面上、口号中。

每年回顾时，都是因“市场的××、××发生了很大的变化”……没错，市场环境的变化就是会越来越快，所以才需要企业家们应变而行，才需要费事费时费心力地做战略。

■ 核心高管团队制定的战略，要保证中层管理者能够充分理解，才有可能分解成可以在基层落地执行的行动方案。

但比较常见的是，各个层面对于战略的理解有相当大的差距。各自努力，不大可能做到标语上的“力出一孔”。

3. 逻辑很重要

BLM的顺序、步骤以及整个模型，都显平淡无奇，并没有“标语”类的词汇。而其中最有力量的，就是串起各个环节的逻辑，使用者须有意识地随时自查。自查恐怕不够，总还会有盲区。在此，又要推诩华为的“蓝军”配置：在战略研讨以及重要决策时，蓝军专门从事挑战、挑刺的工作。而挑战、挑刺最关键的着眼入手处，应该是逻辑、趋势，而不是大学生辩论赛式的伶牙俐齿。

4. 文化很重要

在BLM模型上下各有一条：“领导力”与“价值观”，颇有顶天立地的意味，实际的重要性也是如此，有这两条，才成框架。

“领导力”，是要跟随战略选择的，每当“战略意图”等确认之后，尤其是有重大战略转型时，都要重新审视。

简单举个例子：当选择的是大企业客户、系统解决方案，需要集团配合作战时，领导力就会包含“平衡、协调”；而制造企业的领导力，则须具有德、日系的工匠精神与极致效率追求。

作为根基的“价值观”，可谓企业的灵魂。其实，这是在IBM转型的实践过程中做出的重要补充（中间的“菱形”在IBM转型后两三年就已完善，上面的“领导力”与下面的“价值观”，则是在之后又分别补充上去的）。

大约是2000年，IBM在郭士纳的领导下，从行将倾覆到重回主航道，显现出一派昂扬向上的勃勃生机。此时，IBM南美区域爆出行贿丑闻，这在IBM历史上闻所未闻，对几十万IBMer是极大的震动。郭士纳在全公司发动了一场价值观大讨论，从所有员工，到员工家属，到合作伙伴，集体加入讨论：我们希望IBM成为什么样的公司，我们才会以它为荣、以它为傲？

之后，BLM的框架有了地基的依托：价值观。

价值观包括使命、愿景、价值观，也就是所谓“企业文化”。

- 使命：我们为什么而存在？是利他的，高远的，为人类、为社会的价值。

- 愿景：我们要成为什么？是励己的、长期的，能时时激励自己的团队。
- 价值观：我们做事做人的方式，做什么、不做什么。

“文化”中的“文”，是提倡、倡导；而最重与最难的，则在“化”——化到企业领导者和员工的实际行动中，需要有机制的保障，更需要领导者以行动做榜样。举个例子：倡导“创新”，就一定要有鼓励创新、鼓励尝试与允许失败的机制、资源和土壤氛围，否则大家只会盯住头上高悬的KPI的收入、利润、周转率这几把由冰冷数值铸就的利剑，而根本无暇他顾、去创什么新了。

另外，当企业做出新的战略抉择时，首先要看的，就是原有的文化、组织、氛围、人才是否能够支撑新的战略。举例：当一个一直做To B（以商业企业为客户）生意的公司，决定进入To C（直接面对消费者用户）的市场时，最难的，可能就是如何切实植入“以用户为中心”的价值观。

我早先曾评说：“我喜欢IBM的文化，提倡团队合作，厚重、温暖；我不喜欢微软的文化，傲慢、自大，不那么尊重个人。” 现在我知道了，这类评价是相当浅薄的。文化从来就是为了支撑战略的，个人的好恶，无关紧要。

当年，微软做的是个人电脑的软件，重要的是好用、灵活，企业提倡和鼓励的是“酷”，是灵感创意。而灵感创意大都来自那些最多才不羁的程序员，他们最烦各种条条框框和“协作”之类的东西。“软件怎么能没有bug？”大不了重启一下呗。

而IBM做的是巨型计算机系统，没有任何超级英雄能独立服务任何一个企业用户，必须团队协同作战，文化中也就必须强调团队合作。IBM的用户通常是要求7×24小时运转，关键业务，比如银行、气象、民航……差错零容忍，所以“软件怎敢有bug”！

两个公司所选择的战略不同，文化当然也不同。

这几年微软因其新CEO的新战略选择，而必然地带来了文化转型，在微软文化中竟然出现了“共情”“尊重”这样的词汇，不禁又恍惚，这好像更适合IBM。不过，那也只是记忆中的几十年前的老IBM了。至于IBM今天的文化，我有时会好奇地询问仍在IBM的高管朋友，竟都语焉不详，异口同声地回答：“说不清楚。”是太复杂，还是因为“文”与“化”之间微妙得不清楚？不得而知了。

文化从来就不是虚的，是为了战略服务的。好的公司，必有与战略相匹配的“好”的文化。套用一个句式：“文化不是万能的，但没有文化，是万万不能的。” 其实，文化一直都存在，在领导和员工的行为上，能清楚地看出来。

5. 老大最重要

BLM框架的最上面，是“领导力”，这个位置太有深意了：领导的能力，决定了企业的高度。而领导力中最重要的，是最高领导人。在中国尤其如此：中国的现代企业史与改革开放同龄，才四十余年，很多“传统”企业的创始人仍处在企业经营的绝对中心位上，更多的“新兴互联网”企业的创业者，还正值盛年，将领导企业很多年。企业家、创始人对于企业的影响，极为深远，企业的基因中有极强的企业家的个人印记，若想进化、改变，可能需要历经几代人的努力。

处在如今的VUCA时代，无论多么天纵英才的企业家，也不可能全知全能了。而他们久处高位上，不免会听到很多“伟光正”的颂声，听久了，难免就真信了，会渐渐看不到真相、真人与自己。

我认为，在当今的时代，企业家最应把握的三点是：1）看清楚战略；2）培养与激发团队；3）引领文化。而要做到这几点，需要舍得放手，懂得退后。这也是所谓的格局，格局不够，就会妨碍眼界。

滔滔难尽，言止于此吧。老大，的确最重要，没有之一！

四、角色之间

教练是我的主要工作，我还有其他一些工作，当然，还有生活。于是，我就有很多不同的角色。

教练，与所有的其他角色都很不同。然而，在教练事业中深度浸染多年，不知不觉间，已使得我在不同角色时都能有不同程度的“教练式”，角色之间的转换也变得更加润滑、自然、愉快。

以下，是我个人辨识各种角色以及角色转换之间的一些要点。

1. 讲师

讲师（培训师）——讲授知识与方法，以讲为主。

这些年攒下了一些课程，基本都是被客户要求或是被“逼”出来的，包括：教练式领导力、管理实务（分初级入门、中级提升等层级）、BLM战略工作坊、商业模式画布、战略与经营目标工作坊、企业文化、领导梯队、HBDI（全脑团队）、沟通能力（“说话”系列），甚至还有社交礼仪……这一盘点才知还真不少呢。大部分课程都是我去企业帮忙那三年，为了培养集团高潜学员而开发的，说不得，自然都是在“工余”时间加班熬夜攒出来的。

讲课，做培训，对我而言，性价比本来挺好。因为都是自己亲自开发的，亲自讲过很多遍，早已烂熟于心。但我给自己定了个讲课的要求：“有高度，听得懂，学得会，带得走。”

这十二字令把我折腾得够呛，缺了哪一个，我都会跟自己不高兴。同样一个课，这次是给高管讲，下次可能是给中层管理者讲，听众不一样，需求会很不一样，于是，几乎每次都要重新设计。

每次讲课之前，都要充分了解听众的具体情况，企业的要求有时挺笼统，必须尽可能预先了解听众的情况。然后，再重新审视课件，重新设计练习、互动的环节，经常是备课的时间比讲课时间长出好几倍。

学习教练后，我对人的心理、脑神经的构造、认知偏好、注意力结构等都有了更深理解，也了解了“沟通漏斗”（见下图）之类的认知模型，设计课程时，就会更有意识地照顾听众的接收便利，而不会只顾自己说得兴起一泻千里。每节课下来，我不仅腰腿累，连眼睛都累：全程两眼圆睁、探照灯似的扫描全班，见到打盹儿的，立即变个奏，比如暂停一分钟大家做个互动活动；见到微表情里疑似有问号的，立即放慢解释一下；有开小差走神儿的，就点个名，请“分享一下你的思考”……

图 23-5 “沟通漏斗”示意图

有些课程，无论如何在课堂上设计互动、练习，都未必能达到“学得会、带得走”的效果，那我就换个形式：工作坊！

比如，当我发现，已在总经理位置上的翱翔学员，竟还有不少以为每年的“KPI + 预算”就是战略呢，相当缺乏对“战略”的理解和制定战略的能力，我就自己将“BLM方法论”改编为工作坊，使之更适合企业的实战需要，也更利于学员的理解、吸收。

BLM，就是个方法论，光凭讲授是学不到什么的，必须是工作坊的形式，边学边练。

在工作坊，我尽量把学员按照实际公司核心团队的配置来分组，根据实际需要边学边制定真实的战略，基本上都是真实团队的真实演练。每组十来个人，各种C × O等角色齐全，都要有角色代入地投入。学员最多时，工作坊分了多达八个组，每个组的关键作业都要一一课堂点评，因为各组的实际业务和模式不同，逐个点评特别有利于全班同学学习。而对于引导者来说，从体力到脑力都相当有挑战了，正因为有挑战，也才更过瘾。亲自引导两天两晚的课程，累，自不必说了。

当我发现，不少学员都缺乏高效“表达”能力，尤其缺乏在不同场合的应变，就亲自攒写了“说话”系列课程，仔细设计手眼身步法的练习环节，保证所有人都全程参与，都能充分练习到。为那十二字令中的“带得走”，设计那张带得走、方便用的卡片，我就熬了两个晚上。

再举个确保“学得会”的例子。为了让大家练习面对镜头，我在课堂上架起摄影机，扮演记者，然后将采访回放，让大家看得更清楚，更有真实的体感。当年，我参加IBM为新任高管安排的媒体采访课程时，我起先还觉得，自己经常在公共场合演讲已经挺不错的了，直到录像再回放时，才发现简直不忍直视！面对摄像镜头，另有一整套技巧与艺术，自己差得忒远了。为了这些学员，我连以为早遗忘了的陈年记忆都翻出来了，也算是精诚所至了。可惜，我只有机会教了系列之二：演讲、电视采访。至于面对内部的高层汇报、外部的圆桌论坛等都还没来得及讲，就先压在箱底吧。

学员们大多数都是从前线战阵中冲杀出来的战将，猛将出于卒伍，勇猛彪悍十足，但相较之下就缺乏社交场合的风度礼仪，他们可都是需要在国际舞台上展现风采的。那就请专业老师来讲着装、色彩、配饰，再摆上西餐、各色配酒，从餐前寒暄、座位、餐具，到开胃酒、面包、开胃菜、汤、主菜、主菜配酒、甜点，大家边吃边学，我和老师扮演主人，一道道、一样样地教。当年，我们这帮本地的土孩子在出国接受培训之前，IBM的培训经理Susan就曾亲自带我们吃了一次西餐，从如何拿刀叉开始教，我才知道，小时候妈妈带我们去的北京动物园旁边的老莫（莫斯科餐厅），只是俄式民间的吃法。现在，轮到我来教了，眼前总会浮现Susan的美丽、优雅和金发发髻周围的柔光。我在心里默默拥抱她。

写到这儿才刚算明白这个账，开发这些课程的过程可都是透支心血的。就满足感和价值感而言，讲课也是会有的，尤其是在问答互动时、课程结尾提炼要点时，这时能集中看到满屋子亮闪闪的眼睛，整齐的点头、应答以及热烈的掌声。但满足感会比较短暂，精心设计的“带得走”，对于讲师而言，也就只能止于“带得走”了，至于听讲者究竟有没有带着走，有没有用得上，就完全无从知晓了。这就使得我个人的“价值感”打了折扣。不像教练，有及时的反馈和长情的陪伴。

讲课倒是有另一个“好处”：不用顾虑“听多说少”，至少可以“说八听二”，可以尽情地讲！偶一为之，纵情本性，也是很畅快的。

回想起来，我以前做学生时真是挺讨厌的，逢上课先给老师相面，在第一分钟内判断这个老师的课是否值得听（主要判断依据是外表和风度），在两分钟之内抓住老师的口头语和习惯小动作，并有机会就模仿之，甚至在发言或提问时有意“植入”老师的代表性特征。我模仿能力天生就好，学得神似，同学窃笑，老师却并不知道。

老师还没讲，我已一目十行浏览了一遍教材，自以为是地画出需要听的部分，其他都是自以为理解了的，就不用好好听了。我还会不断给老师提问题，经常是存心捣乱的，提个自以为刁钻的问题，窃喜之余还要与气味相投的同学们飞去几个意会的眼神。

等到我教课时，遇到这种学生，一眼就认出来了，能忍着笑，但往往忍不住要不动声色地修理一下，暗道：这是本老师我玩剩下的呀，小样儿。

这也是当老师的独特乐趣。

2. 师父

师父，传授手艺和心法。手口兼用。

以前，叫我“吴总”“吴董”的比较多，其实也就是个称呼，职场里约定俗成的规矩。

后来，赋闲，再入世，我就特别留意抵制这些职衔称呼，也不能说是矫情，是真不喜欢这些头衔帽子附带的各种感觉了：沉重、等级观以及俗气。我的抵制努力十分认真、持之以恒。后来，直接叫我名字的，或称教练、教头、老师的比较多了，也有几个坚持称“师父”的，这些我就都含糊接受了，反正我知道，我做的是教练。

只有极少几位，我是真把他们当徒弟带的。

按我的理解，师父与教练的区别是：师父是要手把手地教徒弟的，真要交给徒弟手艺，直至教会、照样做出作品来，才算教出师。这还不算完，做人的道理也得教，那可就是一辈子的事了。师父急了，骂也骂得，打也打得，旧时代学徒是要签生死状的。徒弟，既是学徒，也有近似亲缘子弟的关系，师父急了，你得恭顺领受，心里暗自有个不乐意都属悖逆。这缘分不容易碰到，真碰上了，就很重，师父就得挂念一辈子了。看见相声门里有师徒反目、闹得很难看的，我也暗自警诫自己，哪天徒弟飞高了、飞远了，应该高兴，可别想多了给自己找别扭。

教练与师父相比，简直就是大撒把，陪你一段，伴你起舞，尽力而为，看你造化。教练，是另一种境界，始终需保持一种专业距离。

以前我带团队，其实很多时候都是师父式的，那会儿也就只会这一招。费力、累心，散伙时还伤心动肺，惦记着怕自己心爱的团队“落”到别的领导手里受委屈。有过几次经验，也就知道了：离开了，大家各自都能过得好好的。

但当教练的三态已成习惯，再做师父时，我也会更从容，更有同理心，也更耐心了。很少骂，还没打过。徒弟们，偷着庆幸去吧。

师父与徒弟之间的典型对话（简约、速写版）：

徒弟：师父，我遇着这么个事，我这么……想的，这么……做的，请您给把个脉。

师父：×××做得还不错；×××就不靠谱了！我之前和你说过多少次了？你再好好想想！

徒弟（嗫嚅良久，心说：“师父说过的话可多了呀，您倒是说的哪句啊？”）：我想起来了，您告诉过我……

师父：（喝断）错！再想！

徒弟：师父我错了，您给提个醒呗。

师父：（此处省略一千字）……能不能记住啦?!

徒弟：师父我想起来了。我懂了，那我应该这样做……（此处省略一千字）

师父：嗯，这还差不多，但还有……咋这都不会举一反三？再说给我听听！

徒弟：哎！您听我理解的对不对……

师父：凑合吧，用心记着点！

徒弟：唉唉！徒弟谨记。师父您消消气哈，您喝口茶，嘻嘻。

教练与客户 / 教练伙伴之间的典型对话（简约、漫画版）——

教练：今天您最想谈的话题是？

客户：……（讲几分钟）

教练：关于这个话题，今天约谈后，达到什么样的状态您会满意呢？

客户：……（讲几分钟）

教练：如果达到这样的状态，对您的意义是什么？

客户：……（讲几分钟）

教练：如果实现了这些意义，会给您带来什么改变？

客户：……（思考）……（讲几分钟）

教练：那么，又会给您周围的人带来什么改变呢？

客户：……（思考）……（讲几分钟）

至此，二十分钟过去了，客户对这个话题的意义已经有了深入的认识，必须找到方法来实现想要的状态了，绝不能再凑合。然后教练继续发问。

教练：如果1是最低，10是最高，您会给这个话题的重要性和紧迫性分别打几分呢？（教练要再次确认：客户把教练约谈时间花在真正重要的话题上）还有其他更重要的话题吗？

至此，起码三四十分钟了。然后，进入流程的第二阶段……（最少还有三个阶段呢）

对比一下，师父也太爽了吧？是的！可您那是没看见师父上火着急啊！没听师父说“和你说了多少次了”。还有一条：师父未必啥都会啊！而且，告诉的效果，远远不如自己想明白的好——而教练，就是要陪着客户，带着他、陪着他一点点想明白，他自己想明白的，就会去做，哪怕把教练忘了，都不会忘记自己的目标。

如此说来，为啥还要费心巴力着急上火地做师父呢？我只能以我有限的“师父”经验说：师父并不一定是想做就能做的，即使不想做，但缘分到了，就得伸手接住，不能让一片赤子之心掉地上吧！师父有师父的好处，倒不是为了束脩或四时节庆孝敬。我吃素，也不需要那个，就是那份类似子弟亲情的双向牵挂，虽然沉重，可是热乎乎的，很暖心。

3. 顾问

顾问，要为客户的具体问题提出具体的解决方案。

在辅导企业家的过程中，我也会遇到客户提出的各种需求：讲课、辅导高管、带接班人、帮助把脉重要人选……以及来企业帮助诊断、现场指导，这就是“顾问服务”了。

不过，我这个“顾问”，不是按专业顾问的套路来的。借用“顾问”的名头，主要是为了以资区别：不是一对一的教练辅导；并且要做的事主要是给建议：有“问”才“顾”，有问即答，无事不扰。

不同于专业顾问的是我没有固定套路，只有一个明确目标：解决客户在经营管理中的具体问题；而且，述而不作——不出任何报告之类，倒是经常给客户留作业。遇到认真做作业的团队，再参与督促他们完成作业，也是可以有的（如前章中的“又一坊”）。

我会事先与老板说明几点：

> 1. 不写报告（我只做我能做的、喜欢做的事）。
>
> 2. 我会择要而言、直言不讳。

这真会把老板刺激得面红耳赤。比如，我就曾对一位CEO说："你的×××战略是伪命题，因为×××逻辑不通。"无论对方多么好的涵养，恐怕也难免羞恼吧？其实，老板们如果能有这么一位直言无忌的"顾问"，还是挺有价值的，很多老板都特别需要，能帮忙补上盲点。如果问起："我可否直接说？"老板都会完全同意，并称："越直接、越尖锐越好！这正是我和企业最需要的。"但不知，在随后被刺痛以及被布置"作业"时，是否仍能保持"痛快"。

但有些顾问会倚恃老资格，啥建议都敢给，刚聊了二十分钟，就敢说"你可以砍掉研发，就能省一大块成本"，可他连人家的产品、技术、战略啥都没听没问呢！这类顾问是我的反面榜样。

> 3. 如果你觉得我的哪个观察和建议是对的，就请制订行动计划，并让我知道进展。没有行动、没有反馈，双方就是在浪费时间和资源。
>
> 4. 有需要则约，无事则不扰。

按照客户的需要，给客户充分的选择。无事时，两不相扰。但其实，经营企业本来就是个系统工程，随时都会有"新"的问题变得突出、尖锐起来。企业经营最好的时候，最多也就能做到十个井九个盖。如果企业家啥时候觉得企业没有问题了，那倒是值得警惕了。

我做"顾问"的套路是：一般会要求出席一个内容和人员都比较集

中的会议，比如中期述职或年底总结。我只是后排就座，静静观摩，这样就有机会看到比较完整的经营运营的全貌，核心团队成员、公司和老板的风格，以及更重要的：感知公司的文化和氛围。

然后，我会向老板提出我的一些重要观察，包括经营环节、组织机构、重要高管，还有最重要的：对老板的观察。

举几个例子。

有位老板，做IT工程师出身，手上各种功夫都强，专业知识既深且广，属于一流的系统架构师。他出来创业了，以技术能力拿订单，以人品聚团队，初创的两年里，增长很快，欣欣向荣。到第三年，人员暴长到将近三百，开设了好几个外地的分公司（都是跟着当地签约的客户项目设立的），订单数量和合同额还可以，但呈现出人均利润严重下滑的趋势。更要命的是应收账款出现问题，严重危及经营现金流。

我参加了半天的高管会，发现这个公司没有专门的管理例会，每周例会都是跟着具体各个项目的项目进度会。这次高管会还是为使我了解情况特地召开的。

我列出几个问题，请各位高管都帮忙简单回答一下：

1. 各位的自我介绍：经验，背景，现在的职责，日常工作内容。
2. 您自己（的职责岗位）面临的最大挑战是什么？
3. 您认为公司最大的挑战是什么？
4. 如果您是老板，您会首先做哪几件事？

第3、第4个关于公司和老板角度的问题，大家一致的答复是“没怎么想过”，由此也能窥见一斑：公司层面的决策基本都在老板一人。

但令我颇为惊讶的是：关于第2个问题，竟也没听到什么内容，高管们都没有挑战吗？那挑战都在哪里呢，在员工还是老板身上？

将近三小时之后，我问老板：我是单独给您反馈，还是可以当着团队说？不出所料（如我观察到的：老板与兄弟们都挺和谐的）——他说：就请当着团队说吧。好的，我就说说我的直观观察：

> **1. 公司缺乏清晰的战略和策略。**
>
> 人效下降的表面原因是：项目多、人员扩张快、新员工能力差、稍有技术能力的员工流失率高。再往下看一层：有单就接，多数技术含量不高，利润也高不了。每单跟着客户要求而做的个性化用户界面工作比较多，沉淀/复用率很低。技术人员学不到东西，也留不住、招不到高水平的工程师。应收账款出现问题，也与缺乏清晰的战略方向、不择客户直接相关。当然也有内部管理系统的问题。各方面的现象，都指向公司没有清晰的战略。
>
> **2. 公司缺乏基本的管理体系。**
>
> 老板不喜欢管理，也“不善管理”，他技术很棒，几乎所有项目的具体技术问题，都需要他直接插手指导，这是公司缺乏具有基本效率的流程的主要原因。仅仅有效梳理流程一项，就可有效提升人效至少一半。老板不喜欢“出头露面”，直接导致了对一些可能有效的市场推广的忽视，三年多，基本没有形成品牌和市场影响力。新接的单，基本都是熟人介绍的，没有多少主动选择的余地。

所有高管和老板都点头称“是”。“顾问”的本职就是要指出根源、给出建议，要待到真能开始采取行动才有可能实现价值。

关键得等老板本人下决心才成：改变自己，或将自己不想做、不愿做的放手放权给有能力的人。对于老板本人重要的是：懂一些管理，授权给能者落地，但自己要学会做战略！

后续如何？我也再等着看下回分解呢。

另一个公司，年轻夫妻大学毕业后一起创业，做的是传统珠宝，但却能在传统之上赋予独特的人文情感价值。夫妇俩感情深笃，理念和价值观都很合，还都勤奋好学，上过各种商学院，也拜过好几个管理大家为师，战略思路也挺清晰。使命愿景价值观也都做得漂亮。快速成长了十年，2019年时遇到问题：增长幅度明显放缓，利润率下降幅度更大。问题好像与上一个案例相似？其实大不同：上一个案例是做To B生意的，这个是做To C零售的，在全国一二线城市已经开了几百家零售店面了，都是直营。

我坐在后排，听了一整天的中期复盘会，也方便观察。与会者是总部各部门主管，按照模板轮流汇报，从形式看，是比较整齐、职业化的。各种数据都很清楚，单店销售额普遍下降、费用额与费用率都有明显上升、零售店的人员流动率很高……然而，总部各职能部门都按计划或超额做了很多工作，我就是没听见有谈如何提升终端销售能力的。

我问能给我看看组织架构图吗，组织架构图相当复杂，得放大才能看清楚字。

总部机构不仅多，而且岗位分得特别细，从人均销售等指标再加上直觉：总部人太多了。

再看，从总部负责销售的副总向下，再有五层管理层级，才到达店面，而总部其他支持部门（培训、市场等）还有好几条线与销售线的不同层级分别“协同”，好像蛛网般密集交叉。只是，负责销售收入的直营店，却只靠一根细丝游荡在网的下面——几百家直营店，都悬吊在五级管理的最末梢，根本都没显示在组织架构图上。

脑补一下全景图，就是一个倒金字塔，总部特别重，分工特别细，职能之间密布着看得见和看不见的部门墙，而直接挣钱的直营店，只靠着“督导”这一丝的联系（督导大约是总部主管销售的副总以下的第五级，最多相当于组长吧），层层上达总部，再层层下达……遍布全国的几百家直营店，就靠这长悬于组织之外的一线蛛丝所传递的“营养和支持”生存。

我不太相信我的观察，反复与CEO确认了，是的，确实是这样的。CEO说：“我已有好久没去过终端店啦！”

我问：“‘好久’大约是多久？”

他仔细想了一会儿：“记不清了，起码有一年半了？”

最神奇的是，这个显而易见的情形，大家都没“看到”。这就是分工过细必然的副产品，大家各司其职，都非常清楚自己要做的具体事项，也都非常尽力，业绩不好了，大家就更努力地做自己的事。更细的分工，更多的内部“协同”界面，也就产生更多的摩擦，就得更卖力气……而不会去想如何帮助销售终端——离得太远了，想帮也不知道咋帮，也就更少有人能看到全貌了。

这个组织架构图是如何长成这样的呢？十年来一路长出来的，只管长，忘了修理了。

我给CEO的建议是：不要从总部各部门一个一个地“调优”，作用不大，反会生出很多新的麻烦和摩擦。应该从业务模式梳理，从用户/消费者出发，重新设计流程，再根据各个“价值点”（对客户有价值的才叫“价值点”）的真实输出，看清具体的能力需要，沿着最重要的价值点，尽可能地设计最佳、最简的流程，最后，才根据流程衔接的便利，把“组织”的帽子适配上去。至于那些在业务价值链上找不到位置的组织和人，就是应该修剪掉的。（在前面“君臣佐使，识维断问”一章，已对“以客户为起点为锚点梳理业务价值链”的方法有过简要讲述。）

我目测，只要确保对销售终端的一些基本支持功能不受影响，总部组织流程调整最多两个月，瘦身1/3，都不会有啥问题，因为很多总部功能都与客户价值没啥关系。这不是单纯降低成本提高效率的事，而是要真正回到专注用户价值，回到增长的轨道。

而且，流程梳理是要年年做、经常做的。市场在变化，政治、经济、技术、用户的消费行为等一直在变化，企业当然要随之做出反应和调整。又回到热力学第二定律：封闭系统不可避免会熵增，须不断制造负熵，方可保证企业机体的健康运行。

客户价值是起点，也是不变的锚，任何内部的争论，都须先检看如何更有客户价值。

业务流程在先——这里说的业务流程，是与业务模式等量齐观的，永远要从用户 / 客户出发，倒推真正的“价值点”。所谓价值点，就是必须有这些价值的输出，用户 / 客户才会购买你的产品和服务。用户 / 客户价值，必须是企业家或创业者不变的专注、不变的锚。

组织设置在后——组织为了保证业务流程的效率和顺畅，需要经常有意地打破部门墙：部门之间的、部门之内的，都要经常打开、通风，使企业习惯于开放，免于熵增、能量耗散于内部，在温水中舒适地泡着，直至慢慢窒息乃至煮熟而不知所终。

当然，顾问不是动手操刀的，只管建议，说说而已。真正起作用，还是要等老板下决心。所以，还是要辅以一对一的教练辅导。我个人的看法：以针对老板的教练辅导为主，顾问才会更有效。

案例中的CEO也认同总部的组织可能有些臃肿，但他还是想先与各部门主管商量、责成各主管主动提出精简方案。

我说：“不大可能做到的。”仍然按照现在的组织层级以及分工极细的框架，不重新梳理流程，怎么可能精简?

CEO半信半疑。一个月后，他告诉我：“真被您说中了，一轮谈下来，连个零头都精简不下来。”

我认为，公司发展到这个阶段，最重要的目标，是要重回用户价值，价值链清晰后，业务流程和组织应该如何设置，也就会随之清晰了。CEO认同了。

于是，我们来到白板前，开始从用户开始，从最直接接触用户的店面和店员开始，一步步推出真正有价值的、必要的输出 / 动作以及能力……为了实现这些重要的用户价值，如何最有效地设置支持和资源……

白板上的推演很快就清晰了。接下来，就要考验CEO的决心与执行力了。创业者的执行力一般都是很强的，然而，修修补补，总会貌似比重建更稳妥。

接下来情节会如何发展？我还猜不准。顾问也不会越俎代庖，尤其我提前已说好了不问时就不顾。不过，从长期来看，我很看好这对年轻的创业者。

还有个例子，是另一位创始人CEO，做境外电商出身，兼营自己的品牌。他业务做得很好，成长很快，苦战几年胜利完成了与投资人的对赌协议，基本收回了自主经营权。于是，他做了个大幅管理变革：把公司的业务按产品类别分为数个业务部门（BU，Business Units），各自按照类似独立公司的形式自主进行端到端管理。他希望通过这次改革，能使各个BU焕发出更强的动力和创业精神。结果，大半年下来，完全不尽人意，业绩参差不齐，人员流动率急剧上升，权力已全部下放到N个BU，不知该如何抓、从哪里抓起。他感觉“放得太多了”，但究竟该收回啥？他不知道。

我仔细听了、问了，又建议：先梳理“从用户 / 客户出发，倒推价值链”，着重点在于每个关键“价值点”的具体输出，与相匹配的能力。

到下一次见面，他拎着几页白纸和笔，急吼吼地道：“我琢磨了很久，还是不会倒推那个啥‘价值链’。”

于是，我根据他的描述，在纸上一步步画出来，就看得很清楚了，只举几个“价值点”为例：

1. 数据分析：是要从电商平台和全网抓取并分析的，需要有全市场观，还要有专业能力——这个功能被归到各BU自己负责了，数据被切割、切碎，很可能不足以作为决策依据。但无论各BU是否有这个能力，他们都要据此决定产品和营销策略。很明显：这个功能，需要集中做。

2. 采购：必须要尽可能发挥公司的规模优势，才有可能接近最佳效益，也才有可能尽量比较好地管控——这也都由各BU自己负责了。采购天然就是“浑水”，是企业内部监管的重点区域，而他们竟直接弄出N多潭浑水来，不说人员多了N倍，还直接影响了公司的规模优势。这个也需要集中做。

3. 产品设计：需要专业人才，需要给专业人才施展的空间——这个功能也分到各个BU了，每个BU的设计部门都自己养了设计团队，而流动率却陡然增高，很容易理解啊：空间太窄了，真正有追求有个性有水平的设计师，不甘陷在小小的产品分类里井中观天。需要集中做！

产品提案由各个BU提出，要提交总部批准，总部也只能隔靴搔痒，不得要领。比较致命的点在于，CEO天赋的买手敏感曾是公司成功的重要因素，如今也无从施展了。

这几个功能，包括财务，竟然都“端到端”地分到各个BU去自己负责了。而各个BU总经理，其实基本都是销售好手出身，突然要管理如此多的专业，如何能骤然生出如此多的能力？难怪，花大钱请大牌专业咨询公司做的鉴定结果是：各BU总经理通通不合格。究其根源，其实是把他们承担不起也不应分担的职责强加给他们了。他们为啥就都欣然接受了呢？大概是“不知道自己不知道”吧。再说，“端到端全盘负责”，听起来，要比负责某一个子功能威风得多，机会摆在眼前，谁不想试试呢！

以客户为锚，倒推，理清业务价值链：各个关键的价值点，每个价值点的具体交付，就能看清楚要做到最佳交付所需的能力以及如何配置资源才是最佳的。最后再根据业务价值链来适配组织，各按其特征，分别归属前、中、后台。就这么一整套方法，在不同的企业、不同的阶段、不同的CEO甚至高管身上，都相当好使，只是侧重点有所不同。

这也是本教练兼顾问，被我的教练伙伴和客户逼出来的套路。

再说明一下，这几个例子虽然被写在“顾问”项下，但都始于我与企业家之间一对一的教练；教练三态，也都是融于过程始终的。被客户要求“顾问”时，因已有教练辅导的关系，已经有了相当深厚的信任基础，所以客户能接受我的“针砭”，即使逆耳刺痛也无大碍，讨论也很直接，于是解决客户实际问题的效果就可能更快更好。

我没做过“专业的顾问”，只做过“教练式顾问”，谨分享。

个人篇

–

大海自有方向

The Ocean Knew Its Direction

—

教练是钥匙，打开了我抑郁的魔咒心锁；

教练也是通途，心界启处，眼界随开，

从先哲、君师、周围的人们、天地之间，

随时可有领悟，随处皆有我师。

学习与领悟，如吸进新鲜氧气和养分，吐故纳新，

排出了戾气、执念与无用情绪。由此，生命引入了负熵，

每一天都是崭新的。即使注定是向死而生，

每一天都值得期待。

—

第二十四章

戈壁苍穹

想走出戈壁，你必须与靠得住的队友一起，这是生存的需要，是生命最基本的需要。

· · ·

偶然的一次戈壁之行，是为企业集团高管操办的团建活动。但我写这段，不想写企业文化和团建，是想写生命的体验。

我刚回到企业帮忙不到两个月，接了董事长的一个大活儿：集团领导团建。

我内心是抗拒的。我不是怕累，具体干活儿的人有的是，累不着我；也不是怕麻烦——本分就是来帮忙的。而是因为，我根本就不大相信各种拓展之类的团建。我经历过各种拓展团建，典型的流行套路有：一起找个貌似有挑战性实则无比安全的场地，设置点儿障碍，设计点儿对抗，顶多沾点儿泥水，最大不了崴个脚、摔个跟头啥的，“共过患难”之后，大家感动得亲哥们儿似的，掉眼泪、拥抱、互相拍打……最后，领导铿锵有力地讲话、提目标，提高嗓门喊：“大家有没有信心?！”

“有！”大家惊天动地地齐吼。

然后，开席，领导带头敬酒，干啦！大家再互相敬酒，都是：“你随意，我先干了！”一来二去，气氛火热，再后来，男人们之间都开始交杯了。菜不必好，酒务必够。大家继续拍打、拥抱，比着嗓门喊，其实说的都是酒话了，谁也不记得。大伙儿尽情抛洒热泪与白酒（杯都拿不稳了）……散席时，人人醉眼乜斜、热血澎湃，相信铁军已成！

回到现实，一个个立即被打回原形，也不一定都“立即”，一般起码可以持续个三五天，甚至坚持一两个月的也有。

团队经常聚聚是很必要的，哪怕就是为了大家能放松放松，喝醉几个也没啥。我是说，我不相信这类拓展活动真能达到深刻的团队建设的目的。

但董事长坚持。十年前，企业遭遇困难，高管集体延安行，补充了红色能量，继续艰难长征，终于走出困境。如今，团队需要再振创业激情，集团高管要再次团建，这次，走戈壁去?

好的。那我就尽可能把方案做好吧。但我坚持：不仅是集团高管，还要有中青年干部，以及刚入职一年的大学毕业生代表。新时代打仗的团队不能只靠老人了，文化需要融合与传承，再创业，还是要靠中青年的骨干。原方案是只去戈壁走两天，一个周末也差不多了，集团主要领导集体消失几天（戈壁经常没有手机信号），想想也挺有风险的。但认真听取专业服务公司的意见之后，我被说服了，坚持要走完四天三夜112公里的路线：“既然决定做了，就要争取最好的效果，多上两天又如何?”董事长被说服了。

我不能走路，更别说走戈壁了。腰不行，还有心脏的问题。

2014年，我把情绪都调整好了，却突然开始频发心绞痛，身边一直得带着硝酸甘油。有一次去外地，我半夜独自在酒店痛醒，差点儿就够不到床头桌上的药瓶。挺像影视剧里的桥段，但自己赶上还是挺恐怖的。还有一次，在首都机场正轮到我办理入境，心脏突然就痛起来，我疼得当场变颜变色语不成声，颤颤巍巍掏药片，还担心着边检人员可别误会我是坏人、正心虚颤抖呢。心绞痛发作几乎每天有，最多时一天来上两三次，来无影去无踪，找不到规律，来时，我就得立即服药，待做上心电图，已经啥都查不出来了。我曾遍访专家好几个月，类似的检查做了一遍又一遍，医生也说不出个所以然。后来我终于找到一位北京医院的心内科大主任，他遇到过这种患者，说我疑似“冠脉痉挛”（冠状动脉和胃一样也属于平滑肌，胃痉挛会很痛；而冠状动脉痉挛时不但痛，还顾不上给心脏供血了，更严重），需要服用长效硝酸甘油之类的药，一天三次，一次管八小时。用上药，立竿见影，不犯了。但为啥就“痉挛”起来了呢？大主任说不清楚，至今也不知道为啥。我服药到现在已经七年多了，偶尔被明显的不适感提醒，都发现是忘了吃药了。现在我是忘了吃饭也不会忘了吃药了。药多了不愁，只要不痛、不妨碍做事就行。

团建的方案已经很详尽，有专业公司的体能教练、医生，后勤保障全程服务，保障安全、体能以及生活等，连每站营地的临时厕所都会预先安装好。140多人，干脆包个民航飞机，算起来，比各自分头去还划算，效果也更好，往返航班上都能安排活动。企业自己的团队也分工细致详尽，根本用不上我做啥。我心里实在是不想去，可“总指挥”缺席实在说不过去，找不到过得去的理由，唉！只好去吧。

这一去，不承想，见团队，见兄弟，见天地，见到更好的自己，成为我终生难以忘怀、不可替代的经历。我相信，这也是所有戈行亲历者的同感。

我先还发愁，这几天在戈壁鸟不拉屎的地方，可咋打发时间呢？没有网络，只能带上两本书吧，还得找比较难读的，才能打发时间，四个白天，人家都去走路，我会很无聊。不料，第一天便找到了自己的位置，哪有时间无聊啊。

第一天的行程是从锁阳城经大墓子母阙。据说，这就是千年前玄奘法师取经途中起始段的路线。当天要徒步28公里，夜宿破城子营地。清早，我送队伍出发，眼看着人形变小，只十几面各色队旗在一望无际、一览无遗的戈壁飘扬。仿佛看着亲人出征，刹那间，我与这群人的联系骤然紧密。

我先跟车赶到中途休息点，等着队伍陆续到来，忙着递块西瓜送瓶水，挨个儿问候着。这才半天不到，我已见着有人脚上打了大水泡，看着真心疼。

队伍继续行进。我再去营地的旗门守候，下午三点多，远远地看见有旗帜的颜色，那是走得最快的一队。我就开始擂鼓，戈壁空旷，声音传得很远，让征人们早一点儿听到：快到家了，家里有人等着盼着呢。

从第一天见到回来的第一个队员，我就扑上去拥抱了。自此，成为旗门的固定仪式。所谓旗门，就是在地上插两排旗子，尽里头的两根之间拴上一条红绸子，本意是让最先到达者冲线的；后来，我总是重新拴起来，让所有回到营地的队员都能“冲线”。各队渐渐拉开距离，最早和最迟归来的队伍能间隔六七个小时。我守在旗门，擂鼓，守望，擂鼓，拥抱，直等到每天的最后一个队友回来。个个都是沙尘蒙面、满身汗碱。我每一个都抱过，闻过每一个的味道，我爱上了每一个！那几天，我完全忘记了自己帮忙过客的身份，曾反复自我告诫过的“尽职尽责”的“底线”，瞬间化为“尽心竭力”，我愿与这个团队一起去实现任何不可能的目标。

每天晚饭后，在营地摆开小马扎，大家分享感受，感受层级的递进非常鲜明：第一天，大家都在谈如何“发现了强大的自己”；接下来的两天，谈“团队”“兄弟”的就多起来了，情感也变得深厚，“一个人可以走得快，一群人才能走得远”。走过戈壁的“戈友”，才能体会出这句话的分量有多重，是和生命差不多的分量。一个人，置身无垠戈壁，连一棵小草都不如，草尚有寸许根须，可以死死扒住大地，而一个人，最多就是一粒沙，随风消散，不留痕迹。想走出戈壁，你必须与靠得住的队友一起，这是生存的需要，是生命最基本的需要。商场，人生，亦通此理。

第二天晚饭时，营地里脚瘸和脚底起泡的队员明显多了起来。晚饭后，风沙依旧很大，分享的热度不减，分享尾声时已过十点了。明天的路线是最长的，也最艰难的。我心里着急，需要尽快结束了，以保证大家休息。但我决定，仍然要做一件事！

分享结束，我简单发布完几个通知——组长留下开会、明天路线、里程以及明早几点起床之类的，没有立即“解散，休息”，而是：“请大家原地不动。”

发电车的照明应声熄灭，营地一片漆黑。麦克风随即响起：“大家不用担心。请留在原地，我们来倒数五个数……五、四、三、二、一，请抬头。”

只哗然一声，集体静谧。

繁星、银河、北斗，不可思议地宏阔壮丽，仿佛抬手可触、可摘。来自城市的人们，被戈壁呈现的宇宙洪荒景象震撼、感动、慑服。集体静静仰望，良久。很多人，抹着泪时也要仰着头，不愿耽搁与苍天的对接。

“90后”的新入职应届大学生的代表队，队名“雏鹰”，十几个人，是由自一千多人中层层竞争的胜出者组成的。居然有人带了吉他，我和几位小伙伴围着高大帅萌的小歌手，如迷妹般合唱，全然不顾灌满嘴的风沙。此刻，任何词、曲，都能合上星辰的闪烁；此夜，所有人都是诗人。

最后一天，凌晨四点，营地已响起“没有什么能够阻挡……”，四点半，队伍已集结。这是黎明前最黑暗的时刻，每人戴上一个头灯，只能照亮眼前一米多，看不清周围人的五官，伸开手掌看不清五指。今天的规则是噤语，直至太阳升起。

一声哨响，队伍出发。从后面看，只偶见微光闪烁，那是因为哪位行者稍稍偏了下头。看不清楚队伍的轮廓，只听到一百多人踩在戈壁沙砾上的“唰啦、唰啦”声，在天地间回响，与天地相接。无法言说的感动，热泪再次任性奔流，洗刷出满脸深浅沟壑（戈壁缺水，四天没洗脸），洗刷到心灵纯粹、近乎透明。

被随队的安导抓拍了一张风尘满面的照片，没修图，很丑，因为眼角那一颗欲坠的浊泪，我珍藏了。那是我刚刚挥别队伍，虽然几小时后就能见着、抱着了，但每天都忍不住一番依依惜别。

在戈壁的最后一晚（第三晚），我被董事长临时布置任务：和他分工做结营讲话。这个真有一点儿惊吓！本来早计划好是要他做的呀，还专门有秀才班底跟着一路收集素材为他准备讲稿呢！我坚决推让，一直推让到晚上十点（这天道路艰难，最后一队十点才归队）。终究拗不过，商量好，一人十五分钟。

第四天，凌晨出发，下午回到酒店，各自整理后，集合，以队为单位，提炼团队精神。本总指挥正张罗关照晚上的事，突被下属临时点将主持大团队整整一下午的会议。惊讶的“啊”字没等出口就咽下去，跳上去主持啦。整个人在亢奋与繁忙之中旋转，根本没有时间准备晚上的压轴总结啊。

待上了台，我看着台下的队友，每天都同吃一锅饭，每个都抱过至少四次，还有一起“混帐”过的（每队十几个人睡同一个帐篷，男女混住，简称“混帐”），无比亲近……话语自动流淌出来，心流自然呈现：随手拈起“见自己、见团队、见兄弟、见天地”，串起四天三夜的共同感动。

在心流中，人会觉得时间很长，过得很慢。结果，我说了将近三十分钟，只给董事长留了五分钟，实在是不像话。

那年，我们沿着玄奘取经的第一段路线，在戈壁行度过了四天三夜。我们不缺水、不缺粮，顿顿有羊汤，还有足够的安全保障，只是体验了玄奘出关的区区112公里而已。而玄奘，是一个人，徒步，没有白龙马，也没有沙僧八戒孙悟空。无论千难万险，只要一口气在，坚持向西，独行万里，方才取得真经。而我们，是一整个团队，只这短短四天三夜，就使这一群凡夫俗子达到前所未有的集体深度思考与高度凝聚，这真是一次非常成功的团建，远远超过我的经验与想象。

这绝不只是团建，而是给每个人的生命礼物，在戈壁洪荒，见自己，见苍穹，见众生。

离开企业后，我当即自觉退了很多群，只两个没舍得退，就包括“戈行大本营”，是徒步戈壁的团队建设时建的群，戈壁风声早已远去，这个“民间”群也很久没有动静了，留在其中，只是为了一点儿念想。

我早已不属于团队了，但在洪荒戈壁天地间的感动，对人性、企业、文化的洞见，以及戈壁那些带着汗味和泪水的友情，终有一些结晶，已属于我，成为我珍藏的生命记忆。

第二十五章

鼓舞余生

这个意外的收获，对我而言，也是生命级别的礼物。

· · ·

这个意外的收获，对我而言，也是生命级别的礼物。

我是纯正的北方人，虽出生在北京，但父母和他们的祖辈都是根在关外的东北人，从小被告知是东北人，连“籍贯”都一直填“黑龙江哈尔滨”，直到被老师纠正：你在哪里出生的就填哪里的籍贯！至今被问起是哪里人，我还总是本能地回答“东北人”。但我与南方有深厚的缘分，自1993年起，历经外派香港一年、广州三年、深圳三年，2002年回京，以为从此安顿不再奔波，不料，又转回深圳，这次签约三年。算起来，二十几年的职场经历中，竟有十年在广东，其中六年在深圳。

睽违十多年，我再次回到深圳。深圳依然充满活力、动感洋溢，满眼是绿树鲜花和年轻的脸庞。这个城市更忙了，小塞车也成为常态。每逢听到深圳人抱怨堵车，我不禁暗笑：来首都试试，看你还好意思抱怨不。深圳还是很美，更美了。我最喜欢的，是它的开放，容得五湖四海人，鼓荡寰球八方风。

闲散已久，再回企业帮忙，我最不适应的就是每天参加各种会，会真多！

7月，参加了新毕业大学生的入职盛典。企业大了，每年新入职大学生都有一两千人。如何使得大学生们尽快了解企业、适应企业，是每年的功课。先是在各用人单位分别集中军训十几天，军训期间再加班赶练些节目；再举办很有仪式感的盛典，宣誓、交接旗帜等；再向领导汇报演出；最后，领导讲话，寄语，礼成。大学生们正式成了企业人。

人多，得包下整个剧院，领导们前排就座。剧院座位的设计都角度后仰，适合观影观剧的舒适，人坐在椅上，自然呈现腆胸迭肚状。我第一次作为集团领导观礼，偷眼一看，前排的各位，无论有没有肚子，无论肚子大小，均十指交叉环于腹前，一派老成庄重，标准的领导范儿，与台上蹦跳的青春，十分……隔膜的感觉。

其实呢，活动真是挺成功的，也挺令人感动的。经费少，人员少，年年撑起这么大的台面，既要大学生们有充分感受，又要领导满意，实属不易了！

待复盘时，我充分表扬了人力资源和企业大学团队，又说："明年，领导都要上台，都要表演点儿啥，传承文化，需得从领导做起。"

从戈壁归来，主题自然涌现：用企业历史、戈行感悟串起企业的精神，一台节目，丰满有余，重要的是：老、中、青三级领导，各领任务，生动诠释文化的传承交接。妥啦！大家都兴奋。

天天忙、月月忙，转眼就到了第二年年中，新生又开始军训了。小伙伴们怯生生地提醒我：

"您的架子鼓需要准备了吧？"

"啥？！"

经提醒，乃至以会议纪要为证，铁证如山：我自己亲口应允的，要在戈行节目的乐队环节打架子鼓的。当初策划会议的情况是：我们给各位领导都派了演出的角色，在大家乐不可支的欢乐气氛中，有人问了一句："那您干啥呢？"我就随口说："那就打个架子鼓也行啊。"大家叫好儿，我也跟着喊好儿，然后就扔在脑后了。

我……从没摸过鼓槌啊！所谓架子鼓，究竟是几鼓几镲算一"架子"，就更没概念了。我强作镇定，赶紧学吧。二十几天内，我挤出时间上了七堂课，借了个电子鼓放在公寓里，只能每晚把工作处理妥当之后，临睡前练一会儿，鼓面上垫上好几层毛巾吸收噪声，以免深夜扰民，也根本不敢插电。为了练鼓，我顺手把电视戒了，从2016年7月1日戒到如今，比戒烟可容易多了。无端添了这么个无厘头的差事，我有点儿烦，但谁让是自己应下的呢。大半夜的我和着闷闷的鼓点儿埋怨自己。

我这段鼓，可是要配合真乐队的，是"戈行史诗"（我现编的名儿）的高潮结尾，乐曲七分多钟，就是走戈壁时听得烂熟的那几首汪峰、许巍的歌儿的串烧。每天清晨，大喇叭里乐曲一响，营地各个帐篷就随之响起各种"哎哟哈呀"挣扎起身的声音，腰酸腿疼多睡一分钟都是好的，一听见这催命的曲儿，都忍不住骂骂咧咧。从戈壁回来之后，戈友们只要一听见任意一个乐段，又都立即热血沸腾。即使没去过戈行的，也都耳熟，跟着大合唱，能把气氛抬到房顶去。

终于到了盛典前夜，我被告知，我那部分的彩排要到半夜了。好的。

终于轮到我，我坐在真鼓面前，灯光打起，乐队震耳欲聋，我几乎听不见自己的鼓声，但绝对知道是与乐队合拍律动的，酷！喜欢！！登时找回年轻时那种起舞如入无人之境的感觉，疯了疯了！半夜闷声练鼓的怨气立马烟消云散。

排练三次，我心里有数了，绝对可以和上乐队了。忽见安导和乐队们低声商量着啥，为啥有些鬼祟？不经意间，发现我的鼓和镲周围干干净净：没有电线，也没有麦克风，怪不得我听不到自己的鼓声。在我逼问之下，得知：他们根本就没想到我真能打呀，早已经备好“假打”的录音了。万没想到，我还就能真打了。

我大怒！结果当然是，布线插电，必须真打。

这一晚大概睡了两小时。先是提前到场，优雅长裙亮相，各种仪式完毕，就位观看演出……我提前十分钟从领导席溜到后台卸下长裙，换上打鼓的行头：皮坎儿、黑T恤胸前是骷髅头、棒球帽檐推到脑后、墨镜、花臂（临时贴的）、马裤、登山靴，趁着灯光暗时溜上台去，狂歌狂鼓，发挥出我的“最高”水平。谢幕时摘掉帽子、墨镜，惊倒了所有人。我，爽死了！

这一爽，念念不忘。嘴上心里的念叨：我要学打鼓，我要学打鼓。然而一忙起来，真是顾不上，干脆给自己一点时间冷静冷静，三个月过去了，鼓声和那种悸动震颤仍在心中不断回响，终于确认：我，要，学，打鼓！

学鼓至今，已快六年了，反复确认：我找到了我的灵魂乐器，说不出理由，不需要理由，就是喜欢。有朋友说：这才符合你的本性（包括当初听我说要学做教练时嘲笑我“幽默”的那位）。可能是吧。做教练，需要修炼无我，聆听，无我，伴舞……有这么个让身心灵与音乐一起放肆啸叫的噪声音乐伴侣，真爽。

我的小老师是鼓王级别，不熟悉时，严肃寡言，少年老成的做派；一上鼓，魅力无可抵挡！从我开始学鼓的第一天起，就知道此生无望——绝无机会能接近老师的水平。那也挡不住，就是喜欢！基本功弱爆，我还坚持要考级，死磕每级考级那六首曲目，有证书挂在乐室墙上才威风。如今墙上已经挂上了七级的证书（七级过得很勉强，还要自觉地练好再要求补考一次）。八级（最高级）横亘在前，一派不可能逾越的高度。好吧，慢慢磕，一行一行、一首一首地来，一年不行，两年还不行吗？反正我墙上已有好几个证书了，反正我会打下去，我不急，喊。

当初，“非典”过后，我感叹：“生命脆弱，要珍惜……学个乐器吧。”一时孟浪，我把一台表演级三角钢琴请进了家门，真漂亮！还未欣赏十五分钟，内心就升起焦虑：“如果学不会，可咋把它请出去啊？”我赶紧找老师，从识五线谱开始学……十几年，算是学会了。必须在外地久住时，我就会租个钢琴，以免久不练手生了，学得实在太不容易，若再生疏那可就太冤了。但学琴十几年，曲子也学会了几十首（我对“学会”的定义就是会背谱），从未热爱，更无迷恋，钢琴对我的最大功效是，练习双手与脑力（背谱）。

鼓，不一样！既然是灵魂伴侣，就要不离不弃，陪伴到底。一个人打鼓，一点儿也不孤独，在乐室的方寸之地，可以随时调来任何喜欢的乐队，无论是老鹰还是皇后乐队，随时伴我狂歌狂鼓。学鼓的头一年，我都“听不到音乐”了，只要乐声一起，我竖起两耳调动全副注意力：只追着听鼓点。

鼓，起于原始，自春秋时代，就有“鼓，不干预五音，而能统御五音”的记述；现代的爵士鼓，生于街头，自带野性活力，配合各种风格，表情丰富，不只酷、爽，兼有各种风格的细腻。打鼓时，需两手两脚并用，可归属于激烈运动，有益身心健康。

因为学鼓，我认识了我的鼓老师，又结识了一小群音乐人。深圳的南漂音乐人很多，我遇到的这群格外可爱：帅，酷，单纯，善良。他们各有特点，个性鲜明；共同点是，都爱音乐，还各个都长得好看，不过不是演艺界小鲜肉那种好看，他们各具特色，辨识度鲜明。细想，也有道理：他们生存的主要方式之一就是跑场子演出，眼缘、颜值是重要的，起码要顺眼，还要帅酷，这也是他们能在深圳生存下来的条件之一。这些大男孩，从哪儿漂来的都有，物以类聚，因音乐而自然聚集。深圳居，大不易，他们合租一个不算窄小的公寓，还共养猫儿、狗儿加上鱼儿，居然能把本该拮据的生活过得挺惬意舒适。他们的职业都是自由的，教各种乐器、声乐，凭手艺和声誉吃饭。缺钱了就去多跑几个场子，吃得简单，穿得便宜（二三十元一件的黑白T恤穿上也有型有款，也都自知穿啥都能好看），有点儿钱就升级乐器设备，组乐队，用功练习。因为对音乐各执理念，乐队往往聚不了多久，但音乐这缕魂儿，又能使他们友爱、不散。我喜欢和他们一起，那么纯粹、单纯，透明到一眼能看穿，又都真诚、懂理，待人礼貌。对比商场、职场的争斗与算计，格外清新。

我正式开始学鼓后，公寓成了据点，有钢琴，有电子鼓，再提醒谁带把吉他来，乐队就齐了，各个都随身带着嗓子，即使没乐器，也随时可用和声玩起阿卡贝拉（Acappella，无伴奏合唱），还各自都有自创的歌和曲，随便起个拍子，各部乐器和声响应，默契、美好。我在小吧台后保证着酒水、爆米花之类的供应，就可尽情赏心悦目、心旷神怡啦。我和他们在一起，完全无隔膜、不设防。有一次大概是喝高了点儿，我不知怎的就一腾身坐到桌子上了，恍惚觉得自己应该还是有些功夫的（十几岁失学那阵子，确是练过几天武术的），又不知怎的就独白起来，内容是挺久远的事，有点儿像先民部落口述史诗的劲头，琴声、鼓点不知何时加进来陪伴，琴声默契，鼓点温柔，独白很久，恍兮惚兮，不知今夕何夕……

每次聚会时间都很短，一眨眼就深夜两三点了。在深圳时太忙，聚会的次数也很有限，之后我就搬回北京了。留存在回忆中的聚会，就更显出美好。离得远了，友情仍在，尽在不言。

邂逅了灵魂乐器，结交了几个音乐吉卜赛小朋友，是此番去深圳意外偶得的丰厚礼物。生命对我实在不薄。鼓将伴我余生。一个人打鼓，一点儿也不孤独。说不定，偶尔也许会遇到上台当一回鼓手的机会，那就更好玩了。

话说，前几个月我去深圳时，和小老师们几位聚会，聊嗨了，聊出事情了！我们商定，等我的书写好，出版，若能卖出十万册，稿费就够组个party啦！请我们各自的亲朋好友到场，由我的鼓老师和几位音乐小朋友们策划。这回，他们不用跑场，场子就是他们的。我嘛，只要客串个鼓手，只两三首，就好。

听说现在的书不好卖，我当即果断修改了条件，我只要负责努力把书写好，不管能卖多少，party是一定要办的！乐队的名字是“乐人甲”，连logo都早有了。约好了安导，再来帮着指挥一把；渊峙搞过很多活动的，也能帮上。这次，没要求和限制，可以尽情发挥，只要每个人都嗨起来。这是唯一的设计要求。

新冠肺炎疫情以来，我比较少去深圳了，没机会上课，仍在坚持自己练鼓，即使不能进步，也尽量不要退步。写书将近两年了，改写四遍，终将完成，必须完成！那个计划中的“乐人甲”大party，就是莫大的激励。

想想有点儿后怕：万一我没信口说了要在企业活动上打鼓表演，万一我没遇到鼓，万一……party可就没了。

第二十六章

物演坊整顿世界观

此生没上过几年学，但从识字起就一天没离过读书。

· · ·

此生没上过几年学，但从识字起就一天没离过读书。小时候，能摸到的旧书基本上都是“禁”书，需得赶紧找个背人处囫囵吞下。小时候记性真好，整段背诵《出师表》《璇玑图》之类的，跟玩儿似的，不过千万别追究其中大量的白字、错字。

从1983年发奋自考，读书就上了另一个轨道：恶补！先是为了各种考试，再就是为了职场的各种实务、技能、理论……一发而二十年。无论多忙，伴随入眠的总要有一卷闲书在手，但读闲书的乐趣与时间，已几乎全然失去了。

2003年初“退休”回家，带回来“刻骨铭心”的纪念：

铭心——半夜突发心脏病，差点儿死了，冠脉阻塞90%。

刻骨——送别宴上，我没醉，却被醉了的人砸倒，落个右锁骨粉碎性骨折。肇事者第二天早晨来电话问候，以为我已在机场，亲切地祝我一路平安，听到说“在医院呢，等着进手术室”，大惑不解，直至我进手术室，还没掰扯清楚，至今十几年仍是未供认的悬案，可见那晚是真醉透了。急诊手术不讲究，右肩头落下蜈蚣似的一条疤，甚是丑陋，只得自己设计一款夏日家居裙：左肩吊带，右肩齐肩遮住，竟被朋友赞曰“有几分古希腊风情”。此种风情，实非所愿。

人归家，心不静，但终于可以借“文化复兴”之名，饕餮享用无用之书了。读到弘一法师，心动，有感。找了好石料，刻了字，摆在案头：“利关不破，得失惊之。名关不破，毁誉动之。”

其实这并不是出家高僧弘一法师之偈，而是风流才子李叔同写的，十六个字，透露出翩翩浊世佳公子内心的惊动、挣扎。他在写下这十六个字后不久，就出家了。

后来，偶然读到，有记述李叔同公子出家的公案，无论妻妾如何在寺前跪地号啕，弘一法师寂然闭关，不作一声。这等决绝，成就了一代高僧。然而，直至示寂前不久，弘一法师仍不免神思挂碍而形于色，以至友人启问：“似有所思？”

“有思。”

“何所思？”

“人间事，家中事。”

如此至诚无矫，更显高僧德行；然，一代高僧，至最后尚难绝尘念，何况凡夫俗子？

我本是万丈红尘中的大俗人，二十年前，最喜的“偈语”，是一件琉璃酒盏的配辞：“一口干尽，人间万丈红尘，笑看天下英雄豪杰，能过几盏春秋。”每逢念起，豪情万丈，竟真以为能气吞山河呢。

经刻骨铭心之劫，退休回家，并非所愿。身心一直深陷“关”内，饶是风不动、幡不动，心仍乱动。

开始时还好，发动了我个人的“文化复兴运动”，先是请教了前辈大学生，开列了大学文科的必读书目；然后就按着书单以及各种延伸阅读，从头啃读起来。当然，只读文史哲，不敢碰数理化。要读的书实在太多，我还给自己定了个规矩：凡经典必读书，必须从第一页读到最后一页，无论多么难读，只能细嚼，不许囫囵。这便读将起来，读了一年多，温故加扫盲，读得昏天黑地不亦乐乎。之后，基本保持了认真读书、细读好书的习惯。直至创业把自己折腾到几乎万劫不复而至重度抑郁了，细算，大概此生就只抑郁这几个月中辍了读书，心和脑都病了，无法读书。

从研习教练开始，再度开始了专业化、体系化、目标明确的学习。教练这个专业，是关于人的学问，自然就延展到很多相关领域。八年来，关于教练、心理学、脑神经科学、领导力等专著，读了至少两百本，不过有不少不只读了一遍。

要做一位好的企业家教练，绝不只需要研习教练的道与术，还要不断学习各种商业相关的理论、模式，才能懂得企业家的世界和语言。企业家们是最有野心、最有使命感并且最焦虑的人群之一，因此，他们也是最努力学习的人群之一。不仅是为了生存和发展，还要努力走到时代的前沿，哪怕那前沿是狭如锋刃的万丈危崖。教练不是“师父”，不必样样都实操过，但至少要能做到与时俱进、不落伍，才有可能基本理解企业家们的世界和语言。我要涉猎的绝不止于商业领域，因为，企业家们也都是多元的、完整的人。读书学习反正是我的习惯和乐趣，这下又多了个很正当的理由。

很多“无用”的书读起来更有趣，从古罗马、古希腊一直到中世纪（只盐野七生的三十三卷加上二十几本，不能论本，得论箱），再到近现代史（丘吉尔的《二战回忆录》就有十二大卷，也是一箱），每读完成箱的“正史”，就会再引出一大串小说。各种科学类书籍（科普版）即使读不懂，也有趣。读完《三体》，索性将从阿西莫夫开始的科幻经典都买来，几十本，两个多月一口气读完。

我发现，集中、成批地读同类作品，十分有助于提高辨别能力，就像是老饕，吃的多了，进了馆子，提鼻子一闻，就能说出后厨师傅手艺的深浅师承，读书也如是。（顺便说说，几十本各个历史时期的科幻代表作读过之后，可以鉴定：《三体》是真棒，阿西莫夫的“机器人三原则”是真神，至今“机器人原则”仍难以超越。）

还要重读各种经典，读到《红楼梦》时，拿着几个版本铺开了，对照着读，于是又牵出一堆红学专著，挺喜欢白先勇的入髓到穴，而并不较劲索引考证；《论语》《中庸》《大学》《道德经》，则是边听边写（顺便温习繁体字）……以及，当有电视剧热播时，就把原著买来读读，网络作家动辄十几卷本的穿越、架空、玄幻体，文笔和情节都好看（读原著比追电视剧过瘾，也省很多时间，何况已经戒了电视）。

当然，武侠是必须重读的，金庸全套，再加上六神磊磊讲的金庸，以及古龙、梁羽生。再有王世襄、汪曾祺等老爷子们谈吃喝玩乐老家具的……杂而不乱，津津有味。只订两本杂志：《收获》《译林》。《译林》上每期都有长篇侦探或悬疑小说，一季度读一篇，不至于腻。每期《收获》都要先追黄永玉老爷子的长篇连载（近几期《无愁河的浪荡汉子》停更了，心中很是担忧，祝黄老爷子安好）。

偶然也会遇到佳作，比如长篇《应物兄》（上卷很好，下卷不知怎的就“草率”了，竟不似同一人的手笔）。现代作家中，最喜欢老舍、阿城。前年偶然“发现”了张北海先生的《侠隐》，读了三遍（在航班上看到根据原著改编的影片，姜导的片子都挺好看的，若没有原著比着……一路叹息：这可不只是把黑白拍成了彩色啊，可惜了的！）。还有那些纪实文学，好就好在纪实。历史，终归有一些是印在纸上，不会被全然遗忘了……

无用而有趣的书，读起来顺畅、飞快，平均三天两本的速度。不同类型的书，也如菜系般有鲜明不同的色、香、味。必须读纸质书，现代印刷技术早就没有书香墨臭了，但一页页从头翻至尾，再至掩卷那一刻的回味，个中乐趣以及遗憾，是滑屏式浏览所无可比拟的。

读书如吃饭，必须每天。即使在每天工作十几个小时的节奏中，睡前也必须读一会儿，否则，心中空落，睡不安稳。

除了读无用的“闲”书，当然还要在商业、经济、技术等领域保持与时俱进，因为我的客户可都是各行各业的弄潮人物。我一直留意着各种线上课程，前几年成体系的还比较少，只能偶尔遇到精彩的。后来就逐渐集中使用几个付费知识服务了。

“得到”APP——人文、历史、科技、时事、商业洞察，都有很不错的内容，只是现在已呈现通俗“百科”倾向，需要先认真试听，再决定是否值得花时间，不能再似两三年前，凡有上新一概照单全收啦。不过还是很有几位大咖是绝对可以“免检”的，闭眼缴费订阅，准没错。比如吴军、熊逸、吴伯凡、刘擎、顾衡、梁宁、施展、何帆……这只是我闭眼一口气数出的。可不只这几位，连几个尚在免费的栏目都是有料又好听的。这两年臧否罗振宇的人多了一些，人红是非多嘛。我觉得，他引领推动了知识付费服务，只此一项，功莫大焉。人家一读书人，能在商言商，在发展的各个阶段及时调整策略，不断进化，从不怕所谓打脸，从不羞羞答答，也基本不会又要挣钱又要拼命插足道德制高点，真挺棒的。其实，得到的大咖主理人们也多是讲书拆书，但加上自己的专业理解和独立思考，消化了再反刍给听众，多半都能做到有见地、有营养，很值得的。另外，还专有《每天听本书》栏目，平均二三十本中，就会遇到值得细读的好书，再买来细读。

还有，混沌大学——混沌大学出世至今才五六年，大多数课程都有线上的，课程丰富，案例新鲜，讲师很多都是前沿的企业家、创业家。专注于创新，又不止于商业，深得我心。除了线下大课（对我而言太累，也太闹），我基本上都照单付费，平均每天费时不多，一两个小时，就可以从容学完，有料成分能接近一半，挺知足啦。

今年新发现了个嘉宾大学，自成一派，其案例多是与时俱进的实干型，也另具价值。

一个人学习，完全不寂寞，可以自由无碍地在头脑中与讲师思辨，也常有机会与企业家客户们当面切磋。

但无论多么努力，新的认知与海量的信息仍如潮袭来。学亦无涯，每天努力学习，仍时时会有焦虑。

2018年初，偶在混沌大学网站上看到一则启事："东岳先生学习坊"最后一期招生，九期之后，先生将归隐。心甫动，费已交。网上花钱太方便，好几万学费一秒钟就交出去了。自己愣了一会儿，为啥连哲学课也要学啊？还是线下课程，可辛苦啦！没想出啥理由：这些年，接触的多半是各种有用的东西，就任性一下，学点儿无用的，怎么啦？好吧，无理由，也算是个理由。

我酷嗜读书，但有两类不敢碰：一类是数理化，虽有强烈兴趣，但底子太薄，需要花太多时间，而时间已不够用了；另一类是哲学，太绕，太难懂，我颇啃读过一些中西经典哲学著作，都未能走出混沌。也难怪，我属于比较极端的形象思维偏好，而哲学则是逻辑思维的极端演绎。给自己找个开脱挺容易，但人类思想现代科学都根基于哲学，不能一窥究竟，总是心有遗憾。

最早我是从罗辑思维听到：有位当代思想隐士，写了本大书《物演通论》，大书的核心思想只四个字——"递弱代偿"，在哲学书里也属于最难读的那种。我听而生畏，当然不会去碰。听听，也就罢了。但有几句话，语感音韵都挺好，虽不大懂，也记住了："人性是物性的绽放，人道是天道的赓续。"这诗性的表达，真是哲学家的手笔吗？一粒好奇的种子就此悄悄种下。

及至见到混沌大学网站里的招生告示时，立即联想到，哦，就是那位用一部《物演通论》写"递弱代偿"的思想隐士吧？果然。能听一位在世的原创思想的哲学家讲课，机会难得，种了两年多的草，见风就长，弄得心痒，心动手动，交了学费。待人坊间，自有分晓。

开坊前一天，按照通知前去集合，竟集结了四百多人！这是啥阵仗，这么些人都来听哲学课啊？赶紧跑回会场外头再核对一下海报：没错，真都是奔着这哲学课来的。

见到台上的王东岳先生，身材中等偏矮，胡须茂密，花白连鬓，修理得齐整，头顶则光亮无发，更显前额宽大。陕西关中人士，侧脸剪影却有几分像苏联人列宁。先生戴眼镜，隔着眼镜片看不清眼神，表情肃然，话语缓慢，略显疲弱。开口便是：“哲学，是无用的东西。如果哪位期待从这里学到有用的东西，那恐怕是会失望的。”简略说了这一年十二个模块、十二天课程的大致脉络，还提醒，“如果谁想退课费，今晚还可以。我问过学校了，他们说，明天开课以后就不给退了。”他说得很认真，倒显得幽默了。这个调调，有意思！我反正是不退费的。

接下来，我被班主任宣布为班长，吓了我一大跳，这可是几百人哲学班的班长，是很重要的干部，咋当？除了“被班长”当天在班群里发了个大红包，有时帮着班主任吆喝几声课程相关的通知，再无作为。惭愧！倒是暗合了老子的“为道日损，损之又损，以至于无为”。

这个线下哲学学习坊，学费六万五，还预先告诉你是无用之学。一年时间，六次，十二天课程，辗转六个城市，我居然做到了没缺一天课，没一次迟到早退，没打过一次瞌睡（西哲课晦涩难懂，九期，每逢西哲课，都会有成片的大好头颅相继深深低下，留下了“西哲睡”的梗，我居然一次也没瞌睡过），按时交每一次作业……这可不是因为“被班长”或是都听懂了，而是因为，被迷住了。

这几百位同学，大多是正当少壮的创业家，基本上都是已有些成就（才能交得起学费，花得起时间呢）、有困扰、有思考、有追求、年纪尚轻、富有精力的，多半来自“混大”（混沌大学）的圈子，共同特点是特爱扎堆学习。其余少数，就包括像我这样退休后有闲的，以及其他各类奇人异士。我觉得，对哲学有兴趣乃至来此坊扎堆儿学哲学的，就都已自带“奇人”特质。班大人多，为方便督促学习、讨论，就又分了几十个学习小组。我组就有一位在校大三学生，学的是外贸，休学一年，就为游学，哲学、佛学、国学，都在游走中学着。

在班上无所作为，在组里我可是兢兢业业地做了一次轮值组长。刚“被班长”，转身发现已被本组“公推”为组长，我灵机一动，就建议：“咱组实施轮值组长制吧。”趁着大家还没咋回过味儿来，我已经征募了之后五个模块的组长。于是，组里十几个人，在一年的学习过程中，竟产出了六任组长，把班主任都闹糊涂了。每任组长只负责一个模块，压力有限，每个都能有点儿新政新玩法，前任、现任与候任组长们又都乐意互相帮衬，多了不少轻松趣味。现在想起这段业余干部经历，仍小小得意。教练没白学，走到哪儿都要激发团队的主动性。

以下是东岳先生学习坊九期课表：

第一模块：东西方文化与文明溯源

第二模块：老子思想主旨钩沉

第三模块：西方哲学基础综述（一）

第四模块：西方哲学基础综述（二）

第五模块：孔儒的文化渊源

第六模块：法家转论与国学的社会落实

第七模块：先秦诸子百家辑要

第八模块：人体哲理浅谈

第九模块：《易经》大略与应用概述

第十模块：佛教宗旨及文化影响

第十一模块：国学及国运衰落的原因与轨迹

第十二模块：人类文明的趋势与危机

从课表可以看到，领域跨度极大，涉及的知识量极为庞杂。在我等学生看来，如此知识储备量，简直匪夷所思；而在东岳先生看来：万物一系，万物同质，一系演化，莫出一理。

东岳先生对学问与讲课的态度是：

“不论是与非，只讲所以然。”

“不争论，不说服，不苟同。”

每讲的开端，都必先“回溯到其发生时的历史根源……”。

我作为班干部，就多了份自觉，每次作业都要按时交的。班里组里学霸特别多，认真看每个同学的作业，每每拍案之余，不禁喟叹：差之岂止千里。结业后班主任、学习委员和几位学霸，用心地出了个优秀作业的选集，真是珠玉其中，令我一读三叹。与全坊优秀而认真的同学比较，我最多算个托钵挂单的游方僧人，还未找到落脚修行的庙门。

至最后一个模块结束，大家聚会、告别、兀自散去了。我大约是为数不多规规矩矩写了并交了最后一个模块的作业的，学习坊落幕，没人催作业了，我仍按时写了，课后一周之内，交到小组群里，也把最后第六模块的作业摘选些交到这里，虽不成文章，但确是有感于肺腑而发：

> 从2018年3月开始，十二天六个模块，从北京到杭州、到大连，再到长沙，再回到北京，从南到北、从春到冬，辗转追随东岳先生，于我，是体力、精力的巨大挑战，然而，全勤（上课与作业）、无迟到、未瞌睡（甚至西哲课上都没睡成），这是什么精神？
>
> 盘点一下，没学明白，也没记清楚，那么，为啥就傻乎乎地乐在其中？岂止是“乐”，是幸福。
>
> 开课那一天，先生站在巨大的智人迁徙路线图前，指点着我们（现代智人）“从哪里来”，以及逶迤带出人类文明、语言等形成

的机制与本质，幸福感突然降临。

有人问：“为什么幸福啊？”

我答：“……因为看到那幅遥远巨大的地图。”

“那又怎样？有什么用啊？”

“这本就是无用的学问。”我理直气壮。

说不清楚为啥“幸福”。反正，晕晕乎乎云里雾里，本就是在此坊学习的正确姿势（先生说的），也就没有了不知究竟的焦虑，跟着学就是了，不讲是与非，只听所以然。

人类文明始终被自然文明所规范。人性是物性的绽放，人道是天道的赓续。

（渺小的人类却扬扬得意于自己创造的“灿烂”文明，而不知没落之即将来临。）

万物存在的意义：唯求存在。

（存在本身没有意义，追求存在才是意义。）

“递弱代偿”，是普适宇宙万物的理论。只此四个字，一以贯之：打通自然、精神与社会这三大存在。

（“不可能吧？”然而，“带不进任何反例”。）

人的感知，一直在扭曲世界，眼见耳听皆为虚。

（世界本无颜色和声音，人的感知不是为求真，而是为求存而设定的。）

原以为熟悉了的中国文化，儒、法、诸子百家，都有了“新鲜”的认识。

人体哲理：从生物史看进化的结局，看更大尺度的物演法则；“病理”是“生理”的底层代码；疾病是进化与文明发展的产物。

震撼、颠覆、新知、重启……直至新的世界观、宇宙观乃至人生观，皆成混沌，再渐现一丝澄明……

最后一堂课，混沌大学开放给很多学生作为福利，来了一千多人！

最后一节课的问答环节，有一女同学提问，声音悲怆："先生，究竟何为人生的意义？"

先生答："毫无意义。"

一千多人同时慨叹，汇如沉雷。我在雷声中，又被幸福感"击中"，这又是什么变态反应啊！瞬间，我真切地听到身上片片鳞甲开裂、碎了一地，双臂轻盈，似可飞翔。掉了一地的，是多年点滴积累起来的，承不住、放不下的众多"意义"，抱残守缺、身心俱疲也决不放手……此刻，飞起、俯视，碎掉的已混入灰尘，均已无形、遁迹。

学习坊落幕，先生归隐了，走得干净，不回头，了无痕迹。

自勉："多学点儿无用之学，放下些'有用'之事，可能会离幸福更近一些。"

其实，这样的讲课，对先生而言，绝没有什么享受。为了让"小白"学员尽量听懂，他往往要再三地"我再举一个例子"，类似场景，有时能看到他吞咽的动作，那是喉头和全身都在努力。而他写书时，则"只求逻辑语言缜密精准，从不顾及读者的便利"。那么他为啥要讲课呢？因为他需要挣钱生活。为啥好不容易学习坊做出了规模（刚开始那几期只能勉强凑几十个学员，到第九期，已到了四百多人的规模），却又如此决绝地说不讲就不讲了呢？因为"挣的钱够生活用了"。他就偕夫人回到终南山下，做他高兴的事：隐居，做学问去了。

东岳先生是非常之人，有非常经历。他十几岁时做过一阵子矿工，在矿洞里躲避放炮的间隙时，接触到哲学书籍，即为思想钻木取火的开端。后学医，读书也从医学专业延展开来，读至达尔文，遇到不解，便从人类至物种、至宇宙，无限展开，与中西哲人对话、思辨，渐成一路思脉。用时兴的词：他找到了人生的使命……后断然弃医从商时，已是有了明确目的：挣够生活的钱，好能专心做学问去。

经商数年以为钱够了，立即收手，隐居终南山下，埋首著书，十几年，书终成，财已尽，家已破。方省得，当年忘了计算各种金融危机以及逐年高企的通货膨胀率……吊着一口气、一条命，只为这一本书。大约是感天动地了，竟成了神话：贫弱书生皓首穷经，遇佳人以身相许，夫人打零工、烧些杯盘之类的器具，挣些米粮，幸免饿馁，寒窑十载，贫贱不移。终于，书出版了，又终于有了些讲课挣钱的机会，无论课堂上有多么“小白”的学生，也要努力讲。一旦“挣的钱够生活用了”（再次自以为），便再次归隐，端淑秀丽的夫人，执手联袂，相随入山。愿先生伉俪安好。

很多同学都折服于先生的学问与魅力，也想念他，但都尊重他，不去打扰。其实，打扰也无门，他平日也不看、不接手机，倒是有微信，但只有一个微信联系人——他的娘子。他身上总挂串钥匙，除一两把家门钥匙，最重要的是个小U盘，里面是经常更新的文稿：“人在，文稿在。”

热爱思想的同学们继续着《物演通论》读书会，已经学到好几十章了。我虽未开始读书，但也去参加了几次读书会，只为喜欢那种气氛，听学霸们争论、碰撞，是很享受的。同学中多是企业家、创业者，有好几位同学将“递弱代偿”应用在企业组织的管理中，说是能有效地“制造负熵”，估计先生听到他的无用之学能被如此实用，也会吃惊的。热爱哲学和思想的人们，都思维宽宏、气质不俗。学霸们都敬仰先生的学问，但为了“去魅”而能恣肆争论，在讨论学问时，都直呼其名。我则只敢敬呼“先生”。

读书会能继续，多亏了有班主任。班主任，学音乐出身，自带艺术气质，声音美好，还天生丽质，足以招得批量网红的嫉妒。偏又大气爽朗如男孩子，笑起来全然不顾露出二十来颗牙齿和笑成弯月牙儿的眼角挤出的细小皱纹。

明明可以凭双料的音质颜值过富足生活，却偏偏要拼能力、拼体力。从惨淡的十几个、几十个人，直发展到爆棚的几百个学员，都亏了班主任苦心经营。做几百上千人的班主任，她工作起来一丝不苟，细节多如牛毛，意外层出不穷，每次课程期间她都会日行数万步，熬夜到天明。酒桌聚会时，班主任既是欢乐的中心，还能同时照顾到每个人。她涉世不深，黑白分明，很像年轻时候的我；但她更能为大局把握分寸，这可就比我当年强多了。气味相投，惺惺相惜，我就收为小妹妹了。与班主任还结下另一份善缘：被浩儿直接认了“士宏妈妈”。浩儿才九岁，随了班主任妈妈的美貌，却生就剑眉朗目的英气，像是彭于晏的“少年版”，只是更好看一些，嗯，也就更好看个两三分吧。

班主任跟随先生五年多，一直做学习坊的班主任兼各种杂工，全心全力。待九期结束，先生归隐，她竟然发奋十个多月逐字逐句啃完了《物演通论》，眉宇谈吐之间，又添了书卷气质与思想深度，令我好生爱敬。班主任后来又做了十几期“坊友圆桌派”，每周直播，全靠她一个人操持张罗，辛苦自不必提。因她这份纯粹至诚的感召，我竟然也勉力参与了两次直播，帮着推广先生的课程（在家里直播还算方便，只捣饬好出镜部分就行，水杯里装了白葡萄酒也是可以混过去的）。线上课程的原材料就是我们学习坊九期十二天的课程，剪成144节课，还配上动画视频，效果比大课另有妙处，关键是价格实惠！学习坊的坊友们全体“悲愤”：为啥定这么低的价啊？（现在混沌大学APP上还可以买到，买到就是赚到了，赚大了。）

自2019年1月1日起，我又从头听了一遍学习坊的课程，每天温故听新各一讲，有的还需要听两遍。听课须诚心静气，除去出差工作等，七个月，才听完144节课。每一课都听到更多的“新”内容。

这一次独自再听课程，我有了重大“发现”：原来，在坊间给我带来震撼的，并不只是学问和内容，其实很多内容，都曾片段接触过；真正“颠覆”的，是将我此生学过与没学过的知识以及在坊间讲过和没讲过的认知全面整顿，是放在天地宇宙、古往今来的宏大框架之中的全面整顿，全面整顿的底层逻辑，就是四个字：递弱代偿。这个底层逻辑，是我几十年读书，从来没有企及过的。

朋友问我：“这一年奔波学习究竟收获了啥？是否颠覆了三观？”

我说：“哪里是‘颠覆’二字了得的，终于是拥有世界观的人啦！”

世界观这事，成人大概都有吧，或者至少以为有。也有些早慧的少年，很小就能有。而于我个人而言，是在东岳先生学习坊之中受到高能震动，学习坊之后才逐渐整顿出脉络而终于形成的。

少年时就已学到、读过的：人类认识宇宙的过程，从地心说到日心说，再到太阳也不是宇宙的中心，只是一颗恒星而已，再到能量守恒、物质不灭之类的，以为这就是所谓“宇宙观，世界观”了。后来一直在忙，也没时间思考这“没用”的事，忙着在职场坚定前行，目的性与目标感都很强，那些个宇宙星辰的事，与我何干。

直到这一趟东岳先生学习坊的学习，信马由缰，游方观花（虽也有作业，但不考试），却无意中找到了“世界观”，原来，自己从来就没找到过自己生而为人，与宇宙世界的对应坐标，一直都是“以自己为中心”地活着。何其谬哉，万千妄念与苦恼皆由此孳生。

至于这是否就是“世界观”的定义，我不大在乎，但很欣慰：能找到自己在这个世界生而为人的较为靠谱的对标位置，也就不会再犯太多自大、自恋、以自我为中心之类的毛病，而使余生能够活得更通透、少纠结；也不必再做那么些无谓而复杂的“代偿”动作——“越简单、越原始的东西，越具有奠基性，越稳定、越持久。”真乃无用之学的实用。

此生，未必来得及充分感受有人工智能全面渗透的时代，也估计赶不上长生了，其实，长生，也未必真就很有趣吧？若真如东岳先生、霍金他们所预言的：人类没落是必然趋势，长生又有何意义？若是幸运，能赶上有足够灵巧的智能机器人照顾残年不便时期的生活，就已经很好了。

学亦无涯，自从有了底层逻辑与世界观，面对纷繁变幻的世界，心里就有了“压舱石”，不会轻易迷乱焦虑，也不再轻易被欲念扰动，更重要的是，不会再自大狂妄，活得更真实、更自在安然。

那么，读书学习的意义又何在呢？正如在学习坊中听到的：存在本身没有意义，追求存在才是意义。套用一下：学习本身没有意义，追求认知的过程才是意义啊！

见到有些“正统精英”对于“民哲”王东岳的批驳，我不能企及正统精英的精神世界，毕竟哲学科学认知的基础都太薄弱，但能清楚感受到正统精英对“非主流”的那股劲儿。我认真拜读过一些“批驳王东岳”的精英文章，却没找到能真正将王东岳理论思想批倒的“反例”，其中的感性情绪倒是很明显的，有点儿像大学生辩论赛的赛手，目的就是驳倒对方。精英们的批驳与不屑，乃至东岳先生的思想体系，我都尚未企及要义。但是，这些完全无碍我个人在东岳先生学习坊中的重大获得。

确实，我所谓得到了自己的“世界观”，未必是碰触到了先生的思想体系之边缘，只不过借此坊的场域、借先生阐述理论之宏大格局，而找到了自己与世界的对应位置，全面整顿了我的认知，找到人生的底层逻辑与世界观，调整了我自己的人生态度而已。但是，这个收获，关乎我的生命质量，应能助我过好余生。于我，至关重要。

辛丑年春，又随着班主任在混沌大学APP主持的共学场再温习一遍，一周一次，节奏舒缓适宜，仍时时有新的“发现”；在听课时，竟常常会升起与东岳先生思辨的念头，而不同于之前近乎盲目崇拜的仰视角度的聆听。这种转变也是一种进步，感觉挺好的。

无论我能否真正企及对东岳先生理论体系的深入理解，也无论我在学习坊中所得到的领悟是否与先生的思想沾边，更不关心主流精英与民哲之间的是非与爱憎（民哲王东岳本尊云淡风轻，只道：“留给时间吧。”），我个人得到的人生观与世界观的整顿，也足以使我更加笃定：基本能够过好余生。

此坊之后，竟然对哲学也能读进去一些了。为此种种，深深感谢东岳先生，感谢班主任，感谢学习坊九期的坊友以及我二十一组的组员们所共创的学习“场”。那个场，容纳混沌，与混沌初开的各种生发。

后记

不逾矩，
北在北

先前多年，我终在名关内寻寻觅觅，

不得门而出。

· · ·

家里藏着一方石头，上书“利关不破，得失惊之；名关不破，毁誉动之”十六个大字。一日，我偶然拂拭，暗念，这方字石竟已安住我家十八载了，真是光阴荏苒，物是人非。然，“关破否”？

关破否？且来答。

第一题：名关

先前多年，我终在名关内寻寻觅觅，不得门而出，修习教练以来，先医情绪，再修术、道，对于这个隐在他人身后的职业角色，先是安于，后是乐于。终于我能在寂寂无闻的角色中既安且乐了。

其间，我偶然入世三年。在其位时，我基本做到了尽心尽力、守本分而不争名分，凡出头露面的场合，能退一步则要争取退两步，至于撑场面当花瓶的事情，更是避犹不及，成功避开了大部分不想出的风头。当然，也是因为自己早已不具“花瓶”的风采。最重要的，还是因为清楚自己的身份：是来帮忙的。有这个底线，即使有张扬的性格，也不至越界了。最重要的，是知道自己要什么、自己的事业是什么，心有所属，事业有所归，眼前虚衔均不过几度春秋，遇上麻烦也只当淋一场雨、踩两脚泥而已，便都不在话下，不会迷眼乱心了。

早年曾将这几句奉为个人的职场格言：不与上级争名，不与平级争功，不与下级争利。如今，我已忘了“格言”之出处，现在咂摸着挺有几分曾文正公的味道（未考证）。此次入世，已可平常地做到。今后更没有问题了，因为，已不再有上级、平级、下级啦。

交回去权责，拍拍手，很轻松，那本来就不是我的，只是临时掌管一阵罢了。有这个明白垫底，人未走，茶已凉，也就甘之如饴。记起一个小段子，我自己都忘了，倒是后来被几个学生提起过，就记住了。

“入世”帮忙到了第三年的末尾，我的身份又回到顾问，自然就取消了专车的待遇，秘书也只是兼职的了。小秘书已换了工作，很忙，但仍特别尽心地照顾，上下班都帮我叫网约车。这一日，网约车没到，急着要去讲课，我便叫了酒店门前的出租车，这位司机师傅动作有点儿猛，一脚猛地踩刹车，没几下子，我已经心慌欲呕。心里一股邪火蹿上来：如果我的司机还在，咋会受这罪！

电光石火之间（也就是两次刹车之间那么点儿工夫），省道：原来你还在乎这个啊？已经自由自在了，还放不开那一点儿“专车”的待遇吗？

自己笑了，是笑自己呢。带着笑，我和司机师傅说：“师傅，劳驾轻点儿踩刹车，我心脏不大好，刹车猛了有点儿难受。谢谢啊。”

司机师傅应答连声，余下的车程，如丝一般顺滑。

我给那群翱翔学生讲了最后一堂课，主要是复习将近两年的培训课程中的要点。大约是在结尾时，我给他们提了期望，大概是希望他们能够为自己负责，要了解什么对自己是最重要的，等等。讲到情绪能力的重要时，顺手提到了这个例子，事虽小，贵在新鲜（当天早晨刚刚出炉的）。他们记住了，我才也记住了，写到书里。

离开后又如何呢？就离开了呗，不牵寸缕情绪与云彩。任何人的背后议论随风入耳，都能无动于衷、无动于情。好笑便一笑了之，不好笑就转个话题。

“存而不论，不论他人”，是处事为人的道理。以前那些年，包括《逆风飞飏》中，以及书之外的那种种激动，甚至激愤的论理，很多都是因为尚不明白这个浅显的道理。

干净离去，复归自由。唯有心自由了，才能真正享有自由。

第二题：利关

首先，挣钱还是很需要的，毕竟是要重新从零开始挣生活。但我不再为此焦灼。细想来，原来的焦灼，是因为附加了太多的其他欲求，又要挣钱，又要“符合身份”，又执迷于“曾经的辉煌”……如此名利欲望嵌套的死结，难怪会自缚茧中而难以自拔。真是愚痴得可以。现在看得清楚些，不禁哑然。

曾经，我疯狂地买名牌衣服，像是给自己置备铠甲；疯狂地买名牌鞋，补偿早年没钱买鞋，穿着小一号的鞋，双脚磨起泡、磨起茧，将近两年脚痛的缺憾。几年过后，我也逐渐就收住了。其实，我倒并不算是物欲太过分的，名牌之类的多了也就失去了快感。再说，也没有地方放了呀。

翦除杂念缠结，减掉多余欲望，再看“利”这件事，其实很简单的，用两个巴掌就可以把用钱的那点儿事算得清楚，再考虑到年龄、健康、体力、亲友，再兼顾生活的丰富性、自由度，如读书、琴鼓、狗娃，偶尔饮宴以及日常药品烟酒咖啡，等等。靠着“教练”的手艺，以及延伸出来的讲师、顾问等本事，只要身体允许，就继续工作，而且是只做自己喜欢的工作，大约也可以做到余生无生计之忧。哦，爹妈都长寿，我也很可能比较长寿呢！好的，那就再多挣些钱以备老病之时，也就是了。夫复何忧，何必多求?

天下之人，碌碌来往，无非为了“名利”二字，而“名利”二字，皆脱不出“生存”的大限大界，只要不执着于妄念贪念，名、利本都是正当的事。

“名”——人过留名，雁过留声。

如今很难听到雁声啦。人过留名，则是躲不开的。自几万年前智人祖宗们为了生存之需而开始群居时，就已知名声重要：抢吃骗喝不贡献，名声不好，族群会把你赶出去，而在荒野丛林中的独来独往，则意味着随时可能遭遇生命危殆。

名声于个人，小到可以“正直、好人”而安身立命于家庭、坊间、公司里，大到能助力成就改善世界之大事业。

名声于企业，就是品牌、产品，再加上企业家个人的名声。

做人，做事业，都离不开个“名”字。守着根本，不急功近利，不掺杂太多私利，自可有好名逐渐长成。至于既要好名声，又自私自利，我认为，是不大可能的。名声，还真不是能买来的，好名声是要持一生之恒攒出来的，若要败坏名声则特别容易，只需说一套做一套，有那么一两次，就败坏成功啦。幡然悔悟立地成佛的事，传说中是有的，如果活久，没准能见识一两个。

能守住根本就属不易。那些能做到最基本底线的“欠债还钱”之人，就很值得尊敬。

“利”——本来就是个中性词。不管是靠摆地摊儿一个煎饼一个串儿搏几分蝇头小利的，还是住群租房挤公交车西装领带坐办公室挣升斗工资的，抑或是日夜随钟表嘀嗒而进斗金的企业帝国的“君王”，都绕不过这个“利”字。只要正当、正直，就尽管大方地为利而往吧。只要不黑心，就伤不着别人；只要不妄念，就伤不着自己。

名、利之外，这些年，对于“人与外物”“人与自然”之间的关系，也逐渐生出不同感悟。

住在现在这个家里，也有十七八年了，它是我第一个真正喜爱的家。此前，无论是租的，还是买的，都只是歇脚打尖而已，与客栈无异，甚至有时觉得还不如旅馆方便，忙工作，没时间体会家的感觉。

这个家准备开工打地基时，《逆风飞飏》出版的事刚忙完，我跟着邻居放了串鞭炮就直奔机场到南方赴任去了。之后两年多，回北京都是过家门而不入，工地乱糟糟的也没什么好看的，没时间，也看不懂，反正有真懂行的好邻居充当“总工”，又有亲兄弟充当“监理”，我乐得放手。直至内装修阶段，赶上我病了，有了些时间，就投入了很多心思、直接插手指挥内装修。为了心中的“完美”，返工重来毫无吝惜。吧台上面弧度“不对”，拆了三次，费的工料无数。大厅吊顶的“设计图纸”，是我一面仰头看屋顶一面用脚在满地灰尘中画出来的，工头忙把地上的“图纸”保护起来，说“大家都看着，咱就照这个做……”，话里还有层意思特别明显：大家都做个证，这可是她要的……

只要我回来一趟，必有几处惨遭返工，帮我“监理”装修工程的亲兄弟被折腾得七荤八素。找不到心里想要的家具，我就自己动手画图，甚至用硬纸板做出1∶1的实物（师傅看不懂我的平面设计图）。我恨不得把所有的好东西都买到家里来，还没入住，家里已经太多东西了。

终于搬进来了，我就兴冲冲地呼朋引类暖新居，席面被嘲笑了：酒是好酒，菜都是外卖打包来的，溜到厨房把打包的菜都装到自家的餐具里，也没瞒过客人的火眼金睛和嗅觉味蕾。被讽刺了，我赌着气赶紧认真学做菜，不留神又碰上了小小的“天赋”（在二楼能闻见楼下厨房烧着的菜“咸了”，能算得上特异功能吗？），成就了多年茹素者盲烧（盲烧：意思是不能尝味道，全凭感觉调味下料）大蹄髈的小宅门传奇。做菜是为了招待亲友，看着朋友享受酒菜，我则享受赞美，虽然朋友们的赞美有点儿夸张，我也乐得全收。

还没等充分享受家的感觉，我又醉心公益了，从最贫困县田野调查回来，这个家令我万分羞惭：“有人住在那样原始简陋如洞穴般的‘房子’里，有人甘守清贫多年默默致力于公益，你怎么好意思……”我和狗儿并排坐在屋外台阶上，久久不好意思进屋，很分裂的感觉。

我抑郁时，家，又成为我的逃避之地和死囚牢笼。

物，本无是非，是非皆由心生。清白挣来的，不必惭愧，觉得太多了，就散掉些呗。

这两年，我悍然发动了断舍离运动，好衣服送出去约十几箱子（28英寸以上的旅行箱，必须托运那种），当初买的多是名牌经典款，经典款还真是不过时呢。簇新完好的高跟鞋送出去几十双，绝大部分还带着标签，铠甲装备送职场佳人，物得其所。

2019年5月，第四次断舍离之后，我发现送出那么多，没显出啥效果，东西还是太多了。我发了个誓，请阿姨荣丽见证：从现在起到年底，绝不买一件衣服！我真做到了，一件没买。为啥只发誓到年底呢？我是留个心眼儿，别一下子说绝了，等春天换季时检看一下，一次性做好一年必要的添换，然后就再发个誓呗。没料到的一个状况是，小狗娃笑笑6月来到家里，专爱咬我的裙子，小尖牙叼住裙子边就转圈跑，就快要把自己的小身子荡起来了。夏天在家的丝绸裙袍都轻薄宽松，每天都听见哧啦哧啦的声音，快要被笑笑改造成夏威夷草裙了，我就是不买，硬是坚持到了秋天，终于换穿长裤，笑笑也不方便荡秋千啦。

慢慢来。坚持常搞搞断舍离，少增、多减，家里会更加清爽，人也会更清爽。

住了十几年，我才刚刚发现小院子的美好，竹的墙，绿的草，足够狗儿们奔跑嬉戏。夏日观雨，冬天赏雪。这些年北京的雪特别少，风依然不小，外面北风呼号时，室内温暖如春，特别能体会到家的好。春有芍药，秋有桂花，三季有玫瑰，夏天从书房望出去，能看到满湖荷花，冬天也有人凿冰垂钓。每月十五的月亮就挂在自家的房檐上，雾霾深重的日子里PM值都低于城里。多年相伴而居的好邻居在左右护持，清晨即闻听湖边有人拍打跺脚地锻炼，还要呼喝连声，一点儿都不烦，倒添了几分街坊生机……美一直在身边，眼耳随心，相由心生。只要用一点儿时间、有一点儿心情，就可四季收获："清风明月不用钱。"我好像终于闻到了类似"幸福"的味道。

后来，听到东岳先生说幸福的三要素：寡欲、悠闲、亲近自然。怪不得哦。

悠闲，亲近自然，已经差不多能做到了。

悠闲，其实也是可以自己规划的，其中最重要的，还是自己选择的心情和态度。我倒是从2003年退休回家就一直逛荡了十来年呢，有的是"闲"，就是从未有过那种"悠"然。现在，我知道自己必须继续工作，为生存挣钱，还要赶着学习提升，但是仍有自主规划的余地：一半工作，一半悠闲。想明白了，规划好了，也就不会无谓地焦虑，无论有多大的压力，也要一步步走嘛。排除了无用情绪的干扰，就能找到并享受既悠且闲的时刻与心情。

至于自然，天道恒常，四季更替，一视同仁——应说"无视万物"才对，"天地不仁，以万物为刍狗"，本来就是这个道理。所谓"仁"之类的，都是人类后来进化出来的大脑的那点儿"皮层"无中生有、自大自恋地想象出来的。各色景致，在所有人与万物的身边自然铺陈，全凭你是否看得见、是否有心去看。对景生情，生的啥情，全在一念，或悲秋哀叹人生无常，或赏春跃然升起勃勃生机，或夏日幽居而抑郁，或冬寒凛冽却昂扬出"春还远吗"。皆由心生。

相随眼，眼随心。自然就在那里，视而不见，或时时亲近，都随你。你若心思清明，就能收到天地自然的滋养；你若自作自闹自矫情，那就啥都救不了、帮不了你啦——就像我当初闹抑郁。心情好了，花儿草儿都长得鲜活水灵，真的。去年夏天，一个小朋友送了我一盆蝴蝶兰，盆养的兰花一般也就花开一季，两个月花即谢尽。见枝条尚绿，就没有丢弃，一个冬天，只是偶尔给点儿水，竟又蓬蓬勃勃地生发出茂盛的骨朵，自己又盛开了。真是欢喜。

其实呢，眼见皆为虚。四大皆空不是我能企及的境界，但总可以修个好心情，这点儿事，自己能做主，也只能靠自己。

我离开职场后，不再忙，却心乱，直至抑郁……住了十几年，才刚刚“发现”了自家小院内外草木风景的种种好处。我喜欢水，门前就有湖，当时选在此处建自己的家，也正是因为这个小湖。难道还非得去瓦尔登湖才能亲近自然吗？即便是“行到水穷处”，仍可“坐看云起时”呢。大自然就在那里，可以容纳芸芸众生万物，何况一个小小的我？

第三题：欲望

东岳先生讲的幸福三要素中，“寡欲”最难。眼耳鼻舌身意，各司其职，随时生出十万八千个欲望，可如何“寡”得？而万般苦恼，皆由个“欲”起。欲望在，身闲，心也会乱，美景在前也会视而不见。

我终于悟出了一点儿道理：若寡欲，必有矩，就是孔夫子“随心所欲不逾矩”的“矩”。

以前很多年里，我并没有自己的“矩”，先是一路都找别人当标尺，超过去一个就再找一个更前面的，一路赶着超着，超越了一些职位和名声的界标，一直用百米速度跑马拉松，没有啥时间停下来沉淀、思考。后来，我从跑道上下来了，仍把自己“曾经的辉煌”竖在那里当作下一个标杆，非较劲要超越不可，直至把自己逼到绝境。“他人即地狱”，大约就是这样活在他人的评价体系里（这未必是人家萨特的原意），而我的“他人的评价体系”，还都是我自己臆想出来的，哪怕“他人”都忘了，我可不能忘，因为除了“曾经的辉煌”，我就没有别的什么剩下了。

那我自己的“矩”到底是什么呢？说来惭愧，活到了“不逾矩”的年纪，才第一次为自己认真思考这个问题。

我曾想到过很多想要的具体的东西，也差不多都实现了，但得到的快感却越来越少。比如，在当初得到IBM那份打杂的工作时，我卑微而宏大的愿望是：我要摆脱贫困，再也不要因为买不起而只得穿着挤脚的鞋子，每走一步都很痛的！记得我拿到FESCO（北京外企人力资源服务有限公司）发给的二百元外派置装费后，去买了双合脚的猪皮鞋，拿着新鞋子，快乐到要落泪。我现在还记得新皮鞋的味道，很好闻的。之后，我拥有越来越多的鞋子，以及能摆下那么多鞋子和更多衣服的柜子和房子，连儿时做过的“作家”梦，也算圆过一次了。但快乐却越来越短暂而稀薄。

我还真没认真想过“想要的生活状态”。我发现，周围的人群里，为自己认真想过这个问题的人，很少，极少。于是，我默默地把它列入我的“好问题”清单里了，开始想象我想要的那种“状态”。

以往多年的习惯，定个啥目标都必须是符合SMART原则的（Specific，具体；Mearurable，可衡量；Attainable，可实现；Rcalistic，现实；Timebound，有时限。SMART亦有聪明之意，又一个英文谐音梗），做到就是做到，做不到就是KPI未实现，都会立竿见影地体现在薪酬奖金评级提职上，绝不能用形容词（更不能用“状态”啥的）含糊过去。

头一次放开来想自己想要的生活“状态”，好久都找不到感觉，

“状态”太虚，指标才实……但知道重要，还是要接着找，过程中，好像不时翻看着几十年的旧相册，也会不时被夹页中的陈尘旧蠹呛到喷嚏鼻酸，思绪万千……等找到那“状态”时，自然就知道了。感觉舒服，自然，似闻到花蕊儿的香气，“心香一瓣，馥郁舒展”，真像心里开了朵花儿，就知道，对了。

我想要的生活状态是：纯粹，自然，悦己，利他。

纯粹，自然，就是只做自己喜欢做的事，不再“演”任何不喜欢的角色。

悦己，利他，是一对儿，分不开的。想要利人，自己要先有从内到外的好状态，而悦己的大部分“悦”，都来自与他人的互动，对他人的助益。

终于，我找到了自己的矩，是想要的、持续的“状态”，是方向，是目标，而不是指标。

写到此处，我才发现：想了好几年才想明白的“生活状态”，居然已在实现了。“心想事成”，也许不虚，但是，要“事成”，得先“心想”才成。

这可已经远远偏离了我的“初心”。

当初我在小医院一边上夜班，一边玩儿命准备自考时，“初心”就是想换个挣钱多一点儿的工作，能不再穿挤脚的鞋。

后来的“初心”就逐渐演变成逆风飞扬了，是“实之华之，兹乃兼求，顺风兮，逆风兮，无阻我飞扬”，是气吞山河的狂妄。

那时的我够贪心，够轻狂，我真相信，只要更努力，就能更高、更快、更强地重复我自己的成功。为此，我罔顾与“成功”无关的几乎一切，能随手把钻石当作鞋里的沙子，倒掉，继续狂奔。直到发现，“成功”已经离我远去，韶华已逝，终于衰老。

海明威说：“人生最大的遗憾，是一个人无法同时拥有青春和对青春的感受。”

这话挺消极的——本来人家海先生说的就是“人生最大的遗憾”嘛——但真有道理。所谓“初心”，大多数都是在青春轻狂时冒出来的吧？而对青春的感受，往往要等到不再青春、无可挥霍时，才能充分感受得到。

“初心”这事，细思，若执拗而不化，则不大靠谱。人生一世，起码应顺应“四季”而调整“初心”：春种，夏忙，秋收，冬藏。这正是“人道是天道的赓续”之理。

像我当初那样，一味守住某个“当下”而立下的“初心”，外表是“理想”，内核是“欲望”，若再加上时过境迁也决不反省，就是愚痴了，当引以为戒。

我学习正念时，见那里对“初心”的定义是另样的：“初心：看待万事万物都如初见。”讲的是不带成见、不带观点，这与教练又有相通之处。与普遍理解和泛滥应用的“坚守理想”之类的“初心”，则大相径庭。正念大师卡巴金提出的七个“态度性因素”，包括非评判、耐心、初心、信任、无争、接纳、放下。有人说从西方传人的“正念”，就是始于东方佛学、中国禅宗的出口转内销，这个我不甚了解，但就这七个“态度性因素”，我看到了与教练哲学的对位，也看到了与佛学、禅宗的交相辉映。

嗯，现在这八个字，应该就是余生季节的“初心”了。

纯粹——不带功利、不猜度别人会怎么看，只自问：此事是好事吧？真的很想做吗？

自然——愿意做的事便好好做，不愿做的事绝不勉强自己。说“不”原来可以如此简单。对自己真实，对别人诚实，其实也不会伤人的。自己没那么重要，别人也没那么玻璃心。

悦己——如果自己不快乐，做啥也做不好的。本没有那么多值得不快乐的事。不快乐，多半是源于欲望，属庸人自扰。

利他——对亲友，用心友爱；对客户，尽力以专业助之；对需要帮助的人，量力而尽公益之心。

四个词，八个字，四平八稳，颇有“矩”象，看着便生欢喜。虽不具“生命之轮”的圆润，但很管用。遇到选择之困、欲望之乱时，能帮到我。

举个小例子：做教练逐渐有了心得，我结识的同行也多了些，就经常收到一些好友邀约，基本上都是请我出山，开设并主持教练公司。我以教练为余生的事业，我深信教练的价值，也知道以我名声的残值，是会有助于推动一些教练事业的影响甚至规模的，但我不会动心，因为，那意味着我需要做很多不喜欢做的教练专业以外的事，失了纯粹，也会影响身体健康以及生活的自由度。

于是，我就自然而诚恳地谢绝了，完全不用不好意思，也不用编个啥理由。

再来检验一下“教练”这个事业，甚是契合：能与有质量的人相处，而且我也有完全的自主选择。经历过红尘人海、舞台上的高光生涯，再经历了独自离群索居，更看清楚——我需要与有质量的人相处。既能激励我学习，也给我生命的营养，这是最与我相契的新陈代谢的生存之道。但首先，我要与自己有质量地相处，要成为有质量的人，做个好教练，欲助人，先需助己。

此番再找到“事业”，实属不易，格外珍重。把这两个字咀嚼出层层滋味：

事业是持久的，不同于“事情”，找点儿“事情”做，最主要的功效是打发时间。

事业也不同于“职业”，职业是被规定好的路线。画好的跑道，都规矩甚多，都拥挤，而且都有终点。而事业是出于强烈的主动选择，可以有相当大的自主掌握。

事业，当然更不是生意、交易、机会之类，那些大约都是一把一干净，最重要的是交易额与利润的衡量，与其他所涉不多。

我如今又是有事业的人了，而且教练这个事业，能进入多维的精彩世界，总有惊喜和领悟，没有止境。

关于“关破否”，答题至此，已清晰：仍是“关”内红尘中人啊。但我还挺满意，看在进步幅度比较大的分儿上，给自己打了八十分的高分。还能有二十来年生命吗？每年还能加一分吗？有矩，不逾，顺其自然，随遇而安。

听哲学课时，记下了尼采的这句话：“一个人知道自己为什么而活，就可以忍受任何一种生活。”（摘自《偶像的黄昏》）因对书名有感，我又忍不住狗尾续貂抒发己见了：“一个人想明白自己想要的生活状态，就可以享受几乎每一天的生存。”

有了教练这一事业，我对现在活出来的状态很满意；我对余生很期待。我终于放弃了与岁月为敌，与自己和解了。我期待着每个新的一天。

四季更迭，天时不违。这一生走过的旅程，曾自以为是独一无二的精彩，其实也脱不开季节分明：

春天——从自卑的种子，终于孵出自尊的芽，用去了生命的前三十年。

夏天——从自尊的芽到盛开出自信、自负的灿烂耀眼的花，又用去了将近二十年。

秋天——韶华已逝，缤纷花落，如最后一片叶子伶仃枝头，何以为继？何以为生？如马尔克斯所说：“生命中曾拥有过的所有灿烂，终究都需要用寂寞偿还。”陷入了抑郁，死，似是唯一解脱之道。

冬天——遇到教练，找回生机。然而，毕竟冬天已至。今后呢？确定会来的，有病、老、死；而不确定的，还有许多可能性，谁又能说得准呢？我接纳各种可能性，并会努力争取。即使归于“寂”，仍要争取几分不“寞”的生机。

走过四季，我终于领悟到一些很基本的生存道理，借此再无序地抒发一下。

谦而不卑。知宇宙之无垠，知山高海深，而谦虚自生。守一朴抱一拙，皆有可为，而不必自卑。

自信，但不自负、不自恋、不狂妄，乃至自知、知足、知矩。

苏格拉底说：“我唯一知道的，就是我一无所知。”这个太深了，凡人说着就显得有点儿矫情。我信他老人家的另一句：“未经省察的人生不值得度过。”

几千年前的德尔菲神庙，劝诫人们就一句话：“人啊，认识你自己。”就这么一句大白话，又有多少人能做到呢？万幸，我终于开始有了这个意识。

我最喜爱的作家老舍说过：“人若是看透了自己，便不会小看别人。”我还要斗胆加一句，人若想看透自己，得有个参照——宇宙就在那儿，有这个参照，就没可能自负了。

我还希望，无论多老，都能是优美的，每个年龄都有每个年龄的美丽。我曾和那班很亲很近的学生说过：“谁又没年轻过呢？你们老过吗？能老得这么美吗？嘁！”相当傲娇。赢得了满堂喝彩、掌声和呼哨。当然啦，那一群翱翔学员，基本属于无条件、无原则的铁粉，仅供自己偷着乐一下而已。

此生至此，我曾自以为很丑过。自以为丑，令我无比自卑，自卑令我更丑。也美过，顶花带刺肆意绽放，自以为美，又令我自负、自恋，而失去自知，放弃生活的其他可能……

现在，我想要的是，无论独处时，还是终点时，都能保有当下那个时刻的优美。这应该不属贪欲，应该是可以做到的。有不少榜样在前，需要的是内心的修炼和安定。

有了世界观，找到了人生之矩，遇到了余生的事业。我很幸运。没有狂喜，但心很安稳。

要读的书很多。爱读书，有书读，有很多好书读，真是此生之大福气。

只读书，却未必等同于“学习”，这也是这几年才有的感悟，终于在东岳先生学习坊中得到整顿，整顿到只剩最简单的基本。

学习，先要学会“学”，学习的方法和态度端正，才能听到、学到东西；否则，人得宝山也落个空手而归。

又想起，我在离开IBM前不久，大概是因为忝列高潜，得到了一次学习机会，是远赴美国纽约，在IBM总部位于阿蒙克市的培训学院，住的学院园区的小旅馆。以往的培训基本上都是两人合住一间，这一次升格到一栋小栋，单间待遇，房间不大，但很舒适惬意。我第一次看见真的壁炉，篓中装着木炭，特想烧起来感受一下，炭黑抹在脸上身上手上哪都是，就是没点着……这不是重点。重点是：第二天，听史蒂芬·柯维亲自讲授“高效能人士的七个习惯”，对我的震动非常强烈——这是十几年来第一次听非技能实操类的课，也的确由此引发了一些更深层的思考，以至晚上回到酒店竟忘了再试图点燃壁炉。相当长一段时间里，我都能把七个习惯背得溜熟，有时也会引用一下。主要都是说给别人听的，一旦回到工作中，很快就又回到了自己的习惯模式。

去年，又读了《高效能人士的七个习惯》，才读出这根本就是人生的道理，也许叫“高效能人生的七个习惯”才更贴切。而当初，本来就因英语程度有限而听得半生不熟，我还自己当时下意识地设了个限，给当成“经理人的七个习惯”去听了。二十年前就“学”过的，真学到了十分中的一分吗？未必。

所以，只有触动、感动，甚至震动，都是不够的，必须“思”而“习”之，“学而时习之”，才有可能真的学到。

2016年，鲍勃·迪伦获得诺贝尔奖，深圳的南漂音乐吉卜赛的小朋友们可开心了，他们站在音乐和音乐人的角度，天然纯粹地高兴，也不管迪伦得的其实是“文学奖”。就像中国的一个摇滚乐队在德国的啥音乐节得奖了，即便他们根本不认识得奖的乐队，也都特别高兴地庆祝。我被感染，也找出迪伦的老歌来听，可真……难听啊！有很多同时代的歌手都比他好听得多。我觉得，列侬和迪伦的作品，都是歌词比音乐重要。列侬有点儿像中国的儒家，将很多社会理想附体于音乐；而迪伦，更近道家，用音乐和文字寄托他独立于世的生活态度。

直到有一天，无意中碰到迪伦的一首歌曲，歌名叫作 *My Back Pages*（可译为《我逝去的岁月》），具体创作时间没有考证出来，应该是他获诺奖前后写的，写歌时得有七十几岁了，是他与几位老哥们儿一起唱的，好几位老音乐人各自个性鲜明的沧桑音色合在一起，就好听多了，副歌重复很多遍，突然有一遍，我听见了副歌的歌词：

“Ah，but I was so much older then. I am younger than that now.”

“昔日我曾如此苍老，如今我正风华正茂。”（翻译得真好啊！）

我热泪奔涌，心花怒放。凭这两句，迪伦，就当得起诺贝尔文学奖或任何奖项的桂冠诗人。从此，粉定他了。

陀思妥耶夫斯基有句话，我曾念叨很久：“我只担心一件事，我怕我配不上自己所受的苦难。”瞧瞧这几个关键词：担心、苦难、配不上……特别适合我沉浸在自怜自艾中，而长久地限制了对自由的想象。典型的因自己的心境而断章取义呢。

当拭去心的蒙尘，放进光亮时，就会看到另外一些语句，仍脱不开断章取义，但我更喜欢那样的景象。尼采虽然一生不顺，终于失智，但我却从他这句话中品到积极的味道：“抓紧生活，就像期限已到。”即使到了时时可死的年纪，也无碍步步向生。

郝思嘉在失去一切后，说道：“明天又是新的一天。”我一直很喜欢郝思嘉，就因为她一直活在“新的一天”。当初，先写完书，临出版时才起书名，我张口就说出“逆风飞飏”，就是它了。及至翻译英文书名时，一下子说出“Gone Against the Wind”，这个就是明着致敬*Gone with the Wind*（《飘》）了，因为喜欢郝思嘉，而喜欢了这个英文书名。

此前大半生，我都在追求所谓意义，追求“实现更好的自己”，感觉自己就是在大踏步迈向“超越自我”呢！而现在，我不追、不求，只想“好好地实现自己”了。马斯洛关于人的需求层次的经典论述，我这算是在哪一层了？没找到合适的位置倒也不要紧的。纯粹，自然，悦己，利人，就挺美好。

距离上本书，历经二十余年。这本书，共写了四遍，已刚好两年。第一遍，太自我，像是《逆风飞飏》的下半部，不对！我想写、值得写的不是我，而是教练。“教练”这事，比“我”大得多。第二遍，太“专业”，像教材、教辅，不会有多少人耐心读完的。好，再来！憋了九个多月，就想一件事——如何能写得“好看”一些？九个多月，憋出了第三人称架构，刚交卷，就遭到阅卷老师们的一致批评。已三鼓而竭了，再用了几个月，吊起一口气，再来这第四稿！

最后（终于到了最后啦），说个我自己的“三法”。

关于活法：

往古来今谓之宙，四方上下谓之宇。宇宙无垠，我心自由，“如今我正风华正茂”，既然没有观众，正好随心起舞。我仍激情充溢，但不会再泛滥成灾，不知所往。

关于做法：

公元前三四百年古希腊的希波克拉底，至今仍被奉为“现代西医之父”，从医者仍奉其誓言为守则、为准绳，誓词中有：“愿意尽一己之力与判断，去治疗患者；有时能疗愈，常常有帮助，总是去安慰。”

我斗胆盗用一下：“教练，愿意尽专业能力并坚守信念，去帮助客户最大限度地实现潜能；有时能顿悟，常常有激发，总是去帮助。”

这并非教练教材中之经典说法，但确是我的信条。

关于死法：

忘记曾在哪儿听到的，好像是波兰谚语：“只有两种生活方式，腐烂或燃烧。”[1]嗯，我喜欢燃烧，燃烧后会有少部分成灰，仍能随风飞舞一阵，其余，归于尘土，回归洪荒之初的原始。甚妥。

1　此句来自苏联作家高尔基的散文《时钟》，王育伦译。——编者注